پاکستانی اقلیتوں کا اردو ادب میں حصہ

(تحقیقی و تنقیدی مطالعہ)

تالیف: علی عمران

تعارف

یہ کتاب پاکستان میں رہنے والی مختلف مذہبی و ثقافتی اقلیتوں کے اردو ادب میں کردار اور ان کی تخلیقی کاوشوں کا جائزہ لیتی ہے۔ ہندو، عیسائی، سکھ، پارسی، بدھ اور دیگر اقلیتی برادریوں نے اردو زبان کی ترویج اور فروغ میں بڑا عمدہ کردار ادا کیا ہے اور اس سے اردو ادب میں ثقافتی تنوع کو فروغ ملا ہے۔

اس تحقیقی مطالعہ میں ہم نے پاکستان میں آزادی کے بعد اقلیتی ادیبوں کے ادبی کاموں کا تجزیہ کیا ہے اور یہ دیکھنے کی کوشش کی ہے کہ ان کی تحریروں میں کس طرح مختلف ثقافتی اور مذہبی عناصر جھلکتے ہیں۔ اس کے ساتھ ساتھ ہم نے یہ بھی جاننے کی کوشش کی ہے کہ پاکستان میں اقلیتی ادیبوں کو کن مسائل اور چیلنجوں کا سامنا کرنا پڑتا ہے۔

اس کتاب کا مقصد صرف اقلیتی ادیبوں کے کام کو سراہنا ہی نہیں بلکہ اردو ادب میں موجود اس تنوع کو اجاگر کرنا بھی ہے جو پاکستان کے ثقافتی موزیک کی عکاسی کرتا ہے۔

پاکستانی اقلیتوں کا اردو ادب میں حصہ

Dr Ali Imran

Published by Dr Naim Tahir Baig, 2025.

This is a work of fiction. Similarities to real people, places, or events are entirely coincidental.

پاکستانی اقلیتوں کا اردو ادب میں حصہ

First edition. March 7, 2025.

ISBN: 979-8233177903

Written by Dr Ali Imran.

پاکستانی اقلیتیناور ادب

اقلیت کیا ہے

اقلیت عربی زبان کے لفظ "اقل" سے مشتق ہے جس کے معانی حقیر، کم یا تھوڑا کے ہیں۔اردو زبان کے مختلف لغات میں اقلیت کے معانی یوں درج کیے گئے ہیں۔اردو لغت کے مطابق اقلیت کے معانی اس طرح ہیں:

"اسمِ نکرہ۔ مونث۔۔۔ تعداد میں کمی، شمار میں کم ہونا، کم تعداد کا گروہ یا فرقہ، تھوڑا ہونا، وہ قوم جو تعداد میں کم ہو"(۱)

نسیم اللغات میں اس کے معانی یوں درج کیے گئے ہیں:

"بہت کم ہونا، نہایت قلیل ہونا، وہ جماعت جس کی تعداد دوسروں سے کم ہو"(۲)

وارث سرہندی نے علمی اردو لغت میں اس کے معانی اس طرح دیے ہیں:

"کمی، کم تعداد، تھوڑا ہونا، وہ قوم جو تعداد میں کم ہو اور اکثریت کی ضد"(۳)

اردو کے سب سے معیاری لغت "اردو لغت تاریخی اصول پر" میں اقلیت کی تعریف کچھ یوں دی گئی ہے:

"مقابلۃً) تعداد کی کمی، شمار میں کم ہونا)،
سیاست) کم تعداد کا گروہ یا فرقہ"(۴))

ان تمام لغات سے ایک بات واضح ہوتی ہے کہ کم تعداد میں ہونا یا تھوڑے ہونا اقلیت کہلاتا ہے۔لغوی معانی کے علاوہ اقلیت کا لفظ ایک اصطلاح کے طور پر بھی استعمال ہونے لگا ہے۔

اصطلاح میناقلیت کسی ملک ریاست صوبہ یا علاقہ میں کم تعداد کے حامل افراد کو کہا جاتا ہے۔ پاکستان میں مسلم آبادی تقریباً ۹۶ فی صد سے زیادہ ہے اس لیے یہاں مسیحی، اقلیت ہیں جب کہ یورپ میں مسیحیت کے پیروکاروں کی تعداد مسلمانوں سے کہیں زیادہ ہے جس کی بنا پر مسلمان وہاں پر اقلیت کہلاتے ہیں۔

اقلیت عمرانیات کی ایک اصطلاح ہے جس سے مراد افراد کی تعداد میں کمی ہے۔ یہ کمی صرف مذہبی پیروکاروں کی تعداد ہی نہیں بلکہ زبان، ثقافت، تہذیب اور اقدار کے پیروکاروں کی کمی بھی ہو سکتی ہے۔ ہمارے ہاں عموماً اقلیت سے مراد صرف مذہبی اقلیت ہی لیا جاتا ہے جب کہ اقلیت بنیادی طور پر ایک سیاسی تقسیم ہے۔ اقلیت کا تعلق سیاست سے ہے نہ کہ مذہب سے۔ اس لیے اقلیتی مذہب ہونے کی وجہ سے کسی مذہب کی عزت و توقیر میں کمی نہیں ہو جاتی۔ عقیدہ ،مذہب اور مسلک ہر انسان کا ذاتی معاملہ ہوتا ہے اس لیے کسی کومذہبی اعتبار سے اقلیتی ہونے پر تعصب ، ظلم، بربریت اور نسلی تضاد کی بھینٹ نہیں چڑھایاجا سکتا۔قیامِ پاکستان کی جدو جہد میں جہاں مسلمانوں نے قربانیاں دیں وہاں اقلیتوں کی خدمات بھی ناقابلِ فراموش ہیں۔سینے پر گولی کھا کر پاکستان بنانے کا نعرہ لگانے والوں میں صرف مسلمان تو نہیں تھے۔ ان میں اقلیتی ارکان بھی شامل تھے۔ قائدِ اعظم محمد علی جناح جیسے صاحبِ بصیرت رہنما اقلیتوں کے مقام اور کردار کے بارے میں اچھی طرح جانتے تھے۔ اس لیے گیارہ اگست ۱۹۴۷ کی دستور ساز

اسمبلی میں انھوں نے خطاب کرتے ہوئے واضح کر دیا تھا کہ پاکستان میں اقلیتوں کے حقوق مساوی ہوں گے اور ان کو جائز حد تک آزادی دی جائے گی۔

آئین پاکستان اور اقلیت

قرار دادِ مقاصد کو ابتدائی طور پر آئین پاکستان کے طو ر پر لیا گیا۔ پاکستان کا پہلاآئین ۱۹۵۶ء میں دستور ساز اسمبلی میں پیش کیا گیا۔ اس کی اولین دفعہ پاکستان کو اسلامی جمہوریہ قرار دیتی ہے۔ دوسری دفعہ میں عوام کے بنیادی حقوق کا ذکر ہے جب کہ تیسری دفعہ میں مسلمانوں کے ساتھ ساتھ اقلیتوں کودین اور عقیدے کی آزادی کا حق فراہم کیاگیا اور انھیں ہر طرح کی آزادی دی گئی۔ آئین کے متن کی رو سے اقلیتوں کو بھی مسلمانوں جیسے حقوق دیے گئے:

"جس کی رو سے بنیادی حقوق کی ضمانت دی جائے اور ان حقوق میں قانون و اخلاقِ عامہ کے ماتحت مساوی حیثیت و مواقع قانون کی نظر میں برابری، عمرانی معاشی اور سیاسی عدل اظہارِ خیال، عقیدہ دین، عبادت اور ارتباط کی آزادی شامل ہوں"(۵)

آئین پاکستان کی رو سے جہاں اقلیتوں کو مذہبی آزادی ملی وہاں انھیں اپنے عقائد، رسوم اور عبادات کرنے کا بنیادی حق بھی دیا گیا۔ ان کے جان و مال کی حفاظت کی ذمہ داری لی گئی ۔ اس کے علاوہ انھیں اپنے مذہبی تہوار منانے ، مذہب کی اشاعت و تبلیغ اور مذہبی اظہار خیال کی بھی آزادی دی گئی۔ اقلیتوں کو ان کے مذہبی عقیدت و احترام دیا گیا اور اس کے ساتھ ایک مذہب کی عبادت میں کسی دوسرے کو شریک کرنے کی پابندی بھی لگائی گئی۔ قانون کی دفعہ تیرہ کے متن کے مطابق یہ پابندی اس طرح لاگو ہوگی

"دفعہ تیرہ میں کہا گیا کہ کسی شخص کو کسی عبادت گاہ میں اپنے مذہب کے علاوہ دوسرے مذہب یا عبادت میں شریک نہیں کیا جائے گا"(۶)

۱۹۵۶ء کے آئین میں شامل بنیادی حقوق کی فہرست میں اظہار خیال کی آزادی، عقیدے کی آزادی، جماعت سازی، ملکیت، نقل و حرکت، کاروبار، اور پیشے کو اختیار کرنے کی آزادی کو مسلمہ قانونی حقوق کے طور پر شامل کیا گیا۔

پاکستانی اقلیتیں

پاکستان کا سرکاری مذہب اسلام ہے۔ یہاں ۲۸.۹۶ فی صد آبادی مسلمانوں کی ہے ۔ جو تقریباً ۱۹۵۳۴۳۰۰۰ ،افراد پر مشتمل ہے یہاں مسیحی ،احمدی، بہائی، ہندو، سکھ ،پارسی اور دیگر مذہب کے پیرو کار بھی بستے ہیں۔ مسلمانوں کے بعد اقلیتوں میں سب سے زیادہ ہندو مذہب کے ماننے والے پاکستان میں مقیم ہیں ۔ دیگر تمام اقلیتوں کی تعداد کی شرح کچھ اس طرح ہے:

* ہندو ۶.۱ فی صد
* مسیحی ۵۹.۱ فی صد
* احمدی ۲۲.۰ فی صد
* سکھ ۱۱.۰ فی صد

* دیگر ۰.۷۰ فی صد

ہندو مت

ہندو مت یا ہندو دھرم ہندوستان اور نیپال میں زیادہ پیرو کاروں کا حامل مذہب ہے۔ اس مذہب کے ماننے والے اسے سناتن دھرم کہتے ہیں۔ سن سکرت میں سناتن کا مطلب ہے لازوال قانون۔ ہندو مذہب دنیا کے قدیم ترین مذاہب میں سے ہے۔ یہ مختلف عقائد اور روایا ت کا مجموعہ ہے۔اس کے کئی بانی ہیں۔ دنیا میں مسیحیت اور اسلام کے بعد یہ سب سے بڑا مذہب ہے۔ اس مذہب میں بت پرستی، شجر پرستی، حیوان پرستی اور خدا پرستی سب شامل ہیں۔ اس مذہب کی چار اہم کتب ہیں۔ "رگ وید" ، "شام وید"، " بخر وید"، "آتھروا وید"۔ اس مذہب کے چھ اہم فرقے ہیں جن میں، ویشنو مت، شیو مت، شکتی مت، گنپتی مت، سوریا مت اور سمارت سوتر شامل ہیں۔ہندو مذہب میں گائے کو ماتا کہا جاتا ہے۔ ستی کی رسم بھی اس مذہب میں شامل رہی جو موجودہ دور میں تقریباً ختم ہو چکی ہے۔

مسیحیت

مسیحیت ایک ایسا مذہب کے جس کے پیروکار عقیدہ تثلیث پر ایمان رکھتے ہیں۔ حضرت عیسیٰؑ کو مسیح، خدا کا بیٹا اور روح القدس قرار دیتے ہیں۔ مسیحیت کے پیروکاروں کی تعداد کا حساب اس بات سے لگایا جاسکتا ہے کہ یہ دنیا کا سب سے بڑا مذہب ہے۔ یہ ایک سامی مذہب ہے۔ بائبل مقدس مسیحیوں کی الہامی کتاب ہے جو دو حصوں، عہد نامہ قدیم اور عہد نامہ جدید پر مشتمل ہے۔ مسیحیت میں کئی فرقے ہیں جن میں دو بڑے فرقے کیتھولک اور پروٹسٹنٹ ہیں۔

سکھ مت

سکھ مت کے بانی بابا گرو نانک ہیں۔ جو ۱۴۶۹ کو ننکانہ میں پیدا ہوئے۔ آپ کے والد کا نام کلیان چند سنگھ تھا جو مذہب کے اعتبار سے ہندو تھے۔ آپ ننھیال میں پیدا ہوئے اس لیے آپ کو نانک کہا جاتا ہے۔ جب آپ نے تبلیغ شروع کی تو گرو یعنی استاد کے نام سے مشہور ہوئے۔ بعض لوگوں کے نزدیک سکھ مذہب ہندو دھرم کی ایک شاخ ہے۔ مگر سکھ اس بات کو قبول نہیں کرتے۔ بابا گرو نانک نے کرتار پور میں وفات پائی۔ سکھوں کا اپنا رسم الخط گور مکھی ہے۔ سکھ مذہب میں کاف سے شروع ہونے والی پانچ چیزیں رکھنا ضروری ہیں(کیس، کنکھا، کڑا،کرپان،کچھا) سکھوں کی مذہبی کتاب گرو گرنتھ ہے ۔ جو گرو دوارے میں موجود ہوتی ہے اور اس کا مطالعہ دن رات ہوتا رہتا ہے۔

بہائیت

بہائیت ایک آزاد حیثیت رکھنے والے مذاہب میں سے دنیا کا سب سے نیا مذہب ہے۔ اس مذہب کی بنیاد مرزا حسین علی نوری المعروف بہاء اللہ نے رکھی۔ بہائی انھیں اپنا پیغمبر مانتے ہیں۔ مرزا حسن علی کے بیٹے عبدالبہا نے بہائیت کی تبلیغ، اشاعت اور تشہیر کی۔ یہ مذہب بنیادی طور پر فرقہ اہلِ تشیع سے الگ ہوتی ہوئی ایک شاخ ہے۔ اس مذہب کو کسی بھی طور اسلام سے نہیں جوڑا جا سکتا۔ کیوں کہ

یہ اسلام کی بنیادی تعلیمات سے انحراف کرتا ہے۔ بہا ء اللہ نے یہ دعویٰ کیا تھا کہ جنت سے ایک فرشتہ اس کے لیے وحی لے کر آتا ہے۔ بہائیت کے کفریہ عقائد کو دیکھتے ہوئے ایرانی حکومت نے اس کے پیرو کاروں کو ملک بدر کر دیا۔ یہ لوگ مختلف ممالک میں پھیل گئے۔ اس مذہب کے پیرو کار عبادات سے زیادہ اخلاقیات اور فلاحی کاموں پر توجہ دیتے ہیں۔ نوروز ان کا مذہبی تہوار ہے۔

پارسیت یا زرتشتیت

پارسی مذہب کو مجوسی مذہب اور زرتشتیت بھی کہا جاتا ہے۔ یہ مذہب ساڑھے تین ہزار سال پہلے فارس سے شروع ہوا۔ زرتشت نے اس کی بنیاد رکھی اس مذہب کو آتش پرستوں کا مذہب بھی کہا جاتا ہے۔ اس مذہب کے پیروکاروں کی تعداد بہت کم ہے۔ جب ایران میں اسلام نافذ ہوا تو یہ قبیلوں کی صورت میں ایران سے نکل کر ہندوستان اور دیگر ممالک میں پھیل گئے۔ اس مذہب میں نیکی اور بدی کا تصور، آخرت کا تصور اور جزا اور سزا کا تصور اسلامی عقائد سے ملتا جلتا ہے۔

پارسیوں کی مقدس کتاب ”دساتیر“ ہے۔ پارسی آگ کی پوجا کرتے ہیں۔ مگر کچھ فرقے خدا کے تصور کے بھی قائل ہیں۔

پاکستانی اقلیتوں کا ادب میں کردار

پاکستان قدیم ثقافتی تہذیبوں ہڑپہ، موہنجو دڑو اور گندھارا کا مرکز رہا ہے۔ ان قدیم تہذیبوں کے اثرات جدید عہد پر بھی پڑتے ہیں۔ اس لیے فنون لطیفہ سے متعلق جتنے بھی علوم ہیں وہ یہاں تیزی سے پروان چڑھے۔ پاکستان کی تہذیب آج بھی دنیا کی باقی تہذیبوں پر اپنے اثرات مرتب کرتی ہے۔ ہماری تہذیب بہت سے مذاہب کا سنگم ہے اس لیے ہمارے معاشرے پر ہندو، سکھ، پارسی، مسیحی، بہائی اور بدھا تہذیب کا عکس ہے۔ پاکستان اسلام کے نام پر بنا اور اس کی بنیاد دو قومی نظریہ ہے۔ اسی نظریے کے طفیل ہندوستان اور پاکستان کو مذہبی اکثریتی علاقوں کی وجہ سے دو حصوں میں بانٹ دیا گیا۔ پاکستان میں مسلم اکثریت ہے مگر یہاں کی تہذیب باقی اقلیتوں کے ملاپ سے وجود میں آتی ہے۔ ہماری ثقافت پر بالواسطہ یا بلا واسطہ ہندو مسیحی، پارسی، سکھ اور بدھ مت اقلیتوں کے اثرات ہیں۔ مسلم اکثریت ہونے کی وجہ سے معاشرتی اثرات اقلیتوں کی تہذیب و اقدار کو بھی اپنی لپیٹ میں لے چکے ہیں۔

پاکستان میں مذہبی منافرت انتہا پر ہے۔ ہمارے معاشرے پر ایک خاص مولویانہ فکر کا غلبہ ہے۔ اس کے باوجود موسیقی، آرٹ شعر و ادب اور دیگر فنون لطیفہ کا فروغ اس معاشرے میں لبرل ازم کے قیام اور اقلیتوں کے کردار کی عکاسی کرتا ہے۔ بر صغیر میں زبان و ادب کی ترویج و اشاعت کا سہرا صرف یہاں کی اکثریت کے سر پر باندھنا نا انصافی ہے۔ کیوں کہ اس کارِ خیر میں اقلیتوں نے بھی بھرپور حصہ ڈالا ہے ڈاکٹر انور سدید لکھتے ہیں:

”اردو کی ابتدائی نشو و نما میں مسلمان مشائخ اور صوفیا نے قابلِ قدر کام کیا اور اس طریقِ عمل کو فروغِ دین کی غرض سے مسیحیوں نے بھی قبول کیا۔ چناچہ

مسیحی مبلغین جو ابتدا میں برِ صغیر آئے تو انھوں نے تبلیغی ضرورتوں کے لیے مقامی زبان کو سیکھنا ضروری سمجھا اور اپنی مذہبی کتابوں کے تراجم بھی اردو زبان میں کیے"(۷)

صحت اور صحافت کے شعبے میں اقلیتوں کی خدمات قابلِ تحسین ہیں۔ زراعت، تجارت، ثقافت، سیاست اور ادب میں بھی اقلیتونا داروں اور تنظیموں نے اپنا کردار ادا کیا ہے۔قیامِ پاکستان کے بعدیہاں کی اقلیتوں نے شعری ادب، نثری ادب، تاریخ نویسی، مصوری ، شو بز اور الیکٹرانک میڈیا کے ساتھ ساتھ سیاست میں اور کھیلوں میں بھرپور حصہ لیا۔ پاکستانی اقلیتوں میں مسیحیوں کا پاکستان کے شعری اور نثری ادب میں باقی اقلیتوں کی نسبت ادب میں زیادہ عمل دخل ہے۔ مسیحی شعرا کے ہاں زیادہ تر مذہبی گیت نگاری ہے مگر غزل، نظم، قطعہ، رباعی اور ماہیے لکھنے والے شعرا کی تعداد بھی بہت زیادہ ہے۔ مسیحیوں کے بعد شعر و ادب میں زیادہ حصہ بہائیوں کا ہے بہائی شعرا نے اردو زبان کے ساتھ ساتھ فارسی اور گوجری میں بھی شاعری کو فروغ دینے میں اہم کردار ادا کیا۔

قیامِ پاکستان کے بعد ہندو شعرا کی تعداد خاصی کم ہو گئی۔ اب صرف صوبہ سندھ میں چند ہندو شعرا موجود ہیں جو اردو کے ساتھ سندھی زبان و ادب کو بھی وسعت دے رہے ہیں۔پارسی شعرا کو سوائے مہر جی رانا اور خورشید جی کے کسی کو اتنی پذیرائی نہیں ملی۔ پاکستان کی دیگر اقلیتوں میں سکھوں اور بدھ مت پیرکاروں کا شعر و ادب میں کردار تقسیم ہند کے بعد تقریباً ختم ہو گیا۔ نثری ادب اور تاریخ نویسی میں بھی اقلیتی نثر نگاروں اور تاریخ نویسوں کی خدمات لائق تحسین ہیں۔ افسانہ گاری، کالم نگاری، ناول نگاری، تنقید و تحقیق اور سفر نامہ نگاری میں بھی مسیحی، بہائی اور ہندو اور دیگر اقلیتی قلم کار بھی پیش پیش ہیں۔ نثری ادب میں ڈراما نگاری کی صنف میں صرف مسیحی قلم کار سامنے آئے ہیں۔ باقی کسی اقلیت کے ڈراما نگار منظرِ عام پر نہیں آئے۔ فادر فرانسس ندیم کے بقول:

"مسیحی ڈراما نگاروں میں ڈاکٹر ڈینس آئزک اور عاشر عظیم منفرد نام و مقام رکھتے ہیں۔ وہ ملکی سطح پر اس صنف میں پہچانے جاتے ہیں۔ ایک زمانہ میں آئزک سوشیل نے بھی چند اچھے ڈرامے لکھے ۔ منظور راہی، صبح صادق ،پطرس انتھونی، عمانویل پروانہ اور فادر عمانویل پرویز کے نام سب سے نمایاں ہیں"(۸)

پاکستانی اقلیتوں نے فنون لطیفہ کو ہر حوالے سے فروغ دیا۔ مصوری مجسمہ سازی، اور سنگ تراشی کے فن کو بھی خوب ترقی دی۔ ان فنون کو نئے اسلوب اور عہدِ جدید کے تقاضوں کے مطابق ڈھالا۔ آرٹ کے شعبہ میں نیشنل کالج آف آرٹس لاہور کے کولن ڈیوڈ کی پچیس سالہ خدمات لائقِ تحسین ہیں۔ ان کی غیر معمولی تخلیقات کی وجہ سے ملکی اور غیر ملکی سطح پر ناموری حاصل ہوئی۔ انھیں قومی ایوارڈ بھی عطا کیا گیا۔ "اینا مولکا" ایک مسیحی مصور نے پنجاب

یونیورسٹی میں فائن آرٹ کا مضمون متعارف کرایا۔ ان کے علاوہ ”جوزف سکارٹ“ ، شازیہ اسحاق“ اور عرفان صادق کے نام اہمیت کے حامل ہیں۔
ادب کے علاوہ شوبز اور الیکٹرانک میڈیا میں بھی اقلیتوں کی بے بہا خدمات ہیں۔
ریڈیو، ٹی۔وی، فلم، گلوکاری موسیقی ،صحافت اور رقص میں اقلیتی فنکار پاکستان کے تہذیبی ارتقا میں اپنا حصہ ڈال رہے ہیں۔ سلیم احمد کے بقول:
”فلم، ٹی۔وی، سٹیج، ریڈیو اور تھیٹر کی دنیا میں اقلیتوں کے بے شمار آرٹسٹوں نے مذہبی تعصبات سے بالا تر ہو کر کام کیا۔ تاہم انھیں اپنے فن کے اظہار کے لیے بھرپور مواقع فراہم نہیں ہو سکے۔ تاہم اس کے باوجود پاکستانی شوبز کے بہت سے بڑے نام اقلیتوں سے تعلق رکھتے ہیں ،جنھوں نے اپنی فنکارانہ صلاحیتوں سے نہ صرف اندرون ملک نام کمایا بلکہ بیرونی دنیا میں بھی شہرت پائی اور پاکستان کی ثقافت کو نئے رنگوں سے آشنا کیا“(۹)
پاکستان کی فلم انڈسٹری میں سلیم رضا کی سریلی مردانہ آواز کسی اور سنگر میں دوبارہ نہیں ملی۔ آئرن پروین نے ملکہ ترنم نور جہاں کی موجودگی میں اپنی کوئل سی آواز سے نام کمایا۔ اے نیر ہندوستانی گلوکار کشور کمارکے مقابلے کے سنگر تھے۔ بینجمن سسٹرز، یونس خیام، جیکسن گل، کاشف جیکسن، اور بابرہ مسیح بہت اچھے گلوکار ہیں۔ٹینا ثانی اور شہزاد رائے کی خدمات کو بھی بھلایا نہیں جا سکتا۔ رضیہ بانو صوبہ سرحد کی کوئل مشہور ہیں۔ گل اور ضیا مرزا پشاور کے مشہور سنگر ہیں۔ یاسمین پشتو فلموں میں گائیکی کا لازمی جزو ہیں۔ فلمی اداکاروں میں نیلو ملک کی مشہور ترین ہیروئن ہیں جن کا بیٹا شان آج سپر سٹار ہے۔ شبنم کو سلور جوبلی ہیروئن کا خطاب حاصل ہے۔ نوین تاجک اشفاق احمد کے ڈرامے ”قراۃ العین سے مشہور ہوئیں۔ بابرہ راج کا شمار قابلِ ذکر اداکاروں میں ہوتا ہے۔
موسیقی میں مسیحی برادری کے سازندوں کی بے پناہ خدمات ہیں۔ طبلہ نواز پیٹرک اینتھونی اور جمی خان کو حکومتی ایوارڈ مل چکا ہے۔ فرانسس ندیم کے بقول:
”نوشین ظہور(پشاور)، وینا عالم،مینا دائود، پونم(لاہور)،فرزانہ گل(فیصل آبا)، نسرین آگسٹن ، اینتھونی برکت، الیگزینڈر ، جوزف ڈیوڈ، وکٹر سنی(کراچی) جب کہ امبروز گل (راول پنڈی) سے پاکستا ن ٹیلی ویژن سے منسلک رہے ہیں اور متعدد ڈراموں اور پروگراموں میں اپنے فن کا مظاہرہ کر چکے ہیں۔ دیگر اقلیتوں کے فنکار ٹیلی ویژن کی سکرین سے محروم ہیں۔ خصوصاً سندھ کے ہندو اقلیت کو یہ شکایت ہے کہ ان کے مذہبی تہواروں ہولی، دیوالی اور دوسہرہ وغیرہ کے مواقع پر ٹی وی کبھی کوئی پروگرام پیش نہیں کرتا اور نہ ان کے فنکاروں کو ٹی وی میں داخلے کا موقع ملتا ہے“(۱۰)

اقلیتی اداروں ، تنظیموں اور رسائل کی ادبی خدمات

پاکستان کے بہت سے اقلیتی ادارے اور تنظیمیں ملک کی فلاح و بہبود کے لیے کوشاں ہیں۔ مسیحی اداروں اور تنظیموں کی صحت کے شعبے میں خدمات کسی

سے ڈھکی چھپی نہیں ہیں۔ اسی طرح تعلیم کے میدان میں بھی سکولز ، کالجز اور یونیورسٹیز کی سطح تک مسیحی ادروں کا اہم رول ہے، ایف سی کالج یونیورسٹی، ایچی سن کالج، پرنسٹن کالج ، کانونٹ سکولز، لاسال سکول اور لارنس کالج کی خدمات کو کبھی نظر انداز نہیں کیا جاسکتا۔

ادبی خدمات کے حوالے سے ایک طویل فہرست سامنے آتی ہے جن میں سے چند اہم اداروں اور تنظیموں کا ذکر درجِ ذیل ہے۔

اقلیتی تنظیمیں

* پاکستان کرسچین رائٹرز گلڈ * پاکستان کرسچین ہیری ٹیج
* کیتھولک ادارہ ادبیات * مسیحی سخن ور فورم
* مسیحی سخن ور کونسل * کرسچین رائٹرز فورم
* سائوتھ ایشیا مائنورٹی رائٹرز ایسوسی ایشن * سائوتھ ایشیا کرسچین رائٹرز ایسوسی ایشن
* سخن شناس * اہلِ قلم

اقلیتی ادارے

* بہائی جامعہ * کرسچین سٹڈی سنٹر
* مکتبہ عناویم پاکستان * بائبل سوسائٹی

ادبی رسائل

* کیتھو لک نقیب (پندرہ روزہ) * شاداب (پندرہ روزہ)
* کہانت (پندرہ روزہ) * ہم سخن (ماہنامہ)
* ساون(ماہنامہ) * نئی دنیا(ماہنامہ)
* تجلی(ماہنامہ) * تجدید(ماہنامہ)
* قاصدِ جدید(ماہنامہ) * ہم جولی(ماہنامہ)
* منزلِ حیات(ماہنامہ) * وجاہت(ماہنامہ)
* مکاشفہ(ماہنامہ) * شالوم(ماہنامہ)
* جودت(ماہنامہ) * اچھا چرواہا(ماہنامہ)
* نیا تادیب(ماہنامہ) * خروج(ماہنامہ)
* شعاعِ نور (ماہنامہ)
* مینارِ نور (ماہنامہ)
* امنگ(ماہنامہ)
* نئی ترنگ(ماہنامہ)
* صدائے اسیسی(ماہنامہ)
* آگاہی(ماہنامہ)

اقلیتوں کی ادبی خدمات کے حوالے سے درج بالارسائل و جرائد ، ادارے اور تنظیمیں موثر اور فعال ہیں۔ ان رسائل نے اقلیتی قلم کاروں کی تخلیقات کو قارئین تک پہنچانے میں اہم کردار ادا کیا ہے۔ اگرچہ بہت سے ادبی رسائل و جرائد گردشِ

زمانہ کی نذر ہو گئے مگر پندرہ روزہ "کیتھولک نقیب" اپنی سو سالہ روایت کے ساتھ آج بھی رواں دواں ہے۔

ادب کو کسی ملک، مذہب جماعت یا گروہ میں قید نہیں کیا جاسکتا۔ ادیب عالمی اور آفاقی سرمایہ ہوتے ہیں ۔ ان کی نظر اور فکر محدود نہیں ہوتی بلکہ وسیع اور بے کراں ہوتی ہے۔ پاکستان میں بسنے والے اقلیتی شعرا و ادبا کی قدر و منزلت مسلم شعرا و ادبا کے مساوی ہے۔یہ بات روز روشن کی طرح عیاں ہے کہ ایسے شعرا اور ادیب جو اپنے فن کی بلندیوں کے سبب ملکہ یا انٹر نیشنل شہرت رکھتے ہیں، ان کے پرستار ان کے مذہب سے ناآشنا ہیں۔ یہ بات بھی لائقِ صد تحسین ہے کہ کسی اقلیتی ادیب یا شاعر نے کبھی معاشرے میں انتشار ، نفرت یا شر انگیزی کی کوشش نہیں کیوں کہ ادیب یا شاعر مذہب و ملت کی قید سے آزاد ہوتے ہیں

******

بابِ دوم

منتخب پاکستانی اقلیتی شعرا

باب دوم:

منتخب پاکستانی اقلیتی شعرا

آسناتھ کنول

زندگی اور ادب کا رشتہ بہت گہرا ہے۔ ادب ہماری زندگی کا عکاس ہوتا ہے اس لیے جتنے ادوار ہمارے سیاسی ،سماجی یا تہذیبی زندگی میں آئے، ادب بھی انھی ادوار کا آئینہ دار رہا ہے۔ رومانویت کی تحریک نے انگریزی نظم نگاروں کو تقویت دی جب کہ انجمنِ پنجاب اور ترقی پسند تحریک نے اردو نظم کے دامن کو وسیع کیا ۔ ن م راشد، میرا جی جوش اقبال فیض،ساحر لدھیانوی، مجید امجد، اختر حسین جعفری، امجد اسلام امجد،پروین شاکر ،سارا شگفتہ، نسرین انجم بھٹی، حمیدہ شاہین، یاسمین حمید اور بہت سے شعرا اور شاعرات اس میدان میں اپنا فن دکھا چکے ہیں۔ زندگی اور سماج میں جس طرح تبدیلیاں رو نما ہوتی ر ہیں ویسے ہی نظمِ جدید مختلف کروٹیں بدلتی رہی۔ کبھی پابند نظم، کبھی آزاد نظم، کبھی معریٰ نظم اور کبھی نثری نظم کا روپ دھار کر ہمارے سامنے آتی رہی۔

آسناتھ کنول کا تعلق بھی اسی قبیلے سے ہے جنھوں نے شعر و ادب کی دنیا میں اپنا حصہ ڈالا ہے اور اپنے نام کو امر کر دیا ہے۔ وہ غزل کے ساتھ ساتھ بھرپور نظم کہتی ہیں۔ ان کی نظمیں موضوعاتی اعتبار سے محبت کی نظمیں کہلاتی ہیں۔ جب کہ ہئیتی اور تکنیکی اعتبار سے نثری اور آزاد نظمیں ہیں۔ وہ مکمل مہارت اور فنی چابک دستی سے نظم کہتی ہیں۔ انھیں نظم پر مکمل عبور ہے ۔وہ الفاظ کے چنائو تشبیہات و استعارات کے استعمال، سادگی ،روانی اور بے ساختگی و بر جستگی کے ساتھ نظم پر مضبوط گرفت ڈالتی ہیں۔ وہ اپنی نئی سوچ ،نئے فکر، نئے مشاہدے اور نئے تجربات لے کر نسائی ادب میں وارد ہوئی ہیں۔ اس لیے وہ اس میدان میں اپنی ناموری اور شہرت کے جھنڈے گاڑ چکی ہیں۔ان کی نظم ''دل''ان کی قادر الکلامی کا ثبوت پیش کرتی ہے:

تڑپنے کو بھی اک دل چاہیے ہے
سسکنے اور سلگنے کے عمل میں
کسی انجان لمحے کی
کوئی فرما روائی
محبت میں کہیں کوئی جگ ہنسائی
سلگنے کا دھواں جب
آنکھ سے بہنے لگے تو
جان لینا بچھڑنے اور مرنے کو بھی
(اک دل چاہیے)1

آسناتھ کنول کی نظم میں جذبات کا برملا اظہار نظر آتا ہے۔ اپنے احساسات اور جذبات کو نظم میں ڈھالنے کا سلیقہ قدرت نے انھیں خاص طور پر ودیعت کیا ہے۔ ان کی نظم پڑھتے ہوئے فہم و ادراک، علم و آگہی اور عقل و شعور کے نئے در وا

ہوتے ہیں۔ وہ قاری کو اپنی گرفت میں رکھتی ہیں اور یہی ان کی فن کاری میں مہارت کی دلیل ہے۔ تخلیق کار ہونے کے ناطے یہی ان کی کامیابی ہے۔ نیلما ناہید درانی کے بقول:

"آسناتھ کنول کی شاعری جدید دور کی آواز بھی ہے اور خواتین کے حقوق کی علم بردار بھی۔ اس کی غزلوں اور نظموں میں مجھے خوبصورت فنکار اور ایک سچی عورت نظر آتی ہے۔ "(۲)

آسناتھ کنول کی نظموں میں دکھ درد، رنج و الم، افسردگی وپژمردگی، محرومی و مجبوری اور مایوسی کی فضا نظر آتی ہے۔ ان کی نظمیں "بے بصارت"، "ضرورت"، "عادت"، "الائو"، "رس"، "امر بیل"، "خواہش"، "دستک"، انتظار"، "لگن"، "میں" اور "حیرت" ان تمام موضوعات کا مرقع پیش کرتی ہیں۔ان کی نظم الائو میں تمام آلام یکجا ہو گئے ہیں۔ بھوک سب سے بڑی کمزوری اور غربت سب سے بڑا عیب ہے۔ آسناتھ نے اس نظم میں غربت اور بھوک کو ایک نئے زاویے سے پیش کرنے کی کوشش کی ہے:

میرے اندر بھوک کا الائو
دہک رہا ہے
اپنے نام کی روٹی
تلاش کرتے کرتے
وہاں تک آپہنچی ہوں
جہاں چھلنی وجود
اور زخمی یادوں نے
میرا ساتھ دینے سے انکار کر دیا ہے
دفعتاً میرے سامنے
روٹیوں کا ڈھیر آ گیا ہے
اور میں اپنے حصے کی
روٹی تلاش کرتے کرتے
موت کی بانہوں میں جھول گئی ہوں
لنگر خانے کے باہر
ڈھول بج رہے ہیں(۳)

نظم مفلسی کا نوحہ اور سرمایہ داری کے منہ پر طمانچہ ہے۔ نوالوں کو ترستے لوگ موت کی بانہوں میں جھول جاتے ہیں۔ مگر امرا کو ہر بات اور ہر چیز میں جشن کی تلاش ہوتی ہے۔ ان کے نزدیک زندگی صرف لطف اٹھانے کا نام ہے۔آسناتھ پھر بھی قنوطیت کا شکار نہیں ہیں بلکہ وہ زیست کے خار زار میں تھک کر بیٹھنے کے بجائے آس کا سفر جاری رکھنے پر اکساتی ہیں۔ ان کے ہاں امید ، آس ، منزل، خوشی، مسرت اور قلبی انبساط کے جذبات کی فروانی ہے۔ وہ انہی جذبات

کو بیان کرتی اور صفحہ قرطاس پر تحریر کرتی ہیں۔ ان کی ایک نظم ''بے کلی'' دیکھیے:

بے کلی کا ایک صحرا ہے
میرے اندر کہیں پھیلا ہوا ہے
مجھے کیا راس آئے گا یہاں پر
یہ دل اک کانچ ہے، ٹوٹا ہوا ہے
تا حدِ نظر جو پھیلا ہے منظر
وہ میری ذات میں بکھرا ہوا ہے
مگر یہ بے کلی اب لمحہ لمحہ
مجھے اندر سے کھائے جا رہی ہے
ہر اک خواہش مٹائے جا رہی ہے(۴)

عورت کے جتنے روپ اور جتنے کردار ہیں یا ایک عورت جو کچھ کہنا چاہتی ہے وہ سب آسناتھ نے اپنی نظموں کے سہارے بیان کر دیا ہے۔ ان کی شاعری اک ایسی روشنی سے پھوٹتی ہے جس کا منبع کوئی نہ کوئی سچی عورت ہے۔ ان کی شاعری میں جو سوز و گداز ہے وہ اپنے اندر خوشبوئوں سے معمور بھی ہے اور تلخیوں کی واردات سے لب ریز بھی۔ وہ ہمیشہ بے بسی کی تصویر بننے کی بجائے ایک توانا آواز کے طور پر ابھرتی ہیں اور اپنی بات ڈنکے کی چوٹ پر کرتی چلی جاتی ہیں۔ ان کی نظمیں ایک کم سن، معصوم اور بھولی بھالی دوشیزہ کے کچے جذبات کی ترجمانی نہیں کرتیں بلکہ ایک باشعور، باکردار اور مضبوط عورت کے مشاہدے اور تجربے کی عکاس ہیں۔ ڈاکٹر اختر شمار کے بقول:

''آسناتھ کنول اپنی شاعری میں ایک خالص اور جینوئن شاعرہ کے طور پر نمایاں نظر آتی ہیں۔ کنول کے مصرعوں میں خالصتاً ایک مشرقی عورت کے احساسات و جذبات نمایاں ہیں۔ وہ جو کچھ دیکھتی اور سوچتی ہیں اسے شعری قالب میں ڈھال دیتی ہیں''(۵)

آسناتھ کنول کی شاعری کا مطالعہ کرتے ہوئے قاری ایک ایسی کیفیت میں مبتلا ہوجاتا ہے جسے سرور و کیف یا خمار کی فضا کہا جاتا ہے۔ان کی شاعری اپنے اندر معنویت کی پرتیں لیے ہوتی ہے،ان پرتوں میں غم و اندوہ کے نشتر بھی ہو سکتے ہیں اور خوشی و انبساط کی لہریں بھی اور ایک پر اسرار جہاں بھی۔ ان کی ایک نظم ''رس'' کے سطریں ملاحظہ ہوں:

انگور کے رس کا آخری قطرہ تھا
بالکل آخری قطرہ
اس نے ہونٹوں کو تو شہد آگیں کیا
لیکن پیٹ کڑوا کر دیا
بالکل ایسے جیسے اپنا لہو پینے والے
سوختہ تن

اپنے ہڈیوں کے پنجر میں
(اپنی روح تلاش کرتے ہیں(۶

ان کی بہت سی نظمیں انتہائی گہرے مطالب سے روشناس کراتے ہوئے زندگی کی پر اسرار فضا سے شناسا کرتی چلی جاتی ہیں۔ زندگی اک خواب ہے ۔ جس کی تعبیر انتہائی مختصر اور دل چسپ ہو نے کے ساتھ ساتھ انتہائی غیر معمولی نتائج کی حامل بھی ہے۔ گیان، ایمان، ایقان اور دھیان الہامی کیفیات ہیں۔ ان کیفیات سے جب انسان دوچار ہوتا ہے تو اسے اپنے باطن کی بالیدگی نصیب ہوتی ہے۔ انسان اپنے ہونے اور نہ ہونے کے فلسفے کی گتھی سلجھاتا ہے۔ وہ زندگی کے اسرار و رموز سے آگاہی حاصل کرتا ہے اور حیات و ممات سے صحیح معنوں میں آشنا ہوتا ہے۔ ان کی ایک نظم ”غور“ اسی طرح کے ماحول کی عکاسی کرتی ہے:

میرے پاس بے مایہ
اور بے ثبات لمحوں پر
غور کرنے کا وقت نہیں
آزردگی کے اس چاروں اور محیط
پل صراط پہ کھڑی میں
یہ طے کر رہی ہوں
رنج و آلام کے موسم سے بچ کے نکل جائوں
یا گیان کی وادی میں اتر کر
سراغِ زندگی پا لوں
(وہی سراغِ زندگی جو گیان دھیان اور ایمان ہے(۷

آسناتھ کی شاعری اپنے عہد کی عکاس ہے۔ وہ دیگر شعرا کی طرح صرف موضوعات کا چربہ نہیں بناتیں بلکہ موضوع کے ساتھ مکمل انصاف کرتی ہیں اور موضوع کو نبھاتے ہوئے اس کے تمام ممکنہ امکانات کو واضح کرنے کی کوشش کرتی ہیں۔ ان کا مشاہدہ تیز اور نظر بہت عمیق ہے۔ ان کے ہاں جذبات و احساسات مردانہ وجاہت کے حامل نظر آتے ہیں۔ وہ نسائی اقدار کی علمبردار شاعرہ ہیں اس لیے ان کے بیشتر موضوعات عورتوں کے مسائل اور ان کے حل پر مبنی ہیں۔ وہ ناانصافی دیکھ کر چپ نہیں رہ سکتیں بلکہ عورت پر ہونے والے ہر قسم کے ظلم و ستم، استحصال اور امتیازی رویے کے خلاف ہیں اور اس نانصافی کے خلاف صدائے احتجاج بلند کرتی ہوئی نظر آتی ہیں۔ وہ کہتی ہیں:

میں بے بس نہیں ہوں
مگر اڑنا میرے مقدر میں نہیں ہے
شاید ا س لیے ہر روز میرے پر کاٹے جاتے ہیں
نفرت انگیز لفظوں کی تلوار سے
ریشہ ریشہ کیا جاتا ہے
میں ذات کے زندان میں صدیوں سے چیخ رہی ہوں

(میں سوئے ہوئے محل کی شہزادی نہیں ہوں(۸
آسناتھ کنول کی نظم جدید دور کی آواز بھی ہے اور خواتین کے حقوق کی علمبردار بھی۔ وہ پنجاب کی بیٹی کی عصمت داری پر چلاتی ہیں۔ خیبر پختونخواہ کی دوشیزہ کو جرگے کی بھینٹ چڑھنے سے روکتی ہیں۔ بلوچستان کی رانی کے ونی ہونے پر تڑپتی ہیں اور وہ سندھ کی مظلوم عورت کو بھی موضوعِ سخن بناتی ہیں ۔وہ اس جاگیر دارانہ نظام اور سوچ کہ جہاں عورت اب بھی ظلم و ستم کا نشانہ بن رہی ہے کو وہ اپنی نظموں میں بیان کرتی ہیں اور اس فرسودہ نظام کے خلاف علمِ بغاوت بلند کرتی ہیں۔ایک نظم " اپنوں کا جبر " اس کی عمدہ مثال ہے:

وہ میرے ذہن پہ جبر کی چادر تان کر
میری زندگی کے سارے رنگ پھیکے کر دیتا ہے
اسی لیے تو میری سوچوں کی ٹہنیوں پر کسی تحریک
کی تحریر پھوٹتی ہے
میری خوشبو انگلیاں رنگ بکھیرتی ہیں
اور خون دل کا سرخ سیال میری
پلکوں پر لو دیتا ہے
ایسی نفرت سے میرا وجود
بے راہ رو پرندوں کی طرح
بھٹکتا ہے
یہ نمی جو روزنِ دل سے پھوٹتی ہے
میری پوروں کو گیلا کرتی ہے
اور اس کے لفظوں کی کرچیاں کتنی ہی دیر
میرے وجود کو اذیت دیتی ہیں
اور میں ساری نفرتیں آنکھوں کے راستے
بہتے سیال میں ڈبو دیتی ہوں
اور چہرے پر منافقت کا غازہ مل کر
دوبارہ زندگی کی دوڑ دوڑنے پر چل پڑتی ہوں
پتا نہیں ان طاقت ور بے رنگ غصیلے لمحوں میں
کمزور کیوں ہو جاتی ہوں
میں نازک شیشے کے ٹوٹے ہوئے
گلاس کی کرچیاں بڑی احتیاط سے اٹھاتی ہوں
(کہ میرے بچوں کے پائوں زخمی نہ ہو جائیں(۹

جب ایک شاعر کے ہاں کرب اور مصائب نمایاں ہوں تو وہ ان کے ذاتی تجربات کا نچوڑ ہوتے ہیں۔ ایسے ہی آسناتھ کی نظموں میں ان کی ذاتی زندگی کی جھلکیاں دکھائی دیتی ہیں۔ وہ مشاہداتی نظمیں بھی لکھتی ہیں مگر جو دل پہ گزرتی ہے اور جو ان کے شب و روز کو متاثر کرنے والے عناصر ہیں ان کو بھی اپنی نظم کا

حصہ بناتی ہیں۔ ان کے ہاں اپنی زندگی اور گھر میں رو نما ہونے والے واقعات اور گھریلو زندگی کی تلخیاں اور مصروفیات بھی نظم میں ڈھلتی ہوئی دکھائی دیتی ہیں۔ ان کی نظم " شاعرہ" ان کی ذاتی زندگی کی پرچھائیاں لیے ہوئے ہے۔ شاعرہ گھر والی، ماں اور بیوی بن کر کہیں گم ہو گئی ہے۔ اب اس کے بچے اس کی شاعری اور گھر والااس کی کتاب ہے، جسے وہ پڑھتی رہتی ہے۔ نظم کی سطریں ملاحظہ ہوں:

اس کے نازک ہاتھ
برتن مانجھتے مانجھتے تھک کر چور ہوئے
چولہے کے آگے بیٹھے چاندی زلفوں میں در آئی
اب کھردرے ہاتھوں سے جب قلم پکڑتی ہے
حرف ٹوٹ جاتے ہیں
لفظ بھی معنی کھو دیتے ہیں
کبھی وہ شاعرہ کہلاتی تھی
حسن کی بات پہ مسکاتی تھی
عشق کے ذکر پہ شرماتی تھی
اٹھتی جھلکتی پلکوں والی
جس کا سراپا خوشبو ایسا
آج اگر تم دیکھو اس کو
بکھرے بال اور سوئی آنکھیں
جیسے برسوں سوئی نہیں ہے
ڈھلتے بدن پہ عام سے کپڑے
گھر والی ہے ماں بھی ہے وہ
وقت نے اس کی شاعری لے لی
قلم بھی اب تو ٹوٹ گیاہے
کانپتے ہاتھوں سے وہ کیسے نازک جذبے بُن سکتی ہے
دیکھ رہی ہے، سن سکتی ہے
وہ ماضی میں کھو جاتی ہے
اپنے آپ کو رو بیٹھی ہے
شاعری اس کی اب بچے ہیں
اور کتاب بھی گھر والا ہے
اب وہ اسے ہی پڑھتی ہے
(اور دنیاسے ڈرتی ہے(۱۰

آسناتھ کنول کی شاعری اپنے اندر متنوع رنگ ڈھنگ اور منفرد اطوار و افکار رکھتی ہے۔ ان کی نظم اپنے اندر سادگی اور تازگی لیے ہوئے ہے۔ ان کی نظمیں براہِ راست دل و دماغ پر اثر انداز ہوتی ہیں۔ وہ ایک محب وطن فنکارہ ہیں۔ قومی

موضوعات پر مبنی نظمیں ان کی حب الوطنی کو ظاہر کرتی ہیں۔ ان کی نظم کا مجموعی تاثر رومانویت پر مبنی ہے۔ وہی رومانویت جو لطیف نسوانی احساسات، جذبات اور تجربات کا پرتو ہے۔

شاعری نہ صرف مشاہدے مطالعے اور تجربے کا نام ہے بلکہ یہ حسیات اور محسوسات سے بھی عبارت ہے۔ شاعری شدتِ احساس سے جنم لیتی ہے۔ شاعر کا مشاہدہ اور مطالعہ گہرا اور واضح ہوتا ہے۔ وہ چھوٹی سے چھوٹی بات کو نہ صرف محسوس کرتا ہے بلکہ اس سے حاصل ہونے والی حکمت، بصیرت اور عرفان کو بھی بیان کرنے کا ہنر جانتا ہے۔ زندگی کا مطالعہ کرنے والے لوگ فنکار ہوتے ہیں۔ آسناتھ کنول نے نہ صرف دیگر خواتین شاعرات کی طرح نظم نگاری پر توجہ مرکوز رکھی بلکہ انھوں نے غزل جیسی نازک صنفِ سخن کو بھی اپنایا اور اس کی روایت میں اپنے ہونے کا احساس اجاگر کیا ہے۔ ان کی غزل اپنے اندر سادگی سلاست، روانی، تفہیم، ابلاغ اور تازگی لیے ہوئے ہے۔ ان کی غزل قدیم و جدید امتزاج ہے۔ وہ غزل میں صرف نسائی پہلوئوں کو مد نظر نہیں رکھتیں بلکہ ایک بھرپور غزل گو کی طرح ان کی غزل میں فلسفہ و حکمت اور زندگی کے دیگر موضوعات بھی دکھائی دیتے ہیں۔ وہ زندگی کی راہونمیں آنے والی تلخیوں کا ذکر بھی کرتی ہیں تو اس کے ساتھ ساتھ ضبط کی کیفیات کو بھی یاد رکھتی ہیں:

زندگی کی راہوں میں تلخیاں بھی آتی ہیں
اتنا ضبط کرنے کا فن کہاں سے سیکھا ہے(۱۱)

وہ زندگی میں ضبط اور احتیاط کی قائل ہیں ان کے نزدیک سب کچھ واویلا کرنے سے ہی حاصل نہیں ہو تا بلکہ زندگی میں ضبط کی اہمیت بہت زیادہ ہے اور کامیابی اسی انسان کے قدم چومتی ہے جو احتیاط اور ضبط سے کام لیتا ہے۔ ڈاکٹر کنول فیروز ان کی شاعری پر تبصرہ کرتے ہوئے لکھتے ہیں:

"آسناتھ کنول کی شاعری میں جذبوں کی شدت بھی ہے اور فکر کی حلاوت بھی۔ وہ زیست کے سفر کے دوران جن خار زاروں اور گلزاروں کی سیر کرتی ہوئی گزرتی ہیں اسے نہایت سادگی اور اعتماد کے ساتھ تخلیقی عمل میں ڈھال کر پیش کر دیتی ہیں"(۱۲)

وہ زندگی کو بھی ضروری سمجھتی ہیں اور زندگی کے مسائل سے نمٹنا بھی لازمی گردانتی ہیں۔ ان کے نزدیک مشکلات سے منہ موڑ کر زندگی کبھی بھی سکون میں نہیں آجاتی بلکہ ان مشکلات کا مقابلہ کر کے ہی زندگی آسان ہوتی ہے۔ وہ جب ہر طرف اداسی دیکھتی ہیں تو ان کو ہر آنکھ میں آنسو دکھائی دیتے ہیں۔ وہ ان آنسوئوں کا مداوا کرنے کے لیے قلم اٹھاتی ہیں۔ ان کے نزدیک آنسو بہانا اتنا اہمیت نہیں رکھتا جتنا بہتے ہوئے آنسوئوں کو پونچھ کر وقت کا مقابلہ کرنا اہمیت رکھتا ہے۔ مگر وہ ہر چہرے پر چھائی ہوئی اداسی کو دیکھ کر کچھ وقت کے لیے پریشان ہوجاتی ہیں:

ہر ایک رخ پہ اداسی ہے خیمہ زن اب کے
ہر ایک آنکھ میں آنسو دکھائی دیتے ہیں

(۱۳)

ان کے نزدیک یہ دنیا محبت سے عبارت ہے اور محبت ہمیشہ کا روگ ہے۔ جو شخص اس محبت میں مبتلا ہو جاتا ہے وہ اس سے چھٹکارا حاصل نہیں کر پاتا۔ چاہے کچھ بھی ہو جائے اسے ہر حال میں اس محبت کا معترف و معتقد ہونا پڑ جاتا ہے ۔ ان کے نزددیک محبت عمر بھر کا روگ ہے۔ وہ محبت کی روحانیت کی تو قائل ہیں مگر اس دور کی مادہ پرستی میں پلنے والی محبت کو بھی نظر انداز نہیں کرتیں۔ آج کل کے دور کی محبت کو جیب، خوبصورتی اور خاندانی و معاشی معیار کو دیکھ کر کی جاتی ہے ،وہ اس محبت کی بات بھی کرتی ہیں کہ لوگ اس دور میں حالات اور حالت دیکھ کر کرتے ہیں۔ اس لیے وہ ایسے لوگوں کو تنبیہ کرتی ہوئی نظر آتی ہیں:

یہ محبت عمر بھر کا روگ ہے
مبتلا ہونے سے پہلے سوچ لے

(۱۴)

خاموشی انسان کی ذات کا ایک ایسا جوہر ہے جو اس کی خفیہ اور پوشیدہ باتوں کو کھلنے نہیں دیتی۔ مگر بعض اوقات کسی کی خاموشی بھی بہت معنی خیز ہوتی ہے اور وہ خاموشی میں ہی بہت سی باتیں کر جاتا ہے۔ اس کے افعال و کردار سے کئی باتیں واضح ہو جاتی ہے جو وہ زبان سے بیان نہیں کرتا یا کرنا نہیں چاہتا۔ خاموشی کے بھی بہت سے پہلو ہوتے ہیں۔ کبھی صرف اپنی ذات کو ظاہر نہ کرنے کے لیے لوگ خاموش ہو جاتے ہیں اور کبھی دوسروں کے عیبوں کی پردہ پوشی کرنے کے لیے بھی خاموش ہوتے ہیں:

وہ کم سخن ہے کچھ ایسا کہ جس کی باتوں میں
ہزار طرح کے پہلو دکھائی دیتے ہیں

(۱۵)

جب انسان کسی نئی منزل کی طرف رواں دواں ہوتا ہے تو اسے کسی چیز کی خبر نہیں ہوتی۔ وہ اپنی ذات سے بھی بے خبر ہو جاتا ہے۔ وہ منزل کو بھول کر اپنی اڑان کے نشے میں گم ہو تا ہے۔ اسے اپنی پہلی اڑان کا نشہ اس قدر ہوتا ہے کہ اسے اپنے آشیاں کی بھی خبر نہیں ہو پاتی۔ آسناتھ بھی اسی بات کو بیان کرتی ہیں کہ میں اپنی پہلی اڑان میں اتنی گم تھی کہ مجھے اپنے آشیانے کی بھی خبر نہیں ہوئی کہ وہ کہاں رہ گیا۔ میں اس سے بھی بہت دور نکل آئی ہوں:

آشیاں کی خبر نہیں مجھ کو
اپنی پہلی اڑان میں گم ہوں

(۱۶)

وہ زندگی کی حقیقتوں کو بے نقاب کرتی ہیں اور غزل کے پیکر میں مسائل و مصائب کو بیان کرتی جاتی ہیں۔ ان کے نزدیک زندگی گزرانا اتنا آسان کام نہیں ہے۔ یہاں تو اپنے خون سے بھی دیپ جلانے پڑتے ہیں۔ زندگی ایک ایسا دشت ہے جس میں چاک گریبانی ایک شرط ہے۔ اس دشت میں زندگی گزارنے کے لیے دیوانہ پن اور وحشت ضروری ہے۔ یہ وحشت بھی کوئی عام سی وحشت نہیں ہے بلکہ یہ ان دنوں کی وحشت ہے کہ جب پھول کھلنے کے دن آتے ہیں تو دیوانوں کی حالت بھی غیر ہونے لگتی ہے اور وہ بھی گریباں چاک کرنے پر اتر آتے ہیں:

کتنے دیپ جلے اور جل کر خاک ہوئے
دار پہ پہنچے دیوانے بے باک ہوئے
کتنے خواب خزاں نے میرے لوٹ لیے
فصلِ گل آئی تو دامن چاک ہوئے
آج تو برکھا رت میں خود ہی پھول کنولؔ
اپنے پیار کی آگ میں جل کر خاک ہوئے

(۱۷)

آزادی ہر انسان کی خوہش ہوتی ہے اور وہ چاہتا ہے کہ اپنی مرضی کی بہترین زندگی گزارے۔ مگر حساس دل رکھنے والا شخص کبھی بھی آزادی کی زندگی نہیں گزار پاتا۔ وہ ہمیشہ دوسروں کے متعلق سوچتا ہے اور ان کی مدد کرنے کی کوشش کرتا ہے۔ اسے ہر طرف فریادی لب اور ہر دیوار پہ لٹکی ہوئی سوالیہ آنکھیں دکھائی دیتی ہیں۔ زمانہ مصیبت میں ہو تو ایک حساس آدمی کو سکون نہیں ہوتا ۔ اسے پھولوں کے کھلنے پر بھی قدغن محسوس ہوتی ہے اور خوشبوئوں پر بھی پہرے لگے دکھائی دیتے ہیں۔ آسناتھ کنول بھی اپنی غزل میں ایسے ہی حساس موضوعات کو بیان کرتی ہیں کہ دنیا میں بلا وجہ دوسروں کے لیے زندگی کو تنگ کر دیا جاتا ہے۔ چند ایک لوگ ہیں جو اپنی عیاشیوں اور اقتدار کی سلامتی کی خاطر دوسروں کو بھینٹ چڑھاتے ہیں اور ان کا خون کر دیتے ہیں۔ ہر ایک کے ہاتھ میں نشتر نظر آتا ہے جو دوسروں کی شہ رگیں کاٹنے کی سعی میں لگا ہوتا ہے تمام فنکار بھی اس زمانے کی چیرہ دستیوں سے محفوظ نہیں ہیں بلکہ انہی میں پھنسے ہوئے ہیں۔ کوئی کسی کا احساس نہیں کر رہا بلکہ ہر ایک کو صرف اپنی زندگی عزیز ہے اور وہ اپنی حالت اور حالات کو درست کرنے پر تلا ہوا ہے:

ہر دیوار پہ آنکھیں ہیں اور ہر لب فریادی ہے
اکثر سوچا کرتی ہوں میں یہ کیسی آزادی ہے
پھول پہ قدغن کھلنے کی ہے، خوشبوئوں پر پہرہ ہے
شبنم کے آنسو ہیں ماتم اور غنچوں کی شادی ہے
جس کو دیکھو ہاتھ میں نشتر اور گریباں چاک لیے
رنج و الم کا شہر بنا ہے اور دکھ کی آبادی ہے
گھائل ہیں فنکار بھی اس کے ہست و بود کی دنیا میں

ہر اک بات میں پر کاری ہے بات مگر یہ سادی ہے

(۱۸)

زمانے کی نشتر زنی بعض اوقات اس قدر بڑھ جاتی ہے کہ انسان گوشہ تنہائی کو اپنے لیے عافیت سمجھنے لگ جاتا ہے۔ اور اس کی تنہائی ہمیشہ اس کی دوست بن جاتی ہے۔وہ تنہائی میں اپنی ذات کی طرف رجوع کرتا ہے اور ذات کے عوامل پہ غور کرتا ہے۔ وہ زمانے کو بھلا کر اپنے اندر اترا اتا ہے اور اس کی ذات کی ساری پرتیں اس پر کھلنے لگتی ہیں۔ وہ نہ صرف ہر طرف کی پریشانیوں سے آزاد ہو جاتا ہے بلکہ اس کو خود کو سمجھنے کا موقع بھی ملتا ہے۔ اس سفر میں کبھی وہ خود کلامی کرتاہے ،کبھی اپنے بارے میں دوسروں کے نظریات جاننے کی کھوج میں لگ جاتا ہے کبھی اسے خود سے محبت ہونے لگتی ہے ،کبھی خود سے نفرت کرنے لگتا ہے۔ یہ کیفیت اس کو اس کی اپنی خبر دیتی ہے کہ وہ کیا ہے اور زمانے نے اسے کیا بنا دیا ہے۔ آسناتھ کنول بھی اس بات کو اپے اشعار میں بیان کرتی ہیں۔ پروین شاکر کی طرح ان کی غزلوں میں بھی خود کلامی کا عنصر پایا جاتا ہے ۔ وہ اپنی کھوج میں نکلتی ہیں اور خود کو تلاش کرتے ہوئے کہیں کھو سی جاتی ہیں:

نہ جانے میں کس کو کھوجنے نکلی ہوں
یوں لگتا ہے خود کو ڈھونڈنے نکلی ہوں
اتنا بکھری ہوں خود اپنی راہوں میں
اک اک ریزہ بیٹھ کے چننے نکلی ہوں
جو کچھ میرے بس میں نہیں وہ کیسے ہو
خود کو کھو کے کس کو پانے نکلی ہوں

(۱۹)

الغرض آسناتھ کنول کی غزل میں معاملاتِ محبت، غمِ جاناں، غمِ دوراں، حسیات، جذباتیت کے عناصر نمایاں طور پر دیکھے جاسکتے ہیں۔ وہ ایک حساس فنکار کی طرح معاشرے کو مشاہداتی آنکھ سے بھی دیکھتی ہیں اور اس میں اپنے جذبات کی حدت دے کر شعروں کے قالب میں ڈھال دیتی ہیں۔ مجموعی طور پر ہم کہہ سکتے ہیں کہ آسناتھ کنول کی غزل نہ صرف اس عہد کی عکاس ہے بلکہ ہم انھیں اس دور کے بڑے بڑے غزل گو شعرا اور شاعرات کی صف میں کھڑا کر سکتے ہیں۔ جدید غزل کے جو بھی لوازمات ہیں وہ ان کی غزل میں موجود ہیں۔ وہ اس عہد کی شاعرہ ہیں، اور عہد ساز فنکار وہی ہوتا ہے جس کی شاعری میں اس کا لہجہ بولتا ہو اور اس کا زمانہ سانس لیتا ہو۔

افضال فردوس

افضال فردوس کا نام افضال خاں رکھا گیا جو ہشتم میں افضال فردوس ہو گیا۔ ان کے والد کا نام جوزف سردار خان ہے۔ ان کے والد بھی بہت اچھے شاعر تھے اور فردوس تخلص کرتے تھے اور ادبی دنیا میں فردوس سیالکوٹی کے نام سے معروف تھے۔ ”نوروز“ کے نام سے ان کی ایک کتاب بھی شائع ہو چکی ہے۔ ان کی

والدہ کا نام کشلیاونتی تھا۔ آپ ۹ ستمبر ۱۹۵۷ میں سیالکوٹ کے ایک نواحی گائوں جام کے چیمہ میں پیدا ہوئے۔ ایم اے اردو پنجاب یونیورسٹی لاہور سے بطور پرائیویٹ امید وار پاس کیا۔ کیمرج یونیورسٹی سے ایم۔ڈی کیا اور لوسیانہ بیپٹیسٹ یونیورسٹی سے پی ایچ ڈی کی ڈگری حاصل کی۔ انھوں نے سینٹ ایپسکوپل ہسپتال سے کلینیکل پاسٹرل ایجوکیشن کا ڈپلومہ حاصل کیا۔ ۲۰۰۰ء سے امریکی گوروں کے پاسٹر کے طور پر خدمات انجام دے رہے ہیں۔ ان کی شاعری کی درجِ ذیل کتب شائع ہو چکی ہیں۔

* ستارے میرے ہاتھوں میں ستمبر ۱۹۹۰
* لوبان جنوری ۲۰۰۳
* گھر یاد آیا مئی ۲۰۰۴
* شالوم جولائی ۲۰۰۵
* زیتون کے باغوں میں جون ۲۰۱۵
* رستہ بھلے خواب(پنجابی) مارچ ۲۰۲۰
* مرگ نینی (مسلسل غزل) مارچ ۲۰۲۰

ڈاکٹر افضال فردوس کا شعری کلیات ماورا پبلشرز لاہور سے طباعت کے مراحل میں ہے۔

اردو غزل نے ایک ایسا طرزِ احساس متعارف کرایا ہے جس سے نیا ماحول دریافت ہوا ہے جو روایتی ماحول سے قدرے مختلف نظر آتا ہے۔ شاعری کا اصل ماحول شاعر کا اپنا اندرونی ماحول ہے۔ جس کے حصار میں رہ کر وہ شعر تخلیق کرتا ہے اور قاری کو ایک نئے ماحول سے روشناس کراتاہے ۔ افضال فردوس نے اردو شاعری کے ایک ایسے ماحول سے آشنا کیا ہے جو باقی تمام مسیحی شعرا سے یکسر مختلف ہے۔ وہ اپنے انفرادی اسلوب کی بدولت معاصر شعرا میں ممتاز ہیں۔ ان کے ہاں سادگی اور برجستگی کی عمدہ مثالیں ملتی ہیں۔ انھوں نے غزل میں اپنے ماحول اور اپنے معاشرے کی منظر کشی کی ہے۔ روایتی مضامین ،فارسی تراکیب اور ثقیل لفاظی سے گریز کیا ہے۔ ڈاکٹر بشیر بدر کے بقول:

افضال فردوس کی شاعری محبت کی میٹھی زبان میں دنیا داری کا ایسا منظر نامہ" ہے جس میں تازہ کار معنویت، انسانیت درد مندی کے جذبوں سے بھرپور ،متحرک اور مترنم تصویروں کے سلسلے پیش کرتی چلی جاتی ہے۔ ان گزرتے منظروں میں پڑھنے والا اپنے آپ کو ان کا حصہ سمجھنے لگتا ہے۔ ان کا یہ رویہ ان کی (شاعری کی منفرد شناخت ہے"(۲۰

افضال فردوس کی غزل کا غائر مطالعہ کیا جائے تو ایسی آسودگی ملتی ہے جو شاید انھی کے کلام کا خاصہ ہے۔ وہ ہر شعر دل سے کہتے ہیں۔ اس لیے ان کی بات دل میں اترتی چلی جاتی ہے۔ وہ معاشرے سے عام واقعات اور باتوں کو جب اپنے لفظوں میں ڈھال کر بیان کرتے ہیں تو یہی عام خیالات خاص ہو جاتے ہیں۔ وہ نہ تو زمانے سے شکوہ شکایات کرتے ہیں اور نہ ہی محبوب کی سنگ دلی کا رونا

روتے ہیں۔ وہ اگر قسمت یا تقدیر کی بد حالی کو بھی بیان کریں تو مخصوص الفاظ میں ، ڈھکے چھپے انداز میں بات کر جاتے ہیں۔ وہ قسمت کو کوسنے کی بجائے ایک لمحہ قارئین کے سامنے رکھتے ہیں جس سے قاری آشنا ہو کر دم بخود ہو جاتا ہے:

جہاں پہ گر پڑا موتی ہماری مٹھی سے
خدا کی شان سمندر وہیں پہ گہرا تھا
سفر تمام ہوا ہے تو یاد بھی نہ رہا
کہاں کہاں سے میں گزرا کہاں پہ ٹھہرا تھا
پکارتا رہا شب بھر میں سرد گلیوں میں
مگر وہ شہر کہ سارے کا سارا بہرا تھا
یہ ہولناک سیاہی کدھر سے آنکلی
مرے رفیق یہ دن تو بڑا سنہرا تھا

(۲۱)

افضال فردوس کی غزل میں اچھے اشعار کی تعداد غیر متعین ہے۔ ان کی ہر غزل میں ایک یا دو شعر ایسے برآمد ہوتے ہیں جنھیں کسی بھی زاویے سے جانا یا پرکھا جائے تو وہ ادبِ عالی کے معیار پر پورا اترتے ہیں۔ اس سے بڑھ کر ان کا کمالِ فن یہ ہے کہ ان کے ہاں پوری پوری غزل بھرپور اور زبردست ہوتی ہے۔ قافیہ ایسا چست باندھتے ہیں کہ شعر نکھر جاتا ہے اور ردیف کی موسیقیت ایک نئے جہانِ معنی میں لے جاتی ہے:

شوقِ سفر میں یوں بھی نہ مر جانا چاہیے
بارش بھی ہے ہوا بھی ٹھہر جانا چاہیے
یہ اور بات ہے کہ کوئی منتظر نہ ہو
پر شام ہو گئی ہے تو گھر جانا چاہیے
ممکن ہے لوٹ کر نہ کبھی آسکیں ادھر
پھر بھی چراغ راہ میں دھر جانا چاہیے
اب تو لہو کا آخری قطرہ بھی جل چکا
اب تو سحر کا رنگ نکھر جانا چاہیے

(۲۲)

افضال کی مضمون آفرینی اور برجستگی بے مثال ہے ۔وہ ایک نقطے کو مرکز بنا کر اس کے گرد ایک ایسا ہالہ بنا دیتے ہیں کہ جس کے حصار میں قاری گرفتار ہو جاتا ہے۔ وہ افسردگی ،کسک اور قنوطیت کو بھی رجائیت کے رنگ میں ڈھال دیتے ہیں۔ اردو شاعری میں پرندہ آزادی کی علامت ہے اور جیل اس کا متضاد ہے۔ کسی قیدی کا جیل کی دیواروں پر پرندہ بنا دینا اس ماحول اور گھٹن کے خلاف بغاوت بھی ہے اور آزادی حاصل کرنے کی امید بھی:

قیدی سے اور کچھ تو بن پایا جیل میں

دیوار پر لہو سے پرندہ بنا دیا

(۲۳)

افضال فردوس نے خود کو کشلیا کا بیٹا کہا ہے۔ پردیس کی زندگی ان کے لیے بن باس ہے۔ اگرچہ وہ امریکہ میں پر تعیش زندگی گزار رہے ہیں۔ مگر ان کا خمیر تو پاکستان کی مٹی کا ہے۔ اس لیے ان کے دل میں ایک مشرقی باپ کی اولاد کے لیے محبت ہمہ وقت موجزن ہے۔ مگر یہ دیکھ کر افسردہ ہو جاتے ہیں کہ آج اس مادیت زدہ افراتفری کے ماحول نے خونی رشتوں کے درمیان الفت اور چہت کم کردی ہے۔ سوشل میڈیا ،موبائل اور انٹر نیٹ نے جہاں ساری دنیا کے لوگوں کو آپس میں ملا دیا ہے وہاں گھر کے اپنے افراد کو ایک دوسرے سے دور کر دیا ہے۔ افضال فردوس اس منظر نامے کو یوں بیان کرتے ہیں:

اداسی رگ و پے میں بسنے لگی ہے
مجھے خط لکھیں میرے بچوں سے کہنا
بتانا زمانے کو دکھ درد اپنا
نہ لیکن کبھی گھر کے لوگوں سے کہنا

(۲۴)

افضال فردوس غزل کے ساتھ ساتھ نظم میں بھی اپنے جوہر خوب دکھلاتے ہیں۔ وہ عام طور پر آزاد اور مختصر نظم کہتے ہیں۔ جو بات قابلِ ذکر ہے وہ ان کی نظموں کا پیرائیہ اظہار ہے۔ وہ نظم کہتے ہوئے عام بول چال کی زبان استعمال کرتے ہیں اور ایک ایک مصرع ان کی فنی ریاضت کی داستان لیے ہوتا ہے۔ وہ بازاری محبت ،بچگانہ عشق اور سطحی رومانس کے شاعر نہیں ہیں ،نہ ہی ان کی نظم میں ایسے سوقیانہ مضامین کی بھرمار ہے۔ وہ اپنی نظم میں الفاظ ناپ تول کر اور مصرعے ٹھونک بجا کر استعمال کرتے ہیں۔ان کی ایک نظم "A Note On The Door" ملاحظہ ہو:

ہاں ! دروازہ کھلا ہے
اندر آسکتے ہو
لیکن۔۔۔
سنبھل کے آنا
رہ میں میری آنکھیں پڑی ہوئی ہیں
(اور خوابوں کے ٹکڑے بھی (۲۵

"جا وے پردیسیا" ایک ایسی نظم ہے جو ایک مشرقی بیوی کی اپنے خاوند کے پردیس چلے جانے پر دلی کیفیات کا اظہار ہے۔ وہ سادگی اور معصومیت سے بتلاتی ہے کہ وہ کمرے میں کس قدر تنہا رہ جائے گی ۔وہ اس کی یاد میں کمرے کی ہر چیز سے باتیں کرے گی۔ افضال فردوس نے میاں بیوی کی محبت کے ایک عام سے تجربے کو بہت اچھوتے انداز میں نظم کر دیا ہے۔

کل تم رخصت ہو جائو گے

اور میں اس کمرے کے اندر
پھر سے تنہا رہ جاؤں گی
چھوٹی موٹی چیزیں
اور تمھارے جسم کی خوشبو
اس کمرے میں رہتی ہے
تنہائی میں
میں جس شے کو بھی چھوتی ہوں
وہ باتیں کرتی ہے
کل تم رخصت ہو جاؤ گے
اور کمرے کی ساری چیزیں
(باتیں کرنے لگ جائیں گی (۲۶

افضال فردوس نے نظم کی تمام ہئیتوں کے ذائقے چکھے ہیں۔ وہ آزاد ، پابند، مخمس، مسدس اور قطعہ کہتے ہیں۔ ان کے ہاں ماہیا نگاری کی چند ایک مثالیں بھی موجود ہیں جو ان کے ذوقِ شعر گوئی کی طرف انوکھا اشارہ کرتی ہیں۔ ماہیا نگاری میں انھوں نے محبت کے نازک اور لطیف جذبات کو موضوع بنایا ہے۔ ایک :ماہیا ملاحظہ ہو

کب تک تڑپاؤ گے
گجرے سوکھ چلے
(تم کب گھر آؤ گے(۲۷

افضال فردوس کی نظموں میں وطن سے محبت ،ملی نغموں کی صورت میں نظر آتی ہے۔ وہ پاکستانی پرچم ، پاکستان کی مٹی اور پاکستان کے بچوں سے اپنی محبت کا اظہار کرتے ہیں۔ وہ دنیا میں امن کے خواہاں ہیں۔ ان کا گیت ''امن اور امن'' ساری دنیا میں امن اور شانتی کے داعی کے طور پر متعارف کراتا ہے۔ الغرض وہ غزل اور نظم کے اچھے شاعر ہیں۔ ان کے جذبات احساسات اور تجربات نرالے ہیں۔ وہ محبت امن اور پیار کے قائل ہیں وہ دنیا کو امن کا گہوارہ دیکھنا چاہتے ہیں۔

جاوید یاد

جاوید یاد مسیحی شعرا میں ایک منفرد اور اہم نام ہے۔ وہ غزل ،نظم اور گیت کے شاعر ہیں۔ ان کی نظمیں اور گیت زیادہ تر مذہبی رنگ میں رنگے ہوئے ہیں۔ وہ روایتی اور کلاسیکی انداز میں غزل کہنے پر قدرت رکھتے ہیں۔ ان کی غزل میں موضوعاتی تنوع موجود ہے مگر ان کا اسلوب اور انداز وہی ہے جو میرؔ سے محسنؔ نقوی تک تقریباً ہر چوتھے شاعر کے ہاں ملتا ہے۔ وہ غزل میں رومانویت کے قائل بھی دکھائی دیتے ہیں اور زمانے کے مسائل و مصائب پر بھی تبصرہ کرتے دکھائی دیتے ہیں۔ ڈاکٹر عرش صدیقی ان کی شاعری پر تبصرہ کرتے ہوئے :کہتے ہیں

جاوید کی شاعری گہرے شاعرانہ تاثر کی حامل ہے۔ ان کی شاعری محبت کی" شاعری ہے۔ لیکن ان کے ہاں محبت کی داخلی واردات، کسی فرد یا کسی ایک شے سے مختص نہیںہے۔ یہ واردات نوعِ انسانی سے گہرے رشتے کی عکاس ہے"(۲۸)

ان کا شعری مجموعہ" کھلی آنکھ کا سپنا"۱۹۹۹ء میں ملتان سے شائع ہوا جس کا انتساب انھوں نے اپنے بھائی دلآویز کے نام کیا ہے۔ یہ غزلوں اور نظموں کا مجموعہ ہے۔ ان کی شاعری کا مطالعہ کرتے ہیں تو احساس ہوتا ہے کہ وہ زندگی کی ازلی و ابدی حقیقتوں سے بھی آشنا ہیں اور مرنے کے بعد کی حیاتِ جاوداں پر بھی یقیں رکھتے ہیں اور اس زندگی میں رہتے ہوئے ہ خود کو وقت کی قید سے آزاد محسوس کرتے ہیں۔ وہ ایک پرندے کی طرح آزاد فضائوں میں رہنے اور جینے کو زندگی سمجھتے ہیں:

آسمانوں سے دوستی ہے مری
موت کے بعد زندگی ہے مری
وقت کی قید سے نکلنے کو
میں پرندہ بنوں خوشی ہے مری

(۲۹)

زندگی کے نامساعد حالات کو وہ اپنی غزل میں نہایت خوبصورتی سے بیان کرتے ہیں۔ چاند کی روشنی ہو یا برسات کی بہاریں، وہ تمام موضوعات کو دل کش انداز میں بیان کرتے ہیں۔ دنیا میں انسان ہمہ وقت پریشانیوں اور مسائل میں گھرا رہتا ہے جن سے انسان توقع کرتا ہے وہی اس کو دکھ دیتے ہیں ۔ وہ ان کے فریب اور دھوکے میں آنے کا عادی ہو جاتا ہے۔ جن پر وہ مکمل بھروسا کرتا ہے وہی دغا دیتا ہے۔ تابش دہلوی نے ایک شعر میں کہا تھا:

دل کو ہوتا ہے بہت جن پہ بھروسا تابش
وقت پڑنے پہ وہی لوگ دغا دیتے ہیں

(۳۰)

جاوید یاد بھی بار بار فریب اور دھوکا بازی برداشت کرنے کے قائل ہیں۔ وہ پھر سے ان دوستوں سے عہد باندھنے پر مصر نظر آتے ہیں جنھوں نے انھیں دھوکا دیا ہوتا ہے۔ بعض اوقات وقت الٹی چال بھی چل جاتا ہے۔ جس سے انسان کو توقع نہیں ہوتی وہی اس کے لیے ابرِ رحمت بن جاتا ہے۔

زرد پتوں پہ چاند اترا ہے
رات یہ معجزہ بھی دیکھا ہے
میں تو حیران ہوں کہ ابرِ کرم
اس دفعہ میری چھت پہ برسا ہے
آج پھر اس سے عہد باندھوں گا
بارہا جس کو میں نے پرکھا ہے

(۳۱)

جاوید یاد محبت اور امن کے داعی ہیں۔ وہ پرندوں کی سی ہجرت زدہ زندگی گزارنے کے قائل ہیں۔ وہ ایک جگہ رک کر اور ایک گھر میں قید رہ کر زندگی گزارنے کو اچھا نہیں سمجھتے۔ ان کے نزدیک زندگی آزاد فضائوں میں سانس لینے اور محبت بانٹنے کا نام ہے۔ وہ دشمنی اور نفرت سے کوسوں دور دکھائی دیتے ہیں۔ وہ دشمنی کے نام سے ہی واقفیت نہیں رکھتے۔ بلکہ وہ یہ کہتے ہیں کہ میں اس میدان میں جاہل ہوں اور مجھے وہ علم نہیں سیکھنا جس میں دوسروں سے دشمنی کرنی پڑے۔ میں تو محبت ساز ہوں، محبت بانٹتا ہوں اور محبت چاہتا ہوں:

راستہ ہوں نہ کوئی منزل ہوں
میں پرندوں کے ساتھ شامل ہوں
کیوں مجھے دشمنی سکھاتے ہو
میں تو اس فلسفے میں جاہل ہوں

(۳۲)

ان کی زیادہ تر نظمیں رومانوی رنگ لیے ہوئے ہیں۔ وہ مختصر نظمیں لکھنے کے قائل دکھائی دیتے ہیں۔ دراصل غزل کی طرف رجحان زیادہ ہونے کی وجہ سے شاید انھیں یہ عادت پڑ گئی ہو۔ کیوں کہ غزل اور نظم کے فطری میلانات بالکل منفرد ہیں۔ غزل کا شاعر ایک شعر میں ساری بات سمیٹنے کی کوشش کرتا ہے جب کہ نظم کا شاعر وہی بات چالیس سطروں تک پھیلا سکتا ہے۔جاوید یاد بھی بنیادی طور پر غزل کے شاعر معلوم ہوتے ہیں۔ ان کی مختصر نظمیں جن میں رومانوی انداز نظر آتا ہے اور فکر و دانش کے الجھے ہوئے دھاگے بھی دکھائی دیتے ہیں۔ زیادہ تر نظموں کا انداز سوالیہ ہے۔ ایک نظم "پتھر" کی چند سطریں ملاحظہ ہوں:

میں اس
پتھر
سے ٹکرا کر گرنے والا
پہلا تھا
یا مجھ سے پہلے
اور بھی کتنے
اس پتھر سے زخمی ہو کر
بیٹھے ہیں

(۳۳)

جاوید یاد بتانا یہ چاہتے ہیں کہ انھیں راستے میں پڑے ہوئے پتھر سے تکلیف پہنچی ہے۔ ٹھوکر کھا کر انھیں صرف اپنا دکھ یاد نہیں آیا بلکہ وہ دوسروں کے دکھ میں شریک ہونے کا سوچنے لگتے ہیں۔ وہ اپنی ذات کا غم بھول کر دوسروں کے غم کو اپنا غم بنا لیتے ہیں۔ ان کی نظم "سچی باتیں" ایک ایسی نظم ہے جس میں وہ اپنی باتوں کی بجائے اپنے محبوب کی باتوں کو اہمیت دیتے ہیں اور اس کے

ہونٹوں سے نکلی باتوں کو سچی باتیں قرار دیتے ہیں۔ ان کی دیگر نظموں
میں"آئینہ"، "سبزہ"، "لمحہ"، اور "گرمی" ایسے ہی خیالات کی ترجمان ہیں۔
یسوع کے سنگ سنگ" ان کا شعری مجموعہ ہے جو روحانی گیتوں اور فیچرز"
پر مشتمل ہے۔ روحانی گیتوں میں ان کا رنگ من اور دوستی کا ہے۔ وہ زندگی میں
امن اور محبت کے قائل ہیں۔ وہ ساری دھرتی پر امن پھیلانے کے داعی ہیں۔ وہ
جھوٹ اور سچ کے درمیان فرق کرنے والے دکھائی دیتے ہیں اور ہر طرف پھول
کھلانے کے دعوے دار ہیں۔ ان کی نظم "امن کا گیت" میں ان کا نکتہ نظر واضح
دکھائی دیتا ہے:

اپنے نقشِ پا سے امن اگائیں گے
ہم دھرتی پر سکھ کے پھول کھلائیں گے
مزدورں کا بوجھ اٹھانے والے ہیں
ہم یسوع سے پیار کرنے والے ہیں
اب تو پھول کھلیں گے اپنے گلشن میں
بن ساون کے جھولے ہوں گے گلشن میں
دکھیاروں کا ساتھ نبھانے والے ہیں
ہم یسوع سے پیار کرنے والے

(۳۴)

حضرت عیسیٰ کی ولادت اور ان کی تعلیمات پر وہ خامہ فرسائی کرتے ہیںاور
تعلیمات مسیح کو زمانے کے لیے بہتر قرار دیتے ہیں۔ان کے آنے سے اور ان کی
تعلیمات کے فیض سے سرو و سمن مہک اٹھے ہیں اور زمانے میں انقلاب آگیا ہے
۔ ان کے بتائے ہوئے الفاظ اور باتوں نے ہمیں جینا سکھایا ہے ۔ ان کا آنا زمانے کے
لیے انقلاب ہے:

اُسی کے فیض سے مہکے ہوئے ہیں سرو و سمن
اُسی کی تاب سے روشن ہوئے ہیں کوہ و دمن
اُسی نے شان سے رہنا ہمیں سکھایا ہے
اک ایسا شخص بھی اب اس جہاں میں آیا ہے

(۳۵)

سورج نرائن ڈاکٹر

ڈاکٹر سورج نرائن ہندو مذہب سے تعلق رکھتے ہیں۔ ان کا اصل نام نرائن لعل جبکہ
قلمی نام سورج نرائن ہے۔ آپ ۱۳ اپریل ۱۹۴۶ کو سنگھیڑ ضلع کوہاٹ میں پیدا
ہوئے۔ ان کے والد کا نام سندر داس اور والدہ کا نام لکشمی دیوی تھا۔ان کے باپ ہندو
جبکہ والدہ سکھ مذہب کی پیروکار تھیں۔ان کی والدہ مذہبی خاتون تھیں انھیں بہت
سے اشلوک زبانی یاد تھے۔ سورج نرائن نے ابتدائی تعلیم کوہاٹ سے حاصل کی۔
میٹرک کا امتحان امتیازی نمبروں سے پاس کیا۔گورنمنٹ کالج کوہاٹ سے
ایف۔ایس۔سی کرنے کے بعد ان کا تعلیمی سلسلہ منقطع ہو گیا،آپ نے بی۔اے اور

ایم-اے انگریزی ادب پرائیویٹ امیدوار کے طور پر پاس کیے ۔ آپ نے موسیقی کی باقاعدہ تعلیم حاصل کی۔

ان کے والد میونسپل کمیٹی میں سپر وائزر تھے اور دمے کے مریض تھے۔ان کا انتقال ۱۹۶۶ میں ہوا ۔ والد کی وفات کے بعد ذمہ داریوں کا بوجھ آپ کے کندھوں پر آ گیا۔ انھوں نے محکمہ ڈاک میں بطور یو ڈی سی ملازمت اختیار کر لی۔ یہاں سے اسسٹنٹ پوسٹ ماسٹر کے عہدے سے ریٹائر ہوئے۔ بعد میں ایم اے اردو کیا اور مختلف پرائیویٹ کالجز میں تدریسی فرائض انجام دیتے رہے۔ سورج نرائن نے اسلم فیضی سے شعری اصلاح لی۔ انھوں نے قتیل شفائی اور احمد ندیم قاسمی سے بھی فیض حاصل کیا۔ سورج نرائن کی شادی ایک ہندو پنڈت کی بیوی ریکھا دیوی عشرت سے ہوئی۔ وہ برہمن خاندان سے تھیں جو ایک وفادار مشرقی بیوی ،ایک محبت بھری ماں اور پیار و محبت کا مجسم پیکر تھیں۔ عرفان اللہ کے بقول:

"سورج نرائن نے بہت پر سکون گھریلو زندگی گزاری ہے۔ انھوں نے اپنی اولاد کی اچھی تعلیم و تربیت کی۔ یہی وجہ ہے کہ سورج نرائن کا گھرانہ کوہاٹ کا سب سے پڑھا لکھا گھرانہ ہے۔"(۳۶)

سورج نرائن غزل اور نظم کے شاعر ہیں ۔ آپ عالمی مشاعروں میں بھی شرکت کرتے رہتے ہیں۔ ان کا کلام پشاور یونیورسٹی میں بطورِ نصاب شامل ہے۔ وہ ایک قادر الکلام شاعر ہیں۔ ان کے ۲۴ شعری مجموعے اس کا منہ بولتا ثبوت ہیں۔ سورج نرائن کی شاعری قدما اور روایت کا پرتو لیے ہوئے ہے۔ ان کے ہاں فارسی خیالات کو اردو شاعری کا پیرہن عطا کرنے کا تجربہ بہت نرالا نظر آتا ہے۔ انھوں نے فیض، قاسمی، ایوب صابر اور اسلم فیضی کی صحبت سے بہت کچھ سیکھا۔ ان جید شعرا کا مشورہ ان کے کلام کو مزید نکھار عطا کرتا گیا۔ سورج نرائن کوہاٹ کی سر زمین پر پلے بڑھے ہیں ا س لیے ان کی شخصیت پر اسلامی اقدار اور معاشرے کا رنگ چڑھ جانا فطری بات ہے۔ سورج نرائن کی شاعری میں اسلامی ماحول اور معاشرت کی ترجمانی کے ساتھ ساتھ حمد اور نعت کہنے کا سلیقہ بھی موجود ہے۔ سورج نرائن نے اہلِ بیت اطہار کی شان میں قصیدے بھی لکھے ہیں ۔اپنے ایک انٹر ویو کے دوران انھوں نے راقم سے محبت اہلِ بیت کا اظہار یوں کیا:

"علی عمران ! ماشا ء اللہ آپ بھی علی کے ماننے والے ہیں اور ہم بھی علی علی کرنے والے ہیں۔ امام حسینؑ سے جو عقیدت میرے دل میں ہے آپ کہہ سکتے ہیں کہ میں بھی حسینی ہوں"(۳۷)

سورج نرائن نے نعت نگاری میں حضورؐ کی خدمت میں ادب و عقیدت کے پھول نچھاور کیے ہیں۔ ان کے ہاں نعت کے بعض اشعار اتنے دل کش ہیں کہ لگتا ہی نہیں یہ کسی ہندو شاعر کا کلام ہے:

سچ تو یہ ہے کہ تری چشمِ کرم سے پہلے
میری ہستی تھی مرے نام پہ گالی آقاؐ
چومتے ہیں جسے دن رات فرشتے آکر

ہم بھی دیکھیں ترے روضے کی وہ جالی آقاؐ
صرف تیرے ہی بیانات حقیقت کے امیں
باقی دنیا کی ہر اک چیز خیالی آقاؐ

(۳۸)

سورج نرائن کی غزلیہ شاعری میں نادر اور اچھوتے مضامین دکھائی دیتے ہیں۔ ان کی غزل جدید و قدیم رنگ کا مرقع ہے۔ وہ غمِ جاناں اور غمِ دوراں کو بہم مربوط کر کے خوش اسلوبی سے بیان کرتے ہیں۔ زمانے کے آلام، مصائب اور تکالیف ،غربت دکھ اور پریشانیاں، انھوں نے خود جھیلی ہیں اس لیے ان کڑوے کسیلے ذائقوں سے وہ بہت اچھی طرح آشنا ہیں۔ وہ جانتے ہیں کہ غم جب دل میں ڈیرہ ڈال لیتے ہیں اور تکالیف کا دریا امڈ آتا ہے تو اپنی دلی کیفیات کو رک کے رکھنا ناممکن ہو جاتا ہے۔ انسان جتنا بھی بہادر اور صابر ہو ایک نہ ایک دن آنکھیں چھلک پڑتی ہیں اور ضبط کے سارے بندھن ٹوٹ جاتے ہیں۔ سورج نرائن زندگی کی اس کیفیت کو خود پر طاری کر کے اس کا ازالہ بھی کرتے ہیں۔ ان کے الفاظ میں اک خود فریبی بھی چھپی ہے جو ہمت اور حوصلے کی دلیل بھی ہے:

میری آنکھوں میں لرزتی ہے میری مغمومی
میری ہمت ہے جو کہتا ہوں کہ رنجور نہیں

(۳۹)

انسان پیدا ہی دکھ جھیلنے اور تکالیف سہنے کے لیے ہوتا ہے۔ اس لیے مرتے دم تک یہ انسان کا پیچھا نہیں چھوڑتے بلکہ سایے کی طرح انسان کے ساتھ ساتھ رہتے ہیں۔ دکھ انسان کی ہمت اور حوصلے کو جب کمزور کرتے ہیں تو ارد گرد کے لوگوں کی تکالیف دیکھ کر انسان اپنے غم بھول جاتا ہے۔ انسان خود کو زمانے کے ساتھ گرا ہوا پاتا ہے تو کوئی تقدیر سے گلہ شکوہ نہیں کرتا بلکہ ہنستے ہنستے تمام دکھ سہہ لیتا ہے ،کیوں کہ وہ جان جاتا ہے کہ اس دنیا میں کوئی بھی ایسا نہیں جو دکھوں کی زد میں نہ ہو۔ شعر دیکھیے:

کون رہتا نہیں دنیا میں دکھوں کی زد پر
کون سا شخص ہے دنیا میں جو رنجور نہیں

(۴۰)

سورج نرائن غزل میں ماں کی محبت کو بیان کرتے ہوئے ماں کی دعا کو اپنے لیے باعث راحتِ جاں قرار دیتے ہیں۔ ماں دنیا کا انمول تحفہ ہے۔ ماں کی محبت انسان کی فطرت میں شامل ہے۔ ہندو مذہب میں ماں کو بھگوان کا دوسرا روپ قرار دی جاتا ہے۔ ماں کی دعا انسان کی کامیابی و کامرانی کی ضمانت ہے۔ سورج نرائن اپنی ماں کی دعا کو اپنی ذات اور اپنے وجود سے بھی زیادہ قریب محسوس کرتے ہیں اور اپنی ماں کی دعا کو اپنا سب سے بڑا محافظ سمجھتے ہیں:

جو مجھ سے دور رہتا ہے وہ میرا اپنا سایہ ہے
جو میرے ساتھ رہتی ہیں، مری ماں کی دعائیں ہیں

(۴۱)

زندگی پھولوں کا بستر نہیں ہے۔ انسان اپنے آپ کو جتنا راحت و آرام اور آسائش پسند بناتا ہے، مسائل اس کو اتنا ہی گھیرے رکھتے ہیں۔ انسان جو کچھ سوچتا ہے ویسا ہر گز نہیں ہوتا، ہوتا وہی ہے جو تقدیر میں لکھا ہوتا ہے۔ بعض اوقات انسان اچھا کرنے کی کوشش کرتا ہے مگر اس کا نتیجہ برا نکل آتا ہے۔ سورج نرائن نے بھی ایسے ہی ایک حقیقت کا ذکر کیا ہے کہ میں تو راستے کی ہمراہی سے مطمئن تھا مگر آبلے تھے کہ پھر بھی میرے پائوں سے لپٹ گئے:

پھر بھی لپٹ گئے مرے پائوں سے آبلے
میں چل پڑا تھا راستہ ہموار دیکھ کر

(۴۲)

مت پوچھ کیسے رنگ کی گردش تھی خون میں
گھر سے نکل پڑا میں تلاشِ سکون میں

(۴۳)

سورج نرائن روایتی غزل کی طرح لب و رخسار کے قصے بیان نہیں کرتے بلکہ ان کے کلام میں زندگی کے حقیقی رنگ و انگ پائے جاتے ہیں۔ وہ اپنے تجربے اور مشاہدے سے جو کچھ سیکھتے ہیں اس کا رس اپنے اشعار میں ڈھال دیتے ہیں۔ ان کی عمر اس وقت ۷۴ سال ہے اور وہ آج بھی تازہ اور جوان غزل کہتے ہیں۔ ان کے کلام میں ایسے مضامین کی فراوانی ہے جو عام آدمی کے جذبات کی ترجمانی کرتے ہیں۔ اس طرح ان کے دل کی بات ہر ایک کو اپنے دل کی بات لگنے لگتی ہے:

ایسی بے ضابطہ خواہش نہیں اچھی لگتی
پہلے دکھ مانگنا اور بعد میں حیراں ہونا

(۴۴)

ہم اپنے نام کے دکھ سے ہیں بے خبر لیکن
تمہارے نام کا دکھ جانتے ہیں ہم کیا ہے
پتا چلا ہے مجھے انگلیوں کی پوروں سے
کمالِ لفظ ہے کیا جنبشِ قلم کیا ہے
ہمارے واسطے سورج دیارِ جاناں میں
کرم کا سلسلہ یہ ہے تو پھر ستم کیا ہے

(۴۵)

الغرض سورج نرائن اردو شاعری کے افق پر چمکتے آفتاب کی مانند ہیں۔ وہ اپنے نام اور مرتبے پر پورے اترتے ہیں۔ مضافات میں رہنے کی وجہ سے ان کو شہرت تو اُس قدر نہ مل سکی جس کے وہ حق دار ہیں مگر ادبی دنیا میں ان کی شعائیں رہتی دنیا تک چمکتی رہیں گی۔

کیا خبر کون سی کشتی پہ غضب ٹوٹ پڑے

سن رہا ہوں لبِ ساحل سے بھنور دور نہیں
(۴۶)

صابر آفاقی

ڈاکٹر صابر آفاقی ماہر تعلیم، شاعر، نقاد، مصنف، مبلغ اور براڈ کاسٹر ہیں۔ آپ ۱۹۳۳ء میں مظفر آباد میں پیدا ہوئے۔ ایم۔اے عربی، ایم۔اے فارسی پنجاب یونیورسٹی سے کیا اور بی۔ایڈ پشاور یونیورسٹی سے پاس کیا۔ انہوں نے فارسی زبان و ادب میں تہران یونیورسٹی، ایران سے پی ایچ۔ڈی کی ڈگری حاصل کی۔ انہوں نے تقریباً تیس سال محکمہ تعلیم اور جامعہ آزاد جموں و کشمیر میں صدر شعبہ اردو کی حیثیت سے خدمات سر انجام دیں۔ وہ اردو، فارسی، پنجابی اور گوجری زبانوں کے مشہور شاعر ہیں۔ ان کے مختلف میگزینوں میںشائع ہونے والی مختلف تحقیقی، ادبی، تنقیدی، سماجی اور ثقافتی امور کے ۱۰۰ سے زائد مضامین شائع ہوچکے ہیں۔ ان کی خصوصی دلچسپی علاقائی زبانوں، ادب، تاریخ اور کشمیر کی ثقافت میں ہے۔ انہوں نے پاکستان اور مختلف ممالک میں منعقد ہونے والی کانفرنسوں میں کئی بار شرکت کی ہے۔ ان کے شعری مجموعے "شہر تمنا"، "نئے موسموں کی بشارت"، "ثنائے بہائ"، "پھول خیلی"، "سنجو کھلاروں"، "قیصر کیاری" اور "سارے جہاں کا درد" قابل ذکر ہیں۔ ان کے دو سفر نامے "کثرتِ نظارہ" اور "سفر محبتوں کا" ان کی سفری دستاویزات ہیں۔ انہوں نے اقبالیات اور کشمیر کے موضوع پر بھی کتب تحریر کیں۔ کشمیر کے حوالے سے ان کی کتاب "آئینہ کشمیر"، "تاریخ کشمیر"، "عکس کشمیر"، "جلوۂ کشمیر"، "مظفر آباد" اور "تاریخ کشمیر اسلامی عہد میں" نمایاں ہیں۔ ان کی کتاب "اقبال اور آزادئ کشمیر"، "اقبال اور کشمیر" اقبالیات میں انوکھی حیثیت رکھتی ہیں۔

ڈاکٹر صابر آفاقی کی شاعری کا مطالعہ کریں تو احساس ہوتا ہے کہ انہوں نے فن کی پختگی کے لیے بہت زیادہ ریاضت کی ہے۔ وہ مشاہدے اور تجربے کی آنکھ کھلی رکھتے ہیں اس لیے زندگی کی اونچ نیچ اور گرم وسردِ زمانہ سے اچھی طرح واقف ہیں۔ ان کے کلام میں رنگا رنگی ،بو قلمونی ،متنوع موضوعات اور پختگی ہے۔ آفاقی کی شاعری کلاسیکی روایت سے مربوط اور منسلک ہے۔ وہ عصری اقدار اور عہدِ جدید کے تقاضوں سے مکمل آشنا ہیں۔ ان کی تمثیلیں، تشبیہیں اور استعارے عہد عتیق اور عہد جدید سے اخذ شدہ ہیں جو ان کے نام کی طرح ان کے کلام کو بھی آفاقی بنا دیتے ہیں۔ بقول سید ضمیر جعفری:

"ڈاکٹر صابر آفاقی خود جوان ہیں مگر ان کا کلام پختہ فکر ہے۔ وہ تخلص میں نہیں اپنی شاعری میں بھی آفاقی ہیں کہ کائنات کی دھوپ چھائوں ہی ان کا موضوع سخن ہے۔" (۴۷)

صابر آفاقی نے ایک لفظ میں متنوع مفاہیم کو ڈھالا ہے۔ ان کے ہاں "گھر" کا استعارہ جابجا دکھائی دیتا ہے۔ گھر ان کے نزدیک اینٹ گارے اور پتھر کی عمارت نہیں بلکہ دھرتی، بستی، وطن اور علاقہ ہے۔ وہ گھر کو چھتر، گھونسلا، گوشۂ

آفیت اور گہوارہ قرار دیتے ہیں۔ گھر ان کے لیے لازمی اور لافانی چیز ہے جو ہر نئے عہد اور زمانے کے اقدار کے ساتھ اپنی ضرورت اور اہمیت کا احساس دلاتا رہتا ہے۔ وہ گھر کے اندر لگے جالوں کی مثال دے کر وطن اور معاشرے کے اندرونی خلفشار کو استعارے کے طور پر لیتے ہیں۔ گھر کی حفاظت کی فکر انہیں بہت زیادہ ہے اور یہی فکر گھر کے باسیوں کے لیے بھی نمایاں ہے۔

بلائیں گھومتی پھرتی ہیں باہر
مرے بچے نہ نکلیں اب گھروں سے
(۴۸)

اسے ہر شے میں دکھلانا ہے اک پہلو قدامت کا
مکاں جتنا نیا ہو چند جالے ڈھونڈ لاتا ہے
(۴۹)

بنتے ہیں نئی رت میں نئے گھونسلے صابر
گھر کوئی پرندوں کو پرانے نہیں دیتا
(۵۰)

صابر آفاقی نے غزل میں رمز و ایما سے کام لیتے ہوئے ایسے احباب پر بھی کڑی تنقید کی ہے جو اپنا اثر و رسوخ استعمال کرکے اور اہل ایوان کے تلوے چاٹ کر حکومت وقت کی شان میں قصیدے لکھ کر حکمرانوں کی جھوٹی مدح سرائی کرکے افسران شاہی کی شان میں مبالغہ آرائی سے انعام و اکرام کے مستحق بن جاتے ہیں وہ لوگ محض چڑھتے سورج کے پجاری ہوتے ہیں۔ وہ اپنی مفادی فصل کاٹنے کے لیے ہمہ وقت تیار ہوتے ہیں۔ صابر آفاقی نے ایسے لوگوں کو اس طرح بے نقاب کیا ہے:

مکاں کے صحن سے اک دن قدم باہر نہیں رکھا
مگر انعام لینے کو وہ چھالے ڈھونڈلاتا ہے
(۵۱)

آفاقی معاشرتی اقدار اور رویوں سے آشنا ہیں۔ وہ سماج کی ذہنی سطحیت سے اچھی طرح واقف ہیں۔ انہوں نے تدریس ، تبلیغ اور ساری دنیا کی سیاحت کی ہے۔ وہ انسانی مزاجوں سے خوب شناسا ہیں اس لیے ان کا کلام اپنے معاصرین میں سب سے زیادہ لطیف جذبات اور عمیق مشاہدات کا عکاس ہے۔ ڈاکٹر سید عبداللہ کے بقول:

"نرمی، اداس، گھلاوٹ، سادگی اور اس کے ساتھ جذباتی حقائق کو مضامین عالی بنا دینے کا فن معاصرین صابر میں اگر کسی کو حاصل ہوا ہے تو وہ صابر خود ہی ہے۔"(۵۲)

صابر آفاقی اپنے کلام میں ہر شخص کو اس کے مقام و مرتبے پر رکھنے کا سبق دیتے ہیں۔ وہ جانتے ہیں کہ اگر کسی شخص کو اس کی حیثیت سے بڑھ کر عطا کیا جائے تو وہ اپنی اوقات بھول جاتا ہے۔ ایسے ہی اگر کسی ایک شخص کے لیے

نرمی کا گوشہ اپنایا جائے تو باقی احباب کے لیے بھی ایسا کرنا پڑتا ہے جو بعد میں رسوائی اور ذلت پر منتج ہوتا ہے۔ ایک شخص کو جب ہم اپنی ذات کے دائرے میں داخل ہونے دیتے ہیں تو دوسرے بھی اسی قرب کی توقع رکھتے ہیں۔ اس لیے احباب کا جمع غفیر بھی انسان کی اپنی شناخت ختم کر دیتا ہے اور انسان لوگوں کے مفاد کے لیے کٹھ پتلی بن کے رہ جاتا ہے۔ صابر آفاقی ان حالات کو شعری پیکر کا جامہ یوں پہناتے ہیں:

دوستی اپنی جگہ، پر صحن سے رستہ نہ دو
ایک کو آنے دیا تو دوسرا بھی آئے گا
رہ نہیں سکتا کبھی محروم نغمہ، یہ شجر
میں اڑا تو کوئی میرا ہمنوا بھی آئے گا
(۵۳)

ڈاکٹر آفاقی اپنے مقام و مرتبے، علمی اور عہدے سے آشنا ہیں۔ اس لیے ان کے کلام میں ایک اچھے نقاد کی گہری بصیرت بھی نمایاں ہے۔ یہی نقادانہ نگاہ انہیں اپنی نظر میں ممتاز کرتی ہے۔ اور ایسے حالات میں ایک آفاقی کا شاعرانہ تعلی کا شکار ہوجانا ایک فطری عمل ہے۔ ان کی شاعرانہ تعلی کی ایک مثال دیکھئے کہ انہوں نے کس خوبصورتی سے اقبال کے شعر کی تضمین کی ہے اور اقبال کی اصطلاح "مردِ آفاقی" کو کس خوبصورتی سے اپنے ساتھ منسوب کیا ہے:

تمہارے حق میں یہ اقبال کہہ گئے صابر
"سما سکا نہ دو عالم میں مردِ آفاقی"(۵۴)

صابر آفاقی غزل میں بھرپور استادانہ دسترس رکھتے ہیں۔ وہ مربوط اور منظم انداز میں شعر کہتے ہیں۔ ان کا ہر مصرع آپس میں اتنا پیوستہ ہوتا ہے کہ اگر ایک لفظ کو بھی ہٹایا جائے تو سارے معنی و مفہوم کی ترتیب الٹ جاتی ہے۔ ان کی کتاب "نئے موسموں کی بشارت" کے دیباچے میں ڈاکٹر وزیر آغا ان کے کلام کو ان الفاظ میں سراہتے ہیں:

"صابر آفاقی ان معدودے چند شعرا میں ہیں جو نئے زمانے کی آواز سے اپنی آواز تو ملا لیتے ہیں مگر ان کی روح اس نغمے کے زیر و بم کو فراموش نہیں کرتی جو ازلی و ابدی ہے اور جس کے بغیر فن کے سارے سوتے خشک ہوجاتے ہیں۔"(۵۵)

صابر آفاقی نے اپنے مذہب کے عظیم رہنمائوں بہاﷲ کی شان میں بھی شاعری کی ہے۔ یہ شاعری بہائی مذہب میں خاص اہمیت کی حامل ہے۔ ان کے مجموعے "ثنائے بہاءؑ" اور "یا عبدالبہاءؑ" امر بہائی کی سوانح، تاریخ اور تعلیمات کو شعری پیکر میں ڈھالا ہے۔ ان کی مذہبی شاعری میں جہاں عقیدت و احترام کے جذبات کی فراوانی ہے وہاں فکر و فن کی پختگی بھی شان دار ہے۔ وہ نپے تلے الفاظ میں اپنی دلی وابستگی اور عرض مدعا بیان کرتے ہیں۔ نمونہ کلام ملاحظہ ہو:

عاشقوں کے واسطے اکسیر ہے عشق بہاء
از سرِ نو دہر کی تعمیر ہے عشق بہاء

غم کے طوفانوں میں کشتی ہے محبت آپ کی
(شب کی تاریکی میں اک تنویر ہے عشق بہائ(۵۶

صابر آفاقی غزل کے ساتھ ساتھ نظم میں بھی کامل دسترس رکھتے ہیں۔ وہ ہمہ جہت شخصیت کے حامل ہیں۔ ان کی نظمیں مختصر مگر جامع ہوتی ہیں۔ ان کی نظموں کے ارکان کی ترکیب، لفظوں کی ترتیب، ڈرافٹنگ بہت عمیق اور نرالی ہوتی ہے۔ وہ کامیاب تقسیم کار ہیں۔ ان کی نظموں میں اسرار و فسوں کی کیفیت کھائی دیتی ہے۔۔ جو جامد اور کسی حدود معنی میں قید نہیں کی جاسکتی۔ ان کی :نظم ’’دیودار‘‘ ملاحظہ ہو

بوڑھے دیودار نے پوچھا
ان لوگوں پر کیا بیتی
(جو چھائوں میں آکر بیٹھے تھے (۵۷

ہمارا معاشرہ فضائی آلودگی کی سیاسی آلودگی میں بھی گھرا ہوا ہے۔ ہر طرف فرقہ واریت، دہشت گردی، سینہ زوری، چوری چکاری اور لوٹ کھسوٹ کا بازار گرم ہے۔ دنیا میں مال و زر کی ہوس نے ایسے ڈیرے ڈال دیے ہیں کہ اپنی اجارہ داری قائم کرلی ہے۔ مطلب پرستی، بے راہ روی، عریانی، بداخلاق، بدتہذیبی اور بدکرداری نے معاشرے کو گہنا دیا ہے۔

صابر آفاقی معاشرے کے منافقانہ ریوں اور تضاد کو گہری طنز کا نشانہ بناتے ہیں کہ امن و محبت کے اشلوک گانے والے، پیار اور چاہت کا گیت گانے والے، شانتی اور آشتی کا درس دینے والے، عزت و احترام کی دعوت دینے والے، بھائی چارے اور برابری کا دعویٰ کرنے والے لوگ اندر سے کتنے منافق ہیں۔ حکیم محمد سعید، :صابر آفاقی کی شاعرانہ فکر پر یوں تبصرہ کرتے ہیں

وہ حیات و کائنات کے مسائل سے اپنی شاعری کا عرق کشید کرتے ہیں۔ اس عمل‘‘ نے ان کی تخلیقات میں ایک طرح کی آفاقیت پیدا کردی ہے۔ اگرچہ ان شاعری کے سانچے پرانی روایات پر قائم ہیں لیکن ان کے لہجے کے تنوع اور اظہار کی جدت نے اس میں نئی روح پھونک دی ہے۔ اور اس ہنر کی بدولت وہ اپنے ہم عصروں (میں نمایاں نظر آتے ہیں۔‘‘(۵۸

ہمارے معاشرے میں جہاں ہر چیز موجود ہے اور اگر کچھ نہیں تو انسان کی توقیر نہیں، اگر نہیں تو انسانیت نہیں، اگر نہیں تو ہماری اقدار نہیں، اگر نہیں تو انسان کی قدر و منزل نہیں۔ یہاں لاکھوں میں کتے بکتے ہیں مگر ٹکوں میں عزتیں نیلام ہوتی ہیں۔ غریبوں، یتیموں، مسکینوں اور بیوائوں کی کوئی وقعت نہیں۔ معاشرے میں مذہب، زبان، فرقہ، قوم، خطہ اور علاقے کی جنگ جاری ہے۔ صابر آفاقی کی نظم ’’تضاد‘‘ ایسے ہی معاشرے کی عکاسی کرتی ہے۔

شہر یہ سر سبز اور شاداب ہے
جیسے مہکتا اور چمکتا پھول ہو
آب ہے آبِ حیات

اور ہوا ایسی
کہ اس کے سحر سے
مردے بھی جی اٹھیں
پر سڑک کے پاس ہی
تین لاشیں تھیں پڑی
جو کسی گائوں سے لائے تھے یہاں
اور سڑک کی دوسری جانب
حجر پر نقش تھے
راجہ اشوکا کے اصول
(امن و محبت کے اصول(۵۹

صابر آفاقی نے شاعری میں زیادہ توجہ مذہبی شاعری پر مرکوز رکھی ہے۔ اس لیے ان کی مذہبی شاعری میں نظم کی مختلف ہئیتوں کے تجربات ملتے ہیں۔ جن میں مخمس، مسدس، پابند نظم اور آزاد نظم قابل ذکر ہیں۔ روایتی شاعری میں ان کے جواہر خاص طور پر نظم کے حوالے سے اتنے نکھر کر سامنے نہیں آئے۔ جتنے وہ زیرک نقاد اور صاحب فراست شاعر ہیں۔ ان کی تعلیم فارسی ہے اور وہ فارسی ادبیات پر گہری نظر رکھتے ہیں۔ مگر ان کے پیش نظر خاص مدعا ہوتا ہے جو سادگی اور روانی سے اپنی نظم میں بیان کرتے ہیں۔ انہوں نے اپنی نظم ''خلائ'' میں ایک ایسا مدعا سنانے کی کوشش کی ہے کہ اگر میں اس جہان فانی سے کوچ کرجائوں گا تو کیا میرے جیسا کوئی ہے؟ جو میرے اس خلاء کو پر کرسکے گا؟

میرے جانے سے کیا ہوگا
کمی کچھ بھی نہ آئے گی
جہاں کے کارخانے میں
کرے گا کون لیکن پُر
(خلاء جو چھوڑ جائوں گا!(۶۰

یہ نظم سادہ اور نثری پیرائے میں ہے مگر خیال کی گہرائی اور لفظوں کے چنائو نے نظم کو پُر تاثیر کردیا ہے۔ بلراج کومل ان کی نظم پر تبصرہ کرتے ہوئے لکھتے ہیں:

صابر آفاقی کی فکر چونکہ دیر وز، امروز اور فردا پر محیط ہے اس لیے وہ'' خوف اشتیاق کے عالم میں لمحے کی پہنائیوں کی لامختتم سیاحت پر گامزن (ہے۔''(۶۱

کنول فیروز

اردو زبان کے مسیحی شعرا میں ڈاکٹر کنول فیروز کا نام ایک خاص اہمیت رکھتا ہے۔ وہ نہ صرف نظم میں ایک خاص مہارت رکھتے ہیں بلکہ غزل میں بھی ان کا نام ایک نمائندہ شاعر کے طور پر آتا ہے۔ ان کی غزل اپنے عہد کی عکاس ہے۔ وہ

غزل میں کلاسیکی روایت کی پاسداری بھی کرتے ہیں اور جدید غزل کی پیروی کرتے ہوئے ھی دکھائی دیتے ہیں۔ ان کی غزل میں جہاں رومانویت کے موضوعات دکھائی دیتے ہیں وہیں زمانے کے غم اور پریشانیاں بھی نظر آتی ہیں۔ وہ مشاہداتی آنکھ سے سارے منظر نامے کا جائزہ لیتے اور اس کو اپنے لفظوں میں پرو کر صفحہ قرطاس کی زینت بناتے جاتے ہیں۔ وہ شعرکاری اور ہنر کاری کی طرف بھی توجہ دیتے ہیں اور ساتھ ہی موضوعات کی سادگی بھی برقرار رکھتے ہیں۔ سلاست اور روانی ان کی خاص پہچان ہے۔ وہ بوجھل اور ثقیل قسم کے الفاظ سے اپنی شاعری کو بوریت کا شکار نہیں ہونے دیتے بلکہ اس میں خوبصورتی کی چاشنی برقرار رکھتے ہیں۔ ان کی غزل میں لفظوں کو برتنے کا سلیقہ دوسرے شعرا سے ذرا مختلف ہے۔ وہ اپنے منفرد انداز سے لفظوں کو نئے معانی عطا کرتے ہیں۔ گھسے پٹے عامیانہ موضوعات بھی ان کے دکھائی دیتے ہیں مگر وہ اس سلیقیسے انہیں بیان کرتے ہیں کہ ان میں ایک نیا پن محسوس ہونے لگتا ہے:

ہم عہد ساز لوگ ہیں اے جانِ شعر و فن
ہم سا جہانِ شوق میں کوئی کہیں نہیں
(۶۲)

خدایا خیر میرے گلستاں کی
شرارے آشیاں تک آگئے ہیں
(۶۳)

یہ موضوعات گو پرانے ہیں مگر انھوں نے ایک منفرد انداز سے ان کو نیا بنا دیا ہے۔ وہ اپنے انداز سے بات کہتے ہیں اور اس میں ایک نیا رنگ بھر دیتے ہیں۔ ان کی شاعری میں ایسے ایسے موضوعات دکھائی دیتے ہیں کہ قاری شعر پڑھتے ہوئے ان کے جہانِ معانی سے سرسری نہیں گزر پاتا بلکہ ان کے اشعار اسے رکنے، ٹھہرنے اور سوچنے پر مجبور کر دیتے ہیں۔ وہ بعض اوقات ایسی گہری اور فلسفیانہ باتیں کرتے ہیں کہ انسان کی عقل دنگ رہ جاتی ہے۔ کائنات کے متعلق نئے فلسفے اور خدا کے حوالے سے نظریات ، موت آنے پر مجبوری ، گھر میں سب سے بڑے ہونے کا مسئلہ، آنکھوں کے ہونے کا عذاب اور وبال ، یہ وہ موضوعات ہیں جن تک عام آدمی کی رسائی نہیں ہوتی۔ ان موضوعات کو دیگر شعرا نے بھی بیان کرنے کی کوشش کی ہے مگر کنول فیروز نے ان میں سوالیہ انداز اپنا کر اور ان کو ایک منفرد رنگ عطا کر کے نیا پن دے دیا ہے:

سمجھ آتی نہیں یہ بات مجھ کو
خدا کیا تھا خدا ہونے سے پہلے
(۶۴)

ایک اندھے نے یہ کہا مجھ سے
کون پالے وبال آنکھوں کا
(۶۵)

اے خدا ہم کس قدر مجبور ہیں
موت جب آتی ہے مر جاتے ہیں ہم

(۶۶)

کوئی بھی مری بات کی پروا نہیں کرتا
اس گھر میں اگرچہ میں کنول سب سے بڑا ہوں

(۶۷)

گھر میں سب سے بڑا ہونا بھی ایک عذاب ہے۔ ہمارے معاشرے کی یہ روایت بن چکی ہے کہ جو گھر میں سب سے بڑا ہوتا ہے اس پر مکمل ذمہ داریوں کا بوجھ ڈال دیا جاتا ہے۔ اسے اپنی زندگی کی پروا ہی نہیں ہوتی اور نہ دوسرے اس کی زندگی کی پروا کرتے ہیں۔ وہ ہر وقت دوسروں کی خواہشات کا احترام کرتے ہوئے اپنی زندگی کی اہمیت کھو بیٹھتا ہے اور جب اسے ہوش آتا ہے تو اس کی اپنی زندگی کی ساری خوشیاں ختم ہو چکی ہوتی ہیں۔ ایک ایسا وقت زندگی میں آجاتا ہے جب انسان خود کو دوسروں سے برتر سمجھنے لگ جاتا ہے۔ زندگی اسے بہت سے سبق سکھاتی ہے وہ احساسِ برتری سے خود کو آزاد نہیں کر پاتا۔ ایسے میں اسے یہ محسوس ہونے لگ جاتا ہے کہ اس کی زندگی میں بہت زیادہ اہمیت ہے اور اس زمانے کو بنانے والا اور اس کو چلانے والا وہی ہے۔ مگر اس کے ساتھ ساتھ اس کی خواہش یہ ہوتی ہے کہ اس کا احترام کیا جائے اس کے کام کی داد و تحسین دی جائے مگر جب اس کی خواہش کے مطابق سب کام نہیں ہو پاتا تو اسے زمانے سے گلہ ہونے لگتا ہے:

ہم عہد ساز لوگ ہیں اے جانِ شعر و فن
ہم سا جہانِ شوق میں کوئی کہیں ہیں

(۶۸)

وہ لوگوں کے ایک ہو کر رہنے کی تلقین کرتے ہوئے دکھائی دیتے ہیں۔ ان کے نزدیک لوگوں کو فرقوں میں تقسیم کرنا اچھا نہیں۔ وہ ان لوگوں کو منافق اور دوسروں سے دشمنی کرنے والا تصور کرتے ہیں جو لوگوں کو فرقوں میں تقسیم کرتے ہیں:

کسی مسلک سے بھی مخلص نہیں وہ لوگ دنیا میں
جو انسانوں کو فرقوں میں کنول تقسیم کرتے ہیں

(۶۹)

دنیا کے مسائل اور دوستوں کے گلے شکوے ہماری اردو غزل کا عام موضوع رہے ہیں۔ تقریباً ہر شاعر نے ان باتوں کو اپنی غزل کا حصہ بنایا ہے۔ کنول فیروز کی غزل میں بھی دوستوں سے شکوے شکایات دکھائی دیتے ہیں۔ استعارے اور تشبیہات میں وہ اس قدر کھو جاتے ہیں کہ موضوع میں جان ڈال دیتے ہیں۔ ضرب الامثال بھی ان کے ہاں دکھائی دیتے ہیں۔ غالب جیسے شاعر بھی دوستوں سے گلے کرتے نظر آتے ہیں۔ ایسے دوست جن پر بہت زیادہ بھروسا ہوتا ہے وہ جب انسان

کو دکھ دیتے ہیں تو دل میں ایک ہلچل سی مچ جاتی ہے۔ دوستوں کے لیے آستین کا سانپ ہونا استعمال کیا جاتا ہے۔ انھوں نے بھی اسے بیان کرنے کی کوشش کی ہے۔ عام شعرا سے جداگانہ انداز میں انھوں نے اس موضوع کو بیان کرنے کی کوشش کی ہے:

تم رسم و راہ بڑھائو مگر سوچ کر کنول
یہ آستیں کے سانپ ہیں انسان تو نہیں

(۷۰)

جو میری آستیں میں پلے سانپ کی طرح
ان دوستوں کی صف میں تمھارا بھی نام ہے

(۷۱)

وہ دوستوں سے گلہ بھی کرتے ہیں تو ان سے مخاطب ہو کر بات کرتے ہیں۔ عام شعرا کی طرح فرضی کردار بنا کر بات نہیں کرتے بلکہ خاص طور پر موضوع بنا کر اپنے مخاطب کو جتاتے ہیں کہ تم نے ہی مجھے دھوکا دیا ہے اور تم ہی میری آستیں میں پلے ہوئے سانپ ہو۔

وفا و مروت و محبت شاعری کے خصوصاً غزل کے عام موضوعات ہیں۔ ان پر ہر ایک شاعر بات بھی کرتا ہے اور ان پر اپنے اپنے فلسفیانہ نظریات پیش کرتے ہیں۔ کنول فیروز کا انداز ذرا منفرد ہے۔ محبت میں وفا کرنا ایک بہت بڑا مسئلہ رہا ہے۔ اردو غزل میں یہ روایت فارسی زبان سے در آئی ہے۔ محبوب سے بے وفائی کا گلہ کرنا اور وفا کے راستے پر چلنا اور چلتے ہوئے اس پر قائم رہنا یہ اردو غزل کے محبوب موضوعات ہیں۔ وفا کا راستہ انتہائی کٹھن اور مشکل ہوتا ہے جس میں ہر موڑ پر جان کو خطرہ ہوتا ہے۔ کنول فیروز بھی اس راہِ وفا کا تذکرہ کرتے ہیں تو بتاتے ہیں کہ اس میں تو سنگِ ملامت کا سامنا کرنا پڑتا ہے:

اک اک قدم پہ سنگِ ملامت کا سامنا
یہ منزلِ وفا کوئی آسان تو نہیں

(۷۲)

وہ انسانیت کے قائل ہیں ۔ ان کے نزدیک کسی بھی مذہب کی اہمیت نہیں بلکہ ان کے نزدیک انسان وہی ہے جو دوسرے انسانوں سے پیار کرتا ہے۔ وہ کہتے ہیں دین کوئی بھی اختیار کر لو اس سے کوئی فرق نہیں پڑتا اگر تم انسانیت سے پیار نہیں کرتے تو تمھاری زندگی کا کئی فائدہ نہیں ہے۔ اس کی مثال وہ اپنے ایک شعر میں انسان اور کتے کے حوالے سے بھی دیتے ہیں۔ کہ اگر کتا نسان کو کاٹ لے تو یہ کوئی خبر نہیں بنتی کیوں کہ کاٹنا تو کتے کی فطرت میں شامل ہے اگر انسان کتے کو کاٹ لے تو خبر بنتی ہے کہ یہ ایک منفرد بات بن جاتی ہے۔ اس میں اگر دیکھا جائے ت وصحافت پر بھی تنقید دکھائی دیتی ہے کہ صحافی ایسے ہی باتیں اٹھا کر ان کی خبریں بنا دیتے ہیں:

دین کوئی بھی اختیار کرے

آدمی آدمی سے پیار کرے

(۷۳)

کتا کاٹے تو نہیں بنتی کہیں کوئی خبر
آدمی کتے کو کاٹے تو خبر بنتی ہے

(۷۴)

خدا کے حوالے سے ان کا یقین بہت پختہ نظر آتا ہے۔ ان کے نزدیک خدا یک ہے جس نے اس کائنات کو پیدا کیا ہے اور سب کی دیکھ بھال کرتا ہے۔ مگر انسان آپس میں جدا جدا ہو گئے ہیں۔ انسانوں نے اس خدا تک پہچنے کے لیے لیے راستے جدا جدا اختیار کر لیے ہیں۔ کوئی کسی کو مانتا ہے اور کوئی کسی کو مانتا ہے۔ کوئی رام کہتا ہے کوئی بھگوان کہتا ہے کوئی ایشور کہتا ہے، سب کے راستے جدا جدا ہیں۔ ان کے نزدیک یہ راستے خدا نے نہیں دکھائے بلکہ خدا کا راستہ تو ایک ہے وہ تو سب کو ایک جیسی تعلیمات دیتا ہے۔ یہ سب کچھ انسانی ذہن کی پیدا وار ہے کہ انسان خود ہی بھٹکتا پھر رہا ہے اور اپنے خدا پر بھی یقین نہیں رکھتا۔ دنیا کے معاملات کو سلجھانے کے لیے خدا تک کو لوگ بدل لیتے ہیں۔ اپنے مفاد کے لیے لوگوں کو غلط تعلیم دے کر بھٹکا دیتے ہیں:

نہ ترا خدا کوئی اور ہے نہ مرا خدا کوئی اور ہے
یہ جو راستے ہیں جدا جدا یہ معاملہ کوئی اور ہے

(۷۵)

کنول فیروز کی غزل میں یوں لگتا ہے جیسے وہ اپنی ساری توجہ قافیہ باندھنے پر صرف کر دیتے ہیں جس سے وزن اور قافیہ پیمائی تو موزوں ہو جاتی ہے مگر خیال کی چاشنی اور شعر کی شعریت کہیں غائب ہو جاتی ہے۔ شعر میں تڑپ جوش اور اصلیت کا فقدان اتنا بڑھ جاتا ہے کہ ایک مکمل کتاب سے چند گنتی کے اشعار ہی برآمد ہو پاتے ہیں۔

ڈاکٹر کنول فیروز ہمہ جہت شاعر ہیں۔ وہ اپنے جذبات کا اظہار غزل اور نظم کے پیرائے میں کرتے ہیں۔ ان کی نظموں میں روایتی موضوعات پائے جاتے ہیں۔ نظم میں ان کا انداز بھی کوئی منفرد نہیں ہے۔ وہ زمانے کی شعری روایت کو سامنے رکھتے ہوئے نظم کہتے ہیں۔ ان کے مطالعے سے یہ بات واضح ہو جاتی ہے کہ وہ بنیادی طور پر غزل ہی کے شاعر ہیں تاہم ان کی نظموں میں چند ایک نظمیں ایسی موجود ہیں جو بیان کرنے کے قابل ہیں۔ ان کی نظم "محبت فاتح عالم" ہئیت کے اعتبار سے ایک منفرد تجربہ ہے۔ اس نظم میں انھوں نے محبت کو دینِ الفت، عبادت، جذبات کی تسکین، عصبیت سے کنارہ کشی، صلح و آشتی کا درس، ہر طوفان کا مقابلہ کرنے کی صلاحیت کو موضوع بنایا ہے۔ یہ ایک مکمل نظم ہے کہ جس میں اتنی ساری باتوں کو موضوع بنایا گیا اور ان کو کامل مہارت کے ساتھ بیان کر دیا گیا ہے۔ نظم کے آخر میں محبت کو اپنا مذہب، اپنے دل کی دولت، اپنا

مسلک اور اپنا مشرب قرار دیتے ہوئے زندگی کی تعمیر اور انسان کی تسخیر کا موجب قرار دیتے ہیں:

محبت دینِ الفت ہے
محبت اک عبادت ہے
محبت زندگی کے راستے تبدیل کرتی ہے
محبت آدمی کو واقفِ انجیل کرتی ہے
محبت ہر کسی سے پیار کی تلقین کرتی ہے
محبت امن سے جذبات کی تسکین کرتی ہے
محبت ہے خدا جس سے محبت جان سے بڑھ کر
محبت ہے کسی امید سے ایمان سے بڑھ کر
محبت غم نہیں دیتی، خوشی تقسیم کرتی ہے
یہ صلح و آشتی کے درس کی تعلیم کرتی ہے
محبت ہر تعصب کی فصیلیں توڑ دیتی ہے
محبت بڑھ کے ہر طوفان کا رخ موڑ دیتی ہے
محبت میرا مذہب ہے
محبت دل کی دولت ہے
محبت میرا مسلک ہے
محبت میرا مشرب ہے
محبت ہی سے شہرِ زندگی تعمیر کرنا ہے
محبت ہی سے ہر انسان کو تسخیر کرنا ہے(۷۶)

کربلا اور حضرت امام حسینؑ کی ذات ایک ایسا موضوع ہے جس پر تقریباً ہر شاعر نے قلم اٹھایا ہے اما م عالی مقام کی محبت ہر انسان کے عقیدے کا جزو ہے شرط یہ ہے کہ انسان کا شعور بیدار ہو۔ امام حسین کی اس عظیم قربانی کو شعرا نے بلا تفریق مذہب اپنا موضوع بنایا ہے اور انھیں خراجِ تحسین پیش کرتے ہوئے عقیدت کے پھول نچھاور کیے ہیں۔ کنول فیروز مسیح مذہب کے پیروکار ہیں مگر امام حسین کی عقیدت سے سرشار ہیں۔ وہ امام حسین کی شہادت کو دنیا کی عظیم ترین شہادت قرار دیتے ہوئے ان کی ہمت کو بے مثال کہتے ہیں۔ دنیا کو یزیدیت میں گھرا ہوا دیکھ کر امام حسین کی ضرورت محسوس کر رہے ہیں کیونکہ ان کے نزدیک وہ تمام مذاہب سے بالا تر ہو کر ہر شخص کی نظر میں عظیم ہیں۔ کنول فیروز نے کربلا کے بہتر شہدا میں شامل ایک مسیحی جون کی قربانی کو اپنی قوم کے لیے باعثِ فخر سمجھتے ہیں۔ نوکِ نیزا پر اما م کی تلاوت کی فضیلت جانتے ہیں اور امام عالی مقام کو ہر عہد کا اما م مانتے ہیں:

سب سے عظیم تر ہے شہادت حسینؑ کی
جس کی نہیں مثال وہ جرأت حسینؑ کی
پھیلے یزیدیت کے ہیں پھر جال اس قدر

محسوس ہو رہی ہے ضرورت حسینؑ کی
رکھتا کسی بھی دیں سے تعلق کوئی بھی ہو
ہر شخص کی نظر میں ہے عظمت حسینؑ کی
میدانِ کربلا میں وہ قربان ہو گیا
رکھتا تھا دل میں جون محبت حسینؑ کی
ہے اس سے بڑھ کے اور فضیلت کسے نصیب
نیزے کی نوک پر ہے عبادت حسینؑ کی
قدموں کو اس کے چھوتا ہے آکر فرات بھی
بس جائے جس کے دل میں محبت حسینؑ کی
مانا کہ ہر امام کا اک دور ہے کنول
ہر عہد پہ مگر ہے امامت حسینؑ کی

(۷۷)

نظم" محبت کا دوسرا رخ"میں وہ محبت کے بارے میں اپنے جذبات اور احساسات کی خود نفی کرتے دکھائی دیتے ہیں۔ یہ نظم اپنی ہئیت کے اعتبار سے ایک اچھوتا اور منفرد تجربہ ہے۔ اس کے مصرعے طویل بھی ہیں اور مختصر بھی ہیں۔ اس لیے یہ آزاد نظم سے ملتی جلتی ہے ۔ نظم میں انھوں نے محبت کا دوسرا رخ دکھانے کی کوشش کی ہے۔ جو لوگ یہ کہتے ہیں محبت مر نہیں سکتی وہی فنا کے گھاٹ میں اتر جاتے ہیں۔ کیوں کہ محبت ہمیشہ تر و تازہ نہیں رہتی ۔اگر حالات بدل جائے تو یہ نظریں بدل لیتی ہے زمانہ رستے میں حائل ہو تو یہ بہانے بناتی ہے۔ انسان کو خود غرضی کی بھینٹ چڑھا کر یہ اس سے زندگی تک چھین لیتی ہے۔

یہ اکثر لوگ کہتے ہیں محبت مر نہیں سکتی
محبت کو فنا کے گھاٹ اترتے ہم نے دیکھا ہے
ہمیشہ یہ نہیں رہتی
ترو تازہ کسی صورت
کبھی حالات جب بدلیں
بدل جاتی ہے یہ نظریں
زمانہ ہو اگر حائل
بہانے یہ بناتی ہے
نئے پھر زخم دیتی ہے
کبھی تو موت کر دیتی ہے دنیا میں جدا اس کو
کبھی خود غرضیوں کی بھینٹ چڑھ جاتی ہے یہ اکثر
غرض یہ ہے کہ اس کی زندگی انسان جیسی ہے
پتا کوئی نہیں ہوتا کہ کب تک زندہ رہتی ہے(۷۸)

لہو لہو" ایک ایسی نظم ہے جس میں محترمہ بے نظیر بھٹو کی شہادت کا نوحہ کیا" گیا ہے۔ کنول فیروز کو بے نظیر بھٹو کی لاش سے بہتا ہوا لہو تمام مناظر کو داغ

داغ کرتا ہوا نظر آتا ہے۔ وہ اک بے خطا کے خون کے چھینٹوں سے منظر کو داغ دار دیکھتے ہیں تو اس کے غم میں ڈوب جاتے ہیں۔ بے نظیر کی شہادت کو ہر ایک دردِ دل اور احساس رکھنے والے شخص کا کرب و درد قرار دیتے ہوئے اسے گلستان اور بہاروں کے لیے خار زار اور انگاروں سے تشبیہ دیتے ہیں:

سورج لہو لہو ہے ستارے لہو لہو
دریائے زندگی کے کنارے لہو لہو
اک بے خطا کے خون کے چھینٹوں سے آج پھر
منظر بھی ہو گئے ہیں ہمارے لہو لہو
یہ کیسا گلستاں ہے بہاروں کو کیا ہوا
گلشن کے خار و گل بھی ہیں سارے لہو لہو
(۷۹)

کنول فیروز کی نظم نگاری کی حوالے سے ہم انھیں کسی مخصوص جماعت یا گروہ کا حصہ تو قرار نہیں دے سکتے کیوں کہ انھوں نے کبھی کسی تحریک سے یا کسی ادبی گروہ سے وابستگی ظاہر نہیں کی۔ اگر غور کیا جائے تو ان کی شاعری پر جو اثرات ہیں وہ ترقی پسندیت کے ہیں۔ اس لیے ہم انھیں ترقی پسند ادب کا نمائندہ قرار دے سکتے ہیں۔وہ معاشرے کے نبض شناس ہیں اور معاشرے میں پائی جانے والی خرابیوں اور اچھائیوں کو اپنی شاعری کا حصہ بنانا ایک فطری عمل ہے جس سے وہ گزرے ہیں اور انھوں نے معاشرتی مسائل کو اپنی شاعری کے اظہار کا ذریعہ بنایا۔ دیگر مسیحی شعرا کی طرح انھوں نے خود کو مسیحی گیتوں یا مذہبی موضوعات تک محدود نہیں رکھا بلکہ غزل کہی تو اس کا حق ادا کیا اور نظم کہی تو اس کے وجود میں نئے رنگ بھرنے کی کوشش کی ہے۔

نذیر قیصر

اردو شاعری کے آنگن سے ایسے شاعر کم ہوتے جاتے ہیں جن کی شاعری جدت اور کلاسیکیت کا امتیاز ہو۔ جن کے ہاں داخلیت اور خارجیت یکسر نمایاں ہو۔ جن کی شاعری زمانے کی عکاس ہو اور عہدِ حاضر کی آئینہ دار ہو۔ مگر ایسے شاعر آج بھی ہیں کہ جن کے کلام میں یہ تمام صفات بدرجہ اُتم موجود ہیں۔ ایسے ہی ایک شاعر نذیر قیصر ہیں کہ جن کا کلام ندرتِ ادا بلندی خیال ،مضمون آفرینی اور موضوعاتی تنوع سے مزین ہے۔ ان کے لہجے کی مٹھاس، الفاظ کا رس، خیال کی چاشنی، شعری حلاوت اور شیریں بیانی انھیں ایک ایسے مقام پر لا کھڑا کرتی ہے جو قدیم و جدید کا سنگم ہے۔ بقولِ ظفر اقبال:

”نذیر قیصر کا شمار جدید غزل کے ان گنے چنے بنیاد سازوں میں ہو گا جو شاعری کا منظر نامہ تبدیل کرتے نظر آتے ہیں“(۸۰)

نذیر قیصر ۵ جنوری ۱۹۴۵ کو ضلع ہوشیار پور کی تحصیل گڑھ شانکر (بھارت) میں پیدا ہوئے۔ والدہ کے لاڈ اور پیار سے محروم رہے کیوں کہ وہ ان کی پیدائش کے چند دن بعد ہی وفات پا گئیں تھیں۔ ان کے والد عزیز قیصر نے ماں اور باپ بن

کر ان کی پرورش کی۔ ان کے والد یو۔ این ۔ او کی امن فوج میں ملازم تھے۔ نذیر قیصر ان کی اکلوتی اولاد تھے ،جس کی خاطر عزیز و اقارب کے زور دینے کے باوجود انھوں نے دوسری شادی نہ کی۔ قیامِ پاکستان سے پہلے ان کے والد جہلم آگئے۔ جہلم کے ملٹری سکول سے ان کی ابتدائی تعلیم کا آغاز ہوا۔ اپنی ابتدائی تعلیم کے بارے میں نذیر قیصر خود بیان کرتے ہیں:

"ابتدا میں مجھے آرمی سکول میں داخل کرایا گیا مگر ان کی حیوانی تربیت سے گھبرا کر میں نے سکول چھوڑ دیا۔ پھر مجھے کانونٹ سکول میں داخل کرایا گیا وہاں کی سسٹرز اور ٹیچرز نے مجھے ماں جیسی محبت دی"(۸۱)

ان کے والد کا ملازمت کے سلسلے میں اکثر شہر در شہر تبادلہ ہوتا رہا۔ اس لیے نذیر قیصر کی تعلیم میں باقاعدگی نہ رہی۔ کچھ طبیعت بھی شاعرانہ تھی جس کی وجہ سے تعلیم کے لیے مکمل مائل نہ ہو سکے تاہم ملتان میں پروفیسر عاصی کرنالی نے اپنے کالج سے عالم اردو اور فاضل اردو کرا دیا۔ اس دوران مشقِ سخن بھی جاری رہی۔ اپنی ادبی نشوو نما کے بارے میں وہ خود کہتے ہیں:

"میں نے شاعری کا باقاعدہ آغاز ۱۹۵۸ میں کیا۔ ان دنوں ہم ملتان میں تھے جہاں کی ادبی فضا بہت اچھی تھی۔ کشفی ملتانی، ریاض انور، عرش صدیقی، عاصی کرنالی، ارشد ملتانی، اور ریاض صدیقی جیسے اچھا لکھنے والے موجود تھے، جن کی رفاقتوں کا مجھ پر بہت گہرا اثر پڑا۔ اور حیرت کی بات یہ ہے کہ میرے مطالعے میں جو سب سے پہلے دو کتابیں آئیں وہ بائبل اور دیوانِ غالب تھیں"(۸۲)

نذیر قیصر نے شاعری کے آغاز میں ہی اپنا نام بنا لیا۔ ملتان کے ادبی حلقوں میں انھیں کافی پذیرائی ملی۔ اعتبار ساجد، نذیر قیصر کے پہلے شعری مجموعے کے بارے میں اپنی کتاب" میرے اجنبی ، میرے آشنا" میں لکھتے ہیں :

"جب میں ملتان آیا تو ہر محفل ہر حلقے میں نذیر قیصر کا نام گونج رہا تھا۔ میں یہ نام سن سن کر تنگ آ چکا تھا اور ایک دن جب ان کی کتاب "آنکھیں چہرہ ہاتھ" میرے ہاتھ آئی تو اس کے مطالعے کے بعد کھلا کہ ان کا تذکرہ بلا وجہ نہیں۔ اس کتاب کے پڑھنے کے بعد بڑے بڑے ناموں کی انا بھاپ بن کے اڑ جاتی ہے"(۸۳)

نذیر قیصر نے اپنا پہلا مشاعرہ آل پاک و ہند ۱۹۶۰ء میں قاسم باغ ملتان میں پڑھا۔ اس مشاعرے میں اس عہد کے نام ور شعرا شامل تھے جن میں جوش ملیح آبادی، جگر مراد آبادی، عبدالحمید عدم، فیض احمد فیض، ناصر کاظمی، احمد ندیم قاسمی، اور حبیب جالب کے نام اہم ہیں۔ نذیر قیصر کونئے ابھرتے ہوئے شاعر کے طور پر پذیرائی ملی اور ان کا یہ شعر خاص طور پر بہت پسند کیا گیا

دیکھتا ہوں تو سبھی کچھ ہے سلامت گھر میں
سوچتا ہوں تو ترے بعد رہا کچھ بھی نہیں

(۸۴)

۱۹۶۲ء میں نذیر قیصر لاہور آگئے۔ اس علم پرور شہر میں ان کی صحبتیں، فیض احمد فیض، صوفی تبسم، احمد ندیم قاسمی، احسان دانش، جیسے بزرگ اور نئے

شعرا میں ناصر کاظمی، شہزاد احمد، منیر نیازی، اور ظفر اقبال سے رہیں۔ یہاں سے اپنی الگ پہچان بناتے ہوئے انھوں نے فلم انڈسٹری میں شمولیت اختیار کی اور بہت سی فلموں کے لیے گیت لکھے۔ جن میں " دیواروں سے باتیں کرنا اچھا لگتا ہے" اور " تمھارے شہر کا موسم بڑا سہانا لگے "زیادہ معروف ہوئے۔ فلموں میں گیت نگاری کے ساتھ انھوں نے کئی فلمی رسائل میں ایڈیٹر کے طور پر بھی کام کیا۔ جن میں ماہنامہ" شمع" اور "پکچر" شامل ہیں۔ ان کی پہلی کتاب " آنکھیں، چہرہ، خواب" ۱۹۶۸ء میں منظر عام پر آئی۔ اس کے بعد پے در پے ان کے مجموعہ ہائے کلام شائع ہونے لگے۔

ان کے گیارہ شعری مجموعے اب تک چھپ چکے ہیں۔جن کی تفصیل کچھ اس طرح ہے

* آنکھیں، چہرہ، کتاب غزلیں ۱۹۶۸ء
* زیتون دی پتی پنجابی شاعری ۱۹۷۵ء
* تیسری دنیا طویل نظم ۱۹۷۹ء
* نئے عہد کے گیت مذہبی گیت ۱۹۸۱ء
* گنبدِ خوف سے بشارت اردو شاعری ۱۹۸۴ء
* اے شام ہم سخن ہو غزلیں ۱۹۹۲ء
* اے ہوا موذن ہو مجموعہ نعت ۱۹۹۲ء
* تمھارے شہر کا موسم غزلیں ۱۹۹۷ء
* ہرے کرشنا طویل نظم ۲۰۰۲ء
* قسم فجر دے تارے دی پنجابی شاعری ۲۰۰۵ء
* محبت میرا موسم ہے اردو شاعری ۲۰۱۳ء

:ان کی درجِ ذیل کتابیں زیرِ طبع ہیں

* موسم کلیات
* یسوع ناول
* دھول میں دھنک آپ بیتی
* کونجاں بھریا اسمان پنجابی شاعری

ان کو متعدد ادبی ایوارڈز سے نوازا جا چکا ہے۔

نذیر قیصر جدید اردو غزل کا ایک معتبر حوالہ ہیں۔ ان کی شاعری میں خلوص ، ترنم، سادگی، غنائی آہنگ، اور لطیف جذبات کی فراوانی ہے۔ وہ دھیمے مزاج کے شاعر ہیں۔ رنگ خوشبو ، صبا، چاند،تارے، کرن، پھول ، شبنم، شفق، آبجو چاندنی، شجر، پرندے، دریا اور بارش سے جذبات کشید کرتے ہیں۔ ان کے موضوعات کا ایک لا متناہی سلسلہ ہے ۔ سادگی، سلاست، روانی اور زبان کی صفائی نے ان کی غزل کو ایک خاص رنگ عطا کیا ہے۔ وہ دبستانِ لاہور کے نمائندے ہیں۔ ان کی شاعری میں تغزل کے عناصر ، لطیف احساسات، محبت اور عشقیہ جذبات کی بدولت انھینجدید غزل گو شعرا کی صفِ اول میں شمار کیا جاتا ہے۔ محمد وقاص

جمیل، نذیر قیصر کی شاعری میں عناصر فطرت کے حوالے سے یوں رقمطراز ہیں:

"نذیر قیصر کی شاعری میں ان کی فطرت سے بے پناہ محبت، گہرا مشاہدہ اور بلند تخیل پایا جاتا ہے۔ وہ ماحول سے گہرا تاثر لے کر اشعار کی بنت کرتے ہیں۔"(۸۵)

نذیر قیصر کی غزلیہ شاعری کا مطالعہ کرتے ہیں تو احساس ہوتا ہے کہ ان کا کلام ہمارے جذبات اور احساسات کا وکاس ہے ۔ ان کا کلام ایک ایسا کینوس ہے جس میں تمام رنگوں کو سجا دیا گیا ہے ایسا گلدستہ ہے تمام رنگ کے پھولوں سے مزین ہے۔ ان کی غزل میںعلامتیں بھی ہیں کنایے بھی، تشبیہات بھی ہیں، استعارے بھی، منظر نگاری بھی ہے جدتِ ادا بھی، سہلِ ممتنع بھی ہے اور فلسفہ و خیال بھی۔ جمشید مسرور ان کی شاعری کے بارے میں ان الفاظ میں اظہارِ خیال کرتے ہیں:

"نذیر قیصر کی نازک کلیوں جیسی خوبصورت شاعری کو ایسے ہی جنگلوں میں ندی، ہوا، خوشبو اور دھوپ بن کر بہنے کی جو دھن ہے اس کی بلمپت لے کو سننے اور محسوس کرنے کے لیے کسی ایسے ہی جنگل سے گزرنا پڑتا ہے"(۸۶)

نذیر قیصر فطرت کا دل دادہ ہے۔ وہ خیالات کو مناظر فطرت سے کشید کرتا ہے اور انھیں نرم و ملائم الفاظ کا لبادہ عطا کرتا ہے۔ ان کی غزل میں انھی مناظر کی مرقع سازی دکھائی دیتی ہے۔ ان کے کلام میں پرندوں کا تذکرہ بار بار ملتا ہے جو ان کی فطرت سے محبت اور بچپن کے حسین دنوں کی یادیں ہیں۔ مثلاً:

عجیب شوق تھے میرے میں گیلی مٹی سے
بنا بنا کے پرندے اڑایا کرتا تھا
(۸۷)

میں سوچتا تھا اسے اور میرے سینے میں
وہ فاختہ کی طرح پھڑپھڑایا کرتی تھی
(۸۸)

میرے اندر کوئی پرندہ ہے قیصر
لہو میں تر ہے اور اڑان بھی جاری ہے
(۸۹)

پھول ہیں کتابیں ہیں ابر ہے پرندے ہیں
اور آرزو کیا ہے حجرہ طلب میرے
(۹۰)

نذیر قیصر کی اپنی شعری کائنات ہے۔ وہ اپنے تجربات، مشاہدات اور تخیلات کو شعری قالب میں ڈھالتے ہیں۔ ان کی شاعری میں حسین مناظرِ فطرت، قدرتی رنگ و روپ اور دل کش نظاروں کی جھلک دکھائی دیتی ہے۔ اپنی شاعری میں عناصر فطرت کا تذکرہ کرتے ہوئے نذیر قیصر خود گویا ہیں:

پرندے ،جانور، درخت، دریا یہ وہ میٹریل ہے جس سے میری شاعری نے جنم لیا "
اور شایدآج بھی میری شاعری کے بنیادی عناصر یہی عناصرِ فطرت ہیں۔ مگر میں
سوچتا ہوں کہ اگر کائنات سے یہ رشتہ قائم نہ ہوتا تو شاید میری شاعری نہ ہوتی
(اور میں بھی نہ ہوتا"(۹۱

نذیر قیصر کی غزل فطرت کی عکاس اور غماز ہے۔ ناصر کاظمی ان کی شعری
دنیا کی تصویر اس طرح بناتے ہیں کہ ان کے ماخذات نکھرے نکھرے دکھائی
دیتے ہیں۔ناصر کاظمی کا بیان نہ صرف نذیر قیصر کی بات کی تصدیق ہے۔ بلکہ ا
:ن کی فطرت سے محبت کی دلیل بھی ہے۔ لکھتے ہیں

نذیر قیصر کوئی کتابی شاعر نہیں۔ اس کی شاعری کے ماخذ فطرت کی کھلی "
(کتاب میں بکھرے پڑے ہیں"(۹۲

نذیر قیصر کی شاعری کے یہ ماخذات فطرت کی کھلی کتاب میں اس طرح بکھرے
:پڑے دکھائی دیتے ہیں

ہم بھی موسم کے پرندے ہوتے
ہم بھی اس شہر سے ہجرت کرتے
(۹۳)

میرے اندر پرندے اڑ رہے ہیں
گلی میں آسماں ٹھہرا ہوا ہے
(۹۴)

شجر فرشتوں کی صورت کھڑے تھے شام کے ساتھ
کہیں کہیں سے پرندے اڑا دیے گئے تھے
(۹۵)

مجھے بھی رستے کے سارے درخت جانتے تھے
وہ میرے بارے میں ان کو بتایا کرتا تھا
(۹۶)

پرندہ آزادی اور امن کی علامت ہے۔ پرندے قدرت کا حسن اور فطرت کا نکھار
ہیں۔ پرندوں کا چہچہانا، ان کے رنگین پر، ان کی معصوم شباہت شاعر کو اپنی
جانب متوجہ کرتی ہے۔ نذیر قیصر کی شاعری میں پرندوں کا تذکرہ ان کے بچپن
کی وہ سنہری یادیں ہیں جو ان کے ذہن پر نقش ہیں۔ ایک انٹر ویو کے دوران انھوں
:نے اپنے بچپن کا ذکر یوں کیا ہے

میرے بچپن کا زمانہ آج بھی جہلم کینٹ کے دریا، باغ، بنگلہ نمبر ۹اور چھوٹے "
سے بازار میں کہیں کھیل رہا ہے۔ باغوں اور پرندوں سے محبت اور دریا سے تو
دوستی تھی۔ شاخوں پہ پھولوں اور پیڑوں پر پرندوں کے گھونسلوں میں سفید
چمکتے انڈے اور آندھی میں گھاس پر گرے ہوئے پرندوں کے بچے جنھیں "بوٹ"
(کہا جاتا ہے، مجھے جان کی طرح عزیز تھے"(۹۷

نذیر قیصر کی غزل میں پرندے استعارے کے طور پر استعمال ہوئے ہیں کبھی وہ کبوتر ہیں تو کبھی وہ رات کے پہلو سے نکلتا ہوا دن ہے۔ کبھی کبوتروں کا غول انھیں چھتری کی طرح دکھائی دیتا ہے۔ کبھی گنبد میں اڑتے ہوئے کبوتر دل پہ سائیں کے ہاتھ کی طرح دستک دیتے ہوئے محسوس ہوتے ہیں:

رات کرتی تھی کشیدہ کاری
صبح تکیے سے پرندہ نکلا
(۹۸)

بکھری ہے دھنک کبوتروں کی
چھتری ہے کہ سر پہ آسماں ہے
(۹۹)

گنبد میں اڑتے ہیں کبوتر
دل پر تیرا ہاتھ ہے سائیں
(۱۰۰)

نذیر قیصر محبت کا شاعر ہے اور محبت کا خوبصورت جذبہ ان کے اشعار میں چھلکتا دکھائی دیتا ہے۔ حسن اور محبت کا تجربہ نذیر قیصر کے ہاں بہت منفرد ہے۔ وہ حسن کو سادگی، محبت کو پاکیزگی اور زندگی کو دل کشی کے آئینے میں سے دیکھتا ہے۔ سچ تو یہ ہے کہ وہ جن خوبصورت آنکھوں سے دنیا کو دیکھتا ہے ان سے دنیا اور بھی خوبصورت دکھائی دینے لگتی ہے۔ جیلانی کامران کے بقول:
"نذیر قیصر کی شاعر ی میں انسان کائنات کی بارگاہ میں خود کو پہلی بار جاگتا ہوا محسوس کرتا ہے۔" (۱۰۱)

وہ رومان پرور شاعر جب رومانی موضوعات پر قلم اٹھاتا ہے تو مناظر میں جان ڈال دیتا ہے اور شعر بولنے لگتے ہیں۔ اس کی غزل میں جا بجا بارش اور چھتری کے حوالے سے رومانی موضوعات کو بیان کیا گیا ہے۔ کہتے ہیں

مہکتی بھیگتی جاتی تھی شام چھتری میں
وہ بارشوں کی طرح مسکرایا کرتی تھی
میں رنگ و نور کی بارش میں بھیگا کرتا تھا
وہ مجھ کو ایسی دعائیں سکھایا کرتی تھی
(۱۰۲)

وہ ایک لڑکی جو بارش میں کھڑی ہے
ہوائوں کو پریشانی بڑی ہے
(۱۰۳)

جل رہے ہیں چراغ بارش میں
سونے والے کو نیند پیاری ہے
(۱۰۴)

اور بھی تیز ہوئی بارش

اک چھتری میں آنے سے
(۱۰۵)
یہ بارش ہے کپڑے بھگو دینے والی
یہ جھونکے ہیں چھتری اڑا دینے والے
(۱۰۶)
یہ دنیا فانی ہے اور ہر ایک چیز کو فنا ہونا ہے آدمی کی مثال پانی کے بلبلے کی سی ہے زندگی ہوا کے دوش پر رکھے ہوئے اس چرغ کی مانند ہے جسے کوئی بھی جھونکا کبھی بھی بجھا سکتا ہے۔ زندگی کی یہ بے یقینی اور اضمحلالی ہر عہد کے شاعر کا موضوع رہا ہے۔ نذیر قیصر نے زندگی اور دنیا کی ناپائیداری و بے ثباتی کو اس طرح بیان کیا ہے۔
بس ایک دن کی کہانی ہے زندگی اپنی
چمن میں صبح ہوئی اور قفس میں شام ہوئی
(۱۰۷)
گھوڑا مٹی کا زین مٹی کی
زندگی موت کی سواری ہے
(۱۰۸)
ایک اک گھونٹ ہونٹ چھوتی ہوئی
زندگی چائے کی پیالی ہے
(۱۰۹)
یہ سچ ہے تم سونا ہو ہم مٹی ہیں
تم نے بھی مٹی دوبارہ ہونا ہے
(۱۱۰)
اداسی بے دلی اور آشفتہ حالی شاعری کے وہ موضوعات ہیں جو اردو کے بے شمار شعرا کے ہاں دکھائی دیتے ہیں۔ ان موضوعات کے سبب میر کی غزل کو کافی پذیرائی ملی اس کے بعد میر کے تتبع میں چلتے ہوئے ناصر کاظمی نے بھی ایسے ہی رنگ کو اپنایا اور شعری دنیا میں ایک منفرد لہجہ لے کر سامنے آئے۔
سلطانہ بتول نقوی کے بقول:
”نذیر قیصر نظریاتی یا انقلابی شاعر نہیں بلکہ انہوں نے زندگی کو جس طرح دیکھا اور محسوس کیا ان کو اسی طرح اظہار کا ذریعہ بنایا۔ یہی وجہ ہے کہ ان کی شاعری میں ہنگامی موضوعات اور گھن گرج کا تاثر کم ہی ملتا ہے۔ اس کے برعکس ان کے شعری موضوعات داخلی و ذاتی احساسات پر مبنی ہیں۔“(۱۱۱)
نذیر قیصر چونکہ ناصر کے ہم عصر ہیں اور ان سے ان کی دوستی بھی رہی ہے۔ آپس مین اشعار پر تبادلہ خیالات بھی ہوتا رہا ہے۔ ناصر کاظمی کی صحبت سے ان کے کلام میں ناصر کا رنگ جھلکتا ہے۔ وہی سادگی، سلاست، روانی، اور نکھار۔ اگر ہم ناصر کاظمی کی کتاب پہلی بارش میں سے کچھ اشعار اٹھا کر نذیر قیصر

کے اشعار رکھ دیں تو ناصر اور قیصر کے اشعار میں فرق کرنا مشکل ہو جائے گا۔ اشعار ملاحظہ ہوں:

جب تو میرے گھر آیا تھا
میں ترا رستہ دیکھ رہا تھا
میرے گھر کے دروازے پر
تیرے نام کا پھول کھلا تھا
تیری ہتھیلی پر سورج تھا
میری بانہوں میں سایا تھا
عشق وہ مکتب تھا میں جس میں
رونا ہنسنا سیکھ رہا تھا
میں کیسے سو جاتا قیصر
چھاتی پر اک پھول پڑا تھا
(۱۱۲)

سہلِ ممتنع میں شعر کہنا جتنا آسان دکھائی دیتا ہے وہ اتنا ہی مشکل ہوتا ہے کیوں کہ بہت آسان دکھائی دینے والی باتیں اپنے اندر معانی و مفاہیم کی پرتیں لیے ہوتی ہیں۔ ان کی شاعری اتنی سہل مرصع اور ابلاغ سے بھرپور ہے کہ حواسِ خمسہ باہم فیض یاب ہوتے ہیں۔ نذیر قیصر اگر پھول کی بات کرتے ہیں تو پھول کی نرمی ہاتھوں کو محسوس ہوتی ہے جب وہ گلاب کا تذکرہ کرتے ہیں تو گلاب کی خوشبو ذہن میں رچ بس جاتی ہے وہ کلی کے چٹکنے کی بات کرتے ہیں تو یہ نحیف آواز بھی سماعت محسوس کر لیتی ہے۔ وہ گھر کے آنگن میں بنی سیڑھیوں سے اترنے کی بات کرتے ہیں تو کانوں کو دبے پائوں اترنے کی آواز ہی نہیں آتی سامع یا قاری سیڑھیوں کے فرش کو بھی برہنہ پائوں کے نرم تلوئوں تلے محسوس کرتا ہے۔ ان کی شاعری سے کوئی ایسا لفظ برآمد نہیں ہوتا جو ٹھوس یا ناملائم ہو۔ وہ اپنی حلیم طبعی کا دامن اپنے شعری اظہاریے میں بھی نہیں چھوڑتے۔ فیض احمد فیض نذیر قیصر کے اس سہل آہنگ کا تذکرہ اس طرح کرتے ہیں۔

”اردو ادب میں نذیر قیصر کی شاعری ایک گراں قدر اضافہ ہے۔ وہ بہت سیدھی مگر گہری بات کرتے ہیں“(۱۱۳)

ان سیدھی، سادی مگر گہری باتوں کے رنگ دیکھیے۔

زندگی بھی خوبصورت چیز ہے
بس کسی سے پیار ہونا چاہیے
(۱۱۴)

جتنی مجھ سے تمھیں محبت ہے
زندگی اس حساب سے کم ہے
(۱۱۵)

ساری دنیا کو دیکھنے کے بعد

تو مرے انتخاب میں آیا

(۱۱۶)

تیری تصویر بنتی جاتی ہے
اپنی صورت اگر بناتا ہوں

(۱۱۷)

کیسے اس کو دیکھتا روتے ہوئے
چھوڑ آیا ہوں اسے سوتے ہوئے

(۱۱۸)

انسان کی مختلف حالتوں اور کیفیتوں کا بیان نذیر قیصر کی غزل کا خاصہ ہے۔ وہ ہر وقت سوچتے ہوئے اور بیدار ذہنوں کی بات کرتے ہیں۔ ایک ہی چیز اور ایک ہی وقت کے لیے انسان کے احساسات بدلتے رہتے ہیں۔ انسان کے اندر کا موسم جس ڈگر پر چلتا ہے باہر کی دنیا اسی راستے پر چلنے لگتی ہے۔ انسان جس کیفیت سے گزرتا جاتا ہے وہی کیفیت اس پر طاری ہوتی جاتی ہے۔ احساس کا انداز ہی چیزوں کو شکلیں اور لفظوں کو معانی عطا کرتا ہے۔ کبھی کبھی برف بھی جلا دیتی ہے اور کبھی آگ بھی ٹھنڈک کا احساس دینے لگتی ہے۔ یہ احساس ہی تو ہے جو انسان کو کچھ نہ کچھ سوچنے پر مجبور کرتا رہتا ہے۔ بقول عرفان صدیقی:

نہیں تو برف سا پانی تمھیں جلادے گا
گلاس لیتے ہوئے انگلیاں نہ چھو لینا

(۱۱۹)

نذیر قیصر ایک قلندرانہ زندگی کے عادی ہیں اور فقیری کو اہمیت دیتے ہیں۔ بعض اوقات انسان دوسروں کے ساتھ اچھا کرنے کی کوشش کرتا ہے مگر اس کے ساتھ ہمیشہ برا ہوتا ہے۔ وہ اس بات سے پریشان رہتا ہے۔ وہ اپنے جیسی اچھائی کی توقع رکھتا ہے مگر نذیر قیصر کے ہاں ایسا نہیں ہے۔ ان کے نزدیک اچھا کر کے اچھے کی توقع نہیں رکھنی چاہیے:

ہم نے تو ہر حال میں ہاتھ جلانے تھے
پھول اگر نہ ہوتا تو انگارا ہوتا

(۱۲۰)

ہم فقیروں کا گھر نہیں ہوتا
اور میں ہوں کہ گھر بناتا ہوں

(۱۲۱)

اسلامی اور انسانی تاریخ کے حوالے آغازِ سفر سے ہی اردو غزل کے ساتھ ہیں۔ بہت سے شعرا نے تاریخی حوالوں کو تلمیحاتی انداز میں اپنے اشعار میں ڈھالنے کی کوشش کی ہے۔ نذیر قیصر بھی ان شعرا کے تتبع میں چلتے ہوئے تلمیحات کو ایک نئے انداز سے اپنی شاعری کا حصہ بناتے چلے جاتے ہیں۔ جنت سے نکالے جانے کی بات ہو، کربلا کے میدان کا تذکرہ ہو، خالی مشکیزے اور دریا کے

کنارے کا ربط ہو، دریائے فرات کا کنارہ ہو یا جامِ جمشید کا ذکر ہو وہ انتہائی خوبصورتی کے ساتھ اپنے اشعار میں ان تلمیحات کو بیان کرتے ہیں۔ زندگی غم و خوشی کا مرقع ہے انسان ہمیشہ خوش بھی نہیں ہوتا اور سدا غم زدہ بھی نہیں رہتا۔ اس لیے اسے زندگی کبھی کربلا کے روپ میں دکھائی دیتی ہے تو کبھی جنت کی بشارت بنتی ہوئی نظر آتی ہے۔ وہ خیمہ گاہ میں جلتی ہوئی آگ ہو یا شامِ غریباں کا ماحول ہو نذیر قیصر کا قلم فوراً متحرک ہو جاتاہے:

ہم اپنی کربلا تک آگئے ہیں
ہمارے ساتھ ساتھ آیا ہے دریا
ازل سے میرا مشکیزہ ہے خالی
ازل سے میرا ہمسایا ہے دریا
(۱۲۲)

ہم بھی جنت سے نکالے جاتے
چاند تارے ہمیں رخصت کرتے
(۱۲۳)

غیر کے دستِ جہاں کشف میں ہے ساغرِ جم
تیرے پیالے میں سرابوں کے سوا کچھ بھی نہیں
(۱۲۴)

زندگی شامِ کربلا کی طرح
مرثیہ بھی ہے اور بشارت بھی
(۱۲۵)

تنہا کھڑے ہیں جلتی ہوئی خیمہ گاہ میں
ہم زندگی کو شامِ غریباں کیے ہوئے
(۱۲۶)

زندگی کے المیوں اور طربیوں سے ہٹ کر ان کے ہاں غزل کی نرماہٹ بھی پائی جاتی ہے۔ وہ کلاسیکی غزل کے امین بھی ہیں اس رنگ اور اسے برتنے کے سلیقے سے بھی واقف دکھائی دیتے ہیں۔وہ غزل کو محبوب کی تعریف اور اس کے حسن و ادا و ناز ونعم کو اپنے شعروں میں بیان کرتے چلے جاتے ہیں۔ وہ اشعار سے ایسی دلکش تصویر بنادیتے ہیں کہ ایک حسین منظر آنکھوں کے سامنے ابھر آتا ہے۔ اس شعر میں ان کا محبوب کے حسن کو بیان کرنے کا جداگانہ انداز ملاحظہ ہو:

دور تک پھول برستے ہی چلے جاتے ہیں
جب وہ ہنستی ہے تو ہنستی ہی چلی جاتی ہے
(۱۲۷)

حسنِ تضاد غزل کا خاصہ ہے۔ بڑے بڑے شعرا نے اس صنعت کے استعمال سے خوبصورت اشعار تخلیق کرنے کی سعی کی ہے۔ نذیر قیصر کی غزل میں بھی

حسنِ تضاد سے مزین اشعار کا تعدا کافی زیادہ ہے۔ وہ تضاد کی خوبصورتی سے لفظوں کو پہناوا دے کر ایک شعری لبادے میں لے آتے ہیں۔ اقرار اور انکار ہو، خلد اور جہنم ہو، سچ ہو یا جھوٹ، کلام ہو یا سکوت، ظاہر ہو یا باطن ، وہ ہر انداز سے شعر میں لطافت اور شیرینی بھر دیتے ہیں۔ یوں بات میں ایک حسن بھی پیدا ہو جاتا ہے اور شعر بھی قاری پر کھل جاتا ہے:

زندگی اقرار ہی اقرار ہے
اب کہیں انکار ہونا چاہیے
(۱۲۸)

خلد ہو یا ترا جہنم ہو
میرے جرم و ثواب سے کم ہے
(۱۲۹)

یہی سچ ہے یہی جھوٹ اپنا
تجھے مجھ سے مجھے تم سے گلا ہے
(۱۳۰)

سبزہ و گل کلام کرتے ہیں
اک سکوتِ بہار طاری ہے
(۱۳۱)

حسن نظارے میں ہوتا ہے مگر دیکھنے والی آنکھ اس کو مزید خوبصورتی عطا کرتی ہے۔ دراصل پیار کا احساس انسان کو زندگی عطا کرتا ہے۔ پیار سے زندگی خوبصورت لگنے لگتی ہے۔ یہ پیار فطرت سے بھی ہو سکتا ہے، اپنی ذات سے بھی اور اپنی ذات سے منسلک لوگوں اور عوامل سے بھی ممکن ہے۔ بعض اوقات کسی شخص یا چیز کے سبب اپنی زندگی کی اہمیت کا اندازہ ہوتا ہے۔ انسان کسی دوسرے کی خاطر بھی کود پر توجہ دینے لگتا ہے اور یوں زندگی خوبصورت ہوتی چلی جاتی ہے۔ یہ احساس جب اس کے اندر بیداری پیدا کرتا ہے تو زندگی مہکنے لگتی ہے۔ سانسیں خوشبو دینے لگتی ہیں۔ ہر طرف خوشبوئوں اور محبتوں کا احساس اجاگر پونے لگتا ہے۔ایسی صورتِ حال میں انسان کو خود سے بھی محبت ہونے لگ جاتی ہے:

زندگی بھی خوبصورت چیز ہے
بس کسی سے پیار ہونا چاہیے
(۱۳۲)

اسے دیکھا ہے جب سے میں نے قیصر
مجھے خود سے محبت ہو گئی ہے
(۱۳۳)

نذیر قیصر بلا شبہ عہدِ حاضر کے بہترین غزل گو شعرا کی صف میں کھڑے ہیں۔ وہ ہمیشہ نئی نئی باتیں کرتے ہیں۔ ایسی باتیں جو ہمارے تجربے میں تو ہوتی ہیں

مگر ہماری نگاہ میں نہیں ہوتیں۔ قاری ان کی غزل کا مطالعہ کرتے ہوئے گہری فکر میں چلا جاتا ہے اور اسے یوں لگتا ہے کہ وہ کسی اور جہان کے باسی ہیں۔ وہ اپنے لفظوں کی چھاگل سے ایسے موتی اچھالتے ہیں کہ دیکھنے والا دنگ رہ جاتا ہے۔ بانو قدسیہ کہتی ہیں" نذیر قیصر شہرِ سخن کا وہ بنجارہ ہے جس کے پاس ہمیشہ نئی نئی سوغاتیں ہوتی ہیں"۔ نذیر قیصر غیر معمولی شدتِ احساس کا غزل گو ہے ۔ جدت کاحسن اور نکھار ان کی غزل میں نمایاں ہے احمد ندیم قاسمی انھیں جدید تر شاعری کے معماروں میں شمار کرتے ہیں۔

منظر سے اپنی آنکھیں ہٹانا محال تھا
منظر کو سامنے سے ہٹانا پڑا مجھے
وہ رنگ اڑ رہے تھے دکھائی نہ کچھ دیا
رنگوں کو روشنی میں ملانا پڑا مجھے

(۱۳۴)

چراغِ شام دریچے میں بیل لپٹی ہوئی
بلا رہا ہے مجھے کوئی شہر چھوڑا ہوا

(۱۳۵)

نذیر قیصر چراغ کے ہاں چراغ اور آئینہ کی علامات بار بار نظر آتی ہیں۔ یہ علامتیں بہت عمیق ہیں ۔ ان کی معنوی تفہیم سطحیت سے نیچے اتر کر ممکن ہے کیوں کہ ان میں تصوف کا ادراک بھی ہوتا ہے اور خیال کی گہرائی کا احساس بھی ہے۔ چراغ کبھی زندگی کی علامت بنتا ہے تو کبھی روشنی کی۔ کبھی رستے کی علامت بنتا دکھائی دیتا ہے تو کبھی حرارت اور جلنے کی علامت بنتا ہے۔ کبھی چراغ ایک رہنما کی مانند ہوتا ہے تو کبھی ایک بھٹکے ہوئے مسافر کی طرح۔ آئینہ خود نظر کی علامت بنتا ہے تو کبھی دنیا کی منظر کشی کرتا ہوا دکھائی دیتا ہے۔ کبھی آئینہ حیرت کی علامت بن جاتا ہے اور دنیا جہان کی حیرتیں اس میں سما جاتی ہیں۔

یہ شام یہ گلی یہ ہوا میں نہیں تو کیا
جلتا رہے چراغ ترا میں نہیں تو کیا
آئے گی روز شام جلاتی ہوئی دیے
نکلے گا روز چاند نیا میں نہیں تو کیا

(۱۳۶)

اپنی شکل بچا لائے
ہم آئینہ خانے سے

(۱۳۷)

طاقِ ہوس میں رکھا تھا اک آخری چراغ
پھر آخری چراغ بجھانا پڑا مجھے

(۱۳۸)

مجھ میں خوابیدہ ہے چراغ ترا
میرا سایا تری ضیا میں ہے
کانپتی ہیں لویں چراغوں میں
ظلِ ربی حرم سرا میں ہے
(۱۳۹)
گولی لگے پرندے کی طرح ہوائوں میں
بجھتا ہوا چراغ بہت پھڑپھڑایا تھا
(۱۴۰)

نذیر قیصر کا اندازِ بیاں اور اسلوب غزل کی طرح نظم میں بھی بہت منفرد اور دل چسپ ہے۔ وہ نظم میں مظاہرِ فطرت اور کیفیات کی مختلف علامتیں استعمال کر کے اپنے کلام میں رنگینی اور جاذبیت پیدا کرتے ہیں ۔ ان کی نظم میں جو عناصرِ فطرت استعمال ہوئے ہیں ان میں زمین کے سینے پر اگنے والے بیل بوٹوں سے لے کر آسمان پر پھیلے چاند ستاروں اور سورج کو بھی اپنی شاعری میں سمو دیا ہے۔ یہ میناکاری ان کی شاعری کو خوبصورت بنانے کے ساتھ ساتھ کائنات کے اسرار کی مختلف گتھیاں سلجھانے میں بھی مدد فراہم کرتی ہے۔

نظم کے لیے انھوں نے جس ہئیت کو اپنے لیے پسند کیا وہ نثری اور آزاد نظم ہیں۔ ان کی صرف چند ایک نظمیں پابند ہئیتوں میں نظر آتی ہیں جب کہ باقی تمام آزاد اور نثری نظم کی ہئیت میں لکھی گئی ہیں۔ آزاد یا نثری نظم کی خصوصیت یہ بھی ہے کہ اس میں شاعر اپنے تخیل میں آنے والی باتوں کا کھل کر اظہار کر سکتا ہے۔ کیوں کہ شاعری کا اصل مقصد اپنے خیلات و فکر کو دوسروں تک پہنچانا مقصود ہوتا ہے نہ کہ صرف ردیف قافیہ کی پابندی سے بنت کاری دکھانا۔ کیوں کہ شعر انسانی جسم کی مانند ہے یعنی بدن اور روح کی طرح ان میں ربط ہے ۔ اگر ہم غور کریں تو بدن بنت کاری ہے اور خیال کو روح کی اہمیت حاصل ہے۔

محبت میر اموسم ہے
ستار آنکھ میں نم ہے
کوئی شام خزاں
مجھ کو بلاتی ہے
کوئی پھولوں بھری ٹہنی
مری دہلیز پر خم ہے
کرن ہونٹوں میں ہنستی ہے
ستارہ آنکھ میں نم ہے
(محبت میرا موسم ہے(۱۴۱

محبت کے گرد گھومتی ہوئی نذیر قیصر کی نظم نئے نئے موضوعات کو جنم دیتی ہے۔ ان کے ہاں نظم کے متنوع موضوعات دکھائی دیتے ہیں۔ محبت میں بعض اوقات یک طرفہ محبت جاری رہتی ہے جس کے سبب ایک انسان اپنی زندگی کی

ساری توانائی محبت کے نام پر خرچ کردیتا ہے جب کہ دوسرا شخص اس محبت سے واقف ہی نہیں ہوتا۔ دوسری طرف زمانے میں اس قدر دھوکے اور فریب چل رہے ہیں کہ ہر بندہ دوسرے بندے سے نالاں اور گھبرایا ہوا دکھائی دیتا ہے۔ لوگ مفاد پرستی کو زیادہ اہمیت دیتے ہیں اور ہمیشہ اسی ڈگر پہ چلتے رہتے ہیں۔ ایک آدمی محبت کی سچائی اور پاکیزگی کی طرف دوڑتا ہوا تھک جاتا ہے اور اپنا سب کچھ ہار جاتا ہے جب کہ دوسرا اسے فریب دینے میں اپنی ساری توانائیاں ضائع کر لیتا ہے۔ نذیر قیصر اپنی نظم "میں اور تو" میں اس موضوع کو خوبصورتی کے ساتھ بیان کرتے ہیں:

میں اور تو
میں خوابوں کی مٹی گوندھ کے
جسم بناتا ہوں
پھر شعلے سے اسم بناتا ہوں
جسم اور اسم کے ملنے سے
تو بنتا جاتا ہے
میں ٹوٹتا جاتا ہوں(۱۴۲)

"بہت دن بعد ملنا ہے" رومانوی انداز میں کہی گئی نظم ہے جس میں ایک محبت کرنے والے انسان کی آس اور پیاس دکھائی دیتی ہے۔ ہجر کی راتیں کاٹ کاٹ کر زندگی جب مرجھا جاتی ہے تو وصل کی خواہش انسان کے انگ انگ میں جنم لینے لگتی ہے۔ یہ آس جب بندھ جائے کہ اب ہجر کا موسم ختم ہونے والا ہے اور وصل کی گھڑی قریب آنے والی ہے تو پھر ہوائیں گدگدانے لگتی ہیں اور شامیں سہانی ہوتی چلی جاتی ہیں۔ محبوب کے انتظار کی گھڑیاں اور پھر اس کے آنے پر سجائی جانے والی حقیقی دنیا کتنی خوبصورت ہو جاتی ہے۔ دیے جلانا اور شام کی ہوا کا مسرور ہو جانا کسی کی آمد کی خبر دیتا ہے۔ ایسی ہی کیفیت نذیر قیصر کی اس نظم مین بیان کی گئی ہے۔

بہت دن بعد ملنا ہے
ہوا نے شام سے
اور شام نے
دہلیز پر جلتے دیے سے
اور دیے کے سبز شعلے نے
تمھارے ہونٹ چھونے ہیں
تمھارے سرخ ہونٹوں پر
بدن کا پھول کھلنا ہے
تمھیں مجھ سے مجھے تم سے
بہت دن بعد ملنا ہے(۱۴۳)

ایک کسک اور ویرانی سی انسان کی زندگی میں ہجر کی خبر دیتی ہے۔ یہ ہجر جب ختم ہونے لگتا ہے تو انسان کی زندگی خوشیوں سے بھر جاتی ہے۔ وصل کی خواہش ہی اس کے اندر نئے پھول کھلانے لگتی ہے۔ محبوب کی آمد تو انسان کو خوش وخرم کر ہی دیتی ہے مگر صرف اس کے وصل کی امید بھی اسے مسرور رکھتی ہے۔ کبھی کبھی ایسا بھی ہوتا ہے کہ انسان ہجر اور وصال کی ساری منزلیں گزار چکا ہوتا ہے اور اس کے پاس صرف حرفِ افسوس اور حرفِ تمنا رہ جاتا ہے۔ پھر وہ سوچتا ہے کہ کاش ایسا ہو جاتا، کاش ایسا ہو سکتا۔ اسی کیفیت کو اجاگر کرتی ہوئی نذیر قیصر کی نظم" تم جو مل گئے ہوتے" ہے۔ اس نظم میں انھوں نے محبوب کے وصل کی تمام ممکنہ خواہشات کو اس انداز میں سمویا ہے کہ جیسے زندگی خوابوں میں مکمل ہو گئی ہو۔ جاگتے دریچے میں چاند کا سج جانا اور شاخ کا جھکنا اور اس پر پھولوں کا کھل جانا، دل کا سنبھلنا اور سنبھل کر امید کے نئے در وا کرنا یہ سب اس نظم کے موضوعات ہیں جنھیں نذیر قیصر نے کسی کے ملنے سے مشروط کر دیا ہے۔ نظم ملاحظہ ہو:

تم جو مل گئے ہوتے
تم جو مل گئے ہوتے
جاگتے دریچے میں
چاند سج گیا ہوتا
شاخ جھک گئی ہوتی
پھول کھل گئے ہوتے
تم جو مل گئے ہوتے
دل سنبھل گیا ہوتا
اشک تھم گئے ہوتے
شام رک گئی ہوتی
زخم سل گئے ہوتے
(تم جو مل گئے ہوتے(۱۴۴

رقص انسانی زندگی کی ایک ایسی حقیقت ہے جس کا تعلق انسانی جبلت سے بھی ہے اور بعض مذاہب میں اسے کلیدی حیثیت حاصل ہے۔ عیسائیت اور ہندو ازم میں رقص کو مذہبی حیثیت حاصل ہے۔اس لیے ان کے ہاں عبادت کے طور پر رقص کو اہمیت حاصل ہے۔ رقص کرنے اور سکھانے والوں کا نظریہ ہے کہ رقص انسان کو جسمانی اور ذہنی سکون عطا کرتاہے اور اس سے اعصابی تھکن اور بوجھل پن ختم ہوجاتا ہے۔ رقص ظالم اور جابر کے خلاف آواز اٹھانے کا نام بھی ہے۔ ایک بے خودی کی کیفیت کا نام بھی ہے کہ جب کوئی ظالم یا جابر جبر یا ظلم کرنے پر تلا ہوا ہو تو آپ محوِ رقص ہو جائیں اور اس کے ظلم سے بے پروائی کا مظاہرہ کریں۔ اس سے ظالم کو اپنی اس ناجائز کارروائی کا احساس بھی ہو گا اور آپ کی اس سے بے پروائی یہ ثابت کرے گی کہ آپ پر اس کے ظلم اور جبر کا

کوئی اثر نہیں ہے بلکہ آپ ایسی باتوں کے عادی ہوچکے ہیں۔ یعنی ظلم جب حد سے بڑھ جاتا ہے تو لوگ اس کے عادی ہوجاتے ہیں پھر انہیں نہ اپنی پروا ہوتی ہے نہ کسی دوسرے کی۔ اس نظم میں نذیر قیصر خوبصورتی کے ساتھ رقص کی کیفیتوں اور ان لڑکیوں کو رقص کی دعوت دے رہا ہے کہ جیسے ان لڑکیوں کا رقص بھی ظالموں کے خلاف ایک جہاد ہے:

رقص کرتی ہوئی لڑکیو
رقص کرتی ہوئی لڑکیو
رقص کرتی رہو
زندگی کے لیے
روز مرتی ہوئی لڑکیو، رقص کرتی رہو
صبر کے عہد میں
جبر کے عہد میں
زندگی رقص ہے
رقص کرتی ہوئی لڑکیو، رقص کرتی رہو
روح سے جسم تک
لوح سے اسم تک
عشق بھی رقص ہے
حسن بھی رقص ہے
رقص کرتی ہوئی لڑکیو، رقص کرتی رہو
یہ زمیں رقص ہے
آسماں رقص ہے
رہگزر رقص ہے
کارواں رقص ہے
وقت کے ساز پر
لا مکاں رقص ہے
رقص کرتی ہوئی لڑکیو
زندگی کے لیے
روز مرتی ہوئی لڑکیو، رقص کرتی رہو (۱۴۵)

زندگی انجان راستوں پر چلتی ہوئی کبھی محبت کے ہاتھوں پہ بیعت کرتی ہے تو کبھی نفرت کے ہاتھوں خوار ہوتی ہے۔ بہر حال نفرت اور محبت دونوں زندگی کے لیے ضروری ہیں۔ کبھی اجنبی راستوں پر چلتے ہوئے کسی ٹہنی کی انگلی پر کوئی پھول کھلا ہوا نظر آتا ہے اور کبھی راستے کی دھول پائوں اور سر کو ژولیدہ کر دیتی ہے۔ اجنبی رستوں میں جب کوئی شناسا مل جائے یا کوئی خواب میں پیرہن پہنا دے، سب زندگی کا حصہ ہیں۔صائمہ صدیق، نذیر قیصر کے فکر و فن پر یوں تبصرہ کرتی ہیں:

نذیر قیصر کی شاعری میں موسیقیت اور ترنم کی خوبصورت چاشنی ملتی ہے"
(جو شعر میں جدت پیدا کرتی ہے اور اس طرح شعر کو پُر تاثیر بناتی ہے۔"(۱۴۶
نذیر قیصر ان تمام باتوں کو اپنی نظم" محبت ہو بھی سکتی ہے" میں ایک منفرد انداز میں بیان کرتے ہیں۔ ان کے نزدیک محبت ایک ایسا فعل ہے جو سوچ سمجھ کر اور منصوبہ بندی کے تحت نہیں کیا جاسکتا بلکہ یہ کسی وقت بھی اور کسی حال میں بھی انسان کو گھیر لیتی ہے۔ انسان کا اس سے جان چھڑانا مشکل ہو جاتا ہے۔ کبھی خوبوں میں انسان کو اپنا شکار کرتی ہے،کبھی حقیقت میں انسان کو گھیر لیتی ہے۔ کبھی کوئی کہانی انسان کے لبوں تک آجاتی ہے کبھی کوئی شعلہ اس کے نہاں خانہ دل میں روشنی کرنے لگتا ہے۔ محبت تو ایک ایسی حقیقت ہے جو کسی نہ کسی صورت انسان کو اپنا گرویدہ بنا لیتی ہے:

محبت ہو بھی سکتی ہے
کسی دن شام کی رنگوں بھری
ٹہنی کی انگلی پر
ستارہ کھل بھی سکتا ہے
کسی دن اجنبی بستی کے رستے پر
دھنک کی دھول میں
کوئی شناسا مل بھی سکتا ہے
کسی دن خواب کو
وہ پیرہن پہنا بھی سکتا ہے
کسی دن شال میں
لپٹا ہوا شعلہ
لبوں تک آبھی سکتا ہے
کسی دن ان کہی کوئی کہانی
حرف کی دہلیز پر
حقیقت ہو بھی سکتی ہے
محبت کی بھی جاتی ہے
(محبت ہو بھی سکتی ہے(۱۴۷

اداسی ایک ایسی چیز ہے کہ انسان کو بے بس اور بے کس کر دیتی ہے۔ وہ نہ کچھ سوچ پاتا ہے اور نہ کچھ کر پاتا ہے۔ ہمہ وقت یہ اداسی اس کے ساتھ رہتی ہے اور اس کے پاس رہتی ہے۔ نہ تو کوئی اداسی کو روک سکتا ہے اور نہ ہی کوئی خوشیوں اور خوشبوئوں کا راستہ روک سکتا ہے۔ اور کوئی بھی خار دار تاروں کو نہیں کاٹ سکتا ہے۔ اداسی سے نکلنے کے لیے ہر کوئی متمنی ہوتا ہے۔ یہ اداسی جان لے کر ہی رخصت ہوتی ہے مگر انسان اس سے جان چھڑانے کی کوشش میں رہتا ہے اور یہ کوشش کبھی کبھی سود مند بھی ہو جاتی ہے۔ مگر جب ارادہ پختہ ہو تو اسے کوئی روک نہیں سکتا۔ جب انسان اداسی سے نکلنے کی کوشش میں لگ

جائے اور اپنی زندگی میں خوشبوئوں کے قافلے کا انتظار ہونے لگ جائے تو ان کا راستہ کوئی نہیں روک سکتا۔ بادل کبھی صبح کا راستہ نہیں روک سکتے یعنی اندھیرا جتنا بھی گاڑھا ہو صبح کے آنے کو روک نہیں سکتا۔ روشنی اپنا راستہ خود تلاش کرتی ہے اور دنیا میں ظاہر ہو کر رہتی ہے۔ نذیر قیصر کی نظم" اداس موسم میں ایک نظم" اس موضوع کو بیان کرتی ہوئی نظم ہے کہ جتنی بھی اداسی ہو اور جتنے بھی پہرے ہوں ہونٹوں پہ آئی ہوئی بات کبھی رک نہیں سکتی:

اداس موسم میں ایک نظم
کون روک سکتا ہے
خوشبوئوں کی راہوں کو
خار دار تاروں سے
کون کاٹ سکتا ہے
آنے والی کرنوں کی
انگلیاں کٹاروں سے
صبح چھپ نہیں سکتی
ابر کے حصاروں سے
زخم زخم شاخوں میں پھول کھلنے والے ہیں
خامشی کے چہرے پر
ہونٹ ہلنے والے ہیں(۱۴۸)

نذیر قیصر ایک درد دل رکھنے والا شاعر ہے۔ معاشرے کے غریب ،لاچار ،بے کس اور مزدوروں کی آواز بننے والا شاعر ہے۔ وہ استحصالی نظام اور ظلم و بربریت کے خلاف ہے ۔ وہ جب دیکھتا ہے کہ مزدوروں اور غریبوں کا ساتھ دینے والے ذوالفقار علی بھٹو کو پھانسی چڑھا دیا جاتا ہے تو وہ تڑپ اٹھتا ہے۔ نظم" اے سرخ ستارے مشرق کے" میں وہ سرخ ستارے کی علامت کو استعمال کرتے ہیں ۔ یہ علامت دنیا میں جب کہیں ظلم ہو رہا ہو تو سرخ ستارہ جانبِ مشرق نمودار ہوتا ہے۔ سرخ ستارے کو کسی بے گناہ کے خون کی نشانی کے طور پر بھی لیا جاتا ہے۔ شہیدِ جمہوریت ذوالفقار علی بھٹو کی پھانسی ہو یا یسوع مسیح کی صلیب ہو، منصور حلاج کو دار پر لٹکایا جائے یا صدام حسین کو، وہ اسی سرخ ستارے سے مخاطب ہوتے ہیں۔ اور یہ پوچھتے ہیں کہ جو سرخ پھول کھلتے ہیں یہ کسی بے گناہ کا زیرِ زمین خون ہے جو گل و لالہ کی صورت نکل پڑا ہے۔ جو لوگ منزلوں کی تلاش میں اپنے پائوں دھول میں دھول کر لیتے ہیں۔ نذیر قیصر ایسے لوگوں کو مخاطب کرتے ہیں ۔ یہ لوگ انا لحق کا نعرہ لگا کر پھانسی کی اندھی رسی سے جھول جاتے ہیں اور خود کو امر کر لیتے ہیں:

اے سرخ ستارے مشرق کے
اے سرخ ستارے مشرق کے
سنگینوں پر جو پھول کھلے

وہ کس کے لہو کی دولت تھے
جو پائوں دھول میں دھول ہوئے
وہ کس منزل کی قسمت تھے
اے سرخ ستارے مشرق کے
آدھی دھرتی آدھا سورج
کس تیغ کی نوک پہ گھوم گئے
پھانسی کی اندھی رسی پر
وہ کون سجیلے جھوم گئے
(اے سرخ ستارے مشرق کے(۱۴۹

معاش انسان کا سب سے بڑا مسئلہ ہے ۔ خاص طور پر پاکستانی عوام کے لیے معاش کی صورتِ حال سے نمٹنا ایک امتحان کے مترادف ہے۔ بلکتے ہوئے بچے اور ان کی کھانستی ہوئی بیمار مائیں جو دوائیں لینے تک کو ترستی اور چلتے ہوئے لڑکھڑاتے ہوئے قدموں سے زندگی کی سیڑھیاں اترتی ہوں تو ایسے لگتا ہے جیسے قبر کے غار میں اتر رہی ہوں۔ مردوں کے ساتھ ساتھ کام کرنے والی عورتوں کی زندگیاں بہت مشکل ہوتی ہیں۔ پاکستان میں غریب اور پسے ہوئے طبقے کی پریشان حال مائیں جب اپنے بچوں کو سرِ عام سڑک پر ایک کپڑے پر ڈال کر مزدوری کرتی ہیں۔ بچہ دھوپ میں بلکتا ہے مگر ماں مزدوری کرتے کرتے مرنے کے قریب پہنچ چکی ہوتی ہے۔ نذیر قیصر کی نظم" بچوں کا بین الاقوامی گیت" ایک ایسی نظم ہے جس میں سڑکوں پر تارکول کے ساتھ بجری بچھاتی ہوئی مائوں کی کہانی بیان کی گئی ہے۔ سرِ راہ اڑتی ہوئی دھول کی وجہ سے وہ کھانستی رہتی ہیں اور اپنے بچوں کو زندگی دینے کی خاطر وہ اپنی زندگیوں کو دائو پر لگائے ہوئے ہیں:

بچوں کا بین الاقوامی گیت
!عظیم لوگو
ہمیں کھلونو سے کھیلنے دو
ہماری مائوں کو کارخانوں کی
چمنیوں کے دھوئیں میں
تحلیل ہو کے
کھانسی کی سیڑھیوں سے
قدم، قدم---
نیچے آتے دیکھو
کہیں سلگتے ہوئے دنوں میں
پگھلتی سڑکوں کی چھاتیوں پر
سیاہ بجری بچھاتے دیکھو
کہیں اندھیروں کی سلوٹوں میں

لرزتے ہاتھوں سے
جسم عریاں چھپاتے دیکھو
!عظیم لوگو
ہمیں کھلونوں سے کھیلنے دو
ہمارے ابو کو جنگ کی آگ کے جہنم میں
بھیج کر تالیاں بجائو
موت کا اجر جنتِ گم شدہ بتائو
!ترانے گائو
ہماری مائوں کے سر کی چادر
اداس قبروں پہ ڈال آئو
!عظیم لوگو
!!عظیم لوگو
(ہمیں کھلونوں سے کھیلنے دو (۱۵۰

زندگی بہت تیزی سے گزرتی جارہی ہے ۔ہر انسان اپنے ہونے اور نہ ہونے کی تلاش میں پھر رہا ہے۔ زندگی اتنی الجھی ہوئی ہے کہ ہر انسان اس کی زلفیں سنوارنے کی کوشش کرتا ہے مگر یہ سلجھ نہیں پاتی۔ زمین قدموں سے لپٹی رہتی ہے اور آسمان سر پر آگ برساتا رہتا ہے۔ ہوا اس کے سانسوں کو مقید کیے رکھتی ہے۔ یعنی جب انسان پر مشکل وقت طاری ہوتا ہے تو اسے ہر طرف سے پریشانیاں اور مشکلات گھیر لیتی ہیں۔ وہ زندگی گزارتے ہوئے موت کی طرف پیش قدمی کو دیکھتا اور محسوس کرتا ہے۔ مگر مجبور رہتا ہے۔ وہ اپنے ہونے کا کچھ نہ کچھ ثبوت دینے کی کوشش میں ہوتا ہے۔ نذیر قیصر اپنی ایک نظم میں زندگی کی بے ثباتی اورموت کے منڈلاتے ہوئے سائیوں کو اس انداز میں بیان کرتے ہیں:

میں اپنی قبر کی مٹی لیے پھرتا ہوں
میں اپنی قبر کی مٹی لیے پھرتا ہوں
میرے سامنے
آنے والی زندگی کے وہم کی زنجیر میں
جکڑے ہوئے شام و سحر کے دائرے ہیں
میرے قدموں سے زمیں لپٹی ہوئی ہے
مرے سر پر آسماں ننگا پڑا ہے
میں ہوا کے ساتھ چلنے کی کشش میں قید ہوں
میری آنکھوں میں
سفر کے روز و شب ٹھہرے ہوئے ہیں
میری گردن میں ہوس کا طوق ہے
میں خود اپنے قتل کی شازش میں شامل ہوں
زمیں کا ذائقہ میری صدا ہے

ستارے توڑنے کی آرزو کب تک.....؟
ہوا بے رنگ ہے
دوری کے نوحے سلسلہ در سلسلہ پھیلے ہوئے ہیں
میں اندھیری رات کے پاتال میں
دم توڑنے کی کشمکش کا راز ہوں
(میں تری آواز ہوں(۱۵۱

نسرین انجم بھٹی

نسرین انجم بھٹی بنیا مین بھٹی اور ایلس بھٹی کے گھر ۲۶ جنوری ۱۹۴۸ کو کوئٹہ میںپیدا ہوئیں۔ ابتدائی تعلیم سند ھ سکول سے حاصل کی۔ وہ اپنے سکول کی ایک استانی مس ممتاز سے بہت متاثر تھیں۔ انھیں ادب کی طرف لانے میں ان کا بہت عمل دخل ہے۔ مس ممتاز نسرین کی صلاحیتوں سے واقف تھیں اس لیے کلاس کی مانیٹر بنایا ہوا تھا اور سکول کی لائبریری کی چابیاں بھی دے رکھی تھیں جہاں سے نسرین نے شیکسپئیر کے ڈرامے اور رومن میتھالوجی سے اپنے ادبی مطالعے کا آغاز کیا۔ وہ ابھی نہم جماعت کی طالبہ تھیں جب ان کے شعور میں شاعری کا بیج اگا۔ یہ وہ دور تھا جب ماں انھیں روٹیاں پکانا سکھا رہی تھی اور وہ باورچی خانے کی دیواروں پر اپنے ذہن میں اترنے والے شعر لکھتی رہتی تھی۔ جب ان کی پہلی نظم چھپی تو والد کی طرف سے خلافِ توقع بجائے ڈانٹ یا مار کے شاباش ملی۔ انھوں نے ۱۹۶۸ء میں لاہور کالج فار ویمن سے فائن آرٹس میں بیچلر کی ڈگری حاصل کی۔ اورینٹل کالج پنجاب سے ۱۹۶۹ میں ایم۔ اے اردو کیاپنجاب یونیورسٹی لاہور سے ۱۹۹۴ء میں ایم۔ اے پنجابی جب کہ علامہ اقبال اوپن یونیورسٹی اسلام آباد سے ۲۰۰۱ء میں ویمن سٹڈیز میں پوسٹ گریجوایشن ڈپلومہ حاصل کیا۔ انھیں بہت سے ادبی اعزازات سے نوازا گیا۔ ۱۹۹۱ء میں بیگم نصرت بھٹو نے ان کو جمہوریت ایوارڈ دیا۔ بیگم شہناز وزیر علی نے ۱۹۹۳ء میں قومی ادبی ایوارڈ دیا، شاعری میں شاہ حسین، استاد عشق لہر، امیر خسرو ایوارڈز جب کہ ۲۰۱۰ء میں مسعود کھدر پوش ایوارڈ سے بھی نوازا گیا۔ ان کی ادبی خدمات کے پیشِ نظر، پنجابی کانفرنس ، پنجاب یونیورسٹی پٹیالہ میں ان کو کلچرل ایوارڈ جب کہ ۲۰۰۶ء میں جالندھر میں ہنس راج مہیلا مہا ایوارڈ بھی دیا گیا۔ پاکستان میں قومی ثقافتی ایوارڈ اور پاکستان براڈ کاسٹنگ کارپوریشن کی طرف سے مزاحمتی شاعری کے حوالے سے سراہا گیا۔ ۲۰۰۹ ء میں پاکستان نیشنل کونسل آف دی آرٹس کی طرف سے بے نظیر بھٹو شہید کی زندگی پر دستاویزی فلم کے لیے سکرپٹ لکھا۔ سید ممتاز عالم کی طرف سے بے نظیر میڈل دیا گیا جب کہ حکومتِ پاکستان نے ۲۰۱۱ء میں تمغہ امتیاز سے نوازا۔ ان کے تین پنجابی شعری مجموعے،" نیل کرائیاں نیلکاں"،"اٹھے پہر تراہ"، اور "شاملاٹ" شائع ہوئے۔ جب کہ اردو میں "بن باس" کے نام سے نثری نظموں کی کتاب شائع ہوئی۔ اس کے علاوہ انھوں نے بے شمار ناول اور کتابوں کے انگریزی، اردو، سندھی اور پنجابی

میں تراجم کیے۔ نسرین انجم بھٹی کی نظمیں نثری نظمیں ہیں اور نثری نظم ایک الگ بحث ہے۔ نسرین انجم بھٹی کی نثری نظموں پر تبصرہ کرنے سے پہلے نثری نظم کے وجود پر ایک نگاہ ڈالتے ہیں۔

اردو کے شعری ادب میں ایسے تجربات ہوتے آئے ہیں جو اپنے آغاز میں جب ردو قبولیت کے بھنور میں پھنس جاتے ہیں تو وقت کی لہریں ہی انھیں راستہ دیتے ہوئے ساحل تک لے آتی ہیں۔ ایسا ہی کچھ نثری نظم کے ساتھ ہوا ہے۔ نثر نظم کیسے ہو سکتی ہے؟ اور اگر نظم ہے تو نثر کیوں کر ہے؟ نثر اور نظم یک وقت ایک صنف میں یکجا کیسے ہو سکتے ہیں۔ نثر میں شاعری کیسے ہو سکتی ہے؟ عروض سے باہر نثر لکھی جاتی ہے شعر نہیں کہا جاتا۔ ان تمام سوالات میں جکڑی یہ صنف بھی اردو شاعری میں ایک نئے تجربے کے طور پر سامنے آئی جو آج تک اسی بھنور میں پھنسی ہوئی ہے۔ بقول ڈاکٹر منور ہاشمی:

"بیسویں صدی میں ساٹھ اور ستر کی دہائیوں کو ادبی تجربات کی دہائیاں کہا جا سکتا ہے۔ ان تجربات میں ہئیت ، موضوعات اور تکنیک کے تجربات شامل ہیں۔ اسی دوران نثرِ لطیف کو ایک الگ شعری صنف کے طور پر متعارف کرنے کی کوشش کی گئی۔ جسے نثری نظم کا نام دیا گیا۔ اس پر شدید اختلاف ہوا۔ اختلاف نئی صنف کو میدان میں لانے پر نہیں بلکہ اس کے نام پر زیادہ ہوا وہ اس لیے کہ نثر کو نظم کہنا دن کو رات کہنے کے مترادف ہے"(۱۵۲)

نظم اور نثر دو الگ الگ اصناف ہیں اس لیے کسی نثر کو نظم کیسے کہا جاکتا ہے۔ "نثری نظم" کا تو نام ہی غلط ہے۔ اس بارے میں حمید شاہد رقم طراز ہیں:

"نثر میں شاعری کے لیے سب سے مناسب نام "نثم" ہے جو کہ ڈاکٹر ریاض مجید نے نثر+ نظم سے اخذ کر کے تجویز کیا تھا"(۱۵۳)

نثری نظم کو پاک و ہند میں مختلف مکاتیب فکر کے لوگ، نثری نظم، نثرِ لطیف، نثرین، نثم ،نثر پارے، نثرانے، نثمانے، نظم کہانی، نظمیے، نثنظم، اور امکانات کے وغیرہ کے نام سے قبول کرتے ہیں۔ یہ اعتراضات میں گھری ایک صنفِ سخن ہے بہت سے احباب اسے نظم تو کیا سرے سے شاعری ہی نہیں مانتے۔ اور یہ بھی کہا جاتا ہے جو شاعر عروض پر دسترس حاصل نہیں کر سکتے وہ اس صنف کو اپنا لیتے ہیں۔ نصیر احمد ناصر کہتے ہیں:

"بلا شبہ اس زمرے میں وہ شعرا باالخصوص نارسیدہ و ناپختہ کار خامہ فرسا شامل نہیں کیے جاسکتے جو اردو کی شعری و عروضی روایات کی آگاہی حاصل کیے بغیر محض اپنی تن آسانی کے باعث الٹی سیدھی سطروں ، سطحی اور خام شعری مواد کو نثری نظم کے نام سے پیش کر دیتے ہیں"(۱۵۴)

آزاد دائرۃ المعارف میں نثری نظم کی تعریف یوں کی گئی ہے " وہ نظم جس میں قافیہ ردیف اور بحر کی ضرورت نہیں ہوتی البتہ وزن کا ہونا ضروری ہے نثری نظم ہے" اس صنف کی مخالفت کرنے والے دو طرح کے طبقے ہیں۔ ایک وہ جو اسے سرے سے شاعری ہی نہیں مانتے اور دوسرے وہ جو ہئیت سے تو اتفاق

کرتے ہیں مگر اس کے نام پر اتفاق نہیں کرتے۔ ڈاکٹر سجاد باقر رضوی کے بقول"
مجھے دراصل نثری نظم کی اصطلاح پر اعتراض ہے، نثر اور نظم آپس میں
متضاد چیزیں ہیں۔ میری رائے میں نثری نظم کہنے کی بجائے اسے نثری شاعر
کہنا زیادہ بہتر ہے"۔ ڈاکٹر سید بشیر احمد کے بقول
یہ نظم فرانسیسی ادب سے انگریزی ادب میں اور انگریزی ادب سے اردو ادب"
میں شامل ہوئی۔ اس نظم میں کسی بھی قسم کی پابندی نہیں کی جاتی۔ بحر اور اس
کے ارکان کی پابندی کی وجہ سے نظم میں کو ترنم پیدا ہوتا ہے ،نثری نظم اس سے
یکسر محروم رہتی ہے۔ یہ نظم نثر سے قریب تر ہوتی ہے۔نثری نظم کا اہم پہلو اس
(کا خیال ہوتا ہے"(۱۵۵
شاعری کے لیے بحر ناگزیر ہے اس لیے نثری نظم ادبی حلقوں میں کافی متنازع
ہے۔ نثری نظم کے شعرا کے بارے میں جو آرا ملتی ہیں ان میں بعض کے نزدیک ہ
لوگ جو عروض کی باریکیوں سے آشنا نہیں ہوتے وہ ایسی شاعری میں پناہ
ڈھونڈتے ہیں۔ لیکن یہ اعتراضات بس "میں نہ مانوں" والی ضد ہے۔ قمر جمیل
:نثری نظم کے دفاع میں اپنا موقف یوں پیش کرتے ہیں
نثری نظم دراصل اردو شاعری کی روایت سے انحراف ہے۔ نظم معریٰ اور آزاد"
نظم کی طرح ہلکی پھلکی نہیں بلکہ اردو شاعری کی تاریخ میں عظیم ترین بغاوت
(ہے۔ اس بغاوت نے ہمیں شاعری کی بین الاقوامی روایت سے جوڑ دیا ہے"(۱۵۶
نثری نظم کے موجد احمد ہمیش ہیں۔ اس کے علاوہ تخلیق کاروں میں ناجیہ احمد،
عذرا پروین، نصیر احمد ناصر، منیر نیازی، افتخار نسیم، علی محمد فرشی، نعمان
شوق، سارا شگفتہ، تنویر انجم، عذرا عباس ، عطیہ دائود اور نسرین انجم بھٹی قابلِ
ذکر ہیں۔نسرین انجم بھٹی بنیادی طور پر پنجابی کی شاعرہ ہیں۔ مگر انھوں نے
:اردو میں صرف نثری نظم تخلیق کی ہے۔ وہ نثری نظم کا جواز یہ پیش کرتی ہیں
شروع سے آخر تک مضبوط اور thought content نثری نظم میرا"
بناتی ہے۔یہ آغاز سے انجام تک میرا ساتھ دیتی ہے۔ آزاد نظم میں مجھےcomplete
سانچوں کا ساتھ لینا پڑتا ہے اور میں سانچوں والا آدمی نہیں ہوں ۔ میرے نزدیک
(ضروری ہے ،فارمیٹ ضروری نہیں ہے"(۱۵۷ thought content
نسرین انجم بھٹی ان شعرا میں سے ایک ہیں جنھوں نے نثری نظم کو اپنایا اور اس
میں نئے نئے موضوعات کو بیان کرتے ہوئے اردو ادب کے دامن میں نئے رنگ
بھرے ہیں۔ ان کی نظموں میں نسوانیت بھرپور انداز میں جھلکتی ہے۔ اس نسوانیت
کا تعلق اس سر زمین سے ہے جس میں وہ پیدا ہوئیں اور پلی بڑھیں۔ اس سر زمین
میں جہاں حقوق نسواں کے نعرے تو لگائے جاتے ہیں مگر حقوق دیے نہیں جاتے،
جہاں عورت کو اپنا اور اپنے بچوں کا پیٹ پالنے کے لیے مردوں کیی ہوس بھری
نگاہوں کے تیر سہتے ہوئے شانہ بہ شانہ کام کرنا پڑتا ہے۔ جہاں اپنے وجود کی
جنگ لڑنا پڑتی ہے اور اپنی خواہشات کو ضروریات پر قربان کرنا پڑتا ہے۔ احسن

اکبر اپنے ایک کالم میں نسرین انجم بھٹی کی شاعری پر تبصرہ کرتے ہوئے لکھتے ہیں:

”نسرین انجم بھٹی کی شاعری کو پڑھنا بذاتِ خود ایک دل چسپ اور کسی حد تک جذباتی تجربہ ہے۔ ان کی شاعری بغاوت کا علم بلند کرتی ہے اور پڑھنے والے کے جذبات بھڑکا دیتی ہے ان کی شاعری مختلف طرز بیان کے گرد گھومتی ہے جس سے یہ محسوس ہوتا ہے کہ نظم کے تمام شعر اپنی ذات میں خود پوری نظم ہیں ۔ یہ نظمیں ہمارے سامنے سیاسی و سماجی ناہمواریوں کو بے نقب کرتی ہیں۔ اور اس برے دور کو کوستی ہیں جس نے ہماری ثقافت کے رنگوں کو کوئی اور ہی رنگ چڑھا دیا ہے“(۱۵۸)

نسرین انجم بھٹی کی شاعری میں عورت ایک موم کی گڑیا کے روپ میں نمودار ہوتی ہے۔ زمانہ اسے تانبے کی عورت بنا دیتا ہے۔ تب اس کے ہاتھوں میں سونے کے گہنے بھی نہیں بچتے ، وہ فرحت و شادمانی کے لمحات سے مسرور نہیں ہوتی کیوں کہ وہ معاشرے کے ان حقائق سے آگاہ ہو جاتی ہے کہ یہ زیورات ، گہنے اور عارضی خوشیاں اسے وقتی خوشی اور دلاسا دینے کے لیے ہیں اور بالآخر اسے اسی جگہ آنا ہے جہاں مشقت اس کی راہ دیکھ رہی ہے۔ ان کی نظم تانبے کی عورت سے چند سطور ملاحظہ ہوں:

ہتھوڑے کے ہاتھوں میں سونے کے کنگن
جچے کیوں نہیں
اور تانبے کی عورت
تپی تمتمائی--- مگر مسکرائی--جمی ہی رہی
کیوں پگھل نہ سکی
پائوں جلتے رہے--- وہ کڑی دھوپ میں بھی کھڑی ہی رہی
اس کے آنے تلک
لوٹ جانے تلک
نہیں اس کو سچ مچ کسی بات کی بھی
کوئی سدھ نہیں(۱۵۹)

نسرین انجم بھٹی کی شاعری میں ترقی پسندی، مفلسی، فاقہ کشی اور بے چارگی نمایاں ہے وہ مزدور طبقے اور غریبوں کی ترجمان ہے۔ ان کی شاعری پڑھتے ہوئے یہ احساس ہوتا ہے کہ جیسے یہ تجربات ان کے ذاتی تجربات ہیں۔ اس لیے ان کی شاعری لفظی گورکھ دھندہ بننے کی بجائے دل پر اثر کرتی ہے۔ ڈاکٹر ضیاء الحسن ان کی نظم کے بارے میں یوں رقم طراز ہیں:

”نسرین انجم بھٹی ترقی پسند ذہن رکھنے والی تخلیق کار ہیں۔ اس لیے ان کی socio-political حوالہ بہت مضبوط ہے۔ انھوں نے موضوع اور اسلوب شاعری کا دونوں سطحوں پر بلوغت کا اظہار کیا ہے۔ اگرچہ وہ بہت کم گو ہیں لیکن جتنا کہتی ہیں وہ قابلِ توجہ ہے۔ نسرین انجم بھٹی نے پنجاب کی ثقافت اور زبان سے اپنی

شاعری میں بہت کام لیا ہے۔ اگرچہ انھوں نے بھی نسائی موضوعات کو اختیار کیا ہے لیکن جذباتی یا مزاحمتی رنگ اختیار کرنے کی بجائے انھوں نے فکری پیرائیہ اپنایا ہے"(۱۶۰)

نسرین انجم بھٹی اردو نظم کے قاری کو چونکا دیتی ہیں۔ ان کی شاعری میں پہلی دفعہ کسی عورت نے اپنی زبان سے اپنی جسمانی ضرورتوں کا اظہار کیا۔ اک ایسے ملک اور معاشرے میں جہاں عورت کو جاگیر اور ملکیت سمجھا جاتا ہے اور اس کے جذبات و احساسات کو پسِ پشت ڈال دیا جاتا ہے۔ نسرین نے بڑی جرأت اور بے باکی سے عورت کے وجود کا اظہار کیا اور اس کی جنسی ناآسودگی کو موضوع بنایا۔

نہ دیکھیے PATTEREN بخیے ادھیڑ کر میرا
میں وہ لباس ہوں جو سلا ہی نہیں---- ابھی--(۱۶۱)
میں کہ پیاز سے بھی روٹی کھا سکتی
تم کہ انصاف سے ایک نظر بھی نہ ڈال سکے
آسمان کو میں ستارہ کہوں اور اس کے ٹوٹ جانے کا انتظار کروں(۱۶۲)
بھوک کے دن عشق کے دن ہوتے تھے لیکن
ہم ان دنوں
جی بھر کر نفرت کرتے تھے
سوتے میں دانت کچکچا کچکچا کر بھوک اور بڑھا لیتے
یہاں تک کہ دانت کھٹے اور زبان کڑوی ہو جاتی
پتہ نہیں جسم کا نمک کہاں چلا گیا تھا
ورنہ کبھی کبھی اپنے ہی بازو کاٹ کر بڑا مزہ آتا تھا(۱۶۳)
اماں ری تیرے کپڑے چوہیا کاٹ گئی
اور وہ کپڑوں کی بجائے اپنا پیٹ ٹٹولنے لگتی
اسے معلوم تھا کہ کپڑوں کا آخری جوڑا تو وہ پہنے ہوئے ہے اور
اس کے بعد---- دن نہیں پھریں گے----(۱۶۴)

نسرین انجم بھٹی کی شاعری لب و رخسار اور بوس و کنار کی حامل نہیں ہے ، نہ ہی اس کی شاعری میں سطحی رومانیت ہے۔ ان کی شاعری کا سب سے بڑا وصف پختگی اور رچائو ہے انھوں نے نسوانی مسائل و معاملات کے ساتھ ساتھ زندگی کے دیگر موضوعات کو بھی بخوبی استعمال کیا ہے۔ ان کی نظم میں معاشرتی بد حالی، معاشی ناپائیداری، سیاسی انتشار، بد امنی، تہذیبی شکست و ریخت، زندگی کی تلخیاں، کسک اور لاحاصل فاصلے دکھائی دیتے ہیں۔ ان کی نظم "ڈونگھے پینڈے" زندگی کی تلخیوں کی اس طرح ترجمانی کرتی ہے:

میری زندگی، میرے جوتوں کا جوڑا
جنھیں پہن کر---- پاپیادہ
مجھے کاٹنے ہیں کئی اونچے نیچے کٹھن راستے

بے سکون و کڑی منزلیں
(ڈونگھے پینڈے-----------(۱۶۵

نسرین انجم بھٹی کی شاعری میں اظہار کی تازگی، فنی پختگی، خیال کی چاشنی اور شعور کی تابندگی اپنا احساس دلاتی ہے۔ انھوں نے نسائی جذبات اور مسائل کو بہت زیادہ بالغ نظری سے اپنی نظم میں ڈھالا ہے اور تانیثیت کو کسی خاص مقصد کے لیے اپنایا ہے۔ ان کی شاعری یہ احساس پیدا کرتی ہے کہ عورت اپنے پن سے ہی نہیں بلکہ ایک خاص ذہنی ساخت کے طور بھی اپنی پہچان کی حامل ہے جسے ہمیشہ سے رد اور نظر انداز کیا جارہا ہے۔ نسرین نے اس لیے خود کو تانیثیت تک محدود نہیں کیا بلکہ متنوع معاشرتی مسائل کو بھی اپنی نظم کا موضوع بنایا ہے۔ان کی نظم''دھند'' نہ ختم ہونے والی معاشرتی مصیبتوں اور دکھوں کے فاصلوں کی عکاس ہے:

راستے سکڑتے ہیں
فاصلے بکھرتے ہیں
ندیوں کے پیچھے بھی تیز دھار ندیاں ہیں
فاصلوں سے آگے بھی
فاصلے ہی پھیلے ہیں
آگ آگ اشکوں میں، پیاس پیاس منزل ہے
دل خراش لمحوں میں
دل بھی اور خراشیں بھی پھیلتے سکڑتے ہیں
فاصلوں سے آگے بھی
(فاصلے ہی پھیلے ہیں(۱۶۶
ناکامی ہی ناکامی ہے
چاروں اور اندھیرا ہے---
لمحہ لمحہ بوجھل بوجھل، ایسے سرکا جاتا ہے
جیسے کوئی صد پایا ہو
(میرا اپنا سایا ہو-----(۱۶۷

معاشرتی تضاد ہمارے معاشرے کے ماتھے پر ایسا کلنک ہے جسے کبھی نہیں اتارا گیا۔ آج ہم بہت زیادہ تعلیم یافتہ ہیں مگر ذات پات اور خاندان و منصب کے زعم سے آزاد نہیں ہیں۔ ہمارے ہاں آج بھی کسی شخص کا تعارف انسانیت کے بجائے اس کا خاندان ، اس کا پیشہ، اس کا رتبہ اس کی دولت اور اس کا عہدہ ہے۔ گائوں میں تو کمی کمین کی جو فرسودہ اور شرمناک روایت ہے اس کو آج تک ختم نہیں کیا جاسکا ہے اور نہ ہی شاید کبھی کیا جا سکے گا۔ نسرین کی ایک پوری نظم اس خاندانی اور ذات پات کے نظام کی تصویر کشی کرتی ہے - جس میں بتایا گیا ہے کہ گائوں کاایک کمی بھائی پن کی بھول میں چودھریوں کے درمیان جا بیٹھتا ہے اور ان کی محفل کا حصہ بنتا ہے تو کس طرح ذلت آمیز نگاہوں کا سامنا کرتا ہے:

وہ
دوسرے منظر میں اک بستی
نئی نئی بسی تھی شاید
سب کے چہرے کھلے ہوئے تھے بھائی پن کی بات چلی تھی
ایک ہی حقہ سب کی سانسوں
اور سوچوں کو بانٹ رہا تھا
بھائی پن کے دھوکے میں بستی کا کمی
بھائی پن کی چوپائی پر
چودھریوں میں آبیٹھا تھا
کتنا خوش تھا
کیوں پر اتنا خوش تھا؟
کہنے کو یوں آئو بیٹھو کہہ تو دیا تھا
لیکن من میں چودھریوں کے اک ہلچل تھی
پہلو بدلے ، کپٹ چپائے، ہنستے رہے تھے
پر من یہ کہتا کب اٹھے گا کب جائے گا
جائے گا تو تب ہی سکھ کا سانس آئے گا
اچن چیت کمی نے ان کی آنکھیں دیکھیں
تیور بھانپے--- آنسو روکے
ہنس کر حقے کو ہٹایا ہونٹوں سے
اپنی سانسیں اپنے پلو سے پونچھیں اور
چوپائی سے سرک کے نیچے
(دھرتی پہ آبیٹھا وہ(۱۶۸

تنہائی ایک اذیت ہے ، ایک عذاب ہے اور ایک سزا بھی۔ تنہائی انسان کے ذہن میں ایسے رین بسیرا کر لیتی ہے کہ اس کا ناطہ معاشرے سے توڑ دیتی ہے۔ انسان اپنی ذات کے گنبدِ بے در میں مقید ہو جاتا ہے اور اسی خول میں سکڑا رہتا ہے۔ تنہائی کا آسیب نسرین کو ہمیشہ ڈراتا رہا ہے۔ اکلاپا انہیں ناگن کی طرح ڈستا رہا ہے۔ ساری زندگی لوگوں کے ساتھ رہ کر بھی وہ تنہا ہی رہیں۔ جب وہ کوئٹہ میں تھیں تو :تنہائی کے کرب کو یوں سہتی رہیں

کوئٹہ میں شام چھ بجے ہی رات ہو جاتی ہے۔ وہاں مجھے تنہائی کا انوکھا تجربہ" ہوا۔ شام میں جب پہاڑوں سے شاں شاں کی آوازیں آتیں تو مجھے ڈر لگتا۔ یہی وجہ ہے کہ میں زیادہ وقت سوئی رہتی یا پھر بستر میں لیٹی روتی رہتی تا کہ باہر کی (آوازوں سے زیادہ ڈر نہ لگے"(۱۶۹

ان کی ایک نظم "یادیں"اسی تنہائی کا نوحہ ہے
تیری یادیں شام کے پنچھی
میرا دل ہے پیڑ گھنا

سورج ڈھلتے ساری سوچیں میری جانب یوں بڑھتی ہیں
میں جیسے اک منزل ہوں اور
میرا سہما خوف زدہ دل
(ان کا رین بسیرا ہے(۱۷۰

علامتوں کا ایک انوکھا نظام ہے جو نسرین کے ہاں دکھائی دیتا ہے۔ یہ علامتیں اور استعارے اتنے پیچیدہ ہیں کہ انسان کو ورق در ورق ان کے ساتھ تہ میں اترنا پڑتا ہے پھر جا کر کھلتے ہیں۔ ان کا کہنا ہے کہ یہ علامتیں ان کی خود تراشیدہ ہیں۔ انھوں نے ان علامتوں کے ذریعے مختلف انسانوں کے مختلف مزاجوں کو بیان کیا ہے۔ کسی کو سانپ، کسی کو بچھو اور کسی کو سور استعارے میں پرویا ہے۔ ان کی نظموں میں جانوروں اور پرندوں کو ایسے ہی علامتوں اور استعاروں کے طور پر برتا گیا ہے۔ مختلف نظموں میں استعمال کی گئی علامتوں کے نمونے ملاحظہ ہوں:

"میں نے جگنو پکڑا برسات کے پچھلے دن تھے"
(۱۷۱)
"باڑے میں پھر نیند بھی کیسے آتی، اتنی بھینسیں ، اتنے سانپ"
(۱۷۲)
"(کپڑے کی عورت ، اڑائی ہوئی مرغابی"(۱۷۳
مگر ان کی آنکھیں بے زبان نہیں ہیں"
ایک جانی بوجھی سازش کا شکار ہوئی ہیں
(میری نظمیں مرغابیاں نہیں ہیں"(۱۷۴
"(میرا بدن فاختہ کے رنگ جیسا"(۱۷۵
"(روکو مجھے میں چیت چڑھے کوپگھل پگھل کر ہرا پتنگا بن جاتی ہوں"(۱۷۶
اور اچانک دن نکل آتا اور اداس ہو کر مور کی طرح اڑنا چاہتا"
(لیکن مور تو اپنے ہی پائوں کا قیدی ہے(۱۷۷
اور مجھے اس کی پہچان پر ناز ہے، کتے کی نسل"
(بو سے وقت پہچانتا ہے"(۱۷۸
"(اور ہمسائیوں کی مرغیاں ہمارے آنگن میں فاقے چگتی تھیں"(۱۷۹
"(ہوا بلی کی طرح بیٹھی بیٹھی چل رہی ہو گی"(۱۸۰
چوہے حرامی ---- سور"
(مگر وہ سور کبھی نہ بنتے، چوہے ہی رہتے"(۱۸۱
"(میرا دل اڑے ہوئے کبوتر کی طرح ہوا میں ہے"(۱۸۲
"(دوپہر کو کتوں نے اپنی مادائوں کو نالیوں میں گھسیٹا"(۱۸۳
عہد طراز اڑانوں نے مجھے ننگی قرار دیا جو اپنا جسم کسی پھول پر رکھ کر"
(بھول گئی"(۱۸۴

ان مصرعوں میں جگنو ، بھینسیں، سانپ، مرغابی، کبوتر، ہرے پتنگے، مور، کتے، مرغیاں، چوہے ،سور، اورتتلی کے استعارے ہیں جو معاشرے کے افراد اور ان کے بھیانک کرداروں کو نمایاں کرتے ہیں۔ اسی لیے ان کی ایک ایک سطر پوری پوری نظم کا دامن سمیٹے ہوئے ہے۔ بقول پروفیسر ڈاکٹر اختر شمار:

"نسرین انجم کی نظمیں پڑھتے ہوئے ایسا لگتا ہے جیسے کوئی افسانہ پڑھا جا رہا ہو وہ نظم میں کہانی کا عکس اتار دیتی ہیں۔"(۱۸۵)

نسرین انجم بھٹی "خانہ بدوشوں" کو اپنی شاعری میں جگہ دیتے ہوئے ان کی غربت ، بے نام افسردگی، آشفتہ حالی اور بے کلی کی کیفیات کو ظاہر کرتی نظر آتی ہیں۔ ان کے مشاہدے میں غریب، مسکین، لاچار، مزدور، مفلوک الحال اور گھسے پٹے طبقے کے افراد ہیں جن کے شب وروز سے وہ آشنا ہیں اور ان کے لیے دردِ دل رکھتی ہیں۔تنویر ظہور اپنے کالم "یادیں" میں لکھتے ہیں:

"نسرین کی شاعری میں بھوک، ننگ، دکھ درد کا پہلو نمایاں ہے۔ اس نے گل و بلبل کی شاعری نہیں کی۔ اس نے اپنی دھرتی، اپنے وسیب اور اپنی مٹی کی بات کی ہے۔ اسے ہم وجودی نظریے کی شاعرہ کہ سکتے ہیں"(۱۸۶)

انھی الفاظ کی صداقت کا مشاہدہ ان کی نظم"رشتے سرشتے " کی چند سطور سے کیا جاسکتا ہے:

"پکھی واسوں کی طرح ایک دوسرے سے ناواقف تھے\
جب تمھیں کسی پر شک نہیں تھا\
جب تمھیں کسی سے محبت نہیں تھی(۱۸۷)

نظم رشتے سرشتے میں پکھی واسوں(خانہ بدوشوں) کا تذکرہ یوں بھی ہے کہ کس طرح وہ نگر نگر بھٹکتے رہتے ہیں۔ ان کا کوئی ٹھکانہ نہیں ہوتا اور نہ مستقل بسیرا۔ بس ایک جگہ عارضی قیام کیا اور پھر چل پڑے - ----دراصل یہ لوگ اپنے ایک الگ جہان کے باسی ہوتے ہیں۔ ان کے اپنے قاعدے قوانین ہوتے ہیں اور ان کی اپنی ایک خاص ڈگر---- اگر ہم دنیا داری اور مادہ پرستی کی عینک اتار کر دیکھیں تو اندازہ ہو گا کہ یہ لوگ دنیا کی بے ثباتی اور نہ پائیداری کو سمجھتے ہوئے زندگی گزارتے ہیں۔ نہ مال اسباب اکٹھا کرنے کا لالچ اور نہ جائیدادیں بنانے کی ہوس، نہ بینک بیلینس کی فکر، نہ بنگلے کوٹھیاں اور کاریں خریدنے کا ٹنٹا۔ ساری دنیا ان کا گھر ہوتی ہے۔ ساری زمین ان کا بستر اس لیے جہاں اور جب دل چاہا قیام کر لیا اور جب دل چاہا چل پڑے۔ہر وقت حالتِ ہجرت میں رہتے ہیں۔

نسرین کہتی ہیں:

"پکھی واس بڑے شکی مزاج ہوتے ہیں\
اپنے ہی گھروں سے یوں\
دروازے\
دھڑ دھڑاتے ہوئے نکلتے ہیں جیسے ان کے پیچھے بھوت لگا ہو----\
ہجرت کا بھوت"(۱۸۸)

محبت اور الفت کے لطیف جذبات نسرین کی شاعری کا خاصہ ہیں۔ ان کے ہاں محبت کے اظہار میں بھی انفرادیت ہے۔ ان کے ہاں سادگی اور خلوص کے جذبات کے ساتھ ساتھ ندرتِ ادا کے رنگ جھلکتے ہیں۔ ان کی زندگی اور شاعری میں بھی ہم آہنگی نظر آتی ہے۔ وہ اپنے جذبات اور نظریات کو بڑی خوبصورتی سے شعر کے قالب میں ڈھالتی ہیں۔

"میرے حصے کی محبت میرے پاس چھوڑ جائو
میرا دل تمھارا دل نہیں
میرا دل اب کوئی سکہ خرچ کرنے کے لیے نہیں اٹھائے گا
میرا دل اب اعتبار سے اونچا اور ایمان سے دور ہوا
میرا دل کمہار کے چاک پر پھر سے بنا ہے
اور تمھارا ہے(۱۸۹)

"میرا محبوب میرے ہاتھوں میں اپنے پائوں چھوڑ گیا
اور میرے ہونٹوں پر اپنی آنکھیں
میری بانہوں کے پھیلائو تک تم میرے ہو
اس سے آگے میں تمھاری ہوں----(۱۹۰)

انھوں نے موضوع یا ہئیت کو پیشِ نظر رکھنے کی بجائے تخلیقی تجربے کو گرفت میں لینے کی سعی کی ہے جس کی وجہ سے عصری مسائل سے ہم آہنگ ہونے کے باوجود، قاری ان کی نظم میں مسحور ہو جاتا اور اسی فضا میں کھو جاتا ہے۔ اس طرح موضوع یا ہئیت کے کمالات کی طرف اس کی توجہ کہیں دیر سے منعطف ہوتی ہے۔ نسرین انجم بھٹی کا اسلوب انداز اور ڈکشن ان کا اپنا ایجاد کردہ ہے۔ جو عارفہ شہزاد کو انٹر ویو دیتے ہوئے انھوں نے خود بتایا تھا:

"میری ڈکشن میں بہت فرق ہے اس لیے کہ میری فیلڈ ، میرے مسائل، میری sensibility میں فرق ہے۔ میں اور طرح سے سوچتی ہوں۔ اور جب میں مختلف انداز سے سوچتی ہوں تو میری زبان میں بھی فرق ہے اور میرا محاورہ بھی اور ہے اور میری اصطلاحیں مجھے خود بنانی پڑتی ہیں۔ ڈکشنری میں موجود اکھان، ضرب المثل اور بول میں نہیں برتتی۔ تمثالیں میں خود تراشتی ہوں۔ جس پر عام لفظ پورے نہیں اترتے"(۱۹۱)

ان کے اس بیان کو مد نظر ہوئے ان کی نظم "محبت کی آخری نظم" کی چند سطریں دیکھیے:

دمِ رخصت
تپے ہوئے لہجے میں خاموش رہنے والا
آنکھوں تک سلگ اٹھا ہو گا
اس کی سانسوں سے میرا دم رک گیا
اور میری ہتھیلیاں دھڑکنے لگیں
میرا مرد پورے چاند کی طرح مجھ پر چھا گیا

وہ آگ سے مرتب ہے‘‘(۱۹۲)

نسرین انجم باغی شاعرہ ہے۔ روایات سے بغاوت، اصولوں سے، اقدار سے اور دنیا داروں سے بغاوت اس کا وطیرہ ہے۔ وہ اپنے احساسات و جذبات کو نظم کرتے ہوئے کسی قسم کی پابندیوں کا شکار نہیں ہوتیں۔ ان کی شاعری میں کوئی نہ کوئی اظہارِ مقصد ضرور موجود ہوتا ہے جسے وہ ہر صورت ضرور پورا کرتی ہیں۔

زاہد مسعود کے بقول:

’’وہ ایک بلیغ نظر کی حامل شاعرہ ہیں۔ وہ اپنے شعری مزاج کی موجد بھی ہیں اور خاتم بھی۔ ان کے ہاں سماجی شعور گہرا بھی ہے اور وافر بھی۔ وہ جکڑ بندیوں سے آزاد تھیں اور یہی ان کی شاعری کا اسلوب ہے کہ وہ زبان اور ہئیت کی قیود سے آزاد ہیں‘‘(۱۹۳)

نسرین انجم کی شاعری ایک دیسی مڈل کلاس ااور مشرقی عورت کی شاعری ہے ،جسے پیدا ہوتے ہی یہ باور کرایا جاتا ہے کہ وہ مرد سے کم تر اور کمزور ہے اور چند بے ہودہ سماجی حدود میں مقید ہے ۔ آج بھی عورت کسی نہ کسی طرح ظلم کی چکی میں پس رہی ہے۔ نجانے کیوں ہمارے معاشرے میں عورت کو انسان کے بجائے ایک گوشت پوست کا پتلا سمجھا جاتا ہے۔ ہم کیوں بھول جاتے ہیں کہ ایک عورت کے بھی خواب ہوتے ہیں۔آرزوئیں ، تمنائیں اور خواہشیں ہوتی ہیں۔ وہ دنیا میں صرف مرد کے ہاتھوں کھلونا بننے نہیں آئی، وہ مرد کی دل لگی کا سامان نہیں ہے۔ وہ مرد کی ہوس اور ضرورت ہی نہیں ہے۔ آج ہم تعلیم یافتہ اور مہذب ہونے کا دعویٰ کرتے ہیں مگر آج بھی ہم ذہنی پسماندگی کا شکار ہیں۔ عورت آج بھی ہمارے لیے بس ایک ٹشو پیپر کی حیثیت رکھتی ہے جسے استعمال کرنے کے بعد پھینک دیا جاتا ہے۔ ہمارے معاشرے کی گراوٹ کااندازہ اس بات سے لگا لیجیے کہ عورت کو آج بھی ونی کیا جاتا ہے یا اپنے خاندان کے گناہوں کے کفارے کی بھنٹ چڑھا دیا جاتا ہے۔ کبھی قرآن سے نکاح کر دیا جاتا ہے تو کبھی جوانی میں بیوہ ہو جانے پر باقی زندگی طعنوں میں گزارنے پر مجبور کر دیا جاتا ہے ۔ کبھی غیرت کے نام پر قتل کر دیا جاتا ہے تو کبھی وزیروں، مشیروں، وڈیروں اور جابر حکمرانوں کی منشا کے لیے پیش کیا جاتا ہے۔ عورتوں کے حقوق کی پامالی، ان کی آبرو ریزی اور سودا بازی کے خلاف نسرین اپنا علم بغاوت یوں بلند کرتی ہیں:

’’میں زنِ خوش چہرہ و خوش لباس
میں زنِ خوش گلو
اپنی سب بیٹیوں پوتیوں اور بہنوں کے ساتھ
شیخ جابر کے دربار پر حاضری کے لیے
جہاز پر سوار کر دی گئی
میرا زر اور زن اور زمیں سارے سکوں کے قیدی
بے وطن، بے مراد----- بارشیں
سکہ بند غلام بارشیں---- بارشیں----- بارشیں(۱۹۴)

نسرین انجم بھٹی صوفی شاعروں سے بہت متاثر تھیں انھوں نے زیادہ اثر شاہ حسین کی شاعری سے لیا۔ وہ سمجھتی تھیں کہ شاہ حسین بغاوت اور دکھ کا شاعر ہے۔ انھوں نے اپنے شعری مجموعے کا انتساب نضم حسین سید کے نام کیا۔ وہ نجم حسین کی شاعری کی عظمتوں کی معترف تھی۔ ان کے نزدیک دنیا کو وہ جن نظروں سے اب دیکھ رہی ہیں ، نجم حسین سید وہاں بہت پہلے پہنچ چکے تھے۔ تصوف کے بارے میں ان کا کہنا ہے :

"تصوف ہجوم میں اپنے آپ کو الگ کر لینا اور پھر وہاں سے ہجوم کو دیکھنے کا عمل ہے یہ عمل ہی اصل عمل ہے ورنہ زندگی تو گھوڑ دوڑ ہے"(۱۹۵)

ان کی نظم" ہم دونوں" صوفی ازم کا پرتو لیے ہوئے ہے۔ نظم کی چند لائنیں ملاحظہ ہوں:

"میں نے خدا کو دیکھا
اس نے مجھے دیکھا
ہم دونوں اک دوسرے کے چور ہوئے
ہم دونوں اک دوسرے کے یار ہوئے
زمینوں پر سے آسمانوں کا اعتماد دھوئیں کی طرح
اٹھتا چلا گیا
دونوں نے اک دوسرے کو نہیں بتایا
کہ دھوئیں کے پیچھے کیا ہے؟؟؟؟؟؟(۱۹۶)

نسرین نے ایک بالکل نیا اور منفرد آہنگ دریافت کیا ہے ۔ وہ اپنے عہد کو باطن سے ہم آہنگ کر کے بیان کرتی ہیں۔ ان کی نظموں میں غور و فکر کے عناصر نمایاں ہیں۔ وہ اس جہان سے سرسری نہیں گزرتی ہیں بلکہ جہان دیگر کی متلاشی رہتی ہیں۔ وہ زندگی کو نثری نظم کے آہنگ میں زیادہ بہتر محسوس کرنے اور بیان کرنے پر قادر ہیں۔ اس خوبی نے ان کے اندر ایک خاص قسم کی درویشی صفت پیدا کر دی ہے۔ اس لیے ان کی نظمیں یک سطحی نہیں ہوتیں بلکہ قاری کو پرت پرت کھولنے کا لطف باہم پہچاتی ہیں۔ ان کی درجِ ذیل نظم کی چند سطریں ملاحظہ ہوں:

تمھیں دیکھتی ہوں تو جڑوں تک کانپ جاتی ہوں
تمھارے نام کے حروف
میری سانسوں سے ترتیب دیے گئے ہیں
رفتنی! تجھے رخصت کرنا کتنا مشکل ہے
کاش ! دروازے صرف خوش آمدید کہنے کے لیے بنے ہوتے
میرا دل اڑے ہوئے کبوتر کی طرح ہوا میں ہے
تمھارے ہونٹوں سے میں نے طلوع ہونا سیکھا
کائنات تمھارے پائوں چھو لینے کا نام ہے(۱۹۷)

عبداللہ حسین نے نسرین کی کتاب بن باس کے دیباچے میں لکھا تھا" ان کی ترقی کی رفتار یہی رہی تو ایک دن ان کی شاعری آفاق کو اپنی گرفت میں لینے کے قابل بھی ہو جائے گی" صفدر ہمدانی نے نسرین کی وفات پر یہ شعر کہا تھا:

صفدر عجیب حادثہ گزرا ہے کل کی شب
عورت تھی ایک تانبے کی مٹی میں مل گئی
(۱۹۸)

یوسف نیر

یوسف نیر کے آبا و اجدا قیام پاکستان ے پہلے بھارت کے ضلع فیروز پور میں سکونت پذیر تھے اور سکھ مذہب کے پیرو کار تھے۔برصغیر میں عیسائی مشنریوں نے عیسائیت کی تبلیغ کی تو بہت سے ہندو اور سکھ اس تبلیغ سے متاثر ہوئے اور اپنا مذہب تبدیل کیا۔ یوسف نیر کے پردادا کا نام منگت سنگھ تھا جو مذہب کی تبدیلی کے بعد منگت مسیح ہو گیا۔ یوسف نیر کے دادا ویرو مل پڑھنالکھنا جانتے تھے۔ انھیں اردو، پنجابی اور ہندی کے بے شمار اشلوک زبانی یا دتھے۔ مذہب کی تبدیلی کے بعد یہ لوگ نقل مکانی کر کے پاکستان آ گئے اور سیالکوٹ میں رہائش پذیر ہوئے۔بابر حسین ان کے آبائو اجداد کے بارے میں لکھتے ہیں:

"یوسف نیر کے دادا ویرو مل کے تین بیٹے پیدا ہوئے۔ سب سے بڑے بیٹے کا نام سنت مسیح، دوسرے کا نام جلال الدین بے تاب جنھوں نے "نوائے بے تاب" کے نام سے شعری مجموعہ بھی لکھا۔ وہ سکاچ مشن ہائی سکول میں پڑھاتے تھے۔ یوسف نیر کو اپنے تایا سے شاعری کا شوق پیدا ہوا"(۱۹۹)

ویرو مل کے سب سے چھوٹے بیٹے کا نام رحمت مسیح تھا جو یوسف نیر کے والد تھے۔ وہ ریلوے میں ملازم تھے۔ یوسف نیر کی والدہ مارتھا ایک گھریلو خاتون تھیں۔ یوسف نیر کی تاریخ پیدائش کے بارے میں اختلاف پایا جاتا ہے۔ جس کے بارے میں پروفیسر جیکب پال لکھتے ہیں:

"یوسف نیر ۲۱ جنوری ۱۹۴۷ کو محلہ اٹاری گیٹ سیالکوٹ میں پیدا ہوئے جب کہ سرکاری دستاویزات میں آپ کی تاریخ پیدائش ۲۳ نومبر ۱۹۴۷ درج ہے"(۲۰۰)

یوسف نیر کا اصل نام اپنے والد رحمت مسیح کی نسبت سے یوسف رحمت تھا اور تخلص نیر ہے طلعت نثار خواجہ کے بقول:

"پروفیسر یوسف نیر کا اصل نام یوسف رحمت اور قلمی نام یوسف نیر ہے۔ بعض مقامات پر اصل نام کے ساتھ تخلص نیر کا اضافہ کر کے لکھ دیتے تھے۔ جیسے یوسف رحمت نیر"(۲۰۱)

یوسف نیر ایک متوسط گھرانے میں پیدا ہوئے۔ ان کے والد ریلوے میں ملازم تھے اور ملازمت کے سلسلہ میں ان کو مختلف شہرونمیں رہنا پڑتا۔ کبھی راول پنڈی کبھی لاہور، اسی دوران یوسف نیر کے دو تین تعلیمی سال ضائع ہو گئے۔ مقالہ نگار لکھتی ہیں:

یوسف نیر نے ۱۹۶۶ میں میٹرک کا امتحان پاس کیا۔ پھر ایف سی کالج لاہور سے" ایف ۔ایس ۔سی اور بی ۔ایس۔ سی کی۔ پنجاب یونیورسٹی لاہور سے ایم۔ اے اردو کیا (اور ڈلوال ضلع جہلم سے بطور سائنس ٹیچر اپنی عملی زندگی کا آغاز کیا"(۲۰۲ دسمبر ۱۹۷۵ کو لیکچرر منتخب ہوئے اور گورنمنٹ کالج رحیم یار خان میں ۳۱ بطور استاد اردو تعینات ہوئے۔ پھر کچھ عرصہ گورنمنٹ کالج شیخوپورہ میں گزارا اور گورنمنٹ مرے کالج سیالکوٹ میں آگئے جہاں سے ۲۰۰۶ میں ملازمت سے سبکدوش ہوئے ۔یوسف نیر نے ۱۹۷۶ میں پنجاب یونیورسٹی سے بی۔ ایڈ کی ڈگری حاصل کی۔ ۱۹۹۳ میں ہومیو پیتھک ڈاکٹر کی ڈگری ڈی۔ایچ۔ایم ۔ایس حاصل کی اور ۱۹۹۵ میں علامہ اقبال اوپن یونیورسٹی اسلام آباد سے "حکیم عبدالنبی شجر تہرانی شخصیت و شاعری" کے موضوع پر ایم فل کی ڈگری حاصل کی ۔ ۲۰۰۳ میں مذہبی تعلیم میں ایم۔ ڈی۔ آئی۔ وی کی ڈگری حاصل کی۔

انھوں نے میٹرک میں لکھنے کا آغاز کیا۔ وہ شروع میں مذہبی نظمیں لکھا کرتے کے مدیر رہے اور لاہور (Folio) تھے۔ وہ ایف سی کالج لاہور کے کالج میگزین میں رہتے ہوئے حلقہ ارباب ذوق کے اجلاس میں شرکت کرنے کا موقع ملا جس سے ان کے ادبی ذوق کو مزید جلا ملی۔ ایف سی کالج میں ہی ان کی دوستی آصف عمران سے ہوئی جو مستقبل کے اچھے افسانہ نگار ثابت ہوئے۔ یوسف نیر کی زندگی میں ان کے دو مجموعہ ہائے کلام شائع ہوئے ایک نظموں اور مذہبی گیتوں پر مشتمل تھا جس کا نام"گلِ بشارت" ہے جب کہ دوسرا مجموعہ" روشنی کا پہلا دن " ہے جو غزلیات پر مشتمل ہے۔

یوسف نیر نے تمام شعری اصناف میں طبع آزمائی کرنے کی کوشش کی ہے۔ ان کا مجموعہ کلام،" گلِ بشارت" مذہبی موضوعات کو سامنے لاتا ہوا ایک گلدستہ ہے۔ جس میں مذہبِ عیسائیت کی رمزیت اور ایمائیت پوشیدہ ہے۔ یہ مجموعہ ادارہ تلاش، وارث پورہ فیصل آباد پاکستان سے ۱۹۸۷ء میں شائع ہوا۔ اس مجموعے کے بارے میں یوسف نیر یوں رقم طراز ہیں:

گلِ بشارت میری طرف سے خداوندِ یسوع مسیح کے حضور ایک" عقیدت نامہ" " ہے۔ مجھے اپنی شاعری اور کتاب کے بارے میں کچھ نہیں کہنا ۔ میں نے نظموں اور گیتوں کے ذریعے یسوع مسیح کی حمد سرائی کی ہے۔ دعا گو ہوں کہ خدا (میری اس حمد سرائی کو قبول فرمائے"(۲۰۳

گلِ بشارت" میں شاعر نے مختلف اور منتخب اچھوتے عنوانات کو زیورِ شعر " سے آراستہ کر کے روایتی کلام اور رفعتِ خیال کے بلند منبر سے پیش کرنے کی سعی کی ہے، ان کا یہ مجموعہ کلام ایک بو قلموں گلستان ہے یا یوں کہیے کہ رنگا رنگ پھولوں کا کوئی خوش نما گلدستہ ہے۔ اس کتاب کی حسنِ ترتیب سات عنوانات کے تحت کچھ یوں کی گئی ہے۔

۔ اک چاند سا چمکا ہے ۱

۔ نغمات کی برکھا۲

۔ قطعات۳
۔ خار زارِ کلوری۴
۔ فاتح قبر ۵
۔ سبدِ گل ۶
۔ گلدستہ نغمات۷

بشپ خیر الدین اس مجموعے کی تقریظ لکھتے ہوئے اس انداز میں رقم طراز ہیں: "نیر کا کلام غزلیات ، گیتوں اور نغماتِ محامد المسیح، صلیب احمر، برکاتِ تجسم، الکفارۃ حیات مقدسین، اور دیگر مختلف النوع ادب پاروں پر مشتمل ہے۔ اس سے شاعر کی ذہنی سمت متعین کرنے اور اس کے خیال و فکر اور فلسفہ زندگی کی راہ ہموار کرنے کے لیے بائبل مقدس کی تعلیم بنیادی ہے۔ لیکن یہ بھی سچ ہے کہ شاعر نے اساتذہ ، متقدمین کے خیالات سے عملی استفادہ کیا ہے جس کی سند شاعر کے کلام میں جا بجا ملتی ہے"(۲۰۴)

کتاب کا پہلا حصہ" اک چاند سا چمکا ہے" کے عنوان کے تحت لکھا گیا ہے جو حضرت عیسیٰؑ کی ولادت باسعادت کے حوالے سے مختص کیا گیا ہے۔ اس حصہ کی پہلی نظم ایک جمالیاتی احساس و فکر لیے ہوئے ہے۔ وہ لفظوں کی خوبصورتی اور بے ساختگی کی طرف توجہ مرکوز رکھتے ہیں۔ نظم" کون آیا" حضرت عیسیٰؑ کی ولادت کے حوالے سے لکھی گئی نظم ہے جس میں انھوں نے ایک منظر نامہ پیش کرنے کی کوشش کی ہے۔ اس نظم میں زندگی سانس لیتی ہوئی دکھائی دیتی ہے۔ نظم کا آغاز کچھ اس انداز سے ہوتا ہے:

کون آیا ہے جس کے آنے سے
گنگنانے لگے سکوت و سکوں
انجمن بن گئی ہے تنہائی
توڑ کر آج خامشی کا فسوں
(۲۰۵)

یوں یہ نظم چلتے چلتے اپنے اختتام کی طرف بڑھتی ہے تو اس میں قلبِ مضطر کے چین پانے، گونجتی تنہائی میں صدا کے ابھرنے، ہمتوں کا پیام لانے، مدتوں کی پیاس بجھنے اور منزلوں کی آس لیتے ہوئے حضرت عیسیٰؑ کے ظہور پذیر ہونے کا منظر نامہ یوں زیبِ قرطاس کیا گیا ہے:

کون ہے وہ کہ جس کے آنے سے
جگمگاتی ہے چاند کی قندیل
دوجہانوں کا ہے وہ شہزادہ
پاک مریم کا ہے وہ ابنِ جمیل
(۲۰۶)

یوسف نیر کی نظموں میں تنہائی، خامشی ، مسکان، خواہشوں اور صدائوں جیسے احساسات نیند کے بازئوں میں جھولا جھولتے دکھائی دیتے ہیں۔ وہ ہمت اور

حوصلے کا ہاتھ تھامے ہوئے آگے بڑھنے کی طرف اکساتے ہیں۔ وہ تھکے ماندے لوگوں کو منزلوں کی طرف کھینچتے ہیں اور بھولے بھٹکے ہوئے لوگوں کو سچائی اور نیکی کا راستہ بتاتے ہیں۔ زمین کے باسیوں کو آسمانونکی روشنی کا نظارہ کرنے کی دعوت دیتے ہیں۔ ان کی نظم ”ساری دنیا کے باسیو! آئو“ سے چند سطور ملاحظہ ہوں:

دفعتاً اک صدا کی ضربِ شدید
توڑ کر خامشی کا سارا فسوں
نغمہ بن کے فضا میں یوں گونجی
اے زمیں والو تم پہ رحمت ہو
اے زمیں والو ! آج خوشیاں کرو
اے تھکے ماندے عاصیو آئو
چل کے دیکھیں وہ نور کا پیکر
عرش سے جو زمیں پہ آیا ہے
امن و الفت کا حکمراں بن کر
بھولے بھٹکوں کا پاسباں بن کر
زندگانی کا راز داں بن کر
اے تھکے ماندے عاصیو آئو
ساری دنیا کے باسیو آئو

(۲۰۷)

یوسف نیر حضرت عیسیٰؑ کے ظہور اور آمد کو دنیا کے لیے انعامِ عظیم گردانتے ہیں۔ کیوں کہ ان کی آمد کی بشارت سے دلوں کے بند کواڑوں میں غنچے کھلنے لگتے ہیں۔ دلوں کے کھنڈروں میں امیدوں کی شمعیں روشن ہو جاتی ہیں۔ روح کے خشک صحرا میں دریا بہنے لگتے ہیں۔ یاس کی اندھی دھرتی میں بینائی کی فصل بوئی جاتی ہے۔ حضرت عیسیٰؑ کے میلاد کو وہ صرف نجات دہندہ ، مسیحا اور رہبر ہی نہیں سمجھتے بلکہ ان کی محبت کو وہ درخشندہ ستارہ اور راہنما مانتے ہیں۔

ظلمت کا فسوں ٹوٹا، گل رنگ سحر آئی
ویران گلستاں کی صورت بھی نکھر آئی
وہ جس نے خزائوں کو پیراہنِ گل بخشا
اس رشکِ گلستاں کے آنے کی خبر آئی
اک چاند سا چمکا ہے بے نور فضائوں میں
ظلمات گزیدوں کی امید ہے بر آئی
تاریک گھروندے کی قسمت پہ نہ رو نیر
اٹھ دیکھ کرن تیرے روزن میں ہے در آئی

(۲۰۸)

کتاب کا دوسرا حصہ" نغمات کی برکھا" مسیحی نغمات پر مشتمل ہے۔ ان نغمات میں حضرت عیسیٰؑ کی ولادت، معجزات اور کرامات کا ذکر ہے۔ ان نغمات میں موسیقیت، نغمگی اور ترنم پایا جاتا ہے۔ حضرت عیسیٰؑ کی آمد کی بشارت اور خوشخبری کے پیغامات اس طرح زیب قرطاس کیے گئے ہیں:

آمدِ شاہِ کبریا ہے آج
یہ زمیں غیرتِ سما ہے آج
سہمے ہونٹوں پہ آج نغمے ہیں
قہقہے بستیوں میں گونجے ہیں
آسماں گنگنا رہا ہے آج
وہ بشارت ہے پاک رشتوں کی
وہی تصدیق ہے نوشتوں کی
خواب تعبیر بن گیا ہے آج
وجہِ تخلیق جس کی ہستی ہے
جس کی صدیوں سے راہ دیکھی ہے
رونقِ بزم وہ بنا ہے آج
(۲۰۹)

ان نغمات میں فرحت و شادمانی کے پیغامات ہیں۔ غم کے ماروں اور دکھیاروں کے لیے مبارک بادیں ہیں۔ بھولے بھٹکوں کے لیے راہِ نجات ہے ۔ خلقِ خدا کے لیے بشارت ہے۔ یہ مسیحی نغمے نہایت سادہ سلیس اور رواں ہیں۔ ان میں حضرت عیسیٰؑ سے عقیدت اور محبت کے جذبات کی فراوانی ہے۔ فادر زکریا غوری کے بقول:

"یوسف نیر کی غزلوں نظموں اور گیتوں میں معنوی خصوصیات کے علاوہ شعری محاسن بھی ملتے ہیں۔ یہ سچائی کی تلاش میں داخل سے خارج اور خارج سے داخل کی جانب سفر کرتے نظر آتے ہیں۔ تازہ موسموں کا شاعریوسف نیر نئی نسل کا نمائندہ شاعر ہے"(۲۱۰)

کتاب کا تیسرا حصہ گیارہ قطعات پر مشتمل ہے۔ ان قطعات میں حضرت عیسیٰؑ کو مصلوب کرنے ، ان کی محبت کو سانسوں میں بسانے ان کی پناہ کو دنیا کے غموں سے رہائی پانے ان کے پیغام امن کو دنیا میں پھیلانے اور ان سے عقیدت و الفت کے جذبات کی عکاسی ملتی ہے۔ یوسف نیر ان قطعات میں اپنے مذہبی شعور کو بروئے کار لاتے ہوئے صلیبِ مسیح کو اپنی قوم اور دنیا کے لیے عظیم قربانی سمجھتے ہیں۔ انھیں شہِ مصلوب کا لقب دیتے ہوئے ،شبوں کی تیرگی کو روشنی عطا کرنے والا دکھاتے ہیں۔ ایک قطعہ ملاحظہ ہو:

حصارِ قبر اسے قید کس طرح رکھتا
وہ خود تھا زندگی اور زندگی کا رستا تھا
اسی نے ظلمتوں کی یورشوں سے ٹکرا کر

شبوں کی تیرگی کو روشنی میں بدلا تھا

(۲۱۱)

پادری ، اقبال نثار یوسف نیر کی مذہبی شاعری کو ان الفاظ میں خراج پیش کرتے ہیں:

"روحانی غزلیات، نغمات، اور گیت ہماری عبادت کا اہم حصہ ہیں۔ ہمارے شاعروں نے عبادتی گیتوں کی طرف خاص توجہ نہیں دی۔ ماضی میں لکھے جانے والے گیت، فنی اور روحانی حوالے سے زیادہ قابلِ ذکر نہیں ہیں۔ یوسف نیر مسیحی گیتوں کی دنیا میں نیا رنگ اور انداز لے کر وارد ہوا ہے۔ اس کے گیت اور غزلیات فکری اور فنی پختگی اور روحانی فضا کے حامل ہیں۔ یوسف نیر کے لہجے میں ایک عابد اور خداوند کے حضور گرے ہوئے انسان کی حلیمی، تقدس اور انکساری محسوس کی جاسکتی ہے"(۲۱۲)

دنیا میں جتنے بھی انبیا اور رسول تشریف لائے سب نے انسانیت ، وحدانیت اور امن و محبت کا پیغام دیا۔ حضرت عیسیٰؑ نے بھی دنیا میں پیار ، خلوص محبت ،وفا، بھائی چارے اور قربانی کا درس دیا۔ مگر دنیا جب آج خانہ جنگی میں گھری نظر آتی ہے اور پیامِ مسیحا کی پاس داری نہیں رہی تو یاسف نیر کا دل تڑپ اٹھتا ہے اور وہ دنیا میں امن و شانتی کے داعی بن کے یہ کہنے پر مجبور ہو جاتے ہیں:

آج انساں ترا پیغام بھلا بیٹھا ہے
ہر طرف جنگ و جدل کے ہیں فسانے اب تو
امن کا پہلا سبق تو نے سکھایا تھا جسے
ڈھونڈتا پھرتا ہے لڑنے کے بہانے اب تو

(۲۱۳)

یوسف نیر نے اپنی کتاب میں حضرتِ عیسیٰؑ کو نفرتوں کو مٹانے والا اور شمعِ الفت جلانے والا قرار دیا ہے۔ان کے ظہور سے دل کا کلیسا آباد ہوتا ہوا ،عود و عنبر سے مہکتا ہوا، اور غنچوں کی طرح چٹختا ہوا نظر آنے لگتا ہے۔ قصرِ زندگی سجتا سنورتا دکھائی دینے لگتا ہے۔ بقولِ یوسف ناز:

"یوسف نیر کے نزدیک تمام مذاہب اور ادیان ہمدردی ، محبت اور رواداری کا سبق دیتے ہیں۔ یوسف نیر امن اور سلامتی کے علمدار ہیں۔ وہ ایک معروف دانش ور اور ممتاز ادیب اور شاعر ہیں"(۲۱۴)

یوسف نیر بذاتِ خود شریف النفس ملنسار اور محبت کے داعی ہیں۔ وہ ادب برائے زندگی کے قائل ہیں۔ اور ادب برائے زندگی کی وضاحت اس طرح کرتے ہیں۔

"یوں تو کئی ادبی نظریے ہیں لیکن میں ادب برائے زندگی کا قائل ہوں۔ میں نے اپنی شاعری میں ہمیشہ، غریب ، مظلوم اور پسماندہ معاشرے کے پسے ہوئے انسانوں کے دکھ، محرومی اور ظلمت کی بات کی ہے۔ ظالم، جابر اور استحصالی نظام اور افراد کی مذمت کی ہے۔ ادب کو انسانی فلاح و بقا کے لیے اپنا کردار ادا کرنا

چاہیے۔ ادبا و شعراکو خیر، عدل و انصاف، مساوات اور ایک صحیح معاشرے کے قیام کے لیے جدو جہد کرنی چاہیے"(۲۱۵)

ان کی اس کتاب کا چوتھا حصہ خار زارِ کلوری آزاد اور پابند نظموں پر مشتمل ہے۔کلوری یروشلم کے علاقے کی اس پہاڑی کا نام ہے جہاں پر حضرت عیسیٰؑ کو مصلوب کیا گیا۔ کلوری مسیحی برادری کے لیے تاریخی اور مقدس مقام ہے اس مقام سے خاص محبت اور عقیدت رکھی جاتی ہے۔ ان نظموں میں کلوری کو گھپ اندھیروں میں روشنی اور زرد رتوں میں تازگی کی علامت بنا کر پیش کیا گیا ہے۔ اس حصہ میں " اقرارِ گناہ" اور "سراپا زخم" جیسی نظموں میں حضرت عیسیٰؑ کو صلیب پر چڑھانے کے گناہ کا اقرار کیا گیا ہے۔ اور ان کی ذاتِ اقدس کو منجی اور مسیحا کہا گیا ہے۔ کلوری کی خاک کو خاکِ شفا اور راہِ کلوری کے کڑوے کوس کو زندگی کے کڑے سفر کا استعارہ بنا کر پیش کیا جاتا ہے۔ نظم کی چند سطور ملاحظہ ہوں:

مسیحا مرا یہ یقیں ہے
کہ تو نے مجھے پاپ ، غم اور دکھوں کی اسیری سے آزاد کر کے
کشادہ فضا میں نئے سانس لینے کی توفیق بخشی
مسیحا مرا یہ یقیں ہے
کہ تو اپنے کمزور کاندھوں پہ
میرے گناہوں کی سولی لیے
کلوری کے کڑے کوس چلتا رہا
ترے ڈگمگاتے قدم
منزلوں کی بشارت سناتے رہے(۲۱۶)

نظم کے آخری بند میں حضرت عیسیٰؑ کے حضور التجا کی گئی ہے اور ان کے پیغامات پر عمل پیرا ہو کر غریبوں مفلسوں بے کسوں اور مظلوموں کے لیے درخشندہ ستارہ بننے کی بشارت دی گئی ہے۔

مسیحا مجھے ایسی ہمت عطا کر
کہ میں ایسے مکار طبقے کے ظلم و ستم کے لیے موت بن کر
ترے مفلسوں بے کسوں کا سہارا بنوں
میں شبِ تار مینجر اُتوں کا درخشندہ تارہ بنوں(۲۱۷)

یوسف نیر اپنی شاعری کو کلیسائی صداقتوں، سماجی اور معاشرتی مسائل کا عکاس بناتے ہیں۔ ان کے نزدیک شاعری قومی خدمت اور انسانی زندگی کی فلاح کی تفسیر ہے اس لیے وہ اپنی شاعری کو اجتماعی زندگی سے مربوط رکھنے پر زور دیتے ہیں۔ یہی ان کی شناخت اور مقبولیت کا ثبوت ہے۔گریفن جونز شرر ان کی شاعرانہ عقیدت کو ان الفاظ میں سراہتے ہیں:

"نیر کی شاعری و مضامین میں وسعتِ نظر کے ساتھ ساتھ تاریخی شعور، مذہبی فراست اور تہذیبی روایت کی پاسداری بھی موجود ہے اور عہدِ ماضی کی درد

مندی اور انسان دوستی کی تصویر ایک حد تک موجود ہے۔ ان کی شاعری کو پڑھنے سے معلوم ہوتا ہے کہ نیر تاریخی بصیرت مذہبی حقائق اور قوتوں کے ادراک کو شاعری کے لیے ضروری سمجھتا ہے۔ وہ ایک خوش قامت شاعر ہونے کے ساتھ ساتھ بصیرت افروز مقالہ نگار ، مدلل و فکر انگیز مضمون نویس بھی ہے۔ مسیحی قوم کی خدمت اور اردو ادب کو فروغ دینے کے لیے نیر کی والہانہ تخلیقی محویت اور شعر و ادب سے بے لاگ وابستگی اس کی زندگی کا نصب العین ہے"(۲۱۸)

کتاب کا پانچواں حصہ "سبدِ گل" ہے۔ یہ آزاد نظموں اور پابند نظموں پر مشتمل ہے۔ اس میں زیادہ تر حضرت مریمؑ کی شان میں شاعری کی گئی ہے۔ ایک نظم ، جو ترے در پہ آگیا مریم ، ہے اس نظم میں حضرت مریم کی عصمت ، پاکدامنی، احترام ،عقیدت ،راہِ حق کی راہبر، سایہ شجرِ جاں فزا، اور صدیقہ مریم کے حضور عقیدت کے پھول ان الفاظ میں نچھاور کیے گئے ہیں

دردِ عصیاں کی ہے دوا مریم
گھپ اندھیروں میں ہے ضیا مریم
جھولیاں بھر کے گھر کو لوٹ آیا
جو ترے در پہ آگیا مریم
زیست کے تپتے ریگزاروں میں
سایہ شجرِ جاں فزا مریم

(۲۱۹)

کتاب کے حصہ "فاتح قبر" میں حضرت عیسیٰؑ کو زندگی کا تاجدار، منجی و مسیحابنا کو پیش کیا گیا ہے۔ اور کتاب کے آخری حصہ "گلدستہ نغمات" میں نوجوانوں اور بچوں کے لیے گیت لکھے گئے ہیں ۔ یہ گیت نہایت منفرد ہیں کیوں کہ یہ ترانے بھی ہیں اور نغمے بھی، مذہبی گیت بھی ہیں اور پیغامات بھی۔ان گیتوں میں وہ بچوں جوانوں میں جوش جذبہ اور انقلابی روح پھونکتے نظر آتے ہیں۔ان کی ایک نظم "نوجوانوں کے لیے گیت" میں سے چند سطور ملاحظہ ہوں:

اے مسیحی جواں آج تو ہے کہاں
بھول بیٹھے ہیں سب تیرا نام و نشاں
سرد کیوں ہو گیا تیرا تازہ لہو
کس لیے ہے جہاں میں تو بے آبرو
جان بسمل ہے تیری، بدن نیم جاں

(۲۲۰)

یوسف نیر کو مسیحی قوم کے اس مقام اور مرتبے کا بھی احساس ہے کہ اس قوم نے اپنی علمی اور مسیحانہ صلاحیتوں سے نہ صرف اس دنیا میں بلکہ پاکستان میں بالخصوص خدمت کے چراغ روشن کیے ہیں اور اپنی شہرت و ناموری کے جھنڈے بھی گاڑے ہیں۔ وہ موجودہ دور کے مسیحیوں سے استعجابی انداز سے

استفسار کرتے ہیں کہ انھوں نے اپنی اس توقیر اور خدمت کے جذبے کو پسِ پشت ڈال دیا ہے جب کہ اس وطن کو آج بھی ان کی خداداد صلاحیتوں سے بہرہ ور ہونے کی تمنا اور ضرورت ہے۔ وہ نوجوانوں میں احساسِ ندامت ابھارتے ہیں اور ان کو اپنے آبا کے نقشِ قدم پر چلنے کا ولولہ اس انداز میں عطا کرتے ہیں۔

آج تیری جوانی کی تحقیر کیوں
آج الٹی ہے خوابوں کی تعبیر کیوں
آشیاں کا مقدر ہیں کیوں بجلیاں
آج بھی تیری جانب ہے اپنی نظر
دیکھتے ہیں سبھی اب تری رہ گزر
تجھ کو درپیش ہے اک نیا امتحاں
(۲۲۱)

یوسف نیر کی نظموں میں نوجوانوں سے خطاب ہے۔ وہ انھیں یہ احساس دلاتے ہیں کہ وہ سست روی اور غفلت میں گھر چکے ہیں۔ کیوں کہ جذبوں سے عاری غفلت میں مبتلا ہو کر انسان جینے کے فن سے ناواقف ہو جاتا ہے کیوں کہ جذبات و احساسات اور ذہنی بیداری ہی انسان کو جینے کے رموز سکھاتی ہے۔ یہاں یوسف نیر کے ہاں اقبال کا رنگ و آہنگ نظر آتا ہے۔

یوسف نیر کی نظموں کی طرح ان کی غزلیں بھی مترنم اور رواں اور سلیس ہیں۔ ان کی غزلوں کا مجموعہ " روشنی کا پہلا دن" الحمد پبلی کیشنز لاہور سے ۱۹۹۹ء میں شائع ہوا۔ کتاب کا سر ورق ریاظ نے بنایا ہے اور بیک فلیپ پر ان کی تصویر اور گلزار وفا چودھری کے تاثرات درج ہیں۔ سر ورق کے اندرونی فلیپ میں دائیں جانب عدیم ہاشمی اور بائیں جانب اصغر سودائی کا تبصرہ شامل کیا گیا ہے۔ اس کتاب کا انتساب انھوں نے اپنی والدہ کے نام کیا ہے۔ وہ لکھتے ہیں:

"پیاری اماں کے نام
جس نے مجھے پیار کرنا سکھایا" (۲۲۲)

یوسف نیر جہاں مذہبی شاعری میں ایک اعلیٰ اور منفرد مقام رکھتے ہیں وہاں غزل کے میدان میں بھی ان کا قلم خوب رواں ہے۔ وہ غزل کو بھی ادب برائے زندگی کے حوالے سے برتنے کا ہنر جانتے ہیں۔ ان کے ہاں زندگی اور اس کے متعلقات شعری پیکر میں سانس لیتے ہوئے دکھائی دیتے ہیں۔ وہ غزل کے پیکر میں انسانی مصائب و آلام اور خاص طور پر اس کے تاریخی پس منظر اور مستقبل کے حوالے سے بھی بات کرتے ہیں۔ ان کے اس منظر نامے کو سامنے رکھتے ہوئے گلزار وفا چودھری لکھتے ہیں:

"یوسف نیر روشنی کا وہ استعارہ ہے جو ماضی، حال اور مستقبل میں ایک کرن کی طرح جگمگاتا ہے۔ وہ ہر زمانے کی تخلیقی ادھیڑ بن کرتے ہوئے ہر ہر گوشہ ان کے تصور میں مچلتا پھرتا ہے" (۲۲۳)

وہ زندگی کو انتہائی قریب سے دیکھنے کے عادی ہیں اور زندگی کی ہر ہمواری اور ناہمواری کو بہت غور سے دیکھتے اور اس پر قلم فرسائی کرتے دکھائی دیتے ہیں۔ ان کی نظر اتنی وسیع ، اتنی فراخ اور اتنی گھمبیر ہے کہ ان کے تجربے سے زندگی کی کوئی کروٹ بچ کر نہیں نکل سکتی۔ وہ بلند مرتبہ لوگوں کو بھی نظر میں رکھتے ہیں اور اپنی قلندری کا بھی دھیان رکھتے ہیں۔ان کے ہاں زندگی کا ہر رنگ اور ہر انگ پایا جاتا ہے۔ وہ اپنی غزل میں محبوبہ کی زلفیں بھی سنوارتے ہیں اور اس کی آنکھوں کے اشک بھی پونچھتے ہوئے نظر آتے ہیں۔ وہ خوشی کے ساتھ غم اور بہار کے ساتھ خزاں کا تذکرہ بہت دل خراش انداز میں کرتے ہیں۔ ان کے ہاں درد و آرام اور شام و صباح کی محفلیں اور رونقیں اجاڑ اور ویرانی میں بدلتی دکھائی دیتی ہیں۔ یادیں ہی تو دراصل ان کا سرمایہ ہیں۔ یہ تنہائی کا احساس اور یادوں کا تصور ان کو کچھ نہ کچھ لکھنے پر مجبور کر دیتا ہے۔

نظر میں خاک اڑانے لگی ہوائے خزاں
میں بام و در پہ اگر شکلِ گل بنانے لگا
صدا تو دے کے سنو کون شخص ہے نیر
جو دل کے در کو سرِ شام کھٹکھٹانے لگا

(۲۲۴)

ان کی اہم غزل وہ ہے جس میں انہوں نے اپنے مجموعے کا نام بھی استعمال کیا ہے۔ یہ غزل مسلسل غزل کی طرح دکھائی دیتی ہے۔ اس غزل میں گو موضوعات کی رنگا رنگی موجود ہے مگر ان تمام اشعار میں ایک ربط اور ایک گہرا تعلق نظر آتا ہے۔ یہ موضوع کی گہرائی اور گیرائی ہے جو پوری غزل کو آپس میں مربوط کرتی چلی جاتی ہے۔

آ کہ پھر منائیں ہم، دوستی کا پہلا دن
وہ بہار سی گھڑیاں، وہ خوشی کا پہلا دن
ارضِ دل پہ چمکے گا تیرے پیار کا سورج
اس زمیں نے دیکھا ہے روشنی کا پہلا دن
تیرے ہجر میں کاٹیں، کتنی ہی سیہ راتیں
تو ملا تو نکلا ہے زندگی کا پہلا دن
کذب کی ریاست میں، اور کتنا جینا ہے
بھیج دے خداوندا راستی کا پہلا دن

(۲۲۵)

انسان زندگی میں خواہشات کے تابع رہ کر اکثر خوار و زبوں حال رہتا ہے۔ مگر کبھی یہ خواہشیں پوری ہوتی دکھائی نہیں دیتیں۔ ہجر و فراق اور وصلِ محبوب کی خواہش در اصل اردو غزل کے محبوب موضوع ہیں۔ یوسف نیر کے ہاں بھی یہ موضوع دکھائی دیتے ہیں مگر وہ ان کو کچھ اور ہی رنگ میں بیان کرنے کے عادی دکھائی دیتے ہیں۔ عارف لاوی کے بقول:

یوسف نیر کے کلام میں ہجر و فراق کا روایتی انداز خواہ ذاتی تجربہ کی صورت (میں ہو، خواہ زیب داستاں کے لیے بہت نمایاں اور منفرد نظر آتا ہے۔"(۲۲۶ محبوب کا ہجر نہ صرف شاعر کے دل میں ایک کسک پیدا کرتا ہے بلکہ اس ہجر سے وصل تک کے سفر میں وہ اپنی آنکھیں کھلی رکھ کے زندگی گزارنے کا عادی ہے۔ انھوں نے زمانے کی خواہشات کو بیان کرنے کی کوشش کی ہے۔ انسان جس قدر بلندی پر بھی چلا جائے۔ اس کے اندر کی ہوس ختم نہیں ہوتی۔

تری تلاش، تری جستجو کی خواہش میں
میں آگہی کے ہر اک موڑ سے گزر آیا
وہی ہیں خواہشیں اب تک وہی ہوس نیر
میں سطحِ نجم و قمر پر بھی پائوں دھر آیا

(۲۲۷)

چھوٹی بحر میں بھی ان کا انداز نرالا اور منفرد ہے۔ وہ استعاروں اور تشبیہات میں باتیں کرتے ہیں۔ موضوعات کا اچھوتا پن اپنی جگہ مگر ان کی غزل میں فنی پختگی اور شعری چابک دستی کی مثالیں بھی قاری کے دامنِ دل کو کھینچتی ہیں۔ گو مگوں کی کیفیات کو شعر میں ڈھالنا اور رات کی سیاہی میں چراغ کے جلنے سے طبقاتی تضاد کی طرف اشارہ ملتا ہے۔ ساتھ ہی چراغ اور سیاہی سے ان کے فن میں حسنِ تضاد دکھائی دیتا ہے۔ دھول اور بارش کے استعمال سے ابر کے برسنے کی طرف اشارہ اور زمین کے پیاسے رہنے کی طرف اشارہ ملتا ہے۔ وہ اس قدر حساس ہیں کہ درختوں کی خاموشی بھی انہیں قلم اٹھانے پر مجبور کر دیتی ہے:

اجنبی ہے کہ تو شناسا ہے
پھر بھی تو مجھ کو میرا لگتا ہے
تجھ کو کیا رات کی سیاہی سے
تیرے گھر میں چراغ جلتا ہے
دھول اڑتی ہے پیڑ ننگے ہیں
یوں تو ہر سمت ابر برسا ہے
کیسی چپ ہے گھنے درختوں میں
ہر پرندہ خموش بیٹھا ہے

(۲۲۸)

انسان کا اپنے حلقوں اور ذاتوں میں بٹ جانا ایک بہت بڑا المیہ ہے۔ انسان اپنی ذات اور اپنے وجود کی اہمیت کے سبب دوسروں کی اہمیت اور ان کی ذات سے انکاری ہو جاتاہے۔خود کو بہت بڑا سمجھنے لگ جاتا ہے اور دوسروں کی عزت کو عزت نہیں سمجھتا۔ اپنے گریبان میں جھانکنا اور اپنی برائیوں اور جرموں سے باخبر ہونا ہر کسی کے بس کی بات نہیں ہوتی۔ انسان ہمیشہ دوسروں کے گناہ اور جرموں کو دیکھتا ہے اور اپنی ذات کے عیبوں سے انکاری یا بے خبر رہتا ہے۔ بعض اوقات

وہ دوسروں سے بہت محبت کرنے لگتا ہے مگر ان کے رویے کی سرد مہری اسے ان سے دور لے جاتی ہے۔ اس سے بے یقینی کی کیفیت بھی پیدا ہوتی ہے اور انسان نہ صرف دوسروں سے بلکہ خود سے بھی دور ہوتا ہوا دکھائی دیتا ہے۔ پھر ایسے میں انسان خود غرض ہو جاتا ہے اور کسی سے ملنے میں بھی اپنے نفع اور نقصان کو پیش نظر رکھنا شروع کر دیتا ہے۔ رام ریاض نے بھی اپنے دو اشعار میں اس بات کو بہت خوبصورتی کے ساتھ بیان کیا ہے۔

دشمن گلے ملا کہ برادر گلے ملا
میں صاف دل تھا سب سے برابر گلے ملا
بے ساختہ کسی نے نہ ڈالے گلے میں ہاتھ
جو بھی ملا حصار سے باہر گلے ملا

(۲۲۹)

یوسف نیر بھی اس معاشرتی ناہمواری کو اپنے اشعار میں بیان کرنے کے عادی ہیں۔ ان کے نزدیک ہر آدمی اپنا نفع نقصان دیکھ کر ہی کسی سے ملتا اور بات کرتا ہے۔ گلزار وفا چودھری ان کے رویے کے متعلق لکھتے ہیں:

"اس کے شعر اکثر وقت کے نباض اور حقیقت کے ترجمان ہوتے ہیں۔ اس کی غزل اگرچہ کلاسیکی روایت کے پانیوں میں غوطہ زن ہے، پھر بھی اس بحرِ ذخار سے سے نئے موتی نکلتے ہیں۔ بہر حال زندگی اور اس کے عوامل اس کا بنیادی موضوع ہیں"(۲۳۰)

بعض اوقات انسان اپنی خوبیاں اور خامیاں دوسروں میں تلاش کرنا شروع کر دیتا ہے۔ مگر جب اپنے کردار کی طرف نگاہ کرتا ہے تو وہ اس حقیقت سے آشنا ہوتا ہے کہ میں خود بھی ان مسائل کا شکار ہوں اور ان برائیوں میں مبتلا ہوں۔ اپنے جائزے سے اسے جو شناسائی ملتی ہے وہ اسے حیران کردیتی ہے اور وہ قلم اٹھا کر لکھنا شروع کر دیتے ہیں:

جب بھی وجودِ ذات کا عرفان گھٹ گیا
انسان اپنی ذات کے حلقوں میں بٹ گیا
پہلے بڑے تپاک سے سینے سے آ لگا
شرما کے پھر وہ آپ ہی کچھ دور ہٹ گیا
نفرت کی آگ بھڑکی ہے کچھ اس قدر کہ میں
اپنی ہی ذات، اپنے مقابل میں ڈٹ گیا

(۲۳۱)

یوسف نیر نہایت لطیف جذبات کے شاعر ہیں۔ وہ جتنا سادہ اور سلیس خود نظر آتے ہیں ویسی ہی ان کی شاعری بھی رواں سلیس اور سادہ دکھائی دیتی ہے۔ اس کے استعمال شدہ بعض استعارے تو یوں محسوس ہوتے ہیں جیسے اس کی زندگی کی تلخیاں اور ذاتی تجربات ہوں۔ یہ ایک مشاہدہ ہے کہ انسان جن کو اپنی ذات سے بھی

زیادہ چاہتا اور پسند کرتا ہے اور اپنا قریبی دوست سمجھتا ہے وہی کام پڑنے پر اس سے نظر چرانے لگتے ہیں۔

چہرہ کتنا زرد تھا اس کا آنکھوں میں ویرانی تھی
برسوں بعد ملا تو اس کی ہر اک بات کہانی تھی
کہنے کو تو مخلص تھا وہ ہر ساعت ہو مشکل میں
وقت پڑا تو اس نے میری ایک بھی بات نہ مانی تھی
یہ وہ دور کہ انسانوں کے خون کا پیاسا انساں ہے
بہتے خون! گواہی دینا، اتنی بھی ارزانی تھی

(۲۳۲)

ہر چند یوسف نیر غزل کے میدان میں بھی خوب خامہ فرسائی کرتے ہوئے دکھائی دیتے ہیں۔ ان کی غزل میں کلاسیکی رنگ کے ساتھ ساتھ جدت کا رنگ بھی دکھائی دیتا ہے۔ وہ غزل کو ایک نئے رنگ کے ساتھ لکھنے کے عادی ہیں۔ ان کی غزل میں ایک نیا پن اور بات کو کہنے کا ایک نیا انداز اور نیا سلیقہ موجود ہے جو انہیں موجودہ زمانے کے غزل نگاروں سے منفرد بناتا ہے۔

****

باب ِسوم

منتخب پاکستانی اقلیتی نثر نگار

بابِ سوم
منتخب پاکستانی اقلیتی نثر نگار
افسانہ نگار
آسناتھ کنول

آسناتھ کنول کے افسانے خواتین کے سماجی ، نفسیاتی ، اور معاشرتی مسائل کے عکاس ہیں۔ وہ عورتوں کے گھریلو مسائل کو کہانی کا روپ عطا کرتی ہیں۔ ان مشاہدہ اور تجربہ بہت ووسیع ہے۔ اس لیے ان کی تحریروں میں فکشن سے زیادہ حقیقت کا رنگ نظر آتا ہے۔ وہ عورتوں کی نمائندہ افسانہ گار ہیں۔ تانیثی ادب کی تخلیق میں ایک عورت زیادہ نکھار لاتی ہے۔ وہ خود ان کرب و آلام سے گزرتی ہے جن سے عام خواتین کا واسطہ پڑتا ہے۔ اس لیے ان کی تحریروں میں تمام درد و الم شدید اور نمایاں نظر آتے ہیں۔ بانو قدسیہ ان کی افسانہ گاری کو اس طرح سراہتی ہیں:

"آسناتھ کنول کے افسانے تجزیاتی نگاہ سے لکھے گئے ہیں۔ وہ گویا باریک سوئی سے ریشم کے کپڑے پر پھول بوٹے بناتی ہے۔ وہ انسان کے تضاد سے مواد لے کر کہانی کا تاا بانا بنتی ہے۔کیسے کسی انسان کی بدی اسے نیکی کا راستہ دکھا دیتی ہے اور کیوں کر کبھی کبھی انسان کی نیکی ہی اسے لے ڈوبتی ہے"(۱)

شاعری کے ساتھ ساتھ نثر نگاری میں بھی آسناتھ کنول نے خوب جواہر نگاری کی ہے۔ "خواب اور انقلاب"کے نام سے ان کا کالموں کا مجموعہ شائع ہو چکا ہے۔ ان کا افسانوی مجموعہ "انتظار" تیس افسانوں پر مشتمل ایسا شاہکار ہے کہ بانو قدسیہ بھی جس کا انتظار کرتی تھیں۔ آسناتھ کنول کے بقول "انتظار"ہی زندگی ہے اور اس مجموعہ میں جتنے بھی کردار نمایاں ہیں وہ سب کے سب انتظار کے کرب سے گزر رہے ہیں۔ "لاحاصل" کی گلِ لالہ "پرائز بانڈ" کی شازیہ، "رزق خاک" کی کشمالہ،" محبوبِ حقیقی" کی صفیہ، "سچ" کی عطیہ اور "جلد بازی"کی رابعہ سب کسی نہ کسی انتظار میں اور منزل کی آس میں جان کی بازی لگاتی نظر آتی ہیں۔ ڈاکٹر طاہر طیب کے بقول:

"آسناتھ کنول حقیقت نگار اور حساس فنکارہ ہیں۔ انہوں نے حقیقت نگاری اور بیانیہ اسلوب میں افسانے تخلیق کیے۔ انہوں نے عورت کے سماجی اور معاشرتی مسائل کے ساتھ گھریلو زندگی میں پیش آنے والے واقعات کو بھی موضوع بنایا۔ ان کی کہانیاں عورتوں کے مختلف طبقوں کی داستان ہیں۔ وہ مثالی معاشرے کی تشکیل چاہتی ہیں۔"

افسانہ"سچ" ایک بہادر لڑکی کی انصاف کی جدودجہد کی کہانی ہے۔ افسانے کا مرکزی کردار عطیہ ہے جو ایک دسویں جماعت کی طالبہ ، حسین مگر غریب لڑکی ہے۔ نمبر دار کا لڑکا اللہ بخش اور اس کا بہنوئی اسلم سکول واپسی پر اسے روز تنگ کرتے ہیں۔ عطیہ جب ان کی شکایت اپنی والدہ سے کرتی ہے تو وہ نمبر دار کی بیوی سے بات کرنے کا کہتی ہے مگر ڈر کے مارے اس لیے بات نہیں

کرتی کہ کہیں دشمنی نہ پڑ جائے۔ وہ اپنے بھانجے کمالے کو بلا لیتی ہے جو عطیہ کے امتحانات تک روز اسے سکول چھوڑنے اور لینے جاتا ہے۔ کمالا چھ فٹ کا لمبا چوڑا جوان ہوتا ہے اس لیے عطیہ کو چھیڑنے کا حوصلہ نہیں کرتے۔
امتحانات کے بعد کمالا واپس چلا جاتا ہے اور یوں کچھ دنوں کے لیے ان لفنگوں سے عطیہ کی جان چھوٹی رہتی ہے۔ ایک دن عطیہ کے ماں باپ شیخوپورہ جاتے ہیں اور شام تک نہیں لوٹتے، اسلم اور علی بخش تو پہلے ہی تاک میں ہوتے ہیں کہ کب عطیہ اکیلی ہو اور وہ اپنی ہوس کی آگ بجھائیں۔ اندھیرا پھیلنے کی دیر تھی کہ وہ دونوں گھر میں داخل ہوئے اور عطیہ کو اٹھا کر اپنے ڈیرے پر لے گئے اور اسے نوچ ڈالا۔عدالت میں کیس چلا مگر اپنے وسائل اور پیسے کا استعمال کرتے ہوئے وہ دونوں رہا ہو گئے مگر عطیہ کی دنیا اجڑ گئی:
"عطیہ پر منوں مٹی پڑ گئی تھی۔ کتنی تذلیل ہوئی تھی وہ کسی کو منہ دکھانے کے لائق نہ رہی تھی۔ پڑھائی چھوٹ گئی، گھر سے نکلنا بند، نہ کوئی ان کے ہاں آتا ، نہ وہ کہیں جاتی۔ کتنا بڑا سماجی بائیکاٹ ہو گیا۔ ماں باپ شرمندہ سے گھومتے۔ اس سے نظریں ملانے کی ہمت نہ تھی حالاں کہ وہ جانتے تھے کہ عطیہ خاتون بے گناہ ہے۔ پر صدقے جائیے اس قانون کے، مجرموں کی اعانت کہ وہ باعزت بری ہو جاتے ہیں اور مظلوم قسمت پر روتے ہیں"(۲)
عطیہ انتقام کی آگ میں جلنے لگی۔ عزت جانے کے بعد اسے جان جانے کی بھی پروا نہ تھی۔ اس نے وفاقی شرعی عدالت میں کیس کیا اور آخرِ کار آٹھ سال بعد سچ کا نتارا ہوا اور اسے انصاف ملا۔ دونوں درندوں کو دس دس سال قید با مشقت ہوئی۔ ہمارے معاشرے میں آئے دن کئی عطیہ درندگی اور ہوس کا نشانہ بنتی ہیں اور ذلت ان کا مقدر ٹھہرتی ہے۔ کوئی انھیں پنانے کے لیے تیار نہیں ہوتا۔ وہ خاندان بھر کے لیے باعثِ تذلیل و رسوائی ہو جاتی ہیں۔ لوگ ان پر ہونے والے ظلم اور زیادتی پر چند جملے تو کہتے ہیں مگر کوئی ان کا ساتھ نہیں دیتا۔ آسناتھ کنول نے اپنے اس افسانے میں ہمارے سماج کی اندھیر نگری اور لاقانونیت کو بیان کیا ہے۔ اگر ایسے کسی کردار کو ایک بار سزا مل جائے تو کتنی عطیہ اپنی عزت و ناموس کو محفوظ بنا سکیں گی۔
"رزقِ خاک" ایک ایسا افسانہ ہے جو شروع میں قاری کو مسرت و انبساط اور آخر میں آنسوئوں کی جھڑیاں عطا کرتا ہے۔ اٹھارہ سالہ کشمالہ اپنے نام کی طرح بہت خوبصورت تھی۔ وہ سر سبز وادیوں اور پہاڑوں کی سر زمین میں ایک پری کی طرح اتری تھی۔ ایف۔اے کے بعد اس کا رشتہ حاجی مراد خاں کے بیٹے سجاول خان کے ساتھ طے ہو گیا۔ وہ چار سال سے مانچسٹر میں مقیم تھا۔ حاجی مراد خان ایک رئیس آدمی تھا جس کا آدھا خاندان انگلینڈ میں مقیم تھا۔ مظفر آباد میں ان کی اپنی دکانیں، مارکیٹیں اور ہوٹل تھے۔ شادی کے بعد کشمالہ سجاول کے ساتھ انگلینڈ چلی گئی۔ پہاڑوں اور وادیوں کی اس شہزادی کو انگلینڈ کی روشنیاں اور رنگینیاں راس نہ آئیں تو وہ واپس آگئی۔ شادی کے ایک سال بعد اللہ نے اسے چاند سا بیٹا دیا

تو سجاول ایک ماہ کے لیے مظفر آباد آگیا۔ وہ واپس کشمالہ کو ساتھ لے کر جانے کے لیے کوشش کرتا رہا مگر وہ رضا مند نہ ہوئی۔ سجاول کا بھی بیوی اور بیٹے کے بغیر دل نہ لگا تو وہ سارا کاروبار سمیٹ کر وطن واپس آگیا اور باپ کے ساتھ مل کر کاروبار کرے لگا۔

سجاول نے اپنا الگ خوب صورت گھر بنایا تو دونوں میاں بیوی نے اسے جنت کا نمونہ بنا دیا۔ کشمالہ تین بچوں کی ماں بن گئی۔ دن بڑی ہنسی خوشی سے گزر رہے تھے ۔ ان کی زدواجی زندگی ایک مثالی زندگی تھی۔ ایک دن کشمالہ کا جی بہت گھبرانے لگا تو اس نے سجاول کو بتایا کہ اسے برے برے خیالات آرہے ہیں۔

سجاول نے اسے وہم قرار دیا اور کام پر چلا گیا۔ بچوں کو اسکول چھوڑنے کے بعد کشمالہ نے اپنی سہیلی زرتاشہ کو گھر بلا لیا کہ دل بہل جائے۔ ابھی وہ گپ شپ میں مصروف تھیں کہ اچانک زلزلہ آگیا۔ وہ بھاگ کر باہر نکلیں مگر چند لمحوں میں سب کچھ الٹ گیا۔ وہ مامتا کی ماری سکول کی طرف بھاگی۔ آن کی آن میں سارے شہر کا نقشہ بدل گیا اور ہر چیز تہہ و بالا ہو گئی:

وہ امید کی کرن دل میں جگائے بھاگی۔ مگر پہچان مٹ چکی تھی۔ گھر کی گلیاں" بھی بدل چکی تھیں۔ محلوں کے روپ بدل گئے تھے۔ سماں رو رہا تھا، فضائیں بین کر رہی تھیں، ہوئیں نوحے کر رہی تھیں، لمحہ لمحہ سسک رہا تھا، ابھی کچھ دیر پہلے سب کچھ قائم تھا، ہنس رہا تھا اور اب وہ شہر ، شہر ہی نہ رہا تھا"(۳)

کشمالہ بے ہوش ہو گئی اور جب اسے ہوش آیا سب کچھ رزقِ خاک بن چکا تھا۔

افسانے میں مظفر آباد میں آنے والے ۲۰۰۵ کے شدید ترین زلزلے کو موضوع بنایا گیا ہے۔ تحریر میں جذبات کی شدت ہے۔ قاری زلزلہ کے بعد کے احوال پڑھ کر رنجیدہ و افسردہ ہو جاتا ہے۔ دنیا کی بے ثباتی دل و دماغ پر غالب آ جاتی ہے اور زندگی پر بے یقینی کی کیفیت چھا جاتی ہے۔

جلد بازی" ایک سبق آموز افسانہ ہے۔ اس میں یہ بتایا گیا ہے کہ انسان اپنے غصے" اور جلد بازی سے ایسا نقصان کر بیٹھتا ہے کہ اس کا ازالہ عمر بھر نہیں ہو سکتا۔ افسانے کا آغاز ایک قیدی خاتون سے ہوتا ہے جو میل سے اٹے ہوئے بال، سوجن زدہ آنکھیں، گدلے لباس اور ننگے پائوں دنیا و مافیہا سے بے خبر جالی سے بچوں کو کھیلتا دیکھ رہی ہوتی ہے اور آنسو اس کی گالوں پر جمے ہوتے ہیں۔ وہ آزاد بھی ہو سکتی تھی مگر اپنے ضمیر کے عدالت میں وہ خود کو سزائے موت سنا چکی ہے۔ اس کے ساتھ جیل میں دوسری قیدی سلیمہ کو اس کی حالت پر ترس آتا ہے تو وہ اسے سمجھاتی ہے کہ رابعہ خود پر رحم کرو۔ مگر رابعہ اپنے پیارے بیٹے ہنی کے قتل کو نہیں بھول سکتی۔ سلیمہ جب اس کا خیال رکھتی ہے تو وہ خود ایک دن اسے اپنی داستان سناتی ہے اور بتاتی ہے ہ وہ بہت خوشی خوشی اپنی زندگی گزار رہی تھی اس کا خاوند صابر شاہ نے اسے اولاد نہ ہونے کی وجہ سے چھوڑ کے کسی دوسری خاتون سے شادی کر لی تھی۔ اللہ کی کرنی ایسی ہوئی کہ اس کے ہاں ایک پھول جیسا بیٹا پیدا ہوا تو وہ اپنی تنہائی اور وحشت بھول گئی۔ وہ خاوند کی بے

وفائی اور سسر الیونکے طعنے سہہ سہہ کر اندر سے پک چکی تھی۔ جب اسے غصہ آتا تو اس کی شدت اتنی ہوتی کی وہ اپنے ہنی کو بھی پیٹ ڈالتی۔ ایک دن جب ہنی نے اسے تنگ کیا تو اس نے تین فٹ اونچی دیوار سے دوسری طرف لان میں اسے پھینک دیا۔ ہنی ہنستا ہوا اٹھ کر واپس آگیا۔ وہ جب بھی اسے تنگ کرتا وہ اٹھا کر دیوار سے دوسری طرف پھینک دیتی۔ معاشی حالات کی تنگی اور اذیت اسے شدید ڈپریشن میں مبتلا کیے رکھتی۔ ایسے ہی ایک دن جب اس نے ہنی کو غصے میں آکر دیوار سے دوسری طرف پھینکا تو اس کی لمبی چیخ ایسے آئی جیسے گہرائی سے آئی ہو۔ جب وہ بھاگ کر گئی تو وہاں چودہ فٹ کھدائی ہو چکی تھی۔ اینٹوں کے ڈھیر اور مشینیں کھڑی تھیں۔ بچے کے سر پر چوٹ لگی اور وہ ہمیشہ کے لیے اس سے دور چلا گیا۔ وہ اس صدمے سے بے ہوش ہو گئی۔ جب اسے ہوش آیا اور پولیس والے نے اس کا بیان ریکارڈ کرنا چاہا تو اس نے بجائے اپنا ارادہ قتل نہ ظاہر کرنے کے سچ سچ بتایا کہ وہ ایک قاتل ہے اس نے اپنے بچے کا قتل کر دیا ہے۔ یوں اسے چودہ سال سزا ہو گئی۔ یہ بات کرتے کرتے اچانک اسے دورہ پڑا وہ دیوار سے ٹکریں مارنے لگی۔ اور آخر کار مرگئی۔ اس نے خود کو سزا دے دی۔ اپنی عدالت میں یعنی اپنے ضمیر کی عدالت میں:

"صابر شاہ لاش لینے آیا تو وارڈن نے اسے لاش دینے سے انکار کر دیا۔ اس لیے کہ اس کی ڈائری میں لکھا تھا کہ جو زندگی میں اپنا نہ ہو سکا وہ موت کے بعد اپنا کیوں ہو۔ اسے اس کی وصیت سمجھو۔" (۴)

آسناتھ کنول نے افسانے کے عنوان اور کہانی کا آپس میں پورا پورا رشتہ قائم کیا ہے اور بتایا ہے کہ رابعہ کا خاوند نام کا صابر تھا مگر اس میں صبر نہیں تھا۔ اس لیے سارے کام الٹ گئے۔ جلد بازی، غصہ اور شدت نے ایسا نقصان کر دیا کہ جس کا ازالہ تاحیات ممکن نہیں۔

"لہو میں تر" ایک رقاصہ کی کہانی ہے جس کے پائوں لہو میں تر ہوتے ہیں مگر وہ مسلسل رقص کر رہی ہوتی ہے۔ اس کا ملازم تماشائیوں کے پھینکے ہوئے نوٹ اکٹھے کر کے پرس میں ڈال رہا ہے۔ آسناتھ کنول نے رقاصہ کا تعارف شاعرانہ طرزِ تحریر میں اس طرح کرایا ہے:

"یہ سویرا بائی جس کے اندر اندھیرا ہی اندھیرا تھا۔ موسیقی کی لے مدھم ہوئی گھنگھرو رکنے لگے سویرا بائی نے نوٹوں سے بھرا ہوا پرس تھاما اور تماشائیوں کو حیرت زدہ داد دیتے چھوڑ کر کمرے میں غائب ہو گئی۔ چکنے فرش پر خون کے بے شمار دھبے تھے۔ روح پر پھیلے دھبے کوئی نہیں دیکھتا۔ (۵)

جب سویرا رقص ختم کر کے چلی جاتی ہے تو ایک تنہائی اور دکھوں کا ڈسا تماشائی وہیں کھڑا رہتا ہے۔ وہ ملازم سے رقاصہ کا پتا دریافت کرتا ہے تو وہ انکار کر دیتا ہے کہ سویرا جسم فروش نہیں بس رقاصہ ہے۔ وہ اجنبی سویرا کے زخموں اور آنسوئوں کا مداوا کرنے کے لیے اس کا نمبر حاصل کر لیتا ہے۔ جب سویرا کے نمبر پر کال کرتا ہے تو وہ اس سے بات کیے بنا آگے سے بولتی ہے:

صدیق میں پورا ایک ہفتہ رقص نہیں کر سکوں گی۔ کل بابر کا آپریشن ہے ۔ جانتے ہو نہ وہ میری زندگی کا واحد سہارا ہے۔ ایک سسکی سی ابھری اور اجنبی کے دل میں ترازو ہو گئی''(۶)

وہ اپنا تعارف کرواتا ہے کہ میں صدیق نہیں ڈاکٹر محسن بات کر رہا ہوں اور آپ سے ملنا چاہتا ہوں۔ بہت زیادہ اصرار کے بعد جب سویرا محسن سے ملنے پر راضی ہوتی ہے تو اسے اپنے گھر بلا لیتی ہے اور اپنی درد بھری داستان سناتی ہے۔ وہ ابھی بی۔اے کی طالبہ تھی کہ اس کے ماں باپ کو قتل کر دیا گیا۔ ایک بوڑھے کے ہاتھوں اسے فروخت کر دیا گیا۔ اسے بھی ڈاکوئوں نے قتل کر دیا ۔ اب وہ لاچار ہو کر رقاصہ بن گئی۔ ڈاکٹر محسن اسے اپنی تنہائی اور اذیتوں بھری زندگی کی داستان سناتا ہے اور ہمیشہ کے لیے اپنا لیتا ہے۔ سادہ سی اس کہانی میں افسانوی رنگ غالب ہے ۔ کیوں کہ حقیقت میں ایسا کچھ نہیں ہوتا۔ معاشرے کا ہر شخص جسم تک رسائی حاصل کرنا چاہتا ہے، لہو میں تر روح کسی کو دکھائی نہیں دیتی۔

آسناتھ کنول کے افسانوں میں کہانی سے زیادہ کالم نگاری غالب ہے ۔ وہ افسانے کے آخر میں پند و نصائح کا پنڈار کھول دیتی ہیں جو ایک افسانہ نگار کا کام نہیں ہے۔ افسانہ نگار کہانی کو کسی ایسے نکتے پر پہنچاتا ہے کہ قاری دیر تک حظ اٹھاتا رہے اور اپنی ذہنی استعدادسے افسانہ نگار کے خیالات تک رسائی حاصل کر سکے۔ بہر حال آسناتھ کے افسانے اپنی جگہ ایک عمدہ شناخت رکھتے ہیں۔

آصف عمران

آصف جارج ۱۹ جنوری ۱۹۵۰ ء کو ڈینیل جارج کے ہاں سکندر آباد تحصیل و ضلع ساہیوال میں پیدا ہوئے ۔ ۱۹۱۰ء میں دادا کو سرکاری زمین الاٹ ہوئی تو یہاں آباد ہو گئے ۔اور زمینداری شروع کی ۔والد محترم دوسری جنگِ عظیم میں شریک ہوئے ۔فوج سے فارغ ہونے کے بعد موگا (انڈیا) ٹیچر ٹریننگ ۱۹۴۷ء میں مکمل کی اور درس و تدریس کے شعبے سے وابستہ ہو گئے اور اسلامی ہائی سکول میں ملازمت شروع کر دی ۔آصف عمران گھر میں تیسرے نمبر پر تھے ۔ان کے تین بہنیں اور ایک بھائی ان سے چھوٹے تھے اور دو بہنیں ایک اور ایک بھائی ان سے بڑے تھے ۔ان کے والد صاحب نے بچوں کی تعلیم کے لیے سارے گھرانے کو ساہیوال منتقل کر لیا۔اولاد کی اچھی تعلیم و تربیت اور اچھے مستقبل کے لیے ۱۹۶۴ ء میں لاہور منتقل ہوگئے ۔ آصف عمران نے اسلامیہ ہائی سکول سے مڈل کا امتحان پاس کیا اور رنگ محل مشن ہائی سکول لاہور سے میٹرک کا امتحان ۱۹۶۶ء میں پاس کیا۔ایف ۔ایس ۔سی اور بی ۔ایس ۔سی پری انجینئر نگ ایف سی کالج لاہور سے ۱۹۷۰ء میں پاس کی ان ۱۹۷۱ء میں یونیورسٹی آف انجینئرنگ اینڈ ٹیکنالوجی میں داخلہ لیا اور ۱۹۷۵ء میں الیکٹریکل انجینئرنگ کی ڈگری حاصل کی۔

۱۹۷۶ ء میں واپڈا میں سب ڈویژن آفیسر (S,D,O) بھرتی ہوئے ۔مختلف شہروں ساہیوال ،ملتان،فیصل آباد سر گودھا اور لاہور تعینات رہے اور ۲۰۰۹ ء میں چیف انجینئر واپڈا کے عہدے پر جا پہنچے ۔ملازمت سے ۲۰۱۰ میں سبک دوش ہوئے ۔ان کی شادی انجلا رئیس سے ۱۹۷۷ء میں ہوئی ۔ان کے تین بیٹے پیدا ہوئے ۔بڑا بیٹا عماد آصف جارج ۱۹۸۷ء میں پیدا ہوا دوسرا بیٹا انیق آصف جارج ۱۹۸۲ میں پیدا ہوا اور تیسرا بیٹا امیق آصف جارج ۱۹۸۹ء میں پیدا ہوا ۔بڑے بیٹے عماد کا نام اس کے پڑنانا مولانا عماد الدین کے نام پر رکھا گیا جو کہ مولانا الطاف حسین کے کزن تھے اور تبدیلی مذہب کے بعد پادری مذہب کے نام سے مشہور ہوئے ۔عماد آصف جارج کو ہوائوں میں اڑنے اور جہاز اڑانے کا شوق تھا اس لیے میڑک کی بنیاد پر ۱۹۹۷ ء کو پاکستان ائیر فورس میں ائیر و ناٹیکل انجنئیر نگ کے شعبہ میں رسالپور اکیڈمی کا جائین کیا مگر بد قسمتی سے (Rigging) کی رسم کی بھینٹ چڑھا دیا گیا ۔اپنے قدموں سے چل کر اکیڈمی جانے والے کو تیسرے دن تابوت مکیں بند کر کے گھر بھیج دیا گیا اس خوفناک حادثے نے ہماری خاندانی زندگی کی بنیادیں ہلا دیں ۔دوسرا بیٹا انیق آصف جارج بڑے بھائی کے حادثے سے دل برداشتہ ہو کر اپنی تعلیم کے لیے ۲۰۰۱ء میں امریکہ چلا گیا ۔وہاں سے ٹیلی کام انجینئرنگ میں پی۔ایچ۔ڈی کی ڈگری لے کر ایک اچھی کمپنی میں اچھے عہدے پر تعینات ہے۔ تیسرا بیٹا عمیق آصف جارج تھائی لینڈ سے ایم ۔بی ۔اے (فنانس) میں کرنے کے بعد ایف۔سی کالج یونیورسٹی میں کئیر یر سروس ڈویژن کی حیثیت سے کام کر رہا ہے ۔

آصف عمران کے والد اردو کے استاد تھے اس لیے گھر میں شعرو شاعری کی باتینہوتی رہتی تھیں ۔بچپن سے انھیں علامہ اقبال کے بہت سے اشعار زبانی یاد تھے ۔اس لیے وہ اردو ادب کی طرف راغب ہوئے ۔وہ سکول میں جب تعلیم حاصل کر رہے تھے تو سکول میگزین کے لیے مضامین لکھتے اور ساتھ ہی بچوں کے رسالے "پھول "،"ہدایت "میں کہانیاں ،نظمیں لکھ کر بھیجتے جو اکثر شائع ہو جاتیں ۔جب آٹھویں کلاس میں تھے تو زبیدہ خاتون پر لکھا ہوا مضمون روزنامہ کوہستان کے بچوں کے صفحہ پر شائع ہوا تھا یوں ان کا لکھنے پڑھنے کا شوق پروان چڑھتا گیا ۔ایف ۔سی کالج میں داخل ہوئے تو سائنس گروپ میں ہونے کے باوجود اردو ادب کی طرف راغب ہوتے گئے ۔ادبی ذوق کے حامل ایک اور لڑکے یوسف منیر سے ان کی ملاقات ہوئی وہ شاعری کرتاتھا اس وقت ان کے اردو کے استاد پروفیسر آغا سہیل اور پروفیسر گلزار وفا چوہدری تھے یہ اپنی کہانیاں آغا سہیل کو دکھاتے تھے ۔اسی دوران کالج سے باہر کے ادبی حلقوں میں شعرا اور ادبا سے ملاقاتیں ہونے لگیں نذیر قیصر سے گہری دوستی ہو گئی ۔

۱۹۶۸ ء میں نذیر قیصر ،یوسف نئیر ،یوسف پرواز اور آپ نے مل کر مسیحی شعرا کا نمائندہ "انتخاب"شہر چراغاں کے نام سے شائع کیا۱۹۶ء سے ۱۹۷۰ء تک ایف ۔سی کالج کا سٹوڈنٹ ایڈیٹر رہے اور ساتھ ہی بزم اردو ادب کے صدر رہے اسی

دوران ان کے افسانے مختلف ادبی رسالوں میں شائع ہونے لگے جن میں ”گلفشاں “، ”تخلیق “، ”خواتین ڈائجسٹ “، ”ماہ نور اور کئی دوسرے رسالے شامل ہیں ۔حلقہ اربابِ ذوق کی میٹنگز میں بھی باقاعدگی سے جاتے رہے ۔

آصف عمران نے افسانہ نگاری کا آغاز اس وقت کیا جب وہ ایف ۔سی کالج میں زیرِ تعلیم تھے قراۃالعین حیدر کے ناول ”آگ کا دریا “سے انھیں تحریک ملی اپنے ہم جماعت اور بہترین شاعر یوسف نئیر نے حوصلہ افزائی کی اور پروفیسر ڈاکٹر آغا سہیل نے ان کی رہنمائی کی ۔ڈاکٹر آغا سہیل آصف عمران کو اپنے ہاتھوں سے لگایا ہوا پودا کرار دیتے ہیںاور وہ ہمیشہ ان پر نازاں رہے ۔

”درخت لگائو اور اس کے سائے بیٹھو تو کتنا لطف حاصل ہوتا ہے بس آصف عمران اور میرا یہی رشتہ ہے یہ درخت میں نے لگا یا تھا۔آج اس کی گھنی چھائوں میں بیٹھنا چاہتا ہوں“ (۷)

ساٹھ کی دہائی میں جب افسانہ نگاری کا رجحان بدلہ اور نیا افسانہ علامتی اور تجریدی ڈگر پر چل نکلا تو بہت سے ادیب اس رجحان سے متاثر ہو ئے ۔آصف عمران بھی اسی تحریک کی رو میں بہہ گئے ۔نیا افسانہ اپنے اسلوب کے اعتبار سے ذرا مختلف ثابت ہوا ۔اب افسانے میں مسائل ،سانحات اور واقعات علامتی اور تجریدی انداز میں پیش کیے جانے لگے ۔یہ علامتی اور تجریدی انداز آصف عمران کے لا شعور کا حصہ بن گیا تو انہیں اپنے مافی الضمیر کے اظہار کے لیے تجریدیت اور علامتوں کا سہارا لینا پڑا ۔پروفیسر آغا سہیل اس بارے میں یوں رقم طراز ہیں:

آصف عمران منفرد اسلوب افسانہ نگار ہے ۔علامت اور استعارہ اس کا ذریعہ اظہار ہے ۔بارہ پندرہ سال سے وہ اس میڈیم کے ذریعے اپنے مافی الضمیر کا اظہار کر رہا ہے۔تجریدی افسانہ بھی لکھ رہا ہے اور علامتی بھی۔“(۸)

آصف عمران کا پہلا مجموعہ ”سائے کے ناخن “ ملتان سے ۱۹۸۱ء میں شائع ہوا اس مجموعے میں جتنے بھی افسانے ہیں وہ قدرے مشکل ہیں ۔ان افسانوں میں لفظوں ،علامتوں اور استعاروں کی بھول بھلیاں اتنی زیادہ ہیں کہ قاری کھو جاتا ہے لیکن منفرد بات یہ ہے کہ اتنی پیچیدگیوں کے باوجود یہ افسانے قاری کی گرفت کمزور نہیں پڑنے دیتے ۔ان افسانوں میں تشبیہات اتنی جاندار ہیں کہ پڑھنے والا ایک ایک جملے کا حظ اٹھاتا رہتا ہے ۔اپنے ان افسانوں کے بارے میں وہ خود کہتے ہیں ۔

”یہ صرف لفظوں کا گو رکھ دھندہ نہیں بلکہ ان میں ہر ہر لفظ کو امکانات کے نئے جہانوں اور نئی معنی کے پیراہن سے آراستہ کر تا ہوں ۔اور تجریدی تکنیک میں لفظ اور خیال کو نیا لب و لہجہ اور نیا آہنگ دینے کی کاوش میں کرب کے زرد پہاڑوں کو سر پر اٹھائے نئی اونچائیوں کی تلاش میں بھٹکتا رہتا ہوں جہاں پر ذات کی گہرائیاں ہیں اور چڑھائیاں ہیں۔یہی میری پہچان ہیں ۔“(۹)

آصف عمران کے افسانے صرف میچور اور پختہ ذہنیت کے قاری سمجھ سکتے ہیں کیونکہ وہ علامت در علامت اور استعارہ در استعارہ ایسا جال بنتے چلے جاتے ہیں جس کا سرا تلاشنا ایک کم فہم اور کم علم قاری کے بس کی بات نہیں ۔وہ لفظوں کے ایسے گورکھ دھندے میں الجھا دیتے ہیں کہ اگر ایک سطر سے توجہ ہٹ جائے تو افسانے کی ڈور ہاتھ سے نکل جاتی ہے ۔پروفیسر یوسف نئیر کے بقول:
آصف کے افسانے پہلی نشست میں قارئین کو حیران اور پریشان کر دیتے ہیں ۔ان افسانوں کو سمجھنے کے لیے ٹھہر ٹھہر کر پڑھنے اور پڑھ پڑھ کے ٹھہرنے کی ضرورت ہے ۔تب یہ افسانے سمجھ میں آنے لگتے ہیں ۔برائے راست ابلاغ کے قارئین کے لیے مشہو ہے کہ وہ سرسری طور پر نہ پڑھیں بلکہ بغور مطالعہ کریں تو ایسی صورت میں آصف عمران ایک قابلِ فہم اور ابلاغ سے بھر پور افسانہ نگار بن جائے گا۔"(۱۰)

آصف عمران کی خوبی یہ بھی ہے کہ ان کا آدھا جملہ بھی پورا افسانہ ہوتا ہے ۔ان کی کتاب" سائے کے ناخن"ایک ایسی سیڑھی ہے جس کا پہلا زینہ ہی تھکا دیتا ہے ۔اس کتاب کا طریقِ مطالعہ یہ ہے کہ قاری علم و حکمت کی باریکیوں سے شناسا ہو ،لفظوں کی بنت کاری کو سمجھتا ہو ،وسیع المطالعہ ہو تو پھر لگن اور جستجو سے ایک ایک زینہ چڑھتا جائے تب جا کر تعبیرو تفہیم ممکن ہو گی ۔

آصف عمران ایک مجسمہ ساز ہے جو اپنی کاریگری سرِ بازار نہیں لاتا بلکہ فن اور مہارت کے اظہار لے کر کسی گہری کان میں چلا جاتا ہے جہاں ہنر مندی کی ضرب کاری سے چٹان کو صنم بنا دیتا ہے ۔وہ اس بت کی تراش خراش کے دوران مسکراتا رہتا ہے ہر نئے نقش کے ابھرنے کے بعداس کی آنکھونکی چمک اور بڑھ جاتی ہے اور یوں ایک دل کشا مجسمہ تخلیق ہو جاتا ہے۔اس تراشیدہ پیکر کے تیکھے نقوش اور لکھاوٹ کو ایک دبیز چادر میں لپیٹ کر چلا آتا ہے ۔اب اس دیوی کا حسن اور جوبن کسی پر اتنا ہی آشکار ہو گا جتنا اس غار میں اسے ڈھونڈلینے کی ہمت، اس دبیز چادر کو ہٹانے کا ہنر اور اس شاہکار کو دیکھنے کی تاب ۔آصف عمران اپنی اس ہنر مندی کے بارے میں خود بتاتے ہیں :

"ان افسانوں کو پڑھ کر اکثر مجھے خود بھی ایسا معلوم ہوتا ہے کہ میں زبان کے ایک میلے میں کھڑا ہوں جہانلفظ تماشائیوں کی طرح اس میں شریک ہو رہے ہیں ۔ہر لفظ کی اپنی شکل ہے اور ہر پیرا گراف میں لفظوں کی بے شمار شکلیں ابھر کر سامنے آ کھڑی ہوتی ہیں ۔ان شکلوں میں جھانکتے ہوئے لفظ ،علامتیں اور استعارے مجھ سے ہم کلام ہوتے ،ہاتھ ملاتے اور شناخت بناتے ہوئے مجھ سے دوستی کر لیتے ہیں اور یوں افسانے کا آغاز اور انجام ،کردار اور پلاٹ کی باتیں پیچھے رہ جاتی ہیں اور غیر محسوس طور پر افسانہ آگے نکل جاتا ہے ۔" (۱۱)

سائے کے ناخن" کا پہلا افسانہ "بے سمت سفر کی خوشبو "ہے ۔جس کا آغاز بائبل" مقدس کی آیات سے ہوتا ہے یہ افسانہ تیرہ نمبر کمرے میں بند ایک ایسے قیدی کی کتھا ہے جو بند اور تاریک کوٹھڑی میں قید کی صحبت سے دوچار ہے ۔اس قید

کوٹھڑی میں تنہائی اور عمر قید کی سزا ایک دہری اذیت سے وہ مایوس ہوتا ہے اور خود کشی کا سوچتا ہے مگر امید کا روشن چراغ اس کی اس تاریک سوچ میں اجالا کر دیتا ہے ۔جب وہ چشمِ تخیل سے خود کو دیکھتا ہے تو وہ ایک صحرا میں بھٹک رہا ہے ۔جہاں بادل کا ایک ٹکڑا اسے چھائوں اور رہنمائی عطاکرتا ہے ۔وہ خواب میں ہی خود کو رہا ہوتے ہوئے دیکھتا ہے توزندگی کے بے سمت سفر سے اکتا جاتاہے تو آنکھیں کھول دیتا ہے اور اپنے بیمار وجود کو دیکھ کر کہتا ہے کہ یہ اس قابل نہیں اسے رہائی دی جاسکے ۔

اس افسانے میں سمندر اور صحرا کی علامت سے مصنف زندگی کے دو مختلف پہلوئوں کو بیان کیا ہے کہ خواہشات کی وسعتیں اور بے کرانیاں بھی انسان کو تھکا دیتی ہیں ۔بادل کا استعارہ حوصلے اور ہمت کا سہارا ہے جو انسان کو کسی بھی حالت میں سہارا دیتا ہے۔افسانہ بہت پیچیدہ ہے مگر اس کے الفاظ اور جملوں کی بناوٹ مسحور کن ہے ۔جب آصف عمران دنیا و مافیہا کی منظر کشی کر تا ہے تو ایک حقیقی تصویر نظروں کے سامنے اس طرح آ جاتی ہے ۔

”ہر طرف جسموں کے بلند و بالا اور بوڑھے درخت ہیں ۔ان کی جڑیں زمین کی گہرائیوں میں اتری ہوئی ہیں اور شاخیں با زوئوں کی مانند آسمان سے باتیں کر رہی ہیں ۔ان درختوں کے پھول لالچ،ہوس ،جرم و گناہ ہیناور پھل آفت ،فکر و غم اور بوسیدگی“(۱۲)

افسانے کے آخر میں قیدی کو بہت مایوس دکھایا گیا ہے کہ وہ خودکشی کا سوچتا ہے ۔وہ خود کو بد قسمت سمجھتا ہے کہ جس نے اسے رہائی دلانی ہے وہ اس سے کو سوں دور جا چکا ہے ۔افسانے کا کردا ر ایک عجیب ذہنی کشمکش جا شکار ہے ۔وہ خود کلامی سے افسانے کی ساری فضا کو تحیر میں ڈالے رکھتا ہے ۔یوں لگتا ہے جیسے وہ ذہنی مریض بن گیا ہے کبھی ہمت اور حوصلہ اس کے ساتھی بن جاتے ہے کبھی وہ مایوسی اوے بے دلی کی دلدل میں پھنس جاتا ہے ۔

”جسم کی اس کالی کوٹھڑی میں مایوس بیٹھا اپنی رہائی کے لمحے کا منتظر ہوں مگر وہ کہ جس کے ہاتھ میں میری رہائی کا پروا نہ ہے نئے موسموں کی تلاش میں مجھ سے بہت دور جا چکا تھا۔“(۱۳)

آصف عمران اپنے افسانے ”سمندر کی جھیل “میں ایک مڈل کلاس طبقے کے محنت کش آدمی کی معمولی سی خواہش کو اپنا موضوع بنایا ہے یہ ایک ایسے فرد کی کہانی ہے جو ساری زندگی کرائے کے مکانوں میں رہتا ہے ۔جس کی پہچان سوائے کرائے دار کے کچھ نہیں وہ اپنا گھر بنا نا چاہتا ہے اپنی پہچان بنانا چاہتا ہے ۔افسانے کے آغاز میں بتایا جاتا ہے کہ جب وہ دن رات محنت کرتاہے کہ اپنا گھر بنا سکے اس شبانہ روز مشقت میں جب وہ بیمار ہو جاتا ہے تو اسے ہسپتال داخل کرایا جاتا ہے جہاں ڈاکٹر اسے لاعلاج کرار دے کر گھر بھیج دیتے ہیں ۔جب اسے ہسپتال سے واپس لایا جاتا ہے تو چو راہے میں جلتی ہوئی سرخ بتی دیکھ کر وہ سوچتا ہے کہ اس کی زندگی کی سرخ بتی جل گئی ہے ۔جہاں اسے رکنا ہے مگر وہ

مرنا نہیں چاہتا یہاں تک کہ اس کی قبر تیار ہو جاتی ہے اور وہ بہت بھاگتا ہے مگر آخر موت اسے دبوچ لیتی ہے ۔جب وہ بسترِ مرگ پر ہوتا ہے تو اس کی ذہنی کیفیت کا نقشہ یوں کھینچا ہے :

"در اصل میں اپنی اصل کا کھوج لگا نا چاہتا ہوں کیونکہ ہر نکتہ اپنی لکیر کے جسم کی تلاش میں سر گرداں ہے۔اور لفظ معنی کی تلاش میں اور معنی آواز کی تلاش میں اور آوازچہرے کی تلاش میں اور چہرہ جسم کی تلاش مینہے اور سفر کی کیفیت میں زمانے کے جسم لکیر کو روندتا ہے ۔حالانکہ نہیں جانتا کہ اسے کس کی تلاش ہے ۔"(۱۴)

آصف عمران نے یہ بتانے کی کوشش کی ہے کہ اس محنت کش شخص کی خواہشات دبی رہ گئی ہیں مگر وہ اپنے بیوی بچوں کی خاطر مرنا نہیں چاہتا کیونکہ اس نے ہر صورت اپنا گھر بنانا ہوتا ہے وہ گھر کہ جس کے لیے اس نے اپنی ذات کی نفی کر دی ہے ۔اس گھر کی تعمیر کے لیے وہ جتنی محنت کر تا ہے ۔چند سطور ملاحظہ ہوں:

"اوور ٹام لگا کر میں اپنے مکان کی اینٹ لگاتا ہوں اور میرا خون گارا بن کر دو اینٹوں کے درمیان پس پس کر اپنی طاقت سے محروم ہو رہا ہے ۔جسم کی گرمی اینٹوں کے بھٹے میں صرف ہو رہی ہے ۔میرے جس کے اندر خون کی جگہ ریت اور سیمنٹ کے ذرات گردش کرتے ہیں ۔"(۱۵)

افسانے میں ایک نیا موڑ تب آ تا ہے جب اسے ہسپتال سے گھر لے جایا جا رہا ہوتا ہے تو ٹیکسی سے نکل کر بھاگنا شروع کر دیتا ہے ایک بیمار آدمی کا بسترِ مرگ سے اٹھ کر یوں بھاگنا علامتی اشارہ ہے حوصلے کا ،امید کا اور اپنی خواہشات کی تکمیل کا ۔افسانے میں تصویر پر عقاب اور چڑیا کی علامت بہت معنی خیز ہے یہ ہمارے سماج کے جاگیر دارنہ نظام اور مزدور طبقے کے درمیان تضا د کی علامت ہے ۔آصف عمران کا یہ افسانہ ایک بھر پور افسانہ ہے اس افسانے میں غلام عباس کے افسانے "کتبہ" کا پرتو دکھائی دیتا ہے ۔یہ افسانہ کثیر الاجہات سے مرکز کی طرف سمٹتا ہے ۔یہ افسانہ غریب، لا چار، مجبور اور مزدور طبقے کی نمائندگی کرتا ہے۔ خواجہ احمد عباس آصف عمران کی اس افسانوی ڈگر کی یوں نشاندہی کرتے ہیں :

"غریب انسان (جس کی زندگی کی وہ عکاسی کرتے ہیں)سے انہیں جذباتی ہمدری ہے لیکن اس کا براہِ راست اقرار کرتے ہوئے کتراتے ہی ۔اشاریہ طور خوبصورت استعاروں میں بات کرتے ہیں کہ کہیں ان پر ترقی پسندی کا الزام نہ لگ جائے ۔بعض افسانوں میں پلاٹ کا اور ادیب کا اور ادیب کی انسانی ہمدری کا پتہ بھی ملتا ہے اور نثر کے بہت خوبصورت ٹکڑے موجود ہیں جن میں محنت کشوں کے استحصال کے لیے اس سے بہتر استعارے مشکل سے مل سکتے ہیں مثلاً مرکزی کردار کی موت کا استعارہ بھی بہت موثر ہے ۔"(۱۶)

"روایت کی موت" ایک مختصر افسانہ ہے۔جس میں ہمارے خاندانوں کی روایات اور اقدار سے بغاوت کو موضوع بنایا گیا ہے ۔افسانے کے آغاز میں جو منظر دکھایا گیا ہے اس میں رخصتی کی تفصیلات طے ہو رہی ہوتی ہیں اور خاندان کے تمام لوگ بحث و مباحثہ کر رہے ہوتے ہیں ۔ان افراد میں کچھ ایسے منافق اور بدذات بھی شامل ہوتے ہیں جو چاہتے ہیں یہ رخصتی کبھی نہ ہو۔چند سطور ملاحظہ ہوں:

"اور بعض ایسے بھی تھے جو دل سے نہیں چاہتے تھے کہ یہ رخصتی ہو۔اس طرح وہ ایک بیوہ کی بیٹی کو طلسمی نظروں کے تیروں سے زخمی کرنے کے موقع سے محروم ہونا نہیں چاہتے تھے ۔اس لیے ہر موڑ پر شرط کی نئی صلیب گاڑ دیتے تھے اور دولہا کی محنت کا وجود اس صلیب کو چوم کر ہی واپس ہو جاتا تھا۔"(۱۷)

افسانے میں ہمارے معاشرے کی اک فضول رسم کی طرف اشارہ کیا جارہا ہے کہ ایک لاچار بیوہ کی بیٹی کے نکاح کو تین سال گزرنے کے باوجود بھی رخصت نہیں کیا جارہا ہوتا اور ہر بار ایک نئی شرط رکھ دی جاتی ۔دلہن کی ماں پریشان تھی کہ میں نے تو کوئی شرط نہیں مگر یہ لوگ کیوں شرائط کے بھاری پتھر میری بیتی کے آنگن میں پھینک رہے ہیں ۔دلہے سے کڑوی کسیلی شرائط مجبوراً منائی جارہی ہوتی ہیں تب ایک بوڑھے بزرگ نے فیصلہ سنایا اس فیصلے کی چند سطور ملاحظہ ہوں:

"تب برادری کے سب سے بوڑھے دانشور نے اپنی گہرہ سبز پلکوں کا گھونگٹ اٹھایا اورلفظوں کی کشتی آواز کی آخری لہر کے وجود پہ بٹھا کر ہو نٹوں کے ساحل سے جدا کیاتو ہر کسی کی آنکھ میں تجسس کے دیے روشن ہو گئے ۔(۱۸)

آصف عمران کے افسانے ارتقا کی منازل طے کرتے ہیں۔ وہ ایک افسانے میں جب کوئی بات کرتے ہیں اور اس میں تشنگی رہ جائے تو اپنی بات کو نئے افسانے میں کھل کر بیان کرتے ہیں۔ یہ تجربہ بھی اردو ادب میں شاید کسی اور ادیب کے ہاں نہ ہی ملتا ہو۔ افسانہ "تعبیر" کی کہانی ذرا سی تبدیلی کے ساتھ افسانہ"روایت کی موت" کے ساتھ اس انداز میں منسلک ہو جاتی ہے:

"جب تک ایک ایک شرط قبولیت کی منزل کو نہیں چھو لیتی ۔وہ رخصت نہیں ہو گی ۔اس نے ایک ایک لفظ کو زور دے دے کر کہا تو کئی چہروں پر مسکراہٹ رقص کرنے لگی اور کئی آنکھوں میں خو شی کے ٹمٹماتے دیے بجھنے لگے ۔بوڑھی والدہ نے بولنے کے لیے منہ کھولا تو برداری نے رسموں کی پابندی کے اعلان کا پتھر اس کے منہ پہ دے مارا ۔"(۱۹)

جہاں افسانے میں ایک نیا موڑ آتا ہے جب سب لوگ بغیر کسی فیصلے کے اٹھنے لگتے ہیں تو دولہا خلافِ توقع گرج دار آواز میں اس وقت بو لتا ہے جب اس کے صبر کا لبریز پیمانہ چھلک پڑھتا ہے۔کیا یہ شرائط میری بیوی کی طرف سے ہیں؟اس منظر کے بعد یہ افسانہ آصف عمران کی کتاب لوحِ تحیر میں شامل افسانے

"تعبیر "میں مدغم ہو جاتا ہے ۔"تعبیر " کا آغاز تھوڑ ا مختلف ہے مگر دونوں افسانوں میں ایک ہی کہانی ہے ۔دولہے کی ہمت دیکھ کر دلہن اٹھ کر دولہے کا ہاتھ تھام لیتی ہے اور تمام رشتہ دار اپنا سا منہ لے کر رہ جاتے ہیں ۔ منظر ملاحظہ ہو:
"رسموں کاغبارہ جرأت کی ایک ہی اڑان سے پھٹ چکا تھا اور بغاوت کی خوشبو چاروں طرف پھیل رہی تھی ۔"(۲۰)

آصف عمران نے ان دونوں افسانوں میں پرندں کو مختلف علامتوں کے طور پر برتا ہے ۔یہ علامتیں ہمارے سماج اور رشتے داروں کو بیان کرتی ہیں ہر کردار کے اعمال اور اقوال کے مطابق اور اس پر ندے کی خصلت کے مطابق علامتیں لائی گئی ہیں۔

گائوں کی بڑی حویلی میں ہونے والی ایک مجلس سے شروع ہونے والے افسانے "بھیگی رات کا قرض "میں عورتوں کے حقوق کا علم بلند کرنے والی تنظیموں اور عورتوں کے نام پر تسلط قائم کرنے والی جماعتوں کا ذکر ہے ۔افسانے کا کردار بڑی حویلی میں ہونے والی اس مجلس سے نکل کر ایک گھر کی دیوار پھلانگ کر ایک بیوہ کی بیٹی کو ہوس کا نشانہ بناتا ہے ۔تو وہ ماں بیٹی شرمندگی اور بد نامی کے ڈر کی وجہ سے یہ گھر چھوڑ کر چلی جاتی ہیں ۔اس واقعہ کی مذمت کے لیے عورتوں کا ایک گروہ گائوں میں داخل ہوتا ہے جو عورتوں کی عزت و ناموس کی حفاظت کی بات کرتا ہے ۔گائوں کی عورتوں کو مردوں کے برابر حقوق دینے کا ایجنڈا پیش کر تا ہے۔اس گائوں میں کردار کی بیوی "غزالہ "ایک متحرک رکن کے طور پر شامل ہو جاتی ہے ۔بعد میں جب ان عورتوں کی جماعت کا تسلط قائم ہو جاتا ہے تو وہ اپنی ہم جنسوں کے ساتھ ہونے والے جبر اور زیادتی کے بدلے کی آگ اور انتقام کی بھٹی میں جل کر مردوں کی تذلیل کرنے پر اتر آتی ہیں۔اس افسانے کے بارے آسناتھ کنول کہتی ہیں:

"افسانہ"بھیگی رات کا قرض "علامتی تحریر کی ایک خوبصورت مثال ہے ۔عورتوں کے مختلف رویوں پر ایک زندہ تحریر جو ایک جادوئی بلاوے کی لپیٹ میں اک مرشد کی تلاش میں وہ اپنا آپ فنا کے حوالے کر دینے پر یقین رکھتا ہے ۔اس کی سوچ ایک بپھرے ہوئے ناگ کی طرح شوکتی ہے اور راستے میں آنے والے حالات کی ندی ایک ہی گھونٹ میں پی جانا چاہتا ہے ۔وہ لمحوں کو زنجیر میں قید کرتا ہے مگر وہ اپنے غیر مرئی وجود سے نکل بھاگتے ہیں ۔کہانی کے عفریت نے ہر شے کو ساکن کر رکھا ہے ۔حتیٰ کہ لکھاری کہیں کہیں کہانی میں بندھا ہوا خود کو چھڑانے کی تگ و دو میں زخمی دکھائی دیتا ہے ۔اک تحیر فضا میں بکھرا ہوا ہے ۔"(۲۱)

آصف عمران کا یہ افسانہ ان کی کتاب "سائے کے ناخن"میں شامل افسانے "ایک رات اور "میں تحلیل ہو جاتا ہے۔دونوں افسانوں میں ایک ہی کہانی دہرائی جاتی ہے ۔دونوں افسانوں کا موازنہ کر نے سے پتہ چلتا ہے کہ جو انسانی صفات زیرِ بحث لائی گئی ہیں ان میں حکمرانی کا نشہ یا طاقت کا زعم سب سے پہلی خصلت ہے جو

استحصال اور جبر پر ختم ہوتی ہے ۔یہ گھٹن اور شدتِ احساس سے ہٹ دھر می اور منافقت کے پر چار پر اکساتی ہے ۔ایسے موقع پر معصومیت اور بے چارگی کی چادر اوڑھے لوگ موقع پرست اور چڑھتے سورج کے پجاریوں کے ہاتھوں نقصان اٹھاتے ہیں ۔ ہوس کا شتر بے مہار ہو کر بھاگنے لگتا ہے تو بغاوت کی دھاڑ مارنے والے کو قربانی دینا پڑتی ہے اور خود غرض لوگ کسی اور کی قربانی پر آنکھیں بند کیے اپنی ذات کے محفوظ ہونے کے دھوکے میں زندگی کے دن پورے کرتے ہیں ۔

آصف عمران نے بڑی ہنر مندی سے انسانی نفسیات کو بیان کیا ہے ۔جنس جو بھی ہو خواہ وہ مرد ہو یا عورتیں فریقِ مخالف کو زیر کر نے میں ہی اپنی ذات کی بر تری سمجھتے ہیں ۔آصف عمران کے دونوں افسانے شاہکار ہیں جو ہمارے معاشرے میں مر دو زن کی ذہنی عکاسی کرتے ہوئے ان کی اصلیت سے پردہ اٹھاتے ہیں ۔

آصف عمران کا افسانہ ”دھرتی کا بیٹا “ایک افسانہ نہیں بلکہ یوں کہنا چاہیے کہ یہ ایک شہید بیٹے کا اپنی ماں کے نام خط ہے ۔اس تحریر سے یوں لگتا ہے کہ قبل از شہادت لکھی گئی ہے ۔افسانے کے آغاز میں ایک بیٹے کی اپنی ماں سے محبت اور عقیدت کے جذبات کی فراوانی کو روایتی طور پر دکھایا گیا ہے کہ جب وہ ماں کی آنکھوں کے سامنے نہیں ہو گا تو ماں دیوانگی کی عالم میں اسے بے نام گلیونکی بھو ل بھلیوں میں ڈھونڈے گی ۔افسانہ آگے بڑھتا ہے تو ماں کے ساتھ باپ کی آنکھ سے گرنے والے آنسو کے قطرے میں بیٹے کی جدائی کا کرب چھلکتا دکھایا گیا ہے ۔کردار واحد متکلم کے روپ میں ماں کو دلاسے بھی دیتا ہے اور لاڈ بھی کر تا ہے ۔افسانے کے اختتام میں آصف عمران نے ماں اور وطن کی محبت کو یکجا کر کے ایک بیٹے کی شہادت کو بہت منفرد محبت اور قربانی کا رنگ دے دیا ۔

تیری آغوش ہی میری آخری پناہ گا ہ ہے ۔”
...میں ازل سے سکون کا پیاسا...اور تو ابد تک میری پیاس
میں تجھے پہن کر تجھ سے کیسے جدا رہ سکتا ہوں ۔میں ابتدا سے قطرہ قطرہ بن کر تیری پیاس بجھاتا رہا ہوں گا۔میرے بغیر تیرا ذرہ ذرہ بن کر صحرا میں بکھر (جائے گا۔“(۲۲

افسانہ پڑھتے ہوئے یہ احساس ہوتا ہے جیسے یہ کہانی وطنِ عزیز پر قربان ہو نے والے ہر فرزند کی کہانی ہے ۔دھرتی ماں ہے اور وطن کی محبت ایمان کا حصہ ہے ۔آصف عمران فرزندانِ قوم کو اس افسانے میں اپنے وطن سے محبت کے لیے ہر قربانی کے لیے تیارکر ہے ہیں۔

افسانہ ”طوطا چشمی “ایک دلچسپ افسانہ ہے۔بظاہر یہ عام سی کہانی ہے مگر جب اس کہانی کا مطالعہ بنظرِ غائر کرتے ہیں تو بہت سے مخفی پہلو بھی نمایاں ہو جاتے ہیں ۔ یہ افسانہ دو کرداروں پر مشتمل ہے ۔جس میں ایک مالک اور دوسرا کردار اس کانوکر ہے ۔جو کرکٹ میچ دیکھنے جاتے ہیں ۔مالک ہر بال پر شور

مچاتا اور اس کا ملازم (شیرا)اس کی ہر بات پر واہ واہ کہتا اگرچہ وہ غلط ہوتا ۔مالک کو جب پیاس محسوس ہوئی تو اردگر د کو ئی سٹال نہ پاکر شیرے سے کہا تم نے تھر ماس رکھی تھی، جی نہیں........شیرے کا جواب اسے گالی لگا ۔مالک کو غصے کی حالت میں دیکھ کر شیرا سٹیڈیم سے باہر بوتلوں کی دکان سے بوتل لانے کا پو چھتا ہے ۔مالک اسے دس روپے دے کر بوتل اور آئس کریم لینے بھیج دیتا ہے ۔ایک دو گھنٹے گزر گئے اور شیرا نہ آیا تو وہ غصے میں شیرے کی تلاش میں نکل پڑتا ہے اس نے دیکھا شیرا ایک پھل والے سے آم لے کر کھارہا ہوتا ہے ۔" یہ کیا میں نے تمھیں بوتل اور آئس کریم لینے بھیجا تھا تم آم کھا رہے ہو۔"شیرا خاموش رہا مالک غصہ کر نے لگا کہ تم اگر پیدائشی طوطا چشمی ہو تو پہلے ایسا کیوں نہ کیا ،"شیرا بولا پہلے کبھی موقع نہیں ملا"شیرے کا یہ جواب خلافِ توقع تھا جس نے مالک کو اندرسے توڑ پھوڑ دیا :

"اور پھر اس نے ہارے ہوئے جواری کی طرح اپنی گردن کو اپنے وجود کے اندر کھینچ لیااور اپنی ہی بے وقوفی پر مسکرا دیا..تب تجربے نے اس کاہاتھ پکڑ کر وقت کے زہر کا پیالہ اس کے خشک حلق میں انڈیل دیا ۔اس کی پیاس کی آگ اور بھڑک اٹھی ۔"(۲۳)

افسانے میں ڈھکے چھپے انداز میں ایک غریب آدمی خواہشات کا ذکر کیا گیا ہے ۔تمام انسانوں کی بنیادی ضروریات ایک جیسی ہوتی ہیں ۔مالک کو اگر پیاس لگتی ہے تو نوکر کو بھی لگ سکتی ہے مگر اپنے مقام و مرتبے کی بڑائی اور زعم میں نوکر کو یوں دکھایا گیا ہے جیسے وہ انسان ہی نہیں بلکہ کٹھ پتلی ہو ۔افسانے کا اختتام بہت کرب ناک ہے کہ ایک مالک اپنے غصے پر قابو نہ رکھتے ہوئے اپنے نوکر کو مار ڈالتا ہے ۔

"بے چہرہ خواب"زیادہ تر خواب بے تعبیر اور بے مقصد ہوتے ہیں ۔کچھ خواب خواہشوں سے منسلک اور حسرتوں کے پر ورده ہوتے ہیں ۔ایسے ہی ایک خواب کے چہرے کی تلاش میں آصف عمران سر گرداں ہے ۔افسانے کا مرکزی کردار مصنف خود ہے ۔صیغہ واحد متکلم زمانہ حال میں لکھا گیا یہ افسانہ کچھ علامتی کچھ استعاراتی اور کچھ تشبیہاتی انداز لیے ہوئے ۔افسانے کے بنیادی عوامل خواب ،جدائی ،ماضی ،حسرتیںاور ہمسفر سے ملنے کی خواہش ہے ۔بعض اوقات انسان محفل میں بیٹھے ہوئے تنہائی کا شکار ہوتا ہے اور بعض اوقات تنہائی میں بھی یادوں کی محفل لگائے رکھتا ہے ۔افسانے کا آغاز تیز ہوا اور بارش کے منظر سے ہوتا ہے ۔مصنف اپنے کمرے میں تنہا ہے اور ہوا کے شور سے جاگتا ہے تو ہر طرف اندھیرے میں ڈوبا ہو کمر ااسے اذیت دیتا ہے تو وہ لائٹر سے روشنی کرتا ہے ۔کمر کے روشندان سے بارش کی بوندیں جب اس کے چہرے پر پڑتی ہیں تو وہ ماضی کے دھندلکوں میں کھو جاتا ہے ۔جہاں خواہشوں کے انبار دکھائی دیتے ہیں ۔افسانے میں نامکمل اور غیر نتیجہ خیزخواہشوں کے لیے کالے پہاڑ کی علامت استعمال کی گئی ہے ۔کالے پہاڑ کی علامت انجیلِ مقدس سے اخذ کردہ ہے یہ

علامت جدائی کے معنوں میں بھی استعمال ہوئی ہے ۔کیونکہ کردار کی بیوی اپنے بچے کے ساتھ اسے ہمیشہ کے لیے تنہائی کے کرب میں مبتلا کر کے جدا ہو جاتی ہے ۔آندھی ،طوفان،بارش اور اندھیرے میں یادوں کی کسک اور جدائی کا عفریت اس قدر درد ناک اذیت کا باعث بنتا ہے کہ وہ افسانے کے آخر میں چھت سے چھلانگ لگا کر خود کشی کر لیتا ہے ۔مصنف نے افسانے میں عائلی زندگی میں میاں بیوی کے حسین بندھن میں بگاڑ کی وجہ کو موضوع بنایا ہے ۔بیوی اپنے خاوند کی حیثیت سے بڑھ کر خواہشات رکھتی ہے اوربیوی اپنی انا اور ضد میں آ کر جدائی کو گلے لگا لیتی ہے۔

"میری ساری باتیں اس کی ضد کے پتھر سے ٹکڑا ٹکڑا کر زخمی حالت میں واپس لوٹ آتی ہیں ۔میرے سارے لفظ اور دلائل اس کے سامنے اپنی معنی کی قبا اتار دیتے ہیں ۔مگر ضد کا بے جان کا پتھر بے حسی کی گہری نیند سوتا رہتا ہے۔" (۲۴)

افسانے میں زمانے میں دائروی ترتیب کا اسلوب اپنایا گیا ہے ۔افسانہ جس منظر سے شروع ہوتا ہے اسی منظر پہ آکر ختم ہو جاتا ہے ۔افسانے کا نفسیاتی تجزیہ کیا جائے تو طوفان ،بارش اور گہری اندھیری رات کا یہ منظر مصنف کے ذہن پر گہرے نقش ثبت کیے ہوئے ہے ۔شاید یہ وہی وقت ہے جب اس کی بیوی اس کا بچہ لے کر اسے چھوڑ گئی اور آج پھر جب وہی منظر رونما ہوا تو مصنف ذہن کے لاشعور میں انہی لمحات کا کرب دوبارہ جی اٹھا اور اسی ذہنی کشمکش میں اس نے موت کا جام منہ کو لگا لیا۔

افسانہ بریکنگ نیوز آصف عمران کے باقی افسانوں کی نسبت ایک عام فہم اور سادہ افسانہ ہے اس افسانے میں گنجلک استعارے اور تشبیہات نہیں ہیں ۔افسانے کا پلاٹ بھی نکھرا ور واضح ہے ۔یہ ایک درد بھرا افسانہ ہے جو اپنے اندر سماج کی گمراہ کن رواجوں کی غلاظتوں کو سمیٹے ہوئے ہے۔اس افسانے میں معاشرے کی روایات اور اقدار سے بغاوت کو موضوع بنایا گیا ہے۔ افسانے کا کردار ہمارے معاشرے میں موجود غیرت کے نام پر بھڑکنے والی انتقام کی آگ سے خوفزدہ ہے ۔یہ خوف افسانے کے آغاز سے ہی دکھائی دیتا ہے جب وہ اخبار کی یہ خبر پڑھتا ہے ۔

"اپنی پسند اور محبت کی شادی کرنے پر لڑکی کو گاڑی میں بند کر کے آگ لگا دی ۔" (۲۵)

یہ ایک علاقائی پنچائیت کا فیصلہ ہوتا ہے جو کردار کواپنی پسند کی شادی کے انجام سے خوفزدہ کرتا ہے ۔کیونکہ اس نے اور زیب النساء نے گھر سے بھاگ کر کورٹ میرج کی ہوتی ہے ۔کردار ایک غریب خاندان کی کفالت کا واحد سہارا ہے اور زیب بھی اپنے ہڈ حرام نشئی بھائیوں کے لیے کمائو لڑکی ہوتی ہے ۔دو نوں کے گھر والے انھیں صرف اپنی ضروریات کے پورا کرنے والی مشینیں سمجھتے ہیں ۔ایک ہی دفتر میں کام کرتے ہوئے جب ان کی شناسائی ہوتی ہے تو یہ جان

پہچان محبت میں بدل جاتی ہے جو شادی کے حسین رشتے پر منتج ہو تی ہے ۔مصنف نے خونی رشتوں کی خود غرضی اور لالچ کے بارے میں واضح کیاہے کہ کردار کی محنت کی کمائی پر پلنے والے اس کے بھائی اور بہنیں اس لیے بھی قبول نہیں کرتے کہ گھر میں ایک فرد کا اضافہ ان کی ضروریات پر ڈاکہ ڈالے گا ۔کردار کے دوستوں کے طفیل اپنے سسرالیوں سے صلح تو ہو جاتی ہے مگر بغاوت کے انتقام کا انجانہ خوف اسے اندر ہی اندر ڈستا رہتا ہے ۔مصنف نے بہت باریکی سے پسند کی شادی کو قبول نہ کرنے کی اس خلش اور خوف کو بیوی کے ذہن پر بھی ثبت دکھایا ہے ۔کہانی جیسے جیسے آگے بڑھتی ہے تو یہ خوف اور بھی پختہ ہوتا جاتا ہے اور ایک دن جب کردار اپنی ساس کے اصرار پر اپنی بیوی کو اس کی مرضی کے خلاف میکے چھوڑنے جاتا ہے ۔تو بیوی باورچی خانے سے کچھ ساتھ لے کر جاتی ہے ۔مصنف دفتر سے حاضر ی لگا کر جلدی اسے آکر لینے وعدہ کرتا ہے مگر دفتری مصروفیات میں ایسا ممکن نہیں ہو پاتا ۔جب وہ ڈائریکٹر کے کمرے مینچھٹی لینے جاتا ہے تو ٹیلی ویژن پر بریکنگ نیوز چل رہی ہوتی ہے ۔

”ماں شادی شدہ بیٹی کو پسند کی شادی کرنے پر بیٹوں کی مدد سے قتل کرنے کی کوشش میں زخمی.....وہ بھوکی شیر نی کی طرح ایک چھری سے مقابلہ کرتی رہی ۔بھائی شدید زخمی ہوا جو ہسپتال پہنچنے سے پہلے راستے میں ہی دم توڑ گیا اور ماں بھی زخمی ہو گئی لڑکی شدید حالت میں ہسپتال میں زیرِ علاج ہے ۔“(۲۶)

اس خبر کا سننا ہوتا ہے کہ کردار کے اندر کا خوف ایک بپھرے ہوئے شیر کی مانند اسے دبوچ لیتا ہے ۔وہ بے ہوش ہو جاتا ہے اور جب اسے ہوش آتا ہے تو اس کی بائیں جانب دوسرے بستر پر زیب محبت بھری نظروں سے دیکھ رہی ہوتی ہے ۔مصنف نے مادیت ،لالچ ،طمع اور ضرورت کی خاطر خونی رشتوں کی منافقت کو گھرے طنز کا نشانہ بنایا ہے ۔ماں جیسا مقدم اور مقدس رشتہ بھی اپنی ضروریات کی تکمیل نہ ہونے پر مذہبی ،معاشرتی اور قانونی رشتے کو دل سے تسلیم نہیں کرتا ۔مصنف کا یہ افسانہ ہمارے سماج کی اس گھٹیا سوچ کے مکروہ چہرے پر ایک زناٹے دار طمانچہ ہے ۔

”حیرت کدہ“ افسانہ نام کی طرح لفظوں اور استعاروں کا حیرت کدہ ہے ۔افسانے میں خوف اور دہشت کی فضا آخر تک قاری کا سانس اٹکائے رکھتی ہے ۔افسانے کا کردار اپنے شہر سے دربدر ہوتا ہے جسے وہ ہجرت کا نام دیتا ہے ۔اس دربدری میں وہ ایک ایسے طلسماتی شہر میں جا پہنچتا ہے۔جہاں کے باسی اپنی وضع قطع سے خوف ناک جانوروں سے مشابہ ہوتے ہیں ۔وہ کردار کو اجنبی سمجھ کر گھیر لیتے ہیں کیونکہ ان کے مطابق کو ئی بھی شخص اس شہر میں داخل نہیں ہو سکتا اس لیے کہ شہر کے بڑے دروازے کا پہرے دار بہت طاقتور اور مضبوط ہے ۔سب لوگ اسے مارنے کے لیے ہاتھوں میں پتھر اٹھا لیتے ہیں ۔جہاں پر مصنف نے علامتی طور پر ہمارے معاشرے کے لوگوں کی منافقت کی عکاسی کی ہے کہ

کوئی بھی کسی برائی کا مقابلہ کرنے کی ہمت نہیں کرتا ،آگے نہیں بڑھتا کہ کوئی اور کرے ۔کسی دوسرے کے آگے بڑھنے کی امید میں سب پیچھے کھڑے رہ جاتے ہیں ۔افسانے میں جب اس اجنبی کو سنگسار کیا جانے لگتا ہے تو اس شہر کا ہیبت ناک سردار نمودار ہوتا ہے ۔اس کا حلیہ ملاحظہ ہو:

”سب سے بڑے حیوان کے سات سر اور دس سینگ ہیں اور اس کے سروں پر دس تاج اور اس کی دم آسمان کے ستارے تک پہنچتی ہے۔“(۲۷)

اسی اثنا میں کوئی آکر اطلاع دیتا ہے کہ پہرے دار کا قتل ہو گیا ہے ۔ اس خبر کے سنتے ہی وہ سردار حکم دیتا ہے کہ یہ قاتل ہے--- اسے سنگسار کر دو۔ کردار اپنی جان بچانے کے لیے وہاں سے بھاگ کر ایک کھائی میں پناہ لیتا ہے ۔تھکن سے چور بدن کے ساتھ جب وہ اونگھتا ہے تو اسے خیال آتا ہے کہ حضرت آدم اور اس کی بیوی حوا اس کے پہلو میں لیٹی ہو گی ۔اسی خیال سے جب اس کی آنکھ کھلتی ہے تو وہ حقیقتاً جاگ جاتا ہے اور اس کی بیوی اس کے پہلو میں سو رہی ہوتی ہے اس طرح اس حیرت کدے کا راز فاش ہوتا ہے کہ یہ ایک خواب ہے۔ افسانے میں کرداروں کے مکالمے بہت پر مغز ہیں جو تاریخی شعور سے معمور ہیں جب ہم ان مکالموں کی کڑیوں کو ملاتےہیں تو وجودِ انسانی کا ایک انوکھا نقشہ ابھر کر سامنے آتا ہے ۔مکالمے ملاحظہ ہوں:

”کون ہو تم ...کیا تم سقراط ہو ؟

نہیں ... سچ کے زہر کا پیالہ ٹل چکا ہے ۔اور میرے ہاتھ میں ہجرت کا علم ہے ۔

منصور ہو کیا؟

نہیں میں سچ کی صلیب سے اتر کر آیا ہوں کیونکہ وہاں صرف میں ہی تھا تو کیا یسوع کے ساتھ ...ہیں میں مرغ کی صبح کی بانگ سے پہلے ان کا تین بار انکار نہ کر سکا ۔تو پھر تم کون ہو ...کس کے ساتھ ہو۔

میں محبت ہوں ۔

میں روشنی ہوں۔

میں زندگی ہوں۔

تم کون... میں کون... ہم کون ... کوئی نہیں جانتا کہ کون ،کون ہے ۔میں نہیں جانتا میں کون ہوں کیونکہ مجھ میں بھی ”میں “ نہیں ۔کوئی نہیں جانتا کون ،کون ہے ،کیونکہ ہر کسی میں ”وہ “ نہیں۔

میں اپنی ”میں“ کی تلاش میں تھا ۔

میں اپنی ”میں “ کی تلاش میں ہوں ۔(۲۸)

یہ افسانہ سچ میں حیرت کدہ ہے انسان سوچنے مجبور ہو جاتا ہے یہ دنیا حیرت کدہ ہے اس کی بے ثباتی کا علم ہونے کے باوجود انسان کا مادہ پرست ہونا ضروری ہے ۔اپنی موت کو برحق جاننے کے باوجود دنیا کے حسن اور دلکشی میں کھو جانا حیرت کدہ ہے ۔اپنی نفرتوں ،پریشانیوں،دکھوں اور غموں میں گھرے ہونے پر راہِ فرار اختیار نہ کرنا حیرت کدہ ہے ۔الغرض انسان خود ایک حیرت کدہ ہے

۔،مصنف نے بڑی ہنر مندی اور چابک دستی سے افسانے کو ایک خواب کا رنگ دے کر اپنی سوچ اور تعلیمات کالبریز جام قاری کے سامنے رکھ دیا ہے۔
پیاسا سمندر“ ایک مذہبی فکر سے بھر پور عقیدت سے مزئین اور محبت سے سر” شار تحریر ہے اس افسانے کا مر کزی کردار حضرت عیسیٰؑ کی ذاتِ اقدس ہے ۔مصنف ایک ذیلی کردار کے طور پر ان کے ساتھ ہے وہ حضرت عیسیٰؑ کی حیاتِ مبارکہ اور ان کے اقوال و افعال کا چشم دید گواہ بنتا ہے اور ان کو مصلوب ہوتے ہوئے جب اپنی بینا سے دیکھتا ہے تو ان کی پسلی سے جاری ہونے والے حیاتِ ابدی کے چشمے سے خود کو سیراب نہ کرنے کی حسرت میں اپنے وجود کو پیاسا سمند کہتا ہے ۔افسانے میں انجیلِ مقدس کی آیات کو اس طرح حسنِ ترتیب سے پیش کیا گیا ہے کہ کہانی کا تسلسل بر قرار رہتا ہے ۔آصف عمران نے انجیلِ مقدس کا مطالعہ ہی نہیں کیا بلکہ اس کو اپنی ذات کے صحرا کی سیرابی کا وسیلہ بھی بنا لیا ہے۔
آصف عمران انجیلِ مقدس کی آیات اور احکامات کو جس طرح اپنے افسانے میں سمو لائے ہیں ان کی علمیت اور بصیرت کی داد دینا پڑتی ہے یہ افسانہ در اصل حضرت عیسیٰؑ کی حیاتِ پاک کے کچھ واقعات کو مر بوط کر کے ان کی سنت پر عمل کرنے کی تبلیغ ہے ۔افسانے میں زندگی کے چشمے کا ذکر کیا گیا ہے ۔مصنف خو د بھی اسی کا متلاشی ہے ۔حقیقت میں یہ کوئی چشمہ یا کنواں نہیں اور نہ ہی آبِ حیات ہے بلکہ یہ ایک پیامِ مسیح ہے کہ ان کی تعلیمات ہی ہدایت کے پیاسوں کے لیے آبِ بقا اور آبِ صفا ہے ۔ایک واقعہ ملا حظہ ہو:
سفر سے تھکا ماندہ کنوئیں پر یونہی بیٹھ گیا کہ ایک عورت پانی بھر نے آئی ۔۔۔تب” اس نے عورت سے کہا کہ ”مجھے پانی پلا “۔۔۔
تو غیر مرد ہو کر مجھ اجنبی عورت سے پانی کیوں مانگتا ہے؟۔۔۔
اس نے جواب میں کہا”اگر تُو خدا کی بخشش کو جانتی اور یہ بھی جانتی کہ وہ کون ہے جو تجھ سے کہتا ہے مجھے پانی پلا اگر تو اس مانگتی تو وہ تجھے زندگی (کا پانی دیتا ۔“(۲۹
تب عورت نے کہا کہ تیرے پاس پانی بھرنے کو تو کچھ ہے نہیں اور کنواں گہرا ہے پھر وہ زندگی کا پانی تیرے پاس کہاں سے آیا ؟۔اس نے جواب میں اس عورت سے کہا ”جو کوئی اس کنوئیں کے پانی میں سے پیتا ہے وہ پھر پیاسا ہو گا مگر جو کوئی اس پانی میں سے پئیے گا جو میں اسے دوں گا وہ ابد تک پیاسا نہ ہو گا بلکہ اس میں ایک چشمہ بن جائے گا جو ہمیشہ کی زندگی کے لیے جاری رہے (گا“۔۔۔(۳۰
تھکے مسافر کی منزل“آصف عمران کے افسانوں کا اسلوب انجیلِ مقدس کے” اسلوب سے اخذشدہ ہے ۔ان کے افسانوں پر مذہبی اساطیر کا پر تو ہے ۔تھکے مسافر کی منزل ایک منفرد افسانہ ہے ۔اس کاآغاز ایک بیمار بوڑھے کی حالت سے ہوتاہے مگر اگلے لمحے منظر تبدیل ہو جاتا ہے جب کردار اپنے بیٹے کے ساتھ

گھنے جنگل میں موجود ایک پر اسرار گھر کے سامنے ہوتا ہے اور ایک سفید پوش بزرگ سے ملاقات کرتا ہے ۔افسانے کا مرکزی کردار وہ بزرگ ہی ہے جو حضرت عیسیٰ کا پیر و کار ہی ہے اس بزرگ کے ساتھ باپ اور بیٹے کی بڑی علمی گفتگو ہوتی ہے اس مکالمے میں ماضی کے قصوں کے ساتھ ساتھ جینریشن گیپ کو بھی سمیٹا گیا ہے ۔کہانی کا مرکزی کردار جہاں بہت با علم دکھایا گیا ہے وہاں وہ انسانیت کو فرقہ واریت ،نسلی ،لسانی اور مذہبی تعصب سے بالاتر ہو کر ایک آدم کی اولاد ہونے کا پیغام بھی دیتا ہے ۔سارے افسانے میں آصف عمران کی علمی قابلیت اور لیاقت قاری کو گرفت میں لیے رکھتی ہے ۔اس افسانے کا ایک رنگ یہ بھی ہے کہ قاری بڑی دلچسپی سے وقت کے سیال مادے میں بہتا جاتا ہے ۔افسانے میں علامات کے ذریعے بہت سے پیغامات دیے گئے ہیں جو انسانیت کو راہِ راست پر لانے کے لیے مینارِ نور کی حیثیت رکھتے ہیں ۔آسناتھ کنول آصف عمران کی افسانہ نگاری کے بارے میں یوں رقم طراز ہیں ۔

”آصف عمران روایتی کہانی کار نہیں وہ اس رویت زدہ کہانی کی ڈگر سے ہٹ کر چلنا چاہتا ہے ۔انہوں نے بائبل مقدس کے حوالہ جات کا آزادانہ استعمال کیا ہے ۔جو کہانی کے وجود کو اساطیری رنگ عطا کرتے ہیں ۔کہانی کو ایک پر اسراریت لے لبادے میں لپیٹ دیا گیا ہے ۔ایک ماورائی فضا ،ایک طلسمی ماحول جس میں چڑیلیں بھی قید ہیں اور پریاں بھی اپنے پر پھیلائے روئی کے نرم گالوں جیسے بادلوں پر اپنے حسن کی شمع جلاتی اور ہمزاد کے بدن کو دھڑکاتی تڑپاتی ہیں ۔اس آسیب زدہ فضا میں کہانی کے تسلسل کو قائم رکھنا آسان نہیں ،تجرید اور علامتوں سے نکل کر کہیں کہیں کہانی اپنا اصلی وجود پہنتی ہے ،اپنا احساس دلاتی ہے ۔“(۳۱)

ٹریکٹر ٹرالی“ ایک افسانہ ہی نہیں آصف عمران کی اپنی زندگی کا ایک گوشہ“ ہے ۔ان کے بچپن کی ایک جھلک ہے اور ان کے بڑھاپے کی ایک کسک ۔”ٹریکٹر ٹرالی “ایک خالص دیہاتی آدمی کی کہانی ہے جسے اپنے وسیب کے خالص پن سے محبت ہے اسے اپنے عہد کی اقدار سے عشق ہے ،اسے بیساکھی کی فصل کی کٹائی کے موسم سے پیار ہے ،اسے ”گاہ“کرنے کے عمل سے اس قدر دلچسپی ہے کہ چیف انجینئر کے عہدے سے سبک دوش ہو نے کے بعد بھی وہ اسی عمل کا حصہ بننا چاہتا ہے اور لٹھ پر بیٹھ کر بیلوں کو ہانکنا چاہتا ہے۔

آصف عمران کے حالاتِ زندگی اور ان کی شخصیت میں جھانکنے کے لیے یہ ایک بہترین تحریر ہے ۔جو ان کے بچپن کے عشق کی سر سری داستان بھی ہے اور قدیم طریقہ ہائے زراعت کی تصویر بھی ۔مصنف زمانے کی جدت اور نت نئی ایجاد ہونے والی مشینری سے پرانے اوزاروں کی تبدیلی پر افسردہ نہیں مگر دل میں خوش بھی نہیں اس کا حقیقی دکھ تو یہ ہے کہ نئی نسل کس قدر اپنی بنیاد اور ماضی سے بے خبر ہے اور مستقبل کے پیچھے دربدر ہو رہی ہے ۔افسانے کی خوبصورتی یہ بھی ہے کہ آصف عمران ایک خالصتاً مذہبی آدمی ہے اور اپنی اس

کہانی میں حضرت عیسیٰ کے احکامات کو اور بائبل مقدس کی آیا ت کو بھی سجا کر ساتھ لایا۔

آصف عمران چونکہ ایک زمیندار گھرانے سے تعلق رکھتے ہیں اس لیے ان کے دل میں کسانوں ،کاشتکاروں ،مزدوروں اور زمینداروں کی محنت پر ڈھاکہ ڈالنے والے کمیشن ایجنٹ مافیا کے لیے نفرت ہے ۔سطور ملاحظہ ہوں :

”کاشتکاری ایک مشکل اور مہنگا ذریعہ روز گار بن چکا ہے ۔ٹریکٹر بغیر ڈیزل کے نہیں چلتا اور ڈیزل بہت مہنگا ہو چکا ہے ۔زمین بغیر کھاد کے پوری پیداوار نہیں دیتی اور کھاد الگ سے مہنگی ہو چکی ہے ۔بیج ایسے کہ زرعی ادویات کے استعمال کے بغیر فصل جوان ہو نے س پہلے ہی مختلف کیڑے مکوڑوں ،سو نڈیوں کے حملے سے نڈھال ہو کر اپنے سر جھکا کر پیداواری صلاحیت سے محروم ہو جاتی ہے ۔کھیت مزدور کے نخرے اور بد نیتی الگ دردِ سر بن چکا ہے اور فصل نکلتی ہے تو اس کا ریٹ غلہ منڈی میں بیٹھے ہو ئے کمیشن ایجنٹس کا مافیا کاشتکار کے ہاتھ صرف تسلی اور ایڈوانس کھاد اور ادویات اور بیج کے حساب کتاب کی رسید پکڑا دیتا ہے ۔“(۳۲)

آصف عمران افسانہ نگاری میں اپنے اسلوب کے موجد بھی ہیں اور خاتم بھی۔ وہ قاری کو سیدھی سادی کہانی بتانے کے بجائے تھوڑی محنت کی ترغیب دیتے ہیں۔ ان کے افسانے ثقالتِ لفظی کا شکار ہیں مگر کوئی بھی زیرک قاری معمولی سی کاوش سے ان کے افسانوں میں چھپے معانی و مفاہیم تک پہنچ سکتا ہے۔جب یہ افسانے قاری پر کھل جاتے ہیں تو وہ آصف عمران کو ان کی فنی چابک دستی اور ہنر مندی کی داد دیے بغیر نہیں رہ پاتا۔

گلزار جاوید

گلزار جاوید اردو افسانہ نگاری میں ایک اہم نام ہے۔ضمیر جعفری کی وفات کے بعد رسالہ ”چہار سو “ کے وہ مدیر ہیں اور اس علمی و ادبی جریدے کو مسلسل چلا رہے ہیں۔مسیحی ادیبوں میں وہ ایک ابھرتے ہوئے ادیب کے طور پر شمار کیے جاتے ہیں ۔ ان کے افسانوی مجموعے ”زباں بندی“ اور” خود ساختہ ناخدا “ کے نام سے منظر عام پر آ چکے ہیں۔ ان کی تحریریں زیادہ گنجلک اور مسائل کا شکار نہیں ہیں۔ سادہ روی ان کا وطیرہ ہے۔ وہ سادہ الفاظ میں اپنی بات قاری تک پہنچا دیتے ہیں۔ ان کے افسانوں میں زندگی سانس لیتی ہوئی دکھائی دیتی ہے۔ وہ زیادہ نمائشی حالات و واقعات کی طرف نہیں جاتے بلکہ اپنے معاشرے اور اپنے سماج کے عام موضوعات کو اپنے افسانوں کا عنوان بناتے ہیں۔ ان کی کہانیاں ہمارے معاشرے کے جیتے جاگتے کرداروں کی کہانیاں ہیں۔ وہ اسے معاشرے میں سانس لیتے ہوئے کردار ہیں۔ وہ کرداروں پر کوئی غازہ وغیرہ نہیں چڑھاتے بلکہ ان کو اسی روپ میں پیش کرتے ہیں جس روپ میں وہ معاشرے میں موجود ہوتے ہیں۔

گلزار جاوید کا افسانہ ”فردوسِ بریں“ایک بہترین افسانہ ہے۔ جس میں وطنِ عزیز کو فردوسِ بریں کا استعارہ قرار دیا گیا ہے۔ افسانے کی فضا تقسیمِ پاکستان سے

پہلے کے ماحول کی ہے۔ افسانے کا مرکزی کردار قاضی صاحب ہیں جو متقی ،پرہیز گار، شریف النفس، قناعت پسند ،عالم فاضل اور صاحب بصیرت شخص ہیں۔ افسانے کے آغاز میں جواد صاحب سے تعارف ہوتا ہے جو اپنی گزر اوقات فنِ خطاطی اور فنِ کتابت سے کرتے ہیں۔ وہ اپنے اس ہنر میں طاق ہیں۔ وہ صبح سے شام تک اپنے اسی پیشے سے منسلک رہتے ہیں مگر جدید دور میں کمپیوٹر کے رجحان کی تیزی کی وجہ سے ان کا یہ کام ٹھپ ہو کر رہ گیا ہے۔ افسانے کا مرکزی کردار قاضی صاحب جن کا خاندان کئی نسلوں سے علم کی ترسیل کا منبع رہا ہے ،ان کے ہزاروں اعلیٰ عہدے دار شاگرد ہیں مگر انھوں نے نہ کسی کی سفارش کی اور نہ خود کسی کے آگے دستِ سوال دراز کیا۔ یہی ان کا خاندانی وطیرہ تھا:

”قاضی صاحب کو مثالی عادات و خصلات وراثت میں ملی تھیں۔ وہ جعلی یا خود ساختہ قاضی نہیں تھے ،نہ قیام پاکستان کی شکل میں ذات اور شجرے بدلنے والوں سے انھیں کوئی نسبت تھی۔ ان کے والد اپنے والد کی وفات کے بعد ،شہرِ قاضی لے عہدہ جلیلہ پر فائض ہوئے تھے۔ کئی نسلوں سے ان کے خاندان میں یہ عہدہ پیڑھی در پیڑھی منتقل ہوتا آیا تھا اور آئندہ بھی اس کا تسلسل جاری نہ رہنے کی کوئی وجہ اور جواز نہ تھا“(۳۳)

قاضی صاحب کا گھرانہ تمام لوگوں کے لیے بلا امتیازِ رنگ و نسل خیر و برکت کا مرکز تھا۔ قاضی صاحب کے والد ایمان دار راست گو اور حلیم مزاج تھے۔ ہندو مسلم سب ان کے قول و قرار کو مسلم تسلیم کرتے تھے مگر ان سے ایک فیصلہ ایسا ہو گیا جسے غیر مسلم ان کی جانب داری مانتے تھے۔ ہوا یہ کہ انھوں نے نویں محرم کے دن قصاب برادری کے جلوس میں شامل بڑی سی چوکی کے نہ گزرنے پر ایک ہندو لالہ دوار ناتھ کا چھجہ کاٹنے کا حکم دیا تھا۔

قاضی صاحب کا گھرانہ علم اور تعلیم کا مرکز و محور تھا ۔ وہ لڑکوں اور لڑکیوں کی تعلیم پر یکساں توجہ دینے کے قائل تھے۔ انھوں نے قیام پاکستان کے بعد اپنی بیوی کے زیورات فروخت کر کے ایک مدرسے کی بنیاد ڈالی جو بعد میں کالج کے درجے پر پہنچ گیا۔ قاضی صاحب علاقے کی بہت سی رفاعی تنظیموں کے اعزازی سربراہ بھی تھے۔ وہ وطن سے محبت کو ایمان کا حصہ سمجھتے تھے اور اس کو فردوس بریں قرار دیتے تھے۔ وقت نے پلٹا کھایا تو شہر میں بے چینی بے اطمینانی کی فضا پھیل گئی۔ خاموش سمندر بپھری موجوں کے روپ میں ڈھل گئے۔ روشنی کی جگہ اندھیرا پھیل گیا۔ تحمل برداشت اور رواداری اور احترام ناپید ہو گیا۔ قاضی صاحب نے ان نا مساعد حالات پر سمجھوتہ کرنے سے انکار کر دیا لیکن بے سود رہے۔ اب عالم اور استاد کے بجائے مال دار اور اہلِ زر کی توقیر ہونے لگی۔ قاضی صاحب معاشرے کی اس حالت سے بے زار ہو کر دنیا سے کنارہ کش ہو گئے۔ ایک دن ایسا آیا کہ قاضی صاحب کو عدالت میں بلایا گیا اور خلافِ توقع ان کے تشریف لانے پر ان کے رو برو پڑی کرسی پر ایک ایسا شخص براجمان ہو گیا کہ قاضی صاحب اس کی طرف دیکھنا بھی ناگوار سمجھتے تھے۔

عدالت کے قاضی نے ان پر زعم اور خود پرستی کا الزام لگاتے ہوئے سیاسی پارٹی کی حمایت اور مدد نہ کرنے کو غداری کا نام دیا۔ اس سے پہلے کہ قاضی صاحب کچھ کہتے ،انھیں یہ کہہ کر خاموش کرا دیا گیا :

"بڑوں کی کئی اقسام ہوتی ہیں۔ قاضی صاحب دیکھیے ناں! جس طرح خطیب کا ،امام کا ،مقرر اور عالم کا عمر کا لحاظ کیے بغیر احترام لازم ہے اسی طرح لیڈر اور رہنما کا عمر سے کوئی تعلق نہیں ہوتا۔ جس طرح بطورِ استاد آپ کی ہم پر تعظیم لازم ہے اسی طرح بطور لیڈر ان کا آپ پر احترام لازم ہے۔ سر راہ علیک سلیک کے بجائے آپ منہ پھیر لیتے ہیں۔ یہ اشتعال میں نہ آئیں تو کیا کریں"(۳۴)

قاضی صاحب سوچ بھی نہیں سکتے تھے کہ انھیں عدالت میں ایک ایسے شخص کے رو برو لیا جائے گا اور اس کے الزامات کے جواب میں مجھے طلب کیا جائے گا ۔جو شخص اپنے کردار افعال اور کارناموں کی بدولت معاشرے میں معمولی عزت کے لائق بھی نہیں ۔ ان تمام سوالوں نے قاضی صاحب کو ورطہ حیرت میں ڈال دیا اور وہ تمام معاملاتِ دنیوی سے ہمیشہ کے لیے کنارہ کش ہو گئے ۔ انھوں نے سچ مچ اپنا ایک اور فردوسِ بریں آباد کر لیا۔

"اسرارِ خودی" ایک منفرد افسانہ ہے جس میں عزتِ نفس کے پہلو کو اجاگر کیا گیا ہے۔ اس افسانے میں محنت کی عظمت بھی بتائی گئی ہے۔ افسانے کے آغاز میں مدرسے میں بچوں پر ہونے والے ظلم کو دکھایا گیا ہے کہ قاری صاحبان کس طرح بچوں کو مارتے ہیں۔ بچے کی ذہنی صلاحیت ابھارنے کے بجائے مزید پست کر دی جاتی ہے۔ افسانے کا مرکزی کردار شیدا ہے جو بعد میں شیخ رشید احمد کے نام سے جانا جاتا ہے۔ شیخ رشید احمد ذہین، محنتی، دور اندیز اور فرماں بردار ہے۔ مدرسے میں تعلیم کے دوران اس کا واسطہ ایک کردار نتھو سے پڑتا ہے۔ نتھو اس کے ساتھ ایک جلاد کی طرح سلوک کرتی ہے۔ وہ اس سے بدلہ لینے کی سوچتا رہتا ہے مگر اس کی یہ خواہش اس کے دل میں ہی رہ جاتی ہے۔ شیدے کا باپ نذیر ہے جو پیشے کے اعتبار سے نائی ہے۔ نذیر نائی اپنا مکان اور دکان گروی رکھ کر پاکستان بننے سے پہلے ہی خاندان کے ہمراہ ہجرت کر جاتے ہیں۔ وہاں انھیں ایک مکان الاٹ ہوتا ہے ۔اس مکان میں اللہ نے ان کے لیے مخفی خزانہ رکھا ہوتا ہے جس سے وہ آہستہ آہستہ استفادہ کرتے ہوئے شہر کے امیر لوگ بن جاتے ہیں۔ نذیر نائی سے شیخ نذیر احمد بن جاتا ہے اور شیدا شیخ رشید احمد میں تبدیل ہو جاتا ہے اور مقابلے کا امتحان پاس کر کے بہت بڑا افسر لگ جاتا ہے۔ شیخ رشید احمد کی شادی شہر کے سب سے بڑے تاجر میاں عثمان علی بیگ کی بیٹی کے ساتھ ہو جاتی ہے۔ شیخ رشید اپنی ہم سفر کو پہلی رات ہی اپنی خاندانی اصلیت سے اس طرح آگاہ کرتے ہیں:

"میرے والد پیشے کے اعتبار سے حجام تھے۔ اتنا سب کچھ انھوں نے اپنی ہمت اور محنت سے بنایا ہے۔ شیدے کو رشید احمد اور پھر شیخ رشید احمد سرکاری افسر بنانے کا سہرا انھی کے سر ہے"(۳۵)

شیخ رشید احمد تعلیم یافتہ اور مہذب ہونے کے ناطے حقیقت پسند آدمی ہے ۔ وہ سچ کی تلخی کو آنکھوں میں آنکھیں ڈال کر بیان کرنے کے عادی ہیں اس لیے وہ اپنی ازدواجی زندگی کی بنیاد سچ پر رکھتے ہیں۔ ان کی باتیں سننے کے بعد ان کی نئی نویلی نسرین عرف نوشی جب گھونگھٹ اوپر اٹھاتی ہے تو شیخ رشید اسے غور سے دیکھ کر اپنے بچپن کی بہت سی یادوں میں کھو جاتے ہیں۔ کیوں کہ شیدا سے پہچان لیتا ہے وہ اسی ظالم خاتون کی لڑکی ہے جو اسے مدرسے میں پارا پیٹا کرتی تھی۔ اس افسانے میں دراصل لوگوں کے خاندانی مسائل کو موضوع بنایا گیا ہے کہ لوگ کس طرح ایک جگہ سے دوسری جگہ ہجرت کرتے ہیں تو اپنا خاندان بھی تبدیل کر لیتے ہیں۔ دوسری طرف یہ بات واضح ہوتی ہے کہ روپیہ ہاتھ آجانے سے نہ صرف انسان کے حالات بدل جاتے ہیں بلکہ اس کا خاندان اور رہن سہن بھی تبدیل ہو جاتا ہے۔ پیسے سے اس کا ملنا جلنا بھی اپنے برابر کے لوگوں میں ہونے لگتا ہے مگر جب اپنے جیسے ہی نو دولتیوں سے اس کا سامنا ہوتا ہے تو اس پر یہ حقیقت واضح ہو جاتی ہے کہ اس حمام میں سب ننگے ہیں۔

جھورا منیاری والا'' ایک طویل افسانہ ہے ۔ اس افسانے میں ہمارے معاشرے کی'' بہترین عکاسی کی گئی ہے۔ افسانے میں ایک کے بعد ایک کردار نمودار ہوتا جاتا ہے اور اپنی عادات و اطوار دکھاتے ہوئے پسِ پردہ چلا جاتا ہے۔افسانے کے آغاز میں گاؤں کی خوبصورت آب و ہوا کی منظر کشی کی گئی ہے کہ صبح سویرے مسجد کے میناروں سے مؤذن کی نہایت رسیلے سروں میں اذان گائوں والونکو نیکی کی طرف بلاوا ہوتی ہے اور یوں اللہ کے نام سے دن کا آغاز ہوتا ہے۔ لوگ بیدا ر ہوتے ہیں۔ آہستہ آہستہ ہر کائی اپنے کاموں میں مشغول ہو جاتا ہے۔ گائوں میں پھیری والوں کا راج ہو جاتا ہے۔ سب سے پہلے فیکا اپنی مریل گدھی کی پشت پر سبزیاں لادے صدائیں دیتا نمو دار ہوتا ہے جو گائوں کی عورتوں کو سبزی بیچتا اور ان کے طعنوں تشنوں کے جواب میں نئی سوغاتیں بانٹتا چلا جاتا ہے ۔ فیکے کے بعد بابا منگتا فروٹ والا آڑھے ترچھے پیہوں والی ریڑھی پر کچھ تازہ اور کچھ گلے سڑے آم لے کر صدائیں لگاتا آ جاتا ہے۔ اس کے بعد دھنی رام بیل گاڑی والا اپنے ملازم کے ہمراہ ہاتھ میں کھاتا اور کان میں قلم لگائے برآمد ہوتا ہے۔ گائوں کی خواتین سے ادھار کی ادائیگی کا تقاضا کرتا اور ان کے شکوے شکایتوں کے جواب میں نمک مرچ لگا کر گائوں کی بھولی بھالی خواتیب کو بے وقوف بنا کر راہِ فرار اختیار کرتا نظر آتا ہے۔ اس کے بعد قاعدے سپارے ،قرآن اور پنج سورۃ بیچنے والا آتا ہے اس کے بعد تیل چادر اور کھیس بیچنے والا۔ پھر ایک سائیکل پر چھوٹا سا ٹیپ ریکارڈر لگائے تیل بیچنے والا نمودار ہوتا ہے۔ سب :سے آخر میں گائوں کی خواتین کا ہر دل عزیز جھورا منیاری والا آتا ہے

جھورا منیاری والا دوسرے پھیری والوں کی طرح آواز لگاتا اور نہ کسی طرح'' اپنی آمد کی اطلاع کرتا۔ مخصوص جگہ پر برگد کے پیڑ تلے آکر ٹھیلہ کھڑا کر

کے جونہی ٹھیلے پر پڑے بے ترتیب ساز و سامان کو سجانے لگتا ،آہستہ آہستہ (عورتوں ، بچیوں اور بڑی بوڑھیوں کی بھیڑ اس کے گرد جمع ہونے لگتی"(۳۶
جھورا منیاری والے کا کردار بہت سی صفات کا احاطہ کیے ہوئے ہے۔ بطور منیاری والے کے اس کے پاس نئے ڈیزائن اور نئی طرز کی چیزیں، شہر کی دکانوں کی نسبت کم قیمت ہوتی ہیں اور ادھار کی سہولت بھی موجود ہوتی ہے۔ وہ نہایت توجہ اور لگن سے اپنا کام کرتا ہے اور ساتھ ساتھ گائوں کی خواتین کے دیگر مسائل کا حل ،اپنے پیر و مرشد کے تعویذ گنڈوں سے کرتا ہے۔ ماسی بتول کی بیٹی فاطمہ کے غشی کے دوروں کا علاج پیر صاحب کے تعویذ سے کیا تو وہ اچھی بھلی ہو گئی۔ ماسی فضیلت کے ہاں پوتے کی خوشی بھی جھورے منیاری والے کے پیر کے تعویذ کا کرشمہ تھی۔ بھاگ بھری کے شوہر حکم دین کی دوبئی سے واپسی نہ ہونے پر نیم پاگل ہو جانے کا علاج بھی جھورے نے کیا۔ سبطین خان کی چھوٹی بہن جمیلہ کے بھوت پریت کا علاج بھی جھورے کے طفیل ممکن ہوا۔ جھورا منیاری والا گائوں والوں کے لیے صرف پھیری والا ہی نہیں بلکہ ہر گھر کا فرد تھا۔ ایک دن جھورا منیاری والا گائوں کے چوک میں حسبِ معمول برگد کے نیچے میلہ لگائے مصروف تھا کہ ملک سجاول کا خاص ملازم جھورے کو بلانے کے لیے آیا۔ ملکانی نے جھورے کی خوب خاطر مدارت کی تو اس کے ہاں اولاد نہ ہونے کا علاج جھورے نے چالیس دن کا چلہ حکیم صاحب کی ادویات اور صبح شام کے وظائف میں بتایا۔ ملک سجاول کے ہاں بیٹے کی پیدائش ہوئی تو جہاں سارے گائوں میں خوشی کے شادیانے بج رہے تھے۔ وہاں جھورے کو نقد رقم کے علاوہ گائوں کے باہر قطعہ اراضی سینے کا بھی اعلان کیا گیا۔ افسانے کے اختتام پر گائوں کے اس دیسی ماحول پر شہر کی تہذیبِ جدید کا عکس دکھایا گیا ہے۔ افسانے کااختتام کرتے ہوئے غلام عباس کے ناولٹ گوندنی والا تکیہ کا آغاز یاد آ جاتا ہے کہ اس کا مرکزی کردار جب مدت بعد لوٹتا ہے تو گائوں کا منظر ہی بدل چکا ہوتا ہے۔

گلزار جاوید کا یہ افسانہ ایک بکھرے ہوئے پلاٹ پر تعمیر کیا گیا ہے۔ اس کے کردار جاندار ہیں۔ افسانے کا مرکزی کردار اپنی تمام خوبیوں اور خامیونکے ساتھکھلکر سامنے آجاتا ہے ۔ افسانے کے آغاز اور انجام کو جب آپس میں جوڑا جاتا ہے تو اس ساری کہانی کو سنانے والا پسِ پردہ مخفی رہتا ہے۔ گماں گزرتا ہے کہ وہ بھاگ بھری کا شوہر حکم دین ہے جو کئی سالوں بعد دوبئی سے لوٹ آیا ہے اور گائوں کے بدلے ہوئے ماحول سے نامانوس ہے۔ افسانے کا مرکزی کردار جھورا گائوں والوں کے ساتھ اتنا مخلص دکھائی دے رہا ہے۔ وہاں اس کی اس مشفقانہ طبیعت کے پیچھے کچھ مکروہ عزائم بھی کار فرما ہیں۔ اگر ہم اس کی شخصیت کا بغور جائزہ لیں تو سادہ لوحی کے لباس میں وہ ایک شاطر اور چالاک آدمی ہے۔ جو گائوں کی خواتین کو شیشے میں اتارنے کا ہنر جانتا ہے۔ دیہاتی خواتین چوں کہ توہم پرست ہوتی ہیں اور تعویذ گنڈوں پر اندھا اعتقاد رکھتی ہیں اور

جلد اس کے جھانسے میں آجاتی ہیں۔ ملک سجاول کے ہاں اتنے سالوں سے اولاد کا نہ ہونا اور چالیس دن کے چلے کے بہانے جھورے کا اس کے گھر وقت بے وقت آنا اس کے کردار کو مشکوک بناتا ہے۔

ہر چند ملکانی ہوراں کی شخصیت کافی مضبوط اور طرح دار تھی مگر آہستہ" آہستہ پیر صاحب کے علاج نے ملکانی ہوراں کی شخصیت میں لوچ لچک اور نرمی پیدا کر دی تھی۔ علاج کے آخری ایام آتے آتے ملکانی کی قوتِ مزاحمت دم توڑ چکی تھی۔ پیر صاحب نے حتمی طور پر جو علاج تجویز کیا تھا ،ملکانی ہوراں کے لیے وہ نہ صرف مشکل بلکہ انتہائی دشوار تھا۔ پیر صاحب کی سحر انگیز شخصیت کا بیان اور جھورے منیاری والے کی جاں نثاری نے سارے مراحل (خوش اسلوبی سے طے کرا دیے تھے" (۳۷

بھاگ بھری کے شوہر کی غیر موجودگی میں جھورا اس کی دیکھ بھال کرتا ہے۔ سبطین خان کی بہن جمیلہ کے خالہ زاد قیوم سے رشتہ ٹوٹنے کے بعد چالیس دن تک جھورے کی قربت میں رہنے سے وہ دوسری لڑکیوں کی طرح ہنسنے کھیلنے لگ جاتی ہے۔گلزار جاوید نے بڑی مہارت اور فنی چابکدستی سے افسانے کو نہج پر پہنچایا ہے۔ جھورے کا کردار ہمارے معاشرے کے ان نام نہاد حکیموں ،جعلی پیروں اور جھوٹے عاملوں کا مجموعہ ہے جو اپنی دکان چمکانے کے لیے کسی بھی حد تک گر سکتے ہیں۔

نوکر" ان کا ایک ایسا افسانہ ہے جس میں قدیم زمانے کی روایات کی عکاسی کی" گئی ہے۔ افسانے کے آغاز میں میاں صاحب کی حویلی کی منظر کشی اس انداز میں کی گئی ہے کہ اس حویلی کی تصویر نگاہوں میں گھوم جاتی ہے۔ حویلی کے دستور نرالے اور وہاں کے باسیوں کے جینے کے طریقے اپنے ہیں۔ سادگی اور قناعت پسندی کی چادر نے آکاس بیل کی طرح حویلی کو اپنی گرفت میں لیا ہوا ہے۔ گائوں کے بزرگوں کے لیے ایک ہی جائے پناہ ہے جہاں پر پاسداری مروت اور محبت پائی جاتی ہے۔ میاں صاحب قسمت کے بڑے دھنی اور طبیعت کے بہت ہی سخی واقع ہوئے ہیں۔ والدین کی اکلوتی اولاد ہونے کے سبب بہت سی جائیداد اور مربعے حصے میں آئے دوسری شادی سے پہلے میاں صاحب کی حویلی میں رونق اور چہل پہل کے باعث زندگی نظر آیا کرتی تھی۔ نو عمر نوخیز اور خوبصورت بیوی کے آنے کے بعد حویلی آباد ہونے کے بجائے سونی اور ویران ہو گئی۔ میاں صاحب کے لنگوٹیوں اور دوستوں کا داخلہ بند کر دیا گیا۔ ان کا بستر نچلے حصے سے اوپر پہنچا دیا گیا۔ دوسری شادی انھوں ے دل کے ہاتھوں مجبور ہو کر کی تھی۔ اور اپنے بزرگوں کی عزت کا بڑا پاس تھا۔ چھوٹی بیگم صاحبہ کا :راز وہ ہر صورت چھپاکر رکھنا چاہتے تھے کیو ں کہ

ان کی بیگم ان کے نکاح میں آنے سے پیش تر ذات کی طوائف اور سرِ عام مجرہ" کرنے والی بازاری عورت تھی۔ جس کے ٹھمکوں پر ہر کس و ناقص کو آہیں بھرنے اور جملے چست کرنے کا اتنا ہی اختیار تھا جتنا میاں صاحب کو۔ چھوٹی

بیگم کی آمد کے ساتھ حویلی کے طور طریقے قطعی بدل گئے۔ اب میاں صاحب دن ڈھلے اوپر آجاتے بلکہ دل میں کئی بار بہانے بہانے سے اپر کے چکر لگیا کرتے۔جس کے سبب ان کا سانس اکھڑنے لگتا اور وہ چار پائی پر بیٹھ کر سانس درست کرنے کے ساتھ ندیدی آنکھوں سے بیگم کے سراپا کو تکنے لگتے''(۳۸)

اس افسانے کا مرکزی کردار فتح محمد ہے ۔ فتح محمد ایک نوکر کی حیثیت سے میاں صاحب کی حویلی میں قیام پذیر ہے۔ اس سے قبل جتنے بھی نوکر آئے وہ ایک مہینہ سے زیادہ نہ ٹک سکے کیوں کہ وہاں ایک گدھے کی طرح کام لیا جاتا ۔ نیا نیا جب فتح محمد میاں صاحب کی حویلی میں آیا تو مشکل سے پندرہ سال کا ڈرا ہوا، سہما ہوا ایک لڑکا تھا۔ دو سال میں قد کے ساتھ داڑھی مونچھ بھی نکل آئی ۔ فتح محمد ایک واحد نوکر تھا کو میاں صاحب کے پاس ٹکا ہوا تھا۔ ورنہ تو کوئی ایک مہینے سے بڑھ کر نہ ٹک پاتا تھا۔ فتح محمد صبح ہونے سے لے کر عشا کے بعد تک بغیر کسی وقفے سے کولہو کے بیل کی طرح جت کر کام کرتا۔ اس کے جسم کا کوئی ایسا حصہ نہ ہوتا جو درد نہ کر رہا ہوتا۔ مگر وہ اگلی صبح پھر سے کام کے لیے تیار ہو جاتا۔ دراصل فتح محمد صرف کام کی وجہ سے نہیں بلکہ کچھ دیگر وجوہات کی بنا پر وہاں ٹکا ہوا تھا۔ جسے افسانہ نگار نے لفظوں کی چادر پہنا کر اس انداز میں بیان کرنے کی کوشش کی ہے

"آخری بار چلم لے کر جب فتح محمد میاں صاحب کے کمرے میں جاتا تو وہ ہاتھ پیر دبانے کی فرمائش کرتے۔ ہاتھ پیر دباتے دباتے جب اس کی روح زخمی ہو جاتی تو میاں صاحب اسے چلے جانے کا حکم دیتے ۔ فتح محمد میاں صاحب کے کمرے سے باہر نکل رہا ہوتا تو مارے تھکن کے اس کا انگ انگ چٹخ رہا ہوتا ۔ سر پھٹا جارہا ہوتا اور کمر چس چس کر رہی ہوتی۔ اسے اپنے آپ سے کراہت آرہی ہوتی۔ وہ خود پر اور اس نوکری پر لعنت بھیج رہا ہوتا۔ اتنے میں گھپ اندھیرے کے اندر ایک سایہ نمودار ہوتا جس کے ساتھ فتح محمد غائب ہو جاتا ۔ دوسری صبح مسرور، مطمئن فتح محمد پھر سے اپنے معمولات میں مگن نظر آتا''(۳۹)

"شبِ زیست " ایک ایسا افسانہ ہے جس میں زندگی کے بہت اہم پہلو کی نشاندہی کی گئی ہے۔ افسانے کا آغاز بدر علی سید کے گھر میں ڈاکوئوں کے گھسنے سے ہوتا ہے۔ ڈاکو اسے ہراساں کرنے کی کوشش کرتے ہیں مگر وہ ہراساں ہونے کے بجائے انھیں اپنے ڈاکو ہونے کے بارے میں بتانے لگتا ہے۔ پھر وہ اپنی سوسائٹی کے تمام لوگوں کا تعارف کراتا ہے جو بظاہر سب کے سب مہذب اور کاروباری شریف لوگ ہیں مگر سب کے سب ڈاکو ہیں۔ بدر علی سید کے مطابق اصل ڈاکو تو یہ سب ہیں جو لوگوں کو دوسرے روپ میں لوٹتے ہیں۔ جب بدر علی سید ڈاکوئوں سے بحث کرتا ہے تو ان میں سے ایک ڈاکو کہتا ہے بزرگ شاید گھبرا گئے ہیں انھیں شاید سمجھ نہیں آرہا۔ افسانہ نگار نے یہاں مزاحیہ انداز اپنایا ہے گو یہ حقیقت کی عکاسی نہیں کرتا کیوں ڈاکو جب کسی گھر میں آتے ہیں تو گھبراہٹ میں ایسے جملے ادا نہیں ہوتے اور مکالمے کی ایسی فضا قائم نہیں ہوتی۔ مگر افسانے میں

باقاعدہ سکون کے ساتھ جملے ادا کیے گئے ہیں جو حقیقت سے ذرا ہٹ کے ہیں مگر دل چسپ اور سبق آموز ہیں۔ جملے ملاحظہ ہوں:

"میرا خیال ہے ہماری اچانک آمد سے بڑے میاں کا نروس سسٹم بریک ہو گیا ہے۔ بابا جی ہم چاروں آپ کے مہمان ہیں اور پیشے کے اعتبار سے ڈاکو ہیں۔ آپ معقول آدمی لگتے ہیں۔امید ہے آپ اپنے لیے یا ہمارے لیے کوئی مسئلہ پیدا نہیں کریں گے"(۴۰)

بدر علی سید انھیں اپنا تعارف کراتا ہے کہ وہ بھی ایک ڈاکو ہے اس لیے ہریشانی کی بات نہیں ہے۔ وہ انھیں تسلی دیتا ہے کہ میرے سیف کے اندر دس لاکھ روپے اور کچھ زیورات ہیں وہ سب آپ لے جائے گا شرط صرف اتنی ہے کہ آپ میرے ڈاکو والے بیان کو تسلیم کرلیں۔ ڈاکو اس کی اس بات سے حیرت زدہ ہو جاتے ہیں اور پیچھے ہٹ کر بیٹھ جاتے ہیں۔ دراصل بدر علی سید شہر کا معروف کاروباری شخص ہوتا ہے اس لیے ڈاکو اس کے گھر پر آئے تھے کہ خوب مال سمیٹیں گے۔ وہ فریزر سے فروٹ لا کر انھیں دیتا ہے اور اپنی بات اس انداز میں جاری رکھتا ہے:

"ہم اور آپ ایک ہی کشتی کے سوار ہیں۔ ہم سے مراد میری اکیلے کی نہیں ہمارے محلے میں خاصے ڈاکو آباد ہیں۔ اس آبادی کو اگر آپ ڈاکو ٹاؤن، ڈاکو نگر یا ڈاکو آباد کہیں تو زیادہ مناسب ہو گا۔ فرق آپ میں اور ہم میں صرف اتنا ہے کہ آپ جو کچھ ہیں برملا ہیں۔پیشے کے اعتبار سے تو ہم ڈاکو نقاب شرفا کا پہنے ہوئے ہیں یعنی ہم ڈاکو بھی ہیں اور منافق بھی"(۴۱)

افسانہ نگار نے اس افسانے کو ایک نیا روپ عطا کر دیا ہے۔ کہ ڈاکو اور منافق میں کیا فرق ہوتا ہے۔ ڈاکو کھلے عام لوٹ مار کر رہا ہوتا ہے مگر کاروباری لوگ اشیا میں دھوکا دے کر عوام کو لوٹ رہے ہوتے ہیں۔ افسانے کا مرکزی کردار بدر علی سید اپنی کہانی سناتا ہے کہ چالیس سال پہلے میں ایک جونئیر کلرک تھا مگر آج بنگلوں کا مالک ہوں۔ یہ سب مہذب ڈکیتی کی وارداتوں سے حاصل ہوا ہے۔ایسے لوگ جو کالا دھندا کرتے یعنی رشوت سفارش اور اس طرح کے دیگر گھناؤنے کاموں میں شامل ہوتے ہیں اور اپنے بچوں کو بھی وہی سبق سکھاتے ہیں، یہ ہمارے معاشرے کا بہت برا اور بھیانک روپ ہے۔ یہ لوگ کسی صورت بھی اپنے ایمان کی خبر نہیں رکھتے اور اپنی اولاد کو بھی حرام کے راستے پر لگا دیتے ہیں۔ وہ اپنے بیٹے کا تعارف س طرح کراتے ہیں کہ وہ ان سے بھی بڑا رشوت خور اور مہذب ڈاکو ہے:

"میاں ہم تو اسے خاندانی پیشہ بنا چکے ہیں۔ میرا بیٹا اوپر کی منزل میں اپنے بچوں کے ساتھ بے خبری کی نیند سویا ہوا ہے۔ دس ہزار کا ملازم ہے مگو ہر روز چار سو روپے اپنے ڈرائیور کو پٹرول کے لیے دیتا ہے۔ چار سو روز کا مطلب سمجھتے ہو، مہینے کا بارہ ہزار"(۴۲)

پھر وہ اپنے محلے کے تمام لوگوں کا تعارف کراتا ہے کہ سامنے محل نما بنگلے میں رہنے والا ایک آڑھتی کا ملازم ہے جس کا مالک کھانے کی اشیا میں ملاوٹ کر کے بیچتا ہے اور یہ اس کا ساتھ دینے میں اندھا دھند مال بٹورتا ہے۔ اس کے ساتھ والا گھر ایک سرکاری ٹھیکیدار کا ہے جو تعمیر کے پیسوں میں سے زیادہ تر ہڑپ کر جاتا ہے ۔ایسے سیکڑوں پُل اور سڑکیں کاغذوں میں بنا چکا ہے جن کا سرے سے وجود ہی نہیں ہے۔ آہستہ آہستہ باقی گھروں کے بارے میں بھی بتاتا ہے۔ یہ سارے ذخیرہ اندوز ہیں اور مختلف طریقوں سے لوگوں کو لوٹتے ہیں مگر ان پر کوئی قدغن بھی نہیں لگائی جا سکتی ۔

وہ انھیں بتاتا ہے کہ آپ سمجھ رہے ہوں گے کہ صرف آپ لوگ ڈکیتی کرتے ہیں اور لوگوں سے مال چھین کر لے جاتے ہیں مگر صاحب ایسے ڈاکو بھی ہیں جنھیں لوگ خود دینے آتے ہیں۔ وہ ان سے مخاطب ہوتا ہے :

آپ یہ سوچ رہے ہوں گے ڈکو راج کے اس دور میں چور اچکے اٹھائی گیرے اور جیب کترے ناپید ہیں۔ ایسی بات ہر گز نہیں ہے ۔ آبادی سے ذرا فاصلے پر یہ تمام لوگ بے فکری اور باقاعدگی سے ہمہ تن مصروف ہیں۔ ایک نے بورڈ ستر کا لگایا ہوا ہے مگر بیچتا اعلانیہ ایک سو بیس ہے۔ ایک دودھ میں پانی ملانے کی بجائے پانی میں دودھ ملا کر بیچ رہا ہے ۔ ایک بظاہر دھنیا ، ہلدی گھی آٹا، چائے کی پتی سجائے بیٹھا ہے حالاں کہ مرچ میں پتھر ، دھنیے میں لکڑی کا برادہ، ہلدی میں پسے ہوئے چاول، گھی میں آلو صابن میں چربی ،آٹے میں سوکھی روٹیاں ، چائے کی پتی میں کیلے اور چنے کا چھلکا ملا کر بیچ رہا ہے۔ ایک دکان کی اوپری منزل کا کرایہ اس لیے دے رہا ہے کہ کمپنی کی اصل قیمتیں مٹا کر تین گنا کا لیبل لگا کر (بیچتا رہے ''(۴۳

بدر علی سید اپنی بات جاری رکھتے ہوئے معاشرے کے دیگر جرائم سے بھی پردہ اٹھاتاہے۔ مسجد کے مولوی سے لے کر ملک کے سر براہوں تک کو ڈاکو قرار دیتا ہے۔ اور انھیں سمجھاتا ہے کہ ہیں تو سب ڈاکو مگر لوٹنے کے طریقے مختلف ہیں۔ آپ بھی اپنا طریقہ بدلیں۔ وہ انھیں چابیاں دیتا ہے کہ وہاں خیرات پڑی ہے لے جائیں۔ مگر ڈاکو ہنستے ہوئے باہر نکل جاتے ہیں۔

تاجدارِ الم''اور ''جان آرزو'' بہت منفرد افسانے ہیں۔ یہ افسانے دراصل خطوط کی'' شکل میں بالترتیب امریکی صدر باراک حسین اوباما اور آئی ایم ایف کے نام لکھے گئے ہیں۔ ان افسانوں میں تیسری دنیا بالخصوص پاکستان کے لوگوں کی حالت زار کا نقشہ کھینچا گیا ہے۔ خط کی تحریر خوبصورت اردو اور لفاظی سے مزین ہے۔ بار بار عالی جاہ، عالم پناہ، بندہ پرور اور حضور کے القاب سے مخاطب کیا گیا ہے۔ وہ اپنا مدعا نہایت احسن انداز میں پیش کرتے ہیں۔ تحریر میں وطنِ عزیز کے سیاست دانوں کی غلط پالیسیوں پر گہری تنقیدی طنز کی گئی ہے کہ کس طرح ہمارا ملک روز بروز قرضوں میں ڈوبتا جارہا ہے:

"میرے حضور! نئی جمہوری حکومت نے تازہ بہ تازہ خوشخبری یہ سنائی ہے کہ ہم مجبور و لاچار اٹھارہ کروڑ لوگوں پر ڈیڑھ دہائی پہلے جو قرض دو ہزار آٹھ سو ارب پاکستانی روپے واجب تھا وہ اب بڑھ کر چودہ ہزار آٹھ سو ارب پاکستانی روپے میں تبدیل ہو گیا ہے۔ اس حساب سے ہر معصوم اور بے قصور پاکستانی شہری مبلغ اکاسی ہزار روپے نصف جن کا چالیس ہزار پانچ سو روپے بنتا ہے ،کا مقروض ہے"(۴۴)

تحریر میں یہ بات بھی واضح کی گئی ہے کہ امریکہ جیسے ترقی یافتہ ملک کے شہریوں کے لیے یہ رقم کوئی معنے نہیں رکھتی۔ وہاں کا اوسط درجے کا شہری اس سے زیادہ رقم روزانہ کما کے سوتا ہے۔ مگر ہمارے ملک کے اٹھارہ کروڑ عوام میں سے اکثریت اتنی بڑی رقم کمانا تو کجا یک مشت دیکھنے سے بھی نامانوس ہے۔

افسانہ "جانِ آرزو " میں ایک غریب مفلوک الحال اور کم نصیب اہلِ قلم کی طرف سے خط ارسال کیا گیا ہے ۔ افسانے میں یہ بات واضح کی گئی ہے کہ آئی ایم ایف کا پہلا قرضہ اترا نہیں اور نئے قرضوں کی مانگ جاری ہے۔ وہ اپنی تحریر میں بڑے شائستہ انداز میں پاکستانی سیاست دانوں اور پالیسی سازوں کو انجان ،بھولے اور ناسمجھ کہہ کر طنز کے نشتر چلاتے ہیں۔ عوام کی حالت اور کیفیت کو اس انداز میں بیان کرتے ہیں:

"تاریخ شاہد ہے ہم اٹھارہ کروڑ سعادت مند گونگے، بہرے ہر بار کی طرح اس بار بھی پورے جوش و جذبے کے ساتھ آپ کے فرمان کی تائید کرتے ہوئے بادشاہ سلامت زندہ باد کے نعرے ضرور لگائیں گے"(۴۵)

گلزار جاوید نے ان افسانوں میں شاعرانہ طرزِ اسلوب کے جواہر دکھائے ہیںاور ایک جینوئین فنکار ہونے کے ناطے افسانوں میں اشعار سے تحریر کو ادبی چاشنی دی ہے۔ دونوں افسانوں کے آخر میں ایک قطعہ کی تضمین کے ساتھ اس طرح اختتام کرتے ہیں۔

یہ بازی رزق کی بازی ہے
یہ بازی تم ہی ہارو گے
ہر گھر سے بھوکا نکلے گا
تم کتنے بھوکے مارو گے
(۴۶)

"دیدہ تر" رشتوں کی تقدیس کی معدومی کا نوحہ ہے۔ پروفیس ناصر حمید افسانے کا مرکزی کردار ہیں ۔ وہ اپنی ماں کو گھر لے آئے ہیں تو ان کے سسر انھیں اس فیصلے پر بے وقوف قرار دیتے ہیں کہ ان کی والدہ کے ساتھ اس صورت حال میں اپنے خاوند کے ساتھ رہتی تو اچھا ہوتا ۔ اور تم ان کے دنیا سے چلے جانے کے بعد گھر کے اکلوتے وارث بن جاتے۔ دوسری طرف ناصر کے والد نے ناصر کے

پرنسپل کو جب اس کی حرکات کی شکایت کی تو پرنسپل نے ناصر کو اس طرح سمجھایا:

"انسان گفتار کا غازی بننے کی بجائے بہتر ہے کردار کا غازی بنے۔ وگرنہ نہ ہی دنیا ملتی ہے اور نہ ہی وصالِ صنم۔ اگر تمہارے دل کے کسی بھی گوشے میں خدا خوفی کی کوئی رمق باقی ہے تو یہ جان لو کہ ضعیف ماں باپ کی خدمت سے بہتر کوئی ذریعہ نجات کا نہیں ہے" (۴۷)

ناصر کے منہ پھیرنے پر اس کی بڑی بہن شمشاد اپنے ماں باپ کی خدمت میں حاضر رہتی تو ناصر کی بیوی نے اس کے کان بھرتے ہوئے یہ باور کرایا کہ وہ جائیداد کے لیے یہ سب کر رہی ہے۔ ناصر نے بہن کو بھی روکا اور خود بھی والدین کی خدمت نہ کی ۔والدین کے رخصت ہو جانے کے بعد وہ عجب نفسیاتی کیفیت میں مبتلا ہو گیا۔ بے خوابی۔ بے چینی اور اضطراب اسے ہر وقت پریشان رکھتا۔ ناصر کی چھوٹی بہن ساجدہ جب بیمار ہوئی تو وہ اس کی عیادت کے لیے بھی نہ جاسکا۔ یوں سب آہستہ آہستہ رخصت ہو گئے۔ ناصر نے ایک دن اپنے بڑے بیٹے ابرار سے اپنے آبائی گھر دیکھنے کی خواہش ظاہر کی جو شہر سے باہر نکل کر ایک اولڈ ایج ہوم کے سامنے گاڑی روکنے کا کہا اور خود اندر چلا گیا ۔ اس کا انتظار کرتے کرتے تھک گیا مگر وہ واپس نہ آیا۔ آخر میں چوکیدار نے اسے بتایا کہ آپ اندر نہیں جا سکتے کیوں کہ کسی بھی شخص کا نام ان کے ملاقاتیوں میں درج نہیں ہے۔ افسانے میں ایک بیٹے کی اپنے والدین اور بہنوں کی طرف سے منہ موڑ کر نفسیاتی کیفیات کو موضوع بنا گیا ہے۔ ایک پروفیسر آخر میں یہ جان گیا کہ جو کچھ اس نے اپنے والدین کے ساتھ کیا ہے اس کے ساتھ بھی ویسا ہی ہونا ہے۔ اس نے اپنے آپ کو سزا دیتے ہوئے اولڈ ایج ہوم کا رخ کر لیا۔ افسانے میں ہمارے معاشرے میں معدوم ہوتی محبت اور خونی رشتوں کی مٹتی ہوئی چاہت کو موضوع بنایا گیا ہے۔ افسانے کے آخر میں قاری کو یک جھٹکا سا لگتا ہے جو گلزار جاوید کے افسانوں کاایک خاص رنگ ہے۔ بقول فیروز عالم:

"افسانے کی بنت پر گلزار جاوید کو مکمل عبور حاصل ہے اور خاص طور سے افسانے کا اختتام قاری کے ذہن کو ایک جھٹکا ضرور لگاتا ہے جس کی وجہ سے قاری مجبور ہو جاتا ہے کہ کچھ لمحے آنکھیں بند کر کے افسانے کے اختتام میں کھو کر رہ جائے" (۴۸)

"فریق ثانی" طلاق اور حلالہ کے موضوع پر ایک دل چسپ افسانہ ہے۔ افسانے کا مرکزی کردار جمال ایک خوش شکل خوش گفتار ، خوش فکر اور خوش خصال نوجوان ہے۔ وہ اپنی بیوہ ماں کا اکلوتا بیٹا ہے اس لیے لاڈ پیار کی وجہ سے وہ میٹرک سے آگے تعلیم حاصل نہ کر سکا۔ اقربا کی تگ و دو سے اسے ایک نوکری مل گئی۔ جمال کی والدہ نے اس کے لیے رشتہ تلاش کرنا شروع کیا تو جمال ہر رشتے پر انکار کر دیتا۔ کیوں کہ اس کے دفتر میں کشور کام کرتی تھی جس سے اس کی دوستی محبت میں بدل گئی تھی۔ ایک دن جمال کا افسر ڈاکٹر محمد افضل

اس کی والدہ کے پاس اس کی ان حرکات کی شکایت لے کر آیا تو جمال کی والدہ نے اس سے شکایت کی بجائے ایک اچھی خبر کے طور لیا اور یوں کشور اور جمال رشتہ ازدواج میں بندھ گئے:

"کشور اور جمال کا جوڑا دیدنی بھی تھا اور مثالی بھی۔ دونوں ایک دوسرے سے بے حد پیار کرتے تھے۔ ایک دوسرے کی چھوٹی چھوٹی ضرورتوں کا خیال بھی رکھا کرتے تھے۔ سوسائٹی میں مختلف مقام کے باعث دونوں کے مزاج اور ذہنی اپروچ میں فرق ہونے کے باعث بہت سے امور پر ان میں اکثر اختلاف بھی ہو جاتا۔ جب بھی ایسا موقع آتا دونوں تدبر اور فہم و فراست سے کام لیتے ہوئے مسائل پر جلد قابو پا لیتے"(۴۹)

دونوں میاں بیوی کے درمیان ایک ایسا مسئلہ درپیش آیا کہ دونوں ا کو سلجھانے میں ناکام رہے۔ جمال کو کشور کے کزن عرفان کے ساتھ تعلقات ہونے پر شک ہو گیا۔ کشور نے سمجھانے کی کوشش کی کہ اس کا رشتہ ضرور آیا تھا مگر ہمارے درمیان عشق محبت یا پیار کی کوئی آگ نہیں بھڑکی۔ ایک دن کشور اپنی کزن کوکب کی شادی کی تصویریں جمال کو دکھا رہی تھی کہ کشور اور عرفان کی اکٹھی تصویر دیکھ کر وہ شدید طیش میں آ گیا زبانی تکرار ہوئی نوبت ہاتھا پائی تک پہنچ گئی تو جمال نے تین بار طلاق دے دی۔ شریعت کی رو سے ان کا رشتہ ٹوٹ گیا۔ جب غصے کی آگ ٹھنڈی ہوئی تو وہ بہت پچھتائے اور قاری وحید الدین سے رجوع کیا۔ قاری صاحب نے اس کا واحد حل حلالہ بتایا۔ اور اپنی خدمات پیش کرنے کی بھی پیش کش کر دی۔ مجبوراً اس پیش کش کو جمال نے قبول کر لیا ۔اب جب جمال وعدے کے مطابق قاری صاحب کے گھر گیا تو قاری نے اسے بے عزت کر کے گھر سے اپنی شکل گم کرنے کا کہا۔ جمال کے بار بار اصرار پر قاری نے فریق ثانی سے صرف آخری بات کرنے کا کہا:

"میزبان نے ترکی بہ ترکی دروازے کے پیچھے کھڑے فریق ثانی سے نا محرم کی آخری خواہش پوری کرنے کو کہا۔ جسے سن کر جمال کے جی میں آئی کہ وہ اچھل کر میزبان کا منہ نوچ لے۔ مگر جمال کو اپنی ناتوانی کا احساس شدت سے ستانے لگا۔ اس کے رو برو میزبان کی روشن آنکھیں، سرخ و سفید مسکراتا چہر، پھولے ہوئے گال، چوڑی چھاتی اور بازوئوں کی پھڑ پھڑ اتی مچھلیاں جمال کو اس کے ارادے سے باز رکھنے کے لیے کافی تھیں"(۵۰)

گلزار جاوید کے افسانوں میں زندگی سانس لیتی دکھائی دیتی ہے۔ ان کے موضوعات ہماری زندگی بلکہ ہمارے ماحول سے لیے گئے ہیں۔ ان کے کردار بالکل حقیقی معلوم ہوتے ہیں۔ افسانوں کے پلاٹ، کردار، مکالمے منظر نگاری اور اسلوب انھیں اپنے عہد کے ممتاز افسانہ نگاروں کی صف میں شامل کرتا ہے۔ وہ افسانوں میں زبان انتہائی سادہ اور آسان استعمال کرتے ہیں۔ زیادہ تشبیہات اور استعارات سے گریز کرتے ہوئے وہ سادہ روی کو اپناتے ہیں اور افسانے کو قاری کے لیے آسان بنا دیتے ہیں۔

عمر حیات عمر

عمر حیات عمر ۱۹۴۰ کو لاہور میں پیدا ہوئے۔ ابتدائی تعلیم سینٹ فرانسس ہائی سکول لاہور میں حاصل کی۔ انگریزی ادب اور پھر صحافت میں ایم اے کرنے کے بعد وہ جرمنی چلے گئے۔ انھوں نے اردو اور انگریزی ادب کا بھرپور مطالعہ کیا۔ وہ سعادت حسن منٹو کی افسانہ نگاری سے متاثر تھے۔ منٹو کا سچ، جرأت اور بے باکی، معاشرے کے پسے ہوئے اور کچلے ہوئے لوگوں کی ترجمانی اس کی روح کی گہرائیوں میں اتر گئی تو اس نے منٹو کو اپنا پیشوا مان لیااور اپنے بڑے بیٹے کا نام سعادت رکھا۔

افسانہ نگاری میں ان کا اسلوب منفرد ہے۔ وہ دیگر اقلیتی افسانہ نگاروں کی طرح مشکل استعاروں اور علامتوں میں نہیں الجھاتے ۔وہ اپنے احساسات اور جذبات کو لفظوں میں ڈھالنے کا ہنر جانتے ہیں۔شعور و فکر کا ایک گہرا دریا ان کی تحریروں میں نظر آتا ہے۔ وہ افسانہ نگاری کے مروجہ اسلوب اور زبان سے ذرا ہٹ کے چلے ہیں۔ انھوں نے آسمانی کتابوں کے حوالے اور ان کے اسلوب کی پیروی کرنے کی کوشش کی ہے۔ ان کے موضوعات زمینی بھی ہیں اور آسمانی بھی۔ وہ زمین میں رہتے ہوئے آسمان سے رشتہ قائم رکھنے کی طرف زیادہ توجہ دیتے ہیں۔ ان کے افسانوں پر مذہبی رنگ غالب دکھائی دیتا ہے۔ یوسف نیر ان کی افسانہ نگاری کے حوالے سے بات کرتے ہوئے کہتے ہیں:

”عمر حیات عمر نے اگرچہ منٹو سے سچ کہنا سیکھا، سیکھ کر کرشن چندر سے زبان کی سلاست سیکھی اور راجندر سنگھ بیدی سے کٹھن حالات میں بھی ثابت قدم رہنا سیکھااور بائبل مقدس سے کمال دیانت داری اور فنی مہارت کا اکتساب کیا“(۵۱)

عمر حیات عمرترقی پسند افسانہ نگار ہیں۔ وہ بے شک ترقی پسند تحریک سے وابستہ نہ ہوئے ہوں مگر ہر ادیب کے اندر ایک ادیب ہوتا ہے جو اس کو کسی ایک جماعت سے بہ ہر صورت ملا دیتا ہے۔ وہ اپنی افسانہ نگاری کے بارے میں خود کہتے ہیں۔

”بے چہرگی کی ہجرت“ کوشش سے لکھے گئے افسانوں پر مشتمل نہیں ہے بلکہ بے ساختہ وہ سب کچھ شامل ہو گیا جو مشاہدے تجربے اور علم میں آیا۔ تا ہم اس میں میرے وطن کے ملی بھائیوں کے لیے ایک پیغام ہے اور معاشرے کی بے چہرگی از خو بے نقاب ہو گئی ہے۔ اس کے ساتھ ہی انسانی بنیادی حقوق کے حوالے سے طبقاتی نظام پر نشتر بھی اپنا کام کر گیا ہے“(۵۲)

”جاگتی آنکھوں کاخواب“ایک بھٹہ مزدور کے خوابوں کی داستان ہے جو شرمندہ تعبیر نہیں ہو پاتے۔افسانے کا مرکزی کردار عبداللہ جو اینٹیں بناتے ہوئے اس سوچ میں گم ہو جاتا ہے کہ ابھی اس کی مسین بھی نہیں بھیگی تھیں جب سے اس نے اپنے باپ کو اینٹوں کے لیے تھوبے بنا کر دینا شروع کیا تھا۔ وہ ابھی اس کے کھیلنے کے دن تھے۔ اس لیے وہ مٹی کے ساتھ کبھی گھوڑا، کبھی چڑیا اور کبھی

دوسرے جانور بنا کر کھیلنے لگتا تو اس کا باپ ڈانٹ کر اسے کہتا کہ اگر اینٹیں نہیں بنیں گی تو وہ روٹی کہاں سے کھائے گا:

"عبداللہ کی سمجھ میں نہ آتا کہ اینٹوں کا روٹی سے کیا تعلق۔ اینٹیں تو گیلی مٹی سے بنتی ہیں اور اس کا باپ بھٹے کے مالک کے یے گھڑتا ہے جب کہ روٹی اس کی ماں پکاتی ہے۔ مگر وہ خوف زدہ سا دوبارہ جلدی جلدی تھوبے دینے لگتا" (۵۳)

عبداللہ آج اینٹیں بناتے بناتے دل ہی دل میں خوش ہو رہا تھا کہ اس کا بیٹا سکول جاتا ہے وہ پڑھ لکھ کر بڑا افسر بن جائے گا تو اس عذاب سے محفوظ رہے گا۔ عبداللہ کی شادی ایک بھٹہ مزدور کی بیٹی زینب سے ہوئی جسے جینا کہتے تھے۔ عبداللہ اور جیناں نے مل کر اپنے خوبوں کا جزیرہ تلاش کرنے کا ارادہ کیا۔ ان کی خواہش تھی کہ اپنے بیٹے کو پڑھا لکھا کر بڑا آدمی بنائیں گے۔ نہیں تو کم از کم بھٹے کا منشی لازمی لگ جائے گا۔ وہ ابھی سے اپنے بیٹے کو صاحب کہہ کر پکارنے لگے۔ ان کا بیٹا جب سکول سے واپس آتا تو اپنے والدین کے پاس جاتا جہاں وہ اینٹیں نکال رہے ہوتے۔ صاحب اگر مٹی کو ہاتھ لگاتا تو عبداللہ اور جینا ناراض ہو جاتے اور اسے گھر جا کر اپنی بہنوں کا خیال رکھنے اور پڑھنے کا کہتے۔ جینا اور عبداللہ مہنگائی سے لڑتے اور قرضے میں دھنستے ہوئے زندگی گزار رہے تھے۔ بیٹیاں بھی جوان ہو گئیں تھی ۔ مگر جب وہ اپنے صاحب کو دیکھتے تو انھیں سارے غم بھول جاتے اور ایک مسرت اندر سے اٹھتی کہ ان کے دن بس اب پھرنے والے ہیں۔ عبداللہ اب بوڑھا اور کمزور ہو گیا تھا۔ وہ اکثر بیمار رہتا مگر اپنی بیماری کا ذکر کسی سے نہ کرتا۔ اسے مشقت نے اندر ہی اندر کھا لیا تھا۔ وہ اپنی تکالیف کا اظہار بھی نہیں کرتا تھا کیوں کہ دکھ سہنا اس کی سرشت میں داخل ہو گیا تھا۔ جب بارش آتی اور ساری اینٹیں مٹی میں مل جاتیں تو ان کی محنت ضائع ہوتی۔ مالک کی مٹی تو وہیں موجود رہتی۔ وہ اپنی ذات اور بھٹے کی اشیا کو اس طرح استعارونمیں ڈھالتا ہے:

"جینا ! یہ اینٹیں دیکھ یہ ہمارا بدن ہے۔ جسے ہم دوسروں کے سکھ کے لیے بانٹ رہے ہیں اور وہ سامنے چمنی دیکھ اس میں سے جو دھواں نکل رہا ہے وہ ہمارا خون ہے۔ جو دوسروں کے لیے جل رہا ہے کہ ان کو سکھ اور آسائش میسر آئے" (۵۴)

عبداللہ اور جینا کی زندگی کی گاڑی کی رفتار اب سست ہوتی جارہی تھی۔ اپنی بساط سے بڑھ کر محنت نے انھیں کمزور کر دیا تھا۔ عبداللہ کو ایک دن شدید بخار ہوا ۔ چار دن تو اس نے چھپائے رکھا اور ایک دن گر گیا۔ ایسا گرا کہ پھر نہ اٹھا۔ اب ساری ذمہ داری صاحب پر آگئی۔ بھٹہ مالک نے جینا کو دلاسا دے کر سمجھایا اور پانچ سو روپے دے کر چلا گیا۔ اگلے دن جینا صاحب کو تھوبے دے رہی تھی جس کی ابھی مسیں بھی نہیں بھیگی تھیں۔

افسانے میں عمر حیات عمر نے سماج کی ایک انوکھی منطق سامنے لانے کی کوشش کی ہے کہ ایک مزدور کا بچہ ہمیشہ مزدور ہی رہتا ہے۔ غریب جتنی

خوبیوں اور کمالات کا مالک ہو غربت کا داغ اس کے ماتھے کا کلنک بنا رہتا ہے۔ کہتے ہیں ایک نسل کو قربانی دے کر اپنی دوسری نسل کو آسودگی مہیا کرنی پڑتی ہے۔ مگر غربت کی چکی میں پسنے والے مزدوروں کی کئی نسلیں قربان ہو جاتی ہیں پھر بھی خوابوں کی تعبیر تو درکنار، پیٹ بھر روٹی اور سر چھپانے کو کھنڈلی بھی نہیں ملتی۔

"پہاڑی کاں" ایک عام سی کہانی ہے جس میں ایک بوڑھے شخص کو محلے کے بچے پہاڑی کاں کہہ کر چھیڑتے ہیں تو وہ صلواتیں سناتا ہے۔ یوں ہر روز دوپہر کے وقت محلے میں ایک رونق سی لگ جاتی ہے۔ کہانی کا مرکزی کردار عبدالرحیم ہے جسے محلے کے بچے کب سے اور نجانے کیوں پہاڑی کاں کہہ کر پکارتے تھے۔ شاید اس لیے کہ اس کی آواز بھاری اور شدری تھی۔ مگر جو بھی ہے وہ اپنی اس چھیڑ سے چڑ جاتا اور خوب گالیاں بکتا۔ افسانہ نگار اس کا تعارف اس انداز میں کراتا ہے:

"دیکھنے میں وہ ایک معزز آدمی تھا۔ سفید شلوار اور قمیض میں بڑا معقول آدمی لگتا تھا۔ اس کے کالے جوتے ہمیشہ چمکتے نظر آتے اور سر پر بندھی ململ کی پگڑی کا ایک سرا بائیں جانب سینے پر جھولتا رہتا تھا۔ اس کے قد و قامت اور وضع قطع میں خاصی منابت تھی۔ عمر کے لحاظ سے وہ ساٹھ کے پیٹے میں تھا۔ داڑھی گدری ہو چکی تھی اور ہاتھ میں لکڑی کی کھونٹی اس کی شخصیت کو بارعب بنا دیتی تھی۔ لیکن پتا نہیں محلے کو سب لڑکوں کو یہ سب کشھ کیوں متاثر نہ کر سکا۔ انھوں نے اس کا نام بگاڑ دیا اور اپنے لیے ایک مستقل شغل بنا لیا"(۵۵)

عبدالرحیم گورنمنٹ پریس میں ملازم تھا۔ جب وہ ڈیوٹی سے واپس آتا تو سب لڑکے چھپ چھپ کر اسے دیکھتے۔ جب وہ گلی کے عین وسط میں آ جاتا تو سب بچے مل کر پہاڑی کاں، پہاڑی کاں کی رٹ لگانے لگتے۔ وہ اپنی چھڑی سے انھیں مارنے کے لیے دوڑتا تو بچے بھاگ جاتے۔ بچوں کے والدین جب انھیں ایسا کرنے سے ٹوکتے تو وہ باز آ جاتے مگر جب اسے کوئی تنگ نہ کرتا تو وہ بیزار سا ہو جاتا۔ پھر کوئی ایک بچہ شرارت کر دیتا تو وہی روز کا ہنگامہ برپا ہو جاتا جس سے وہ خو بھی محظوظ ہوتا۔ ایک دن بچے انتظار کرتے رہے مگر پہاڑی کاں نہ آیا۔ شام کے قریب مسجد کی طرف سے ایک جنازہ نظر آیا۔ پتا چلا کہ یہ پہاڑی کاں کا جنازہ ہے تو اسے چھیڑنے اور تنگ کرنے والے بچے روتے ہوئے اس کی چارپائی سے لپٹ گئے۔ اس کی وفات کے بعد تحصیل بازار کی سڑک سنسان اور رنڈوا ہو گئی۔

افسانے میں ایک معمولی سی کہانی ہے ۔ سادہ سے جملے ہیں ۔ افسانے میں دکھایا یہ گیا ہے کہ لوگوں میں خوشیاں بانٹنے والے اور محلے کی رونقیں آباد رکھنے والے اپنی ذات کو پیش کر دیتے ہیں کہ جو تذلیل میں بھی خود کو شادماں محسوس کرتے ہیں۔ محلے کے لڑکوں کے لبوں پر مسکان لانے کے لیے وہ اپنی شخصیت

کو پسِ پشت رکھ دیتے ہیں لیکن افسوس کہ ایسے لوگ اس شجرِ سایہ دار سے رخصت ہوتے جارہے ہیں۔

مسیحا" ایک مختصر کہانی ہے جس میں ایک غریب مفلوک الحال اور انتہائی کس" مپرسی کی زندگی گزارتی عورت کا بیٹا کرسمس کی رات باقی بچوں کی طرح نئے کپڑے پہننے کی ضد کرتا ہے ۔ جب اس کی ماں اتنی معصوم سی خواہش پوری نہ کر سکنے کی وجہ سے رونے لگتی ہے تو وہ خود ہی یہ ضد چھوڑ کے گرجے میں "چرنی" دیکھنے کی ضد کرنے لگ جاتا ہے۔ جب ماں اسے چرنی دکھانے جا رہی ہوتی ہے تو راستے میں ایک امیر گھر کے بچے روشنیوں اور رنگوں سے کرسمس ٹری تیار کر رہے ہوتے ہیں۔ وہ انھیں غور سے دیکھنے لگتا ہے تو بچے انھیں چور اور غریب کہہ کر کھڑکی بند کر لیتے ہیں۔

کیا بات ہے تم کون ہو۔ ایک لڑکے نے بڑی درشتی سے پوچھا۔ اس سے پیشتر" عورت یا لڑکا بولتے کمرے میں سے ایک دوسرا لڑکا بول اٹھا۔ ارے دیکھتے نہیں بھکاری ہیں۔ مجھے تو چور معلوم ہوتے ہیں۔ ایک اور لڑکے نے لقمہ دیا۔ نہیں نہیں ہم چور نہیں ہم تو یہ چرنی دیکھ رہے ہیں۔ عورت نے لجاجت سے کہا۔ ہوں۔۔۔ تم ضرور چور ہو اور یہ لڑکا ہمارے کھلونے چرانے کے لیے آیا ہے بھاگ جائو یہاں سے ورنہ میں اپنے ڈیڈی کو بلائوں گا ۔ ساتھ ہی لڑکے نے کھڑکی بند (کردی۔"(۵۶

عمر حیات عمر نے اس افسانے میں غریب اور مزدور طبقے کی بات کی ہے۔ انھوں نے نادار ،بے کس ،لاچار لوگوں کے بارے میں معاشرے کے تحقیر آمیز رویے کو موضوع بنایا ہے۔ انھوں نے سادہ اسلوب اپناتے ہوئے گہری طنزیہ تنقید کی ہے اور یہ بات باور کرانے کی کوشش کی ہے۔ کہ ہم اپنی خوشیوں میں تو درکنار مذہبی تہواروں میں بھی غربا اور مساکین کو شامل نہیں کرتے۔

نیویں گلی"میں مسیحی بستی کے باسیوں کا نقشہ کھینچا گیا ہے۔ بستی کے لوگ" شہر کی صفائی ستھرائی کرتے ہیں اور کرائے کی کوٹھڑیوں میں رہتے ہیں۔ "بالی"نیویں گلی کی سب سے حسین لڑکی ہوتی ہے جو ساموں کی محبت میں گرفتار ہوتی ہے۔ ساموں جس کا اصل نام سیموئیل ہوتا ہے۔ کوڑا اٹھانے والی گاڑی چلاتا ہے۔ گلی میں رشید عرف چھیدا دودھ ہی کا کاروبار کرتا ہے اور لوگوں کو فراخ دلی سے ادھار دیتا ہے۔ سارے محلے میں اس کا رعب اور دبدبہ ہوتا ہے۔ اس :کی ہر بات گلی کے باسیوں کے لیے حکم کا درجہ رکھتی ہے

چھیدے کی شخصیت نیویں گلی کے لوگوں کے لیے اتنی ہمہ گیر تھی کہ وہ ان" کے ذاتی معاملات میں اثر انداز ہوتا تھا۔ اگر کسی نے اپنے بیٹے کو ڈانٹنا ہوتا تو یہ کام چھیدے کے سپرد کر دیا جاتا۔ اگر کسی کی بیٹی کی شادی ہوتی تو چھیدے سے مشورہ کیا جاتا۔ کسی کے لینے دینے کا معاملہ ہوتا تو چھیدہ گواہ ہوتا۔ کسی کی امانت رکھنے ہوتی تو بھی چھیدے کو امین سمجھا جاتا۔ اگر دو بھائی آپس میں کسی

بات پر جھگڑ پڑتے تو وہ برادری کی بات تو کاٹ سکتے تھے مگر شیدے کے
(آگے دم نہ مارتے تھے۔ (۵۷

چھیدا بالی کو للچائی نظروں سے دیکھتا ۔ اس لیے وہ بالی کی ماں سے اخلاق کے ساتھ پیش آتا اور اس سے دودھ دہی کی قیمت بھی وصول نہ کرتا۔ چھیدہ جب بالی اور ساموں کو دیکھتا تو حسد کی آگ جل جاتا۔ اس نے ساموں اور بالی کی بات مشہور کر کے ساموں کو لڑکوں سے پٹوا دیا اور گلی چھوڑنے کی دھمکی دے دی۔ بالی کی ماں کب بیمار ہوئی تو چھیدا روزانہ ان کے گھر جاتا اور تیمار دار ی کے بہانے بالی کے قیب ہونے کی کوشش کرتا ۔ ایک رات جب بالی کی ماں شدید بیمار ہوئی تو وہ دوڑتی ہوئی ڈاکٹر کی دکان کی طرف بھاگی۔ گلی میں چھیدے کو دیکھ کر گھبرا گئی اسے پتا بھی نہ چلا اور کسی نے اس پر بوری ڈال دی۔ اس کی زور دار
چیخ و پکار سے ساری گلی کے مکین جاگ اٹھے۔ جب باہر آئے تو دیکھا کہ چھیدے کے منہ سے خون بہہ رہا تھا اور سامو پاس کھڑا تھا۔ یوں ساری گلی کو چھیدے کی اصلیت کا پتا چل گیا۔

نیویں گلی" ایک پیچیدہ افسانہ ہے جس میں دو طبقوں، مسلم اور مسیحی نوجوان" کی چپقلش کو موضوع بنایا گیا ہے اور آخر میں یہ بات واضح کر دی گئی ہے کہ خلوص اور سچ کی ہمیشہ جیت ہوتی ہے۔ افسانے میں سماج کی اس حقیقت کو بھی مدِ نظر رکھا گیا ہے۔ کہ مسیحی برادری کے لوگ عموماً غریب ہوتے ہیں اس لیے سرمایہ داروں کے زیرِ عتاب رہتے ہیں۔ اور سرمایہ دار ہمیشہ اپنی دولت کا سہارا لے کر غریبوں کی مجبوریوں سے فائدہ اٹھاتے ہیں۔

منظور راہی

منظور راہی ایک منفرد افسانہ نگار ہیں۔ ان کے افسانوں میں تجریدیت اور علامت پائی جاتی ہے۔ ان کے افسانوں کا منفرد ہونا اس حوالے سے بھی ہے کہ ان کی علامتیں اور استعارے عام روایت سے بالکل ہٹ کر ہیں۔ ان کے افسانوں میں داستانوی رنگ پائے جاتے ہیں۔ داستانوں کی طرح ان کے افسانوں پربھی اساطیری اثرات دکھائی دیتے ہیں۔ ایک بھیانک سی فضا، گھبرائے ہوئے لوگ، کہر سے بھری فضا، کمروں میں تاریکی، تیز ہواﺅں کا شور، ڈرتی ہوئی زندگی یہ سب ان کے افسانوں کا مجموعی تاثر ہے۔ ان کے افسانے زیادہ طویل بھی نہیں ہیں۔ وہ مختصر الفاظ میں بات ختم کرنے کے عادی ہیں۔ ایک چیز جو انھیں اپنے عہد کے افسانہ نگاروں سے منفرد بناتی ہے وہ ان کا اسلوب ہے جو سب سے الگ اور سب سے جدا ہے۔ وہ اپنا ایک نیا انداز اپناتے ہوئے لفظوں کی جادو گری دکھاتے چلے جاتے ہیں۔ان کا اسلوب ایسا ہے کہ جو انھی پہ شروع ہوتا ہے اور انھی پہ ختم ہوجاتا ہے۔ اس اسلوب کا افسانہ نگار نہ کوئی پہلے تھا اور شاید آئندہ بھی نہ ہو۔ وہ اساطیری انداز میں ایک سحر انگیز سی فضا پیدا کر دیتے ہیں جس سے قاری ان

کے افسانوں کی زبان کی گتھیاں سلجھانے میں لگ جاتا ہے اور کہانی جو افسانے کا بنیادی عنصر ہوتا ہے ،کہیں پیچھے ہی رہ جاتی ہے۔

بانجھ موسموں کا سفر" منظور راہی کے افسانوں کا مجموعہ ہے۔ ان کے اس" مجموعہ میں بائیس افسانے ہیں ۔ ویسے تو تمام افسانے ایک جیسے اسلوب میں رنگے ہوئے دکھائی دیتے ہیں مگر چند ایک افسانے ایسے ہیں جن میں کہانی بہت نمایاں انداز میں ابھر کر سامنے آجاتی ہے۔ یہ مجموعہ ۲۰۱۳ء میں فکشن ہائوس لاہور سے شائع ہوا۔ اس کا انتساب انھوں نے اپنے بیٹے محسن منظور کے نام کیا ہے۔ اس کتاب کے پسِ ورق پر ان کے ساتھ ان کے بیٹے اور پوتے کی تصاویر بھی آویزاں کی گئی ہیں۔ اس کے ساتھ کنول فیروز اور امجد طفیل کے تاثرات بھی درج :کیے گئے ہیں۔ امجد طفیل ان کی افسانہ نگاری کے متعلق یوں رقم طراز ہیں

منظور راہی کے افسانوں میں زوال تنزل کی کیفیت اتنی نمایاں ہے کہ ان کا ہر" کردار اور ان افسانوں کا ہر منظر اس زوال اور تنزل کی زد میں ہے۔ ان افسانوں (کی زبان و بیان ، ان کے نفسِ مضمون سے مطابقت رکھتی ہے۔ "(۵۸

دراصل منظور راہی نے تجریدیت کی تحریک کو دوبارہ زندہ کرنے کی کوشش کی ہے ۔ ستر کی دہائی میں جو تجریدی افسانے لکھنے کا رواج عام ہوا تھا اور آہستہ آہستہ وہ دم توڑتا چلا گیا۔ منظور راہی نے اسے زندہ رکھنے کے لیے کوشش کی ہے اور افسانہ نگاری کے اس رجحان کی طرف دوبارہ توجہ دلائی ہے۔ مگر ان کے افسانے تجریدیت اور علامت کا مرقع ہیں۔ موضوعاتی اعتبار سے دیکھا جائے تو افسانوں کے موضوعات نفسیاتی اور فلسفیانہ ہیں۔ یہ عام قاری کے بس کی بات نہیں ہے کہ وہ ان افسانوں کو پڑھے اور اس سے لطف حاصل کرے۔ وہ ایک خاص طبقے کے لکھاری ہیں۔ ان کے افسانے عام قاری کی پہنچ سے بہت بالا تر ہیں۔ وہ بیانیہ انداز میں بات نہیں کرتے بلکہ ایک خاص انداز میں کہانی کو لے کر چلتے ہیں۔ قاری کو ہر جملے پر رکنا ٹھہرنا اور سوچنا پڑتا ہے پھر جا کر ان کا افسانہ سمجھ میں آتا ہے۔ بلکہ یوں کہہ لیا جائے کہ ان کا افسانہ ایک قرات میں سمجھ نہیں آتا بلکہ اسے دو تین بار غور سے پڑھا جائے تو اس کی سمجھ آتی ہے۔ :کنول فیروز ان کی افسانہ نگاری کے بارے میں لکھتے ہیں

منظور راہی کے افسانے اکیسویں صدی میں تازہ ہوا کا جھونکا ہیں۔ انھوں نے" اپنے عہد کی سچائیوں، دکھوں اور احساسات و جذبات کو نئی حسیت کے ساتھ ایسے تخلیقی عمل کی قوسِ قزح کا روپ دیا ہے جس سے قاری متاثر ہوئے بغیر (نہیں رہ سکتا۔ "(۵۹

منظور راہی کے افسانے اردو افسانہ نگاری کی روایت میں ایک نیا اضافہ بن کر سامنے آتے ہیں۔ وہ کسی ادبی تحریک سے وابستہ نہیں ہیں اور نہ ہی ان کے افسانوں کو کسی ادبی تحریک کے زیرِ اثر دیکھا جا پرکھا جاسکتا ہے۔ وہ اپنے اسلوب اور موضوعات کے حوالے سے ایک نئے فکری رجحان کی داغ بیل ڈالنے کی کوشش میں ہیں۔ ان کے افسانوں کا سب سے بڑا اور نمایاں پہلو منظر نگاری

ہے وہ اپنے افسانوں میں ایسے انداز میں منظر نگاری کرتے ہیں کہ قاری ان کے ساتھ ساتھ منظر کی انگلی پکڑے چلنے لگتا ہے۔ عام طور پر اتنی زیادہ منظر نگاری افسانے کے حسن کو مجروح کر دیتی ہے مگر ان کے افسانوں میں لگتا ہے کہ منظر نگاری ہی افسانے کا بنیادی اور خاص عنصر ہے۔ اس کے بغیر ان کا افسانہ ادھورا رہ جائے گا۔ ابلاغ کے حوالے سے ان کی سطح سریت اور تجریدیت کی حدونکو چھوتی ہوئی نظر آتی ہے ۔ ان کے ایک افسانہ "دریا، پرندہ، شہر " میں منظر نامہ دیکھیے:

"اور اب شہر آہستہ آہستہ سرکتا گیا، میں شہر کی ہتھیلی پر بیٹھا لمبے لمبے سانس لے رہا تھا۔ شہر سرکتا گیا، سرکتا، سرکتا ---آخر دریا میں جا گرا۔ دریا نے مجھے زور سے پکارا: آئو میرے دوست تم دونوں مجھ میں مدغم ہو جائو اور میرا سینہ بہت کشادہ ہے۔ میں اب تھک چکا ہوں۔ دریا مجھے اور شہر کو اٹھائے دھیرے دھیرے سمندر کی جانب بڑھنے لگا"(۶۰)

افسانہ "اماوس رات" میں خاموشی کے منظر کو بہت زیادہ بھیانک بنا کر پیش کیا گیا ہے۔ انھوں نے اس افسانے میں ایک منفرد انداز میں ارد گرد کے ماحول کو بیان کرنے کی کوشش کی ہے۔ انھوں نے اس افسانے میں حضرت عیسیٰؑ کے صلیب دینے کے واقعہ کو اپنے انداز میں بیان کرنے کی کوشش کی ہے۔افسانے کا رنگ اچانک تبدیل ہو جاتا ہے جب مرکزی کردار کو پکڑ کر صلیب پر لے جایا جاتا ہے اور اس کے ہاتھوں میں کیل ٹھونک کر لٹکا دیا جاتا ہے۔ اس مرکزی کردار کو اس نے علامتی طور پر بیکٹیریا کا نام دیا ہے مگر حقیقت یہ بتانے کی کوشش کی گئی ہے کہ وہ بیکٹیریا جو انسان کی قوتِ مدافعت کو قوی بناتے ہیں اور اس کے نظامِ مدافعت کو مظبوط کرتے ہیں ان کو صلیب دیا گیا۔ یعنی ایک انسان کو اس حد تک کمزور کر دیا گیا ہے کہ اس کی موت واقع ہو جاتی ہے۔ اگر افسانے کے بنیادی موضوع کو سامنے رکھا جائے تو یہ بات واضح ہوتی ہے کہ یہ افسانہ در حقیقت انقلاب پر لکھا گیا افسانہ ہے کیوں کہ جب انھیں صلیب پر گاڑا جاتا ہے تو ان کے منہ اور جسم سے نکلنے والی آواز اور اس ہجوم سے آنے والی آوازوں کو افسانہ نگار نے انقلاب کا نام دیا ہے:

"دونوں کی ہتھیلیوں میں کیل ٹھونک دیے گئے۔ ان ہتھیلیوں میں نئے انقلاب ابھرے جن کی وسعت لامحدو تھی۔ آسمان آنند سے بھرا تھا۔ سورج تانبہ ہو گیا۔ دیکھتے ہی دیکھتے سورج اپنی وجودیت کھونے لگا۔ تاریکی گھری تاریکی کو جنم دینے لگی۔"(۶۱)

صلیب دینے کا بعد کا منظر نامہ نہایت خاموشی کا منظر نامہ ہے ۔ اسے انھوں نے بہت دل چسپ انداز میں علامتوں اور استعاروں کا سہارا لیتے ہوئے بیان کرنے کی کوشش کی ہے۔ صلیب دینے کے بعد شہر کی جو حالت ہوئی وہ بیان کی گئی ہے کہ شہر کے کواڑ جلنے لگ گئے ۔ ابابیلوں کی چیخو بکار گونجنے لگی۔ آدھے دھڑ کے لوگ کونوں کھدروں میں چھپنے لگے۔ آدھے دھڑ کے لوگ ان لوگوں کی

طرف اشارہ ہے جو اس صلیب کے حق میں تھے مگر جب مرکزی کردار کو صلیب دے دیا گیا تو ان لوگوں کے اپنے کاندھوں پر اپنے سر نہیں تھے۔ وہ آدھے دھڑ کے لوگ بن کر رہ گئے تھے۔ افسانے کی چند سطریں ملاحظہ ہوں:

"اچانک۔۔۔ آسمان ابابیلوں کی چیخ پکار سے گونجنے لگا۔ روح پرواز کر گئی۔۔۔ کائنات ساکت و جامد ہو گئی۔ مقدس ہیکل کے پردے چاک ہوگئے۔ آدھے دھڑ کے لوگ کونے کھدروں میں چھپنے لگے۔ گھوڑوں کی ٹاپوں کی چاپ منجمند ہو گئی۔ الفاظ زبانوں سے چپک گئے۔ سڑکوں پر جمِ غفیر اپنی پہچان بھول گیا۔ درخت سر نگوں محلات بھرنے لگے۔ شہر کے بیچ پرانا مجسمہ اونگھنے لگا۔ شہر کے کواڑ جلنے لگے" (۶۲)

"ندی، حرف اور لفظ" ایک ایسا افسانہ ہے جس میں ایک سحر انگیز فضا قائم کر دی گئی ہے۔ افسانے کا آغاز ہی اتنا جان دار ہے کہ قاری کو اپنی گرفت میں لے لیتا ہے اور اسے کہانی کے اختتام تک انگلی پکڑے ساتھ ساتھ رکھتا ہے۔ ان کے جملوں کی بنت کاری اس افسانے میں کھل کے واضح ہوتی ہے۔ اس افسانے کا آغاز پڑھتے ہوئے تو یوں محسوس ہوتا ہے جیسے ایک نظم لکھی گئی ہو۔ اور ایک جادوئی کیفیت میں جیسے جیسے نظم آگے بڑھتی ہے اس کی شعریت اور لکھنے والے کی ہنر کاری واضح ہوتی جاتی ہے۔ نظم کے آغاز کی چند سطریں ملاحظہ ہوں:

"سرمئی اندھیروں کے سائے لمبے لمبے ڈگ بھرتے اندھیرے کی چوکھٹ پر دستک دینے لگے۔تو تاریکی اور بڑھ گئی۔ شہر کی فصیلوں سے خون ابلنے لگا۔ ایک باریش شخص جھونپڑی میں بیٹھا کاغذ پر آڑھے ترچھے لفظ تحریر کرنے لگا۔ گہری اندھیری رات کے درمیان میں پورے دن کا شور لمبے لمبے خراٹے بھر رہا تھا" (۶۳)

دراصل اس افسانے میں ایک ایسے شخص کی کہانی بیان کی گئی ہے جو حرام کاروبار کرتا ہے اس کی ماں اسے روکتی ہے مگر وہ اس کام میں بہت آگے بڑھ چکا ہوتا ہے۔ بظاہر علامتی سطح پر افسانہ نگار نے اسے چڑی مارو ں کے کام کا نام دیا ہے مگر اس کے اس کاروبار کی وجہ سے اس کی ماں بہت تنگ تھی ۔ اسے نہ صرف اپنی زندگی میں دم گھٹتا ہوا محسوس ہوتا ہے بلکہ اسے اپنی آخرت کی بھی فکر ستانے لگتی ہے۔ اس کی ماں اس کے اس کاروبار سے بہت زیادہ تنگ تھی۔ اس نے کئی بار اسے منع کیا تھا کہ میرے بیٹے جب تم ان پرندوں کو قید کرتے ہو تو مجھے اپنا آپ یوں محسوس ہوتا ہے کہ جیسے قید ہو گیا ہو۔ میں اپنے جسم کے اس پنجرے میں بہت زیادہ پھڑپھڑاتی ہوں مگر کیا کروں ۔ مجھے خود پر بھی رونا آتا ہے اور میری یہ بیماری بھی بڑھتی جارہی ہے۔ وہ بڑھیا پیلیا کے مرض میں مبتلا ہوتی ہے اور اس کی نقاہت اور کمزوری روز بہ روز بڑھتی جارہی تھی۔ ایک دن اس کے بیٹے نے اسے کھڑکی کے قریب کیا تو اسے باہر کی فضا میں بہت سے اڑتے ہوئے ابابیل نظر آئے۔ اس کا بیٹا کمرے میں داخل ہوتا ہے

اور کہتا ہے کہ میں نے تمام پرندوں کو آزاد کر دیا ہے۔ مگر اس کی ماں کی طبیعت اس قدر بگڑ چکی ہوتی ہے کہ وہ اس کے باوجود بھی گھٹن محسوس کرتی ہے اور اگلے ہی لمحے اس کی روح پرواز کر جاتی ہے جسے افسانہ نگار نے اس کا جسم نیلا ہو جانے سے بیان کیا ہے:

"اماں --- اماں دیکھ میں نے تیری بات کو مان کر چڑی ماروں کا کاروبار چھوڑ دیا۔ سب پرندوں کو آزاد کر دیا ہے۔ دیکھ تمام رات کہ تند و تیز طوفان کے بعد نیلا آسمان کتنا سندر اور شفاف نظر آرہا ہے۔ اماں نے اپنا پہلا قدم ابھی باہر نکالا ہی تھا کہ اسے افق میں ابھرتے سورج کی شعاعوں میں سنہرے پرندوں کے اڑتے پر نظر آئے مگر گھٹن نے نتھنوں اور سوچ و فکر کا اتنا زنگ بھر دیا تھا کہ یہ اب تازہ ہوا کا جھونکا بھی اس کو صاف نہیں کر سکتا تھا" (۶۴)

منظور راہی کے افسانے دراصل اپنی نوعیت کا ایک محضر نامہ ہے۔ انہیں پڑھ کر قاری خوف زدہ ہو جاتا ہے کہ ان میں زندگی اس قدر کرختگی اور عدم موزونیت کی سطح پر چلی جاتی ہے۔ کہیں ایسا تو نہیں کہ ہمارے شہر کوفہ بن رہے ہوں اور ہم اپنی ذات کے حصار میں جکڑے ہوئے ان کی تبدیل ہوتی صورتوں سے ناواقف رہیں۔

وسیم جبران

وسیم جبران شاعر کالم نگار، استاد اور افسانہ نگار ہیں۔ وہ ادبی حلقوں میں اپنی پہچان بنا چکے ہیں، ان کے افسانے موقر ادبی رسائل و جرائد کی زینت بنتے رہتے ہیں۔ "رتی گلی کی لڑکی" ان کے افسانوں کا پہلا مجموعہ ہے۔اس مجموعے میں انیس افسانے شامل ہیں۔ وہ سادہ، رواں اور شگفتہ زبان میں اظہار کرتے ہیں۔ مشکل لفاظی اور عالمانہ خطابت کے بجائے عام فہم اسلوب ان کی پہچان ہے۔ ان کے افسانے حقیقی زندگی کے ہت قریب ہیں۔ وہ ہمارے معاشرے سے کردار اٹھاتے ہیں اور اس کی کہانی کو ایسا روپ عطا کرتے ہیں کہ قاری دم بہ خود رہ جاتا ہے۔ ان کے زیادہ تر افسانے ان کے ذاتی تجربات اور مشاہدات کا پرتو محسوس ہوتے ہیں۔

وسیم جبران کا افسانہ "بیٹی" پہاڑی علاقوں کے قبائلی گائوں کے لوگوں کی کہانی ہے۔ جس میں ایک لڑکی کو آشنا کے ساتھ بھاگنے کے جرم میں پھانسی کی سزا دی جاتی ہے تا کہ گائوں کی دوسری لڑکیاں ایسے کسی فعل کی مرتکب نہ ہو سکیں۔ افسانے کا آغاز احمد علی کے گھر کے صحن سے ہوتا ہے۔ جہاں سارے گائوں کے مرد اکٹھے بیٹھے ہوتے ہیں۔ اپنی جھوٹ انا اور کھوکھلی عزت کے جنازے پر ڈرامائی انداز میں افسردہ ہوتے ہیں۔ احمد علی خاموش بت بنا اپنی تذلیل ہوتے دیکھ رہا تھا:

"وہ سر جھکائے چار پائی پر بیٹھا تھا اور مسلسل زمین کو گھور رہا تھا۔ ایسا لگتا تھا جیسے وہ کسی کا سامنا نہیں کرنا چاہتا تھا۔ اس کے دل میں طوفان مچا تھا۔ پیشے کے لحاظ سے وہ درزی تھا اور گائوں بھر کے کپڑے سیتا تھا۔ وہ ان کے

کے تن ڈھانپے کا وسیلہ تھا اور آج اسے یوں لگ رہا تھا جیسے وہ گائوں کے ہر شخص کے سامنے ننگا ہو گیا تھا''(۶۵)

احمد علی کا بیٹا شاہ زیب سب لوگوں کے لیے چائے لے کر آتا ہے۔ اس کا چچا گل فراز رسمی طور پر چائے پینے سے انکار کر دیتا ہے۔ اسی اثنا میں گائوں کے کچھ نوجوان تھکے ہارے لوٹتے ہیں کہ دونوں کا کچھ پتا نہیں چلا۔ گائوں کا ایک ادھیڑ عمر شخص رمضان انہیں ہر حال میں تلاش کرنے کا کہتا ہے تا کہ وہ کہیں زیادہ دور نہ بھاگ سکیں۔ یوں سارے نوجوان ان کی تلاش میں نکل پڑتے ہیں۔ کچھ وقت گزرنے کے بعد ایک لڑکا ان کے پکڑے جانے کی خبر سناتا ہے اور یہ بھی بتاتا ہے کہ لڑکا ہاتھا پائی کے دوران زخمی ہو کر دریا میں گر گیا اور میمونہ باجی کو پکڑ لے واپس لا رہے ہیں۔ احمد علی اور شاہ زیب غصے سے لال ہو رہے تھے۔ جب میمونہ کو واپس لایا گیا تو اس کی ماں نے اس کے منہ پر تھپڑ رسید کرتے ہوئے اسے منحوس اور ذلیل قرار دیا۔ میمونہ اس طرح چلائی:

''جس پینسٹھ سالہ بڈھے سے تم میری شادی کروا رہی تھیں وہ عمر میں میرے باپ سے بھی بڑا ہے۔ خیر اب تو تمھارا کلیجہ ٹھنڈا ہو گیا ماں۔ تم لوگوں نے مل کر میرے بختاور کو مار دیا۔ ہائے وہ مر گیا اور میں اب تک زندہ ہوں۔ بے شرم بے حیا! کیسے منہ پھاڑ کے اپنے عاشق کا نام لے رہی ہے۔ میں تو برباد ہو گئی یہ کیسی اولاد مجھے مل گئی''(۶۶)

پنچایت میں بیٹھا ہر شخص غصے کا اظہار کیے جا رہا تھا۔ رمضان جو پھلوں اور سبزیوں میں بے ایمانی کرتا تھا عزت و غیرت کا احساس دلا رہا تھا۔ افضل دودھ میں پانی ملاتا تھا مگر آج دیانت دار ی کی باتیں کر رہا تھا۔ اکبر جو پیشہ ور عورتوں کے ساتھ ساتھ گائوں کی بھی کئی عورتوں کے ساتھ منہ کالا کر چکا تھا، عفت اور پاکیزگی پر لیکچر دے رہا تھا۔ ہر شخص اس واقعے کو گائوں کی عزت سے منسوب کر رہا تھا۔ آخرِ کار راجہ عابد نے لڑکی کا بیان سننا چاہا کہ اسے اغوا کیا گیا ہے یا وہ خود بھاگی ہے تا کہ انصاف کیا جاسکے اور زیادتی نہ ہو۔ میمونہ نے ساری پنچایت کے سامنے بھاگنے کا برملا اعتراف کر لیا۔ تو راجہ عابد نے فیصلہ سنایا کہ اسی کے دوپٹے کے ساتھ اسے پھانسی دے دی جائے۔ یوں سارے گائوں والوں نے اس فیصلے کی تعریف کی اور فوری عمل درآمد کر کے اگلے دن گیارہ بجے اس کا جنازہ پڑھا کر دفن کر دیا۔ افسانے کے آخر میں میمونہ کا باپ احمد علی دفن کرنے والوں کے ساتھ جب واپس آرہا تھا تو اس کے دل میں اپنی بیٹی کے لیے رحم اور نرم گوشہ پیدا ہوا۔ وہ واپس بیٹی کی قبر پر چلا گیا اور بیٹھ کر زار و قطار رنے لگا۔

افسانے میں ہمارے معاشرے کی فرسودہ روایات کو تنقید کا نشانہ بنایا گیا ہے۔ اسلام ہر بالغ کو اپنی مرضی سے زندگی گزارنے کا حق دیتا ہے مگر سماج اسے تسلیم نہیں کرتا۔

روزہ" ایک درد ناک افسانہ ہے۔ اس میں ہمارے منافقانہ رویوں اور خود غرضی" کی عکاسی کی گئی ہے۔ افسانے کا مرکزی کردار افطاری کے لیے بہت زیادہ پکوان تیار کرا رہا ہوتا ہے۔اس کے ہاں ایک بڑے افسر نے افطاری کے لیے آنا ہوتا ہے۔ وہ اس کی خاطر مدارات میں کچھ کمی ہیں رہنے دینا چاہتا ہے۔ وہ اس موقعے کی تلاش میں ہوتا ہے کہ افسر کو راضی کر کے اپنے بیٹے کی نوکری کا بندو بست کر سکے۔ وہ بے چینی سے انتظار کر رہا ہوتا ہے کہ دروازے کی گھنٹی بجتی ہے۔ وہ گرم جوشی سے استقبال کے لیے جاتا ہے مگر وہاں ایک ناتواں اور بوڑھی عورت بوسیدہ کپڑے پہنے اپنی غربت کی تصویر بنی کھڑی ہوتی ہے ۔ وہ اپنی پوتی کی افطاری کے لیے کچھ کھانا طلب کرتی ہے تو قدرت اللہ ماتھے پر بل ڈال کر اسے افطاری کے بعد آنے کا کہتا ہے۔ اتنی دیر میں اس کا دوست اور افسر باقر اپنی بڑی سی گاڑی سے اترتا ہے تو قدرت اللہ بڑے تپاک سے خوش آمدید کہتے ہوئے اسے اندر لے جاتا ہے۔ افطاری میں کھانے پینے کی اشیا سے میز بھری ہوتی ہے۔ میٹھے میں بھی کھانے کئی قسم کے بنائے گئے ہوتے ہیں۔ مہمان اتنی زیادہ اقسام میں سے کچھ چیزیں کھتا ہے اور کھانے کے بعد جب گرین ٹی پی رہے ہوتے ہیں تو پھر دروازے کی گھنٹی بجتی ہے۔ قدرت اللہ جب دروازہ کھولتا ہے تو ایک تیرہ سال کی لڑکی رو رہی ہوتی ہے کہ اس کی دادی بول نہیں رہی اور فرش پر پڑی ہے۔ قدرت اللہ اسے جلی کٹی سناتا ہے مگر باقر کے اصرار پر جب اس لڑکی کے گھر جاتے ہیں تو لڑکی رو کر بتاتی ہے کہ ہم روزے سے ہیں اور گھر میں کھانے کو کچھ نہیں ہے کہ افطاری کی جا سکے۔ دونوں بوڑھی عورت کو دیکھتے ہیں تو سمجھ جاتے ہیں کہ وہ فوت ہو چکی ہوتی ہے۔ قدرت اللہ خاموشی سے نظریں فرش پر جمائے کھڑا ہوتا ہے۔

افسانے میں ایک سادہ سی بات کو سادہ ترین انداز میں پیش کیا گیا ہے۔ ہم اپنی عبادات میں بھی اپنی ترجیحات اور مادیت پرستی میں کس قدر گھر گئے ہیں۔ روزہ جو اللہ کی رضا کا ذریعہ ہے ہمارے لیے ایسے احباب جنھیں ڈاکٹرز نے کھانے سے منع کر رکھا ہوتا ہے۔ ان کے لیے سیکڑوں پکوان بنانے کی تو استعداد ہوتی ہے مگر کسی غریب کے لیے ایک روٹی دینے کی توفیق نہیں۔

بلیک میل" فلمی دنیا میں راتوں رات شہرت کی بلندیاں چھو لینے والی لڑکیوں کو" اس چکا چوندی کے پیچھے گھنائونے کرداروں سے سبق سکھانے کی داستان ہے۔کشف ہیروئن بننے کے لیے ملک کے نامور پروڈیوسر سلمان اظہر کے دفتر میں آڈیشن کے لیے جاتی ہے تو سلمان آڈیشن کے نام پر اس سے بیہودہ ڈائیلاگ اور غیر اخلاقی ڈانس کرواتا ہے ۔ بعد میں کپڑے اتارنے کا کہتا ہے ۔کشف اس کی نیت جان جاتی ہے اور وہ غصے سے واپس جانے لگتی ہے تو سلمان اسے تمام حرکات کی ویڈیو بنا کر اسے بدنام کرنے کی دھمکی دیتا ہے۔ اور یہ بتاتا ہے کہ وہ بجائے مشہور ہونے کے ابھی بدنام بھی ہو سکتی ہے اور سٹار بھی بن سکتی ہے۔ کشف اس کو غصے سے جواب دیتی ہے :

سٹار تو میں بن کے رہوں گی مگر تمھاری مرضی کے مطابق نہیں۔ کشف نے" ہونٹ چباتے ہوئے کہا پھر اپنا پرس اٹھایا اور پائوں پٹختے ہوئے چلی گئی سلمان ظہور ہاتھ آئی ہوئی مچھلی کے یوں پھسل جانے پر ہاتھ ملتا رہ گیا۔ تھوڑی دیر بعد (کشف کے موبائل پر سلمان کا میسج ملا وہ بلیک میلنگ پر اتر آیا تھا۔"(۶۷
اگلی صبح گیارہ بجے کشف ایک پریس کانفرنس کرتی ہے اور اپنے بیگ میں چھپے خفیہ کیمرے سے سلمان کی تمام حرکات کو میڈیا کے سامنے لاتے ہوئے اس کے مروہ کردار کا پردہ فاش کر دیتی ہے۔ یوں وہ سوشل میڈیا اور ٹی وی چینلز کے ذریعے مشہور ہو جاتی ہے اور خالد منصور جیسے بڑے پروڈیوسر کی فلم کی آفر قبول کر لیتی ہے۔ وسیم جبران نے سادی انداز میں فلم انڈسٹری سے وابستہ احباب کی منظر کشی کی ہے اور یہ بتانے کی کوشش کی ہے کہ کتنی لڑکیاں شہرت اور ناموری کی خاطر اپنی عزت کا کھلواڑ کر کے اس مقام تک رسائی حاصل کرنے کی کوشش کرتی ہیں

فیس بک فرینڈ" سماجی رابطے کی ویب گاہ فیس بک کے سماج پر اثرات کی" عکاسی کرتا افسانہ ہے۔وسیم جبران نے بہت موثر انداز میں نوجوان نسل کی ذہنیت کو خوبصورت الفاظ میں پرویا ہے۔ افسانے کا مرکزی کردار ناظم فیس بک پر بے بی ڈول کے نام سے فرینڈ ریکوسٹ دیکھتا ہے اور پھر منظور کر لیتا ہے۔ میسنجر پر ان کی بات ہونے لگتی ہے تو آہستہ آہستہ تصاویر کا تبادلہ ہوتا ہے۔ صبح سے شام تک رابطے میں رہتے ہوئے ناظم کو جب یقین ہو جاتا ہے کہ وہ اسے اپنے جال میں پھنسانے میں کامیاب ہو گیا ہے تو وہ ملاقات کے لیے اکساتا ہے۔ بے بی ڈول منت سماجت کے بعد مان جاتی ہے۔ ناظم جب پارک میں اس کا منتظر ہوتا ہے تو برقع پہنے ایک لڑکی آتی ہے جو اس کے پاس بیٹھ جاتی ہے۔ باتوں باتوں میں وہ لڑکی اپنی ایک سہیلی کا قصہ سناتی ہے کہ ایک لڑکے نے اس طرح اس کے منہ پر تیزاب پھینک دیا تھا ۔ ناظم یہ باتیں سن کر گھبرا جاتا ہے تو بے بی ڈول اپنے چہرے سے پردہ اٹھا کر ناظم کے منہ پر تیزاب پھینکتی ہے اور غائب ہو جاتی ہے۔
یہ ایک عام سی کہانی ہے مگر اس کہانی کے پیچھے ہمارے نوجوانوں کی جنونیت، برانگیختگی ، بدلے کی آگ اور بد اخلاقی کو موضوع بنایا گیا ہے۔ سوشل میڈیا جیسے ذرائع سے بننے والے تعلقات کی قباحت کی عکاسی کی گئی ہے۔

کال گرل" ایک ایسی لڑکی کی کتھا ہے جو خود اعتراف نہ کرے کہ وہ کال گرل" ہے تو کوئی اس کے کردار کا اندازہ بھی نہ لگا سکے۔ کہانی کے آغاز میں ایک لڑکا اپنے دوست کے کمرے میں موجود ہوتا ہے جہاں اس کا دوست ایک بازاری عورت ہما کو اکثر لے کر آتا ہے۔ ہما اس لڑکے پر بھی جال پھینکتی ہے مگر اسکے کردار کی وجہ سے وہ اس سے نفرت کرتا ہے اور غصے میں وہاں سے اٹھ کر چلا جاتا ہے۔ راستے میں اس کا ایک کار کے ساتھ حادثہ ہو جاتا ہے جب اسے ہوش آتا ہے تو وہ ایک عالیشان کمرے میں بیڈ پر لیٹا ہوتا ہے۔ ایک خوبصورت لڑکی بڑے پیار سے اس کا حال پوچھتی ہے اور بتاتی ہے کہ ہ اس کی غلطی کی

وجہ سے اس کی کار سے ٹکرا گیا تھا۔اس لیے جب تک وہ صحت یاب نہیں ہو جاتا وہ اسے اپنے پاس رکھے گی۔

ہانیہ ایک حسین اور دل کش لڑکی ہوتی ہے ۔ جس کا ایک بیٹا تیمور اس کے پاس رہتا ہے۔ لڑکا تیمور سے پیار کرتا ہے اور اس کی نوکرانی پروین سے جب تیمور کے باپ کا پوچھتا ہے تو وہ لاعلمی کا اظہار کرتی ہے۔ لڑکا ہانیہ کی محبت میں گرفتار ہو جاتا ہے۔ جب وہ تندرست ہو کر جانے لگتا ہے اور ہانیہ کے اس ساتھ کو زندگی بھر کا ساتھ بنانے کی فرمائش کرتا ہے تو ہانیہ اسے بتاتی ہے کہ وہ ایک اپر کلاس کال گرل ہے ۔وہ اسے اپنی کہانی سناتی ہے کہ وہ ایک اچھی لڑکی تھی اپنے کلاس فیلو کی محبت میں گرفتار ہوئی۔ اس نے دھوکا دیا ۔ اس کی عزت لوٹی اور اس کے دوستوں نے بھی اس کے ساتھ زیادتی کی پھر اس طرح وہ اس مکروہ پیشے سے وابستہ ہو گئی۔ تیمور اس کا بیٹا نہیں بلکہ کوڑے کے ڈھیر میں پڑا یک نومولد بچا ہوتا ہے جسے وہ اپنا بیٹا بنا کر ساتھ رکھے ہوئے ہے۔ یہ تمام باتیں سننے کے بعد اس لڑکے کے ارمان اور ہانیہ کی محبت جھاگ کی طرح بیٹھ جاتی ہے۔

کہانی میں مختلف کرداروں اور معاشرے کے انسانوں کے بارے میں بتا یا گیا ہے کہ جس طرح لوگ کسی اچھے انسان کو بھی برے راستے پر ڈال دیت ہیں۔ محبت کے نام پر دھوکا اور شادی کے جھانسے میں ہوس پرستی اور عزتوں کے ساتھ کھلواڑ نوجوانوں کے لیے ایک کھیل بن گیا۔ نئی آنے والی نسل کی بد کرداری کا اس نہج پر پہنچ جانا ایک ایسا المیہ ہے کہ شاید اس کا ازالہ کبھی نہ ہوسکے۔

****

ناول نگار

ناول نگاری ایک ایسا فن ہے جس میں ایک کردار کو مرکز مان کر اس کی زندگی کی مکمل کہانی بیان کر دی جاتی ہے۔ ناول میں مکالمہ نگاری، کردار نگاری، منظر نگاری، کے حسن سے دل چسپی پیدا کی جاتی ہے۔ ناول نگار اپنے ارد گرد اور ماحول کا جائزہ لیتا ہے اور اپنی کہانی کے تانے بانے ملا کر اس میں ایک عہد سمیٹ دیتا ہے۔ ناول نگار وسیع المطالعہ اور وسعتِ نظر کا حامل ہوتا ہے۔ اس کے پاس بڑا کینوس ہوتا ہے۔ لہٰذا کہانی کی تفصیل اور ذیلی کرداروں کی وضاحت کر کے قاری کے لیے آسانی پیدا کر سکتا ہے۔ ناول اردو زبان میں مغربی ادب سے وارد ہوا۔ اردو زبان میں بہت شاندار ناول لکھے گئے۔ ناول نگاری میں پاکستانی اقلیتی ادبا نے بھی اپنا حصہ ڈالا ہے۔ اگرچہ ان کا حصہ قلیل ہے مگر قابل تحسین ہے۔

جیم فے غوری

”ہم گم شدہ لوگ“ جیم فے غوری کا پہلا ناول ہے۔ اس ناول میں بہت سی تہذیبوں کو یک جا کیا گیا ہے۔ مختلف مذہب کے پیرو کاروں کے درمیان محبت اور بھائی چارے کے فروغ کو موضوع بنایا گیا ہے۔ جیم فے غوری کافی عرصہ پہلے اپنے

خاندان سمیت اٹلی منتقل ہو گئے۔ اس ناول میں یورپ اور دیگر مغربی ممالک میں مستقل سکونت پذیر ہونے والے خاندانوں کی کتھا ہے۔ ناول کا پلاٹ بہت سپاٹ ہے۔

ناول نگار نے اپنی فکری وحدت احسن طریقے سے سمیٹتے ہوئے ناول کے موضوع کا ارتکاز کیا ہے۔ ناول میں پاکستان اور ہندوستان سے یورپ منتقل ہونے والے مہاجروں کی داستان ہے۔ یہ لوگ مختلف مذاہب، پیشوں اور طبقوں سے تعلق رکھتے ہیں مگر اپنی تہذیب و ثقافت میں یکسانیت کی بنا پر ایک مضبوط کمیونٹی تشکیل دے چکے ہیں۔ ایک دوسرے کے دکھ درد میں شریک ہوتے ہیں اور مل جل کر آپس میں خوشیاں تقسیم کرتے ہیں۔ کیوں کہ وہ جانتے ہیں کہ ان کی زبان ان کی ثقافت اور ا ن کی مٹی ہی ان کی پہچان ہے۔ ناول میں پاکستان کے چار بڑے مذاہب کے پیروکاروں کو یورپ میں ہندو، سکھ، عیسائی یا مسلمان کے بجائے پاکستانی دکھایا گیا ہے۔ ہرمل سنگھ، شہاب الدین، کرسٹو فر گل، اور راحل اپنے اپنے مذہب کے نمائندے ہیں مگر ایک تہذیب کے باسی ہونے کے ناطے ایک ہی میز پر مل کر کھاتے ہیں۔

مولوی نظام الدین نے آگے بڑھتے ہوئے پاسٹر ڈیوڈ سلیم بھٹی سے مصافحہ'' کرتے ہوئے معذرت کی اور پھر پروفیسر نرمل سنگھ سے حال احوال پوچھنے کے بعد سوال کیا کہ راہول کہاں ہے۔ وہ دائیں طرف کرن کے ساتھ کونے والی کرسی پر بیٹھا ہوا تھا۔ راہول نے نظام الدین کے پیر چھوتے ہوئے کہا۔ ست سری اکال انکل جی۔ جیتے رہو بیٹا و اعلیکم السلام۔ آگے بڑھ کر کرن نے بھی کہابو نا سیرا آتوتی(سب کو میری طرف سے شام کا سلام)۔ آہستہ آہستہ تمام لوگ آنا شروع ہو گئے۔ ایک وقت ایسا آگیا کہ سب لوگ اس میز کے گرد جمع ہو گئے جس پر کھانا (ترتیب سے لگایا گیا تھا''(۶۸

ناول میں مذاہب کے ساتھ ساتھ مسالک اور فرقوں کی تقسیم بھی ختم کی گئی ہے۔ اور یہ لکھا ہے کہ یورپ کی مساجد میں جب نماز ہوتی ہے تو شیعہ، سنی، بریلوی، دیو بندی، حنفی اور قادری سب ایک امام کے پیچھے نماز پڑھ رہے ہوتے ہیں۔ آپس میں لوگ اردو ،پنجابی ہندی ،انگریزی، اطالوی اور دیگر یورپی زبانوں میں بات کرتے اور سمجھتے ہیں۔ ناول کا مرکزی خیال یہ ہے کہ ہماری نسلیں اس مغربی تہذیب و تمدن اور زبان کو جس تیزی سے اپنا رہی ہیں ایک دن ایسا آئے گا کہ ہم گم شدہ لوگ بن جائیں گے۔جیم فے غوری نے ہجرت، تہذیب اور مذہب کی مثلث ترتہب دے کر یہ بات باور کرانے کی کوشش کی ہے کہ جب کسی انسان کا کسی نئی تہذیب اور نئے لوگوں سے واسطہ پڑتا ہے تو اپنی تہذیب اور اپنوں کی خوبیاں یاد آجاتی ہیں۔ غیر ممالک میں مستقل سکونت اختیار کرنے والے لوگ اپنی تہذیب زبان ، مذہبی روایات اور معاشرتی اقدار سے منہ پھیر رہے ہیں۔ اپنی شناخت، اپنے سماج اور اپنے وطن کو پسِ پشت ڈال رہے ہیں۔ یہ لوگ گم شدہ لوگ بن جائیں گے۔

ہم یہاں پر گم شدہ لوگ ہیں جن کی اپنی کوئی شناخت نہیں رہی۔ ہم لسانی طور پر '' ایک گمشدہ زمانے کی پیچیدہ سی ایک کڑی بن کر رہ گئے ہیں۔ ہماری زبان بدل

گئی ،تہذیب و ثقافت بدل گئی، زمین بدل گئی، کھانے کے طور طریقے بدل گئے ،ہماری عادات بدل گئیں ،حتیٰ کہ اپنے روایتی لباس کو خیر باد کہہ دیا ہے۔ یہاں کی زبان و ادب اور تہذیب و ثقافت ہمارے خون میں شامل ہو چکی۔ ہمارے بدن یہاں کی مٹی میں دفن ہوں گے۔ کوئی ہماری آنے والی نسلوں کو ہمارے اجداد کے نام سے نہیں پہچانے گا۔ وہ ہماری زبان و ثقافت کو گم شدہ قدیم انسانوں کی گم شدہ انسانی کڑی کے طور پر کسی میوزیم میں قید کر دیں گے"(۶۹)

ناول میں غیر قانونی طریقوں سے یورپ اور دیگر ممالک میں جانے والوں کا تذکرہ دل دہلا دیتا ہے۔انسانی سمگلنگ کرنے والے لوگوں کی بے حسی،مادیت پرستی اور فریب دیکھتے ہوئے گھن آنے لگتی ہے۔ ڈیوڈ سلیم کا واقعہ کہ جب وہ بھوک پیاس بے خوابی اور نقاہت کی وجہ سے گر جاتا ہے تو اسے سمندر میں پھینک دیتے ہیں۔ اس پر ایک کوسٹ گارڈ کی نظر پڑتی ہے تو اسے بچا لیتے ہیں ورنہ ترقی ،مال و دولت ،بینک بیلنس، کار کوٹھی اور گھر والوں کے خواب سمندر کے نمکین پانی میں حل ہو جاتے ۔ دلبر زئی کی کہانی اور اس کی نقل مکانی کا واقعہ نہایت دل خراش ہے جو ابھی تک اس تجسس میں ہے کہ کیا ہم واقعی گم شدہ لوگ ہیں۔ وہ اپنی شناخت اور گمشدگی کا رونا یوں روتا ہے۔

"مجھے اپنے باپ داد کی وراثت اور جنم بھومی کو خیر باد کہنا پڑا تا کہ میں ایک نئی اور ترقی یافتہ دنیا دریافت کر سکوں۔ ہم نے ہجرت کے اس سفر میں کیا کھویا کیا پایا ابھی ت یہ پوری طرح سے میں جان نہیں پایا ہوں۔ کیا اصل میں ہم وہ گم شدہ لوگ ہیں جو منزل کی تلاش میں کسی اور دنیا میں گم ہو چکے ہیں۔ کیا واقعی کچھ پانے کی خواہش میں ان ٹیڑھی میڑھی راہوں میں راہ گم کردہ ہم گم شدہ لوگ ہیں"(۷۰)

ناول نگار کا کمالِ فن یہ ہوتا ہے کہ کردار میں جان ڈال دے اور کہانی میں ایسا حقیقی رنگ بھرے کہ فکشن کا گماں نہ ہو۔ جیم فے غوری کو اس بات کا پورا ادراک تھا اس لیے انھوں نے ناول میں تہذیب کے ساتھ آشنائی حاصل کی ہے۔ وہ افغانی تہذیب، ہندوستانی تہذیب، اور پاکستانی تہذیب کے باسیوں کی بات کرتے ہیں تو ان کی بات کے انداز سے پتا چل جاتا ہے کہ کردار کا تعلق کس ملک سے ہے۔افغانستان کے مجاہدین کو جنگ کے لیے پاکستان اور امریکہ دوستی کا راستہ بناتے ہوئے استعمال میں لانا ان کی سیاسی بصیرت کا ثبوت ہے۔ فنکار اور ادیب تمام مذاہب کے نمائندے ہوتے ہیں۔ اس لیے وہ تمام مذاہب کے ادب و احترام کے قائل ہوتے ہیں۔ ایک اچھا ناول نگار جب کسی مذہب کو بیان کرتا ہے تو اس کی بنیادی تعلیمات سے آشنا ہوتا ہے۔ جیم فے غوری نے قرآنِ مجید کی آیات ، ان کے حوالے، ترجمہ اور بر محل ان کا استعمال کر کے بڑے ناول نگار ہونے کا ثبوت دیا ہے۔

جیم فے غوری جب ایک قصے کو چھیڑتے ہیں تو درمیان میں دوسرے کرداروں کی باتوں کو حل کر کے پہلے قصے کو روک دیتے ہیں جس سے تجسس اور تحیر

کی فضا قائم رہتی ہے۔ قاری سرعت کے ساتھ اختتام کی جانب بڑھتا جاتا ہے۔ ناول میں جہاں مذاہب اور تہذیبوں کو موضوع بنایا گیا ہے وہاں بہت سے سیاسی پہلو بھی بیان کیے گئے ہیں۔ افغان امریکہ جنگ ، پشاور میں دہشت گردی، پاکستان کے ہمسایہ ممالک سے تعلقات میں کشیدگی، پاکستان کی کمزور خارجہ پالیسی اور پاکستان کا اندرونی خلفشار یہ تمام معاملات ایک لڑی میں پرو کر لٹکا دیے ہیں۔ دلبر زئی کی تارکِ وطن ہونے کی داستان بہت دکھی اور دل دہلا دینے والی ہے۔ جب کسی کا سارہ کنبہ، گھر ، کاروبار دھماکے سے اڑ جائے تو اس کے یہی الفاظ ہوں گے:

"مجھے اس ملک میں مزید نہیں رہنا ہے۔ مجھے یہاں سے خوف آتا ہے۔ لیکن مجھے ورثہ میں ملی بدلے کی روایت پکار پکار کر کہتی ہے کہ دشمنوں سے بدلہ لو مگر میں ایسا نہیں کر سکتا۔ میں جینا چاہتا ہوں۔ میں دنیا کو امن کا پیغام دینا چاہتا ہوں۔ مجھے کسی اور جگہ جانا ہے۔ اگر میں یہاں سے کسی اور دیس نہ گیا تو مجھے محسوس ہوتا ہے کہ میں یہاں پر مار دیا جائوں گا یا پھر میں دشمنوں کو مارنا شروع کر دوں گا لیکن میں ایسا نہیں کرنا چاہتا" (۷۱)

وطن کی محبت ایمان کا حصہ ہے اس لیے انسان اپنی جنم بھومی سے عقیدت رکھتا ہے۔ جیم فے غوری نے اپنے اس ناول میں وطن کی محبت اور عقیدت کو موضوع بنایا ہے کہ ہمارا وطن پاکستان ہنگاموں، انتشار، خلفشار، بے راہروی، دہشت گردی، فرقہ واریت، جھوٹ ،مکار فراڈ اور نسلی و لسانی تعصبات میں گھرا ہوا ہے۔ یورپ میں نظم وضبط احترام ، آسائشیں، سکون ،تربیت، روز گار ،ترقی، اور جدت ہے مگر دل پھر بھی پاکستان کے لیے ہی دھڑکتا ہے۔ ناول کے کرداروں کی سوچ مسائل، اور خواب یکساں ہیں اس لیے وہ مختلف اقوام اور مذاہب کے نمائندے ہونے کے باوجود ایک ڈگر کے مسافر ہیں۔ ناول میں اتنی روانی ہے کہ قاری اس کے ساتھ بہتا چلا جاتا ہے۔ مصنف کا مطالع اور سماجی علوم سے آگاہی ناول کو جاندار بنا دیتی ہے۔ جیم فے غوری کا یہ ناول نئے سماج کے نئے باسیوں کی عکاسی کرتا ہوا اردو ادب میں ایک عمدہ اضافہ ہے۔

صبحِ صادق

صبح صادق ڈراما نگار ، افسانہ نگار اور تجزیہ نگار کے طور پر جانے جاتے ہیں۔ ان کا اصل میدان ناول نگاری ہے۔ ان کی نثر میں مذہبی رنگ غالب ہے۔ ان کی تمام تحریریں انجیلِ مقدس کے اسلوب اور موضوعات کی حامل ہیں۔ بعض اوقات وہ کہانی میں بائبل کی آیات کو اس طرح پرو دیتے ہیں کہ ان کا بر محل استعمال قاری کو ششدر کر دیتا ہے۔ ان کے ڈرامے، افسانے اور ناول تاریخی حیثیت کے حامل ہوتے ہیں۔ان کی سات کتب منظر عام پر آچکی ہیں ۔ جن کی تفصیل کچھ یوں ہے:

* انمول آنسو * جون آف آرک

* بن حُر، سیمسن اینڈ ڈیلائیلہ * جنم جنم کی پیاسی

* نظر کے سامنے ،خزاں کے گلاب * وہ جو ماہی گیر تھا

* سلومی

صبحِ صادق نے اردو ادب کے دامن میں نثر نگاری کے بہترین نمونے بھر دیے ہیں۔ ان کی تحریر کی خوبی یہ ہے کہ وہ قاری کو اپنی گرفت میں لے لیتی ہے۔ کہانی کی بنت کاری اور تحیر کی فضا ایسی متجسس ہوتی ہے کہ قاری آخری لمحے تک دم بہ خود رہتا ہے اور ایک سحر میں جکڑا رہتا ہے۔ ان کا کمالِ فن یہ ہے کہ کہانی حقیقت میں گندھی ہوتی ہے۔ قاری ایک لمحے کے لیے یکسر بھول جاتا ہے کہ وہ کہانی پڑھ رہا ہے یا حقیقی داستان سن رہا ہے۔ صبحِ صادق اپنے اس فن کا اظہار ان الفاظ میں کرتے ہیں:

"میں نے کبھی تحقیق علم و فن ، محنت اور لگن کا دامن ہاتھ سے نہ چھوڑا۔ اب ایک ایسی کہانی ابھر کر سامنے آئی جو صحیح اور سچی معلوم ہوتی ہے۔ جب کوئی سچائی جزوِ جان بن جائے تو فن میں بلندی اور لہجے میں صداقت کا در آنا لازمی ہے" (۷۲)

صبحِ صادق کی اس بات کا عمدہ ثبوت ان کا ایک شہکار ناول سلومی ہے۔ ضخامت کے اعتبار سے یہ ناول اس قدر طویل نہیں ہے مگر فکر و فن کے لحاظ سے یہ ایک بھرپور ناول ہے۔اسے ناولٹ کہنا چاہیے مگر مصنف اسے ناول کہتے ہیں۔ اس لیے یہ بحث بے جا ہے۔ اس ناول میں فنکار کی گرفت فکر کے بجائے فن پر زیادہ مضبوط نظر آتی ہے۔

"سلومی" ایک رقاصہ ہے جو رقص میں بڑا نام پیدا کرتی ہے مگر ایک نجومی کی پیشین گوئی کے مطابق اس کا رقص خونی ہو جاتا ہے۔ ناول کے پہلے حصے کا عنوان "رقص کر اے مری مر مر کی ناگن،رقص کر" جس میں اسکندریہ کے مشہورِ زمانہ تھیٹر میں سات روز سے مقابلہ رقص جاری ہوتا ہے یہ مقابلہ سلومی اپنے نام کر لیتی ہے اور اپنے استاد رقاص "گریٹس" کا سر فخر سے بلند کر دیتی ہے۔ مقابلہ جیت کر جب وہ لوٹتی ہے تو اسے ایک شہزادہ ایک قیمتی ہار تحفے میں دیتا ہے اور محبت کا اظہار کرتا ہے۔ سلومی اندر ہی اندر خوش ہوتی ہے کہ اسے اس کے خوبوں کا شہزادہ مل گیا۔ استاد سلومی کو سمجھاتا ہے کہ محبت کو جدائی کی صورت میں آزمائے اور اپنی ماں ملکہ ہیرو دیاس کے حکم کی تعمیل کرتے ہوئے اسکندریہ سے گلیل روانہ ہوجائے۔ ملکہ ہیرو دیاس بہت حسین اور مغرور تھی۔ اسے جوانی میں ایک نوجوان وطیلس پسند آیا مگر وہ شادی شدہ تھا اس لیے اس کی شادی فلپ سے ہو گئی۔ ہیرو دیاس کے ہاں جب اولاد نہ ہوئی تو اسے بانجھ کہا جانے لگا۔ ہیرو دیاس مایوس ہو کر ایک نجومی کے پاس گئی تو اس نے ہاتھ دیکھ کر یہ پیشین گوئی کی:

"تو ماں بننے والی ہے اور اگر تیرے بیٹی ہوئی تو وہ رقص میں بہت نام پیدا کرے گی۔ پھر نجومی بابا نے دونوں ہاتھوں کو ساتھ ملا کر یوں غور سے دیکھا جیسے کوئی خاص چیز تلاش کر رہا ہو۔ پھر اس نے علیحدہ سے کاغذ پر کچھ لکیریں

کھینچ کر کچھ حساب لگایا اور کہنے لگا۔ تو مجھے جلد تاج پہننے والی ملکہ دکھائی دیتی ہے"(۷۳)

فلپ کو بیٹے کی خواہش تھی مگر اس کے ہاں بیٹی پیدا ہوئی جس کا نام سلومی رکھا گیا۔ وہ بہت حسین و جمیل اور پری پیکر تھی۔ ماں نے باپ کے ڈر سے رقص سیکھنے کے لیے اسکندریہ کے رقاص کے پاس بھیج دیا۔ ان دنوں شہزادہ انتیپاس اپنے بھائی فلپ کے پاس آیا۔ ہیرو دیاس اس کی شخصیت سے متاثر ہو کر ملکہ کے خواب دیکھتے ہوئے اسے فریفتہ کر لیا اور اس کے ساتھ فرار ہوگئی۔

انتیپاس کی پہلی بیوی ابتسام ایک عرب شیخ کی اکلوتی اولادتھی جسے وہ صحرائی پھول کے نام سے پکارتا تھا ۔ عرب شیخ اس کی سرحدوں کی حفاظت بھی کرتے تھے ۔ انتیپاس ہیرودیاس کی خوبصورتی اور حسن کا دیوانہ ہو چکا تھا۔ عربوں سے لڑائی مول لینا اس کے بس کی بات نہیں تھی۔ پھر بھی وہ ہر طرح کے خطروں سے نمٹنے کے لیے تیار تھا۔

ابتسام کو طلاق ہو جانے پر عرب شیخ بپھر گیا اور اس نے انتیپاس کی سلطنت کی اینٹ سے اینٹ بجا دی۔ طبرس کے محل میں نئی ملکہ کا اعلان ہو گیا۔ ملک کے خزانے بھرنے کے لیے ٹیکس لگائے گئے اور خانہ جنگی کے بعد میں ہونے والے نقصانات کے ازالے کے لیے عوام کے مال و متاع پر قبضہ کیا جانے لگا۔ جس سے لوگوں میں بغاوت کی آگ بھڑک اٹھی۔ اس بغاوت میں بنیا مین پیش پیش تھا۔ انتیپاس نے اس کا خاتمہ کرنے کے لیے فوجیوں کو بھیجا مگر وہ ان کے ہاتھ نہ آیا۔ رومی سپاہیوں کا جب ظلم و ستم بڑھ گیا تو خدا کے ایک برگزیدہ بندے "یوحنا "کی آمد ہوئی۔ اس نے لوگوں کو امن پیار اور محبت کی دعوت دی اور ان کا حوصلہ بڑھایا ۔ بادشاہ اور ملکہ کو بد کردار قرار دیا۔ یوحنا کی آواز سارے ملک کی آواز بنی تو ملکہ بھیس بدل کر اسے دیکھنے گئی۔ حلیہ بدلنے کے باوجود یوحنا نے اسے پہچان لیا اور خدا سے معافی کا رستہ یوں بتایا:

"عورت ! وہاں کیوں کھڑی ہے۔ دیکھ تو اس راہ پر آنکلی ہے جہاں نجات تیری منتظر ہے۔ تو آگئی ہے تو وہاں کھڑی کیا سوچ رہی ہے۔ دیکھ ---! اردن کا شفاف پانی تیرا منتظر ہے۔ خاک پر گر ، اپنی پشت پر کوڑے مار، جوتیاں اتار، اور دامن سنبھال--- دریا میں اتر جا--- گناہوں سے توبہ کر اور خدا سے رحم کی التجا کر"(۷۴)

ہیرو دیا س یوحنا کے یوں لوگوں کے سر عام اکسانے پر تڑپ اٹھی اور اسے اپنا دشمن سمجھتے ہوئے راستے سے ہٹانے پر تل گئی۔ اس نے اپنے سینے کی آگ ٹھنڈی کرنے کے لیے اپنی بیٹی سلومی کو پاس بلوانے کے لیے ایک سردار کو بھجوایا۔ جب قافلہ سلومی کو اپنے ساتھ لا رہا تھا تو بنیا مین اور رابیکا کے ساتھ باقی حملہ وروں نے انہیں روک لیا۔ سلومی کو اور باقی لوگوں کو مارنے کے لیے تیار ہوئے ہی تھے کہ یوحنا نے انہیں اس کام سے روک دیا۔ سلومی یاحنا کی اس مہربانی سے بہت متاثر ہوئی۔ خلافِ توقع جب سلومی کا استقبال شایان شان طریقے

سے نہ ہوا تو اس نے تعجب کا اظہار کیا۔ اس کی ماں نے ملکی حالات اور باغیوں کی بغاوت کی وجہ سے ایسا نہ کرنے کا بتا یا۔ بادشاہ انتیپاس روز بروز بڑھتی ہوئی بغاوت سے پریشان تھا۔ ادھر ملکہ نے اسے اکسایا تو اس نے یوحنا کو گرفتار کرنے کا حکم دے دیا۔ سپاہی جب یوحنا کو گرفتار کر کے لائے تو بادشاہ کے سامنے یوحنا ان الفاظ میں گویا ہوا:

"یوحنا! تم شکل و صورت سے بہت معصوم اور بھولے بھالے دکھائی دیتے ہو اور معصوم شکل والے بہت خطر ناک بھی ہوتے ہیں، جنھیں آزاد فضائونمیں رہنے دیا جائے تو مجرم بن جاتے ہیں۔جانتے ہو یوحنا! تمھیں کس جرم کی پاداش میں گرفتار کیا گیا ہے۔ بادشاہ نے سوالیہ نظروں سے یوحنا کی طرف دیکھتے ہوئے کہا،"سچائی کا گھائو بڑا گہرا ہوتا ہے۔ کچھ لوگ اپنی غلطیوں اور گناہوں پر نادم ہونے کی بجائے یہ گھائو کھا کر تڑپ اٹھتے ہیں حالاں کہ سچائی زندگی ہے اور میرا جرم بھی سچائی ہے۔ تم خود کو غیرت مند کہتے ہو مگر غیرت کا تو تم سے دور کا بھی واسطہ نہیں ہے۔ یہودی شریعت کے ساتھ تم نے بے رحم مذاق کیا ہے"(۷۵)

انتیپاس نے یوحنا کو زندان میں ڈال دیا۔ ایک دن سلومی نے اپنی ماںکو شہزادے روفی کے اظہار محبت کا بتایا تو ملکہ نے اپنی سالگرہ میں اسے اپنے باپ کے ساتھ مدعو کر لیا۔ اطالیہ کا بادشاہ وطیلس اپنے بیٹے روفی کے ساتھ بڑے شایانِ شان طریقے سے محل میں داخل ہوا۔ ان کی بھرپور خدمت کی گئی۔ باتوں باتوں میں ملک میں پھیلی بغاوت اور یوحنا کا ذکر چل نکلا۔ اتنی دیر میں بادشاہ کا وزیرِ خاص شمعون حاضر ہوا اور اس نے یوحنا کی گرفتاری کے بعد پھیلنے والی بغاوت کا ذکر کیا۔ اور وطیلس کے پوچھنے پر شمعون نے شریعت کا بیان سنایا کہ ملکہ اور بادشاہ کا رشتہ ازدواج ناجائز ہے۔ ملکہ یوحنا کو اپنی راہ کا کانٹا سمجھتی تھی۔ اس لیے اس نے یوحنا کو قتل کرنے کے لیے بادشاہ اور وطیلس کو اکسایا۔ زندان خانے میں یوحنا سے ملاقات ہوئی تو وہ بہت پر امید نظر آیا۔ وہ حق اور سچ پر ڈٹا رہا۔ بادشاہ یوحنا کو آزاد کرنا چاہتا تھا مگر ملکہ کسی صورت یہ ماننے کو تیار نہ تھی۔ شمعون بادشاہ کو محل میں کسی اہم شخصیت کے مرنے کی پیشین گوئی سناتا ہے اور خدا کے عذاب سے ڈراتا ہے مگر کسی پر کوئی اثر نہیں ہوتا۔ ملکہ کی سالگرہ کی تیاریاں زور و شور سے ہوئیں۔ بہت سے مہمان مدعو ہوئے۔ رنگ برنگ کھانے پکائے گئے۔ بادشاہ اور ملکہ بڑی شان سے جلوہ افروز ہوئے۔ سلومی نے رقص کیا اور ایسا رقص کہ سب خوش ہو گئے۔ بادشاہ مرحبا مرحبا کر اٹھااور جوش میں آکے سلومی سے کہنے لگا مانگ کیا مانگتی ہے۔ جو مانگو گی دیا جائے گا۔ سلومی بادشاہ سے وعدہ پورا کرنے کا عہد لیتی ہے اور اپنی ماں کے مشورے سے یوحنا کا سر مانگ لیتی ہے۔ نہ چاہتے ہوئے بھی جب زبر دستی جلاد یوحنا کا سر قلم کر کے لاتا ہے تو سلومی دیکھ کر حیران رہ جاتی ہے کہ یہ تو وہی شخص ہے جس

نے اسے باغیوں سے بچایا تھا۔ وہ بہت پچھتاتی ہے اور اپنی ماں سے لڑتی ہے۔ ملکہ اٹھ کر چلی جاتی ہے تو شمعون کی بات اس طرح سچ ثابت ہو جاتی ہے۔ محل میں ہر طرف سکوت کا تسلط ہو جاتا ہے۔ انتیپاس بالکل خاموش ہو جاتا ہے اور روتے روتے اس کا چہرہ آنسوئوں سے تر ہو جاتا ہے ۔ بادشاہ وطیلس بھی نہایت غمگین ہو جاتا ہے۔ یوحنا کی قاتل ہیرو دیاس اس طرح اپنے انجام کو پہنچتی ہے:

”ایک خادم گھبرایا ہو آیا۔عالم پناہ غضب ہو گیا۔ملکہ عالیہ قلعہ کے برج سے گر کر ہلاک ہو گئیں۔ وہ دیکھنے گئی تھیں کہ شمعون یوحنا کا سر لے کہاں جا رہا ہے کہ اچانک ایک سانپ نے انھیں ڈس لیا اور وہ تیورا کر برج سے نیچے جا گریں“(۷۶)

ناول ایک تاریخی داستان کا حامل ہے جس پر مذہبی اقدار اور روایات کی گہری چھاپ ہے مصنف نے سلومی کو بے کس اور بد نصیب کردار بتایا ہے کہ جو رات کے ایک کنارے پر کھڑی اپنا سفر شروع کرتی ہے تو پھر رات کی دہلیز پر پہنچ جاتی ہے۔ سلومی ایک بد بخت اور شوریدہ سر ماں کی محبت مینایسا قدم اٹھاتی ہے جو اس کے رقص کی بہار کو خزاں میں بدل دیتا ہے۔ ناول کا اسلوب انتہائی سادہ ہے۔ الفاظ کے چنائو اور جملوں کی بنت کاری نے اس میں رنگ بھر دیا ہے۔ تحریر کے ساتھ شاعری نے ناول کو چار چاند لگا دیے ہیں۔ ناول میں منظر نگاری کردار نگاری اور مکالمے صبح صادق کو بڑے ناول نگاروں کی صف میں شامل کر دیتے ہیں۔

****

ڈراما نگار

ڈراما عملی زندگی کی کہانیوں کو کرداروں مکالموں اور مناظر سے ناظرین کو متوجہ کرنے کا ایک فن ہے ۔ ڈراما انسان کی ذات سے وابستہ دکھ تکالیف، مصائب اور مسائل کے ساتھ ساتھ اس کی خوشیوں کامیابیوں اور خوابوں کی عملی تشکیل کا نام ہے۔ یونانی مفکر ارسطو نے چھ جزو مرتب کیے جن میں کہانی، مکالمہ، کردار، خیال، منظر اور موسیقی شامل ہیں۔ کسی ڈرامے کی کامیابی کا سہرا انھی اجزا کی عمدہ ترتیب کے سر ہے۔ اردو ادب میں ڈراما انگریزی ادب کے توسط سے آیا۔ واجد علی شاہ، کالی داس، آغا حشر کاشمیری، میرزا ادیب، اور امتیاز علی تاج نے اردو کے دامن کو لازوال ڈراموں کے نگینوں سے مزین کیا۔ اردو ڈرامے کو اپنا مقام متعین کرنے میں ڈیڑھ سو سال سے زیادہ کا عرصہ لگا۔ ڈراما کھلے میدانوں، میلے ٹھیلوں میں ہوتی ہوئی نوٹنکیوں سے ہوتا ہوا اسٹیج، ریڈیو اور اب ٹیلی وژن تک آپہنچا ہے۔بقول ڈاکٹر سلیم اختر

”ابصار عبدالعلی نے سب سے پہلے ٹی وی ڈراموں کے دو مجموعے کتابی صورت میں پیش کرنے کی اولیت کا اعزاز حاصل کیا۔ یہ مجموعے ہیں ”شہ رگ“ اور ”کیسے کیسے لوگ“۔اس کے بعد ٹی وی ڈراموں کے مجموعے طبع ہوے

لگے۔ صفدر میر (آخرِ شب)، میرزا ریاض (غم گسار)، حمید کاشمیری (کافی ہائوس)
(اور امجد اسلام امجد کا مقبول ترین ڈرامہ ''وارث''۔(۷۷
ٹی وی ڈراموں میں امجد اسلام امجد، بانو قدسیہ، اشفاق احمد، احمد ندیم قاسمی، یونس جاوید، ایوب خاور اور ایک طویل فہرست ہے جو اس چمن کی آبیاری کر گزری ہے۔ ٹی وی ڈراموں میں اقلیتی ڈراما نگاروں میں ڈاکٹر ڈینس آئزک، صبح صادق، عاشر عظیم، منظور راہی، اور ایڈیسن کا نام قابلِ ذکر ہے۔

منظور راہی

منظور راہی، شاعر، افسانہ نگار، اور ڈراما نگار کے روپ میں ادبی خدمات انجام دے رہے ہیں۔ ان کے ڈرامے مختلف ٹی وی چینلز پر نشر ہو کر پذیرائی حاصل کر چکے ہیں۔ وہ عہدِ حاضر کے ممتاز ڈراما نگاروں میں شمار ہوتے ہیں۔ ان کے ڈرامے آفاقی معیار پر پورے اترتے ہیں۔ وہ مکالمے جان دار اور مناظر شاندار لے کر ڈرامے کو شاہکار بنا دیتے ہیں۔ ان کا کمالِ فن یہ ہے کہ مطالعہ کرتے ہوئے ڈراما ہی قاری کے ذہن میں چل رہا ہوتا ہے۔ قاری مطالعے کے دوران خود کو :کرداروں کے ساتھ ساتھ محسوس کر رہا ہوتا ہے۔ ابصار عبدالعلی کے بقول
منظور راہی کی جزئیات پر اپنی گرفت کو ڈھیلا نہیں ہونے دیتے۔ وہ اپنے ''
کرداروں کے جان دار مکالموں کے ذریعے کہانی کو ہر موڑ پر ایک نیا تجسس دیتے ہیں۔ اور یوں ان کا ناظر یا قاری اب آگے کیا ہو گا کے طلسم کا اسیر ہو کر
(پلک جھپکائے بغیر آخری منظر تک ان کے ساتھ رہتا ہے''(۷۸
سہ پہر میں دکھ'' منظور راہی کے ٹی وی ڈراموں پر مشتمل پہلا مجموعہ ہے۔ اس''
کے علاوہ ''سچ دا سمندر'' کے عنوان سے پنجابی ٹی وی ڈراموں کا مجموعہ بھی شائع ہو چکا ہے۔ ''سہ پہر کا دکھ'' پانچ ڈراموں کا مجموعہ ہے جس میں بالترتیب''
لہو کا رنگ ایک ہے'' ، ''پتھر کا طوق''، ''گواچے لوگ''، ''سہ پہر میں دکھ'' اور ''متلاشی'' کے عنوان سے ڈرامے لکھے گئے ہیں۔ ان کے ڈراموں کا سفر افسانہ نگاری سے شروع ہوا۔ اس لیے ان کے ڈراموں میں کہانی اپنی پوری آب و تاب کے ساتھ آگے بڑھتی ہے۔ مجموعہ کے عنوان ''سہ پہر میں دکھ'' کا ڈراما ہماری زندگی کی حقیقتوں کی عکاسی کرتا ہے۔ ان کے کردار وہی افراد ہیں جو ہمارے ارد گرد چلتے پھرتے نظر آتے ہیں۔ ان کرداروں کو ہم بازاروں، گلیوں اور مارکیٹوں میں دیکھتے ہیں مگر ہم ان کی ذہنی اپروچ تک رسائی نہیں کر پاتے۔ منظور راہی کی نسبت سے ان کرداروں کی نفسیاتی الجھنوں اور سماجی مسائل تک ہماری پہنچ ممکن ہو گئی ہے۔
سہ پہر میں دکھ'' ایک ایسا ڈراما ہے جس میں وحید اور سنبل کی محبت کی''
انوکھی کہانی ہے۔ یہ محبت انہیں ساتھ ساتھ تو رکھتی ہے مگر کسی رشتے سے منسلک نہیں کر پاتی۔ وحید اور سنبل کی طبقاتی تضاد کی وجہ سے شادی نہیں ہو پاتی۔ ڈرامے کا پہلا سین سنبل کے خاوند کی وفات سے شروع ہوتا ہے جو دو ماہ بعد ہی بیوہ ہو جاتی ہے۔ عائشہ سنبل کی بڑی بہن ہے جو اسے دلاسا دیتی ہے۔

اگلے سین میں سنبل اور وحید کی ملاقات کرا دیتی ہے۔ یہاں وحید سنبل سے تعزیت کرتا ہے اور اپنے گزرے وقت کی یاد تازہ کرتا ہے۔ سنبل اسے اپنی بیوی اور بچوں کے ساتھ خوش رہنے اور اسے بھول جانے کی تلقین کر کے واپس آجاتی ہے۔

اگلے سین میں وحید کا بیٹا ناصر بیمار ہوتا ہے تو وہ ڈاکٹر کے پاس لے جاتا ہے جہاں سنبل پہلے سے موجود ہوتی ہے۔ ڈاکٹر کے کہنے پر وحید سنبل اور عائشہ کو گھر چھوڑنے جاتا ہے۔ راستے میں سنبل ناصر کو بہت پیار کرتی ہے۔ اور اس کی نظر اتارنے کا کہتی ہے۔ ڈاکٹر سنبل کو ایک ایسی دوا تجویز کرتا ہے جو آسانی سے نہیں ملتی تو وحید تلاش کر کے سنبل کے گھر پہنچا دیتا ہے۔ اگلے سین میں سنبل اور وحید ایک پارک میں ملتے ہیں جہاں چلتے چلتے وہ ایک پرانے برگد کے نیچے رک جاتے ہیں۔ پرانا برگد ان کی محبت کی نشانی ہوتا ہے۔ عید کی آمد آمد ہوتا ہے تو وحید اپنی بیوی نزہت کو شاپنگ کراتا ہے اور ایک سوٹ زائد خرید لیتا ہے اور بہانے سے سنبل کو عید کا تحفہ دیتا ہے۔ دونوں پھر اسی برگد کے نیچے ملتے ہیں اور اپنی گزری محبت کی یادوں کو اس طرح تازہ کرتے ہیں:

"وحید: میں پریشان سا ہو گیا ہوں

سنبل: بالکل۔۔تنہائی انسان کو وقت سے پہلے کھوکھلا کر دیتی ہے۔

وحید: ہاں ۔۔مگر مجھے بہت کام کرنے ہیں جو میں اکیلا نہیں کر سکتا۔

سنبل: آپ مجھے بتائیں میں آپ کے کس کام آسکتی ہوں۔ ذرا اٹھارہ سال پیچھے جائیں تو آپ نے مجھے کہا تھا کہ میں آپ کے دکھ شئیر کرنا چاہتا ہوں۔

وحید: سر نگوں کیسے ہوئے۔ ہاں میں نے کہا تھا

سنبل: اس وقت سے زیادہ دکھ اور کوئی نہیں۔ تھوڑا سا رک کر۔ جہاں میں آپ کے دکھ شئیر کر سکوں"(۷۹)

منظور راہی نے ڈرامے کو بیس سال آگے پہنچا دیا ہے جہاں وحید سنبل اور نزہت پکی عمروں کو پہنچ چکے ہیں۔ ناصر اور چڑیا جوان ہوتے ہیں۔ نزہت کی وفات کے بعد وحید اپنے بیٹے ناصر کا رشتہ طے کرنے کے لیے سنبل کو ساتھ لے جاتا ہے۔ سنبل اب انگریزی کی پروفیسر بن چکی ہوتی ہے۔ جہاں رشتہ ہوتا ہے وہ لڑکی اس کی شاگرد نکلتی ہے۔ چڑیا اور ناصر کی ملاقات بھی سنبل سے بہت خوشگوار رہتی ہے۔ سنبل اور وحید کے بے نام رشتے کی وجہ سے ناصر کے سسرال والے رشتے سے انکار کر دیتے ہیں۔ سنبل کو بہت صدمہ پہنچتا ہے کہ اس کے بے داغ کردار پر انگلی اٹھی ہے جس کا کارن وحید ہے۔ وہ ڈیپریشن میں گھر جاتی ہے اور رات کے اندھیرے میں گھر سے نکل جاتی ہے۔ عائشہ وحید کو فون پر صورت حال سے آگاہ کرتی ہے تو وحید ناصر ،چڑیا اور عائشہ اسی پرانے برگد کے نیچے سنبل کو تلاش کر لیتے ہیں۔ وحید اسے اپنی بانہوں میں لے کر زندگی کے اگلے سفر کے لیے ہم سفر بنا لیتا ہے۔

ڈرامے میں دو روحوں کی محبت کو موضوع بنایا گیا ہے کہ وہ دو جسموں میں منتقل ہونے میں کتنی دیر لگا دیتی ہے۔ ''سہ پہر'' علامت ہے عمر کے ڈھل جانے کی۔ محبت تو نام ہی دکھوں اور مصائب کو جھیلنے کا ہے مگر عمر کے اس حصے میں جب سورج غروب ہونے کے قریب ہو تو دکھ سہنے کی سکت باقی نہیںر ہتی۔وحید کا کردار اگر دیکھا جائے تو ایک خود غرض آدمی کا کردار ہے جو اپنی مطلب پرستی کے لیے سنبل کو ہمیشہ ساتھ رکھتا ہے۔ گو وہ سنبل کے کام آتا ہے مگر سنبل اسے بے لوث چاہتی ہے اور'' سہ پہر میں دکھ''جھیلتی رہتی ہے۔

گواچے لوگ'' مادہ پرستی ، خود غرضی ، مال و دولت ، سماجی معیار کے ہاتھوں'' ایک بوڑھے باپ کی تذلیل کی کہانی ہے۔افسانے کے آغاز میں ایک معمار تھک ہار کر اپنی کٹیا میں اپنے بیٹے سے مکالمہ کرتا ہے۔ بیٹا کہتا ہے کہ آپ لوگوں کے گھر بناتے ہیں اور اپنے لیے آپ کے پاس سر چھپانے کو جگہ نہیں۔ میں ایک دن بڑا آدمی بن کر اپنا گھر بنائوں گا۔ اگلے سین میں ایک سینئر افسر اپنے جونیئر افسر سے نئے بھرتی ہونے والے ملازموں سے رشوت کی طلب کا ذکر کرتا ہے۔ معمار کا بیٹا بورڈ میں اول آتا ہے اور اخبار کو انٹر ویو میں یہ بتاتا ہے کہ وہ ایمان داری سے لوگوں کی خدمت کرے گا اور اپنوں کے کام آئے گا۔ جب وہ افسر بن جاتا ہے تو وہ اپنے نئے گھر میں منتقل ہونے کے لیے اپنے باپ کو راضی کرتا ہے۔ معمار اپنے ساتھ کچھ سامان اٹھا لیتا ہے جسے ہارون بے فائدہ قرار دیتا ہے:

ہارون: تیور تھوڑے سے بگڑے ہوئے لے جانے کے لیے جو چیز آپ نے پکڑی'' ہے ان کا اب ہمیں کیا فائدہ۔

(کیمرہ کٹ کر کے کنستر اور ٹین کے صندوق پر پڑتا ہے)

معمار: تو اور میرے پاس زندگی میں تھا ہی کیا؟

ہارون: اکتاہٹ سے، ابا جی ! گزرے ہوئے دنوں کو بھول جائیں۔ آنے والے دنوں کا استقبال کریں ۔ ان دنیا کی ہر چیز خود بہ خود چل کر ہمارے پاس آئے گی۔

معمار: تم بھی ٹھیک کہتے ہو بیٹے۔ مگر پرانی چیزیں گزرے وقت کی ساتھی ہوتی ہیں۔ اگر ان چیزوں کو کوڑا کرکٹ کے میدان میں پھینک آئیں پھر یہ چیزیں ہر وقت اپنے مالک کو آوازیں دیتی رہتی ہیں۔

ہارون: یہ پرانے خیالات اور دقیانوسی باتیں ہیں

معمار: او بیٹا! تم کیا کہہ رہے ہو۔ ہمارے بڑے بزرگ تو یہ کہتے تھے کہ ان چیزوں کی بد دعا سے بچو۔ تب ہی تو پرانے بزرگ اپنی پرانی چیزیں پر چھتی پر سنبھال دیتے تھے۔

(ہارون: اب ہر چیز کو ہم سینے پر تو نہیں رکھ سکتے (طنزیہ انداز)(۸۰

ہارون کی ایمان داری اور محنت کی وجہ سے اس کا سینئیر افسر اسے اپنی اکلوتی بیٹی کا رشتہ دے دیتا ہے۔ اب وہ زیادہ اچھے گھر اور پوش علاقے میں منتقل ہو جاتے ہیں۔ لبنیٰ بات بات پر معمار کی تذلیل کرتی ہے اور بے زاری کا اظہار کرتی ہے۔ ایک دن جب لبنیٰ کے ہاں اس کی پڑوسن آتی ہے اور وہ اسے سونے کے نئے

زیورات دکھا رہی ہوتی ہے تو معمار اپنے تھیلے سے معماری کا سامان نکال کے رکھ دیتا ہے اور اپنی اصلیت کی باتیں کرتا ہے۔ کہ وہ ایک معمار ہے اور اس نے انھی اوزاروں سے ہارون کو افسر بنایا ہے۔ لبنیٰ معمار کی اس حرکت سے اپنی بے عزتی محسوس کرتی ہے اور اس کی چارپائی گیراج میں منتقل کر دیتی ہے۔ ایک ہی گھر میں رہتے ہوئے تین ہفتے ہو جاتے ہیں مگر ہارون اپنے والد سے نہیں ملتا۔ معمار جب اپنے بیٹے سے بات کرتا ہے تو اسے غلط کہتے ہوئے گھر کے اندر چلا جاتا ہے۔ اسی رات معمار اپنا سامان لے کر گھر سے باہر نکل جاتا ہے۔ اگلے دن بہت زیادہ تلاش کرنے کے بعد اس کی لاش سڑک کنارے ملتی ہے۔

ڈرامے کے آخر میں منظور راہی نے خونی رشتوں کی تقدیس کے مقابلے میں دنیاوی رشتوں کی ذہنیت کی اس طرح عکاسی ہے:

باپ: ہارون کے والد کی کوئی خبر ملی"

لبنیٰ: جی ہاں ابو سڑک پر ایک گاڑی والا مار کر پھینک گیا ہے۔

باپ: بہت برا ہوا۔ خیر رب کی مرضی

لبنیٰ: لاش گھر آگئی ہے دفنانے کے لیے۔

باپ: میں تمھاری ہر بات کو سمجھ گیا ہوں۔ میں ادھر ادھر سے آدمی ڈھونڈ کر جنازے میں شامل کر لوں گا۔ ان آدمیوں کو خرچہ مرچہ میں خود دے لوں گا کیوں کہ ہارون کا تو اس دنیا میں اور کوئی بھی نہیں۔

(لبنیٰ :چہرے پر اضطراب۔ ابو پلیز یہ کام آپ جلدی کریں۔(۸۱

منظور راہی نے اپنے اس ڈرامے میں سماجی کمپلیکس کا شکار بیٹے کی مادہ پرستی کی عکاسی کی ہے۔ جو اپنی ترقی اور معاشرتی معیار کو بہتر بنانے میں اپنا ماضی اپنی اصلیت یہاں تک کہ اپنے باپ کو بھی فراموش کر دیتا ہے۔ اس کے نزدیک پرانی چیزوں کی کوئی وقعت نہیں ۔شاید اسی لیے وہ اپنے باپ کو بھی انھی پرانی چیزوں میں شمار کرتا ہے۔

لہو کا رنگ ایک ہے" پاکستان میں بسنے والے چار بڑے مذاہب کے پیرو کاروں " کی آپس میں محبت ،احترام اور احساس کی کہانی ہے۔ ڈرامے کے کرداروں میں ایک عبداللہ(مسلمان)، انتھونی (مسیحی)، لالہ دیال(ہندو) اور کلیان سنگھ (سکھ)ہیں۔ ڈرامے کا بنیادی تھیم انسانیت کو سب سے بڑا مذہب قرار دینا ہے۔ منظور راہی خود مسیحیت کے پیرو کار ہیں۔ مگر انھوں نے ایک منصف تخلیق کار کے طور پر تمام مذاہب کے لوگوں کو برابر جگہ دی ہے۔ ڈرامے میں تمام مذاہب کے مذہبی عقیدوں کا احترام دکھایا گیا ہے۔ گرجا ،مندر، مسجد اور گرو دوارہ، سب کے لیے احترام اور عزت کے لائق مقامات ہیں۔ کرسمس ، ہولی، بیساکھی دیوالی ، بابا فرید کا میلہ، سب لوگ مل کر جوش خروش سے ان مذہبی تہواروںمیں حصہ لیتے ہیں۔ منظور راہی نے ماہرانہ فنکاری کا ثبوت دیتے ہوئے ڈرامے کو ایک ایسا موڑ عطا کیا ہے جہاں ذات پات، دھرم مذہب، مسجد مندر، اور فرقہ مسلک کی تفریق مٹ جاتی ہے اور دنیا کے سب سے بڑے مذہب انسانیت کا پرچار ہوتا ہے۔ دکھایا گیا ہے کہ جب

عبداللہ کا بیٹا تھیلیسیمیا کا مریض ہو کر ہسپتال داخل ہوتا ہے تو تمام لوگ انتھونی ،کلیان سنگھ، لالہ دیال، اور عبداللہ بلڈ بنک کے باہر خون ٹیسٹ کرانے کے لیے کھڑے ہوتے ہیں:

عبداللہ سخت پریشانی کے عالم میں بلڈ بنک کے کمرہ سے باہر آرہا ہے۔"

لالہ دیال: (آگے بڑھ کر) کیا بھائی عبداللہ تمھارے خون کا گروپ مل گیا؟

عبداللہ: (بہت ہی مایوسی سے) میں کتنا بد نصیب ہوں کہ میرا خون ہی میرے بیٹے کو نہیں لگ سکتا۔

لالہ دیال: گھبرائو نہیں رام بھلی کرے گا۔

کلیان سنگھ: اب میں نہیں رک سکتا۔ دیکھ میں اندر خون ٹیسٹ کروانے جا رہا ہوں۔تم مجھے روکنا مت۔ کیا میں تمھارا بھائی نہیں ہوں۔ میں اپنے بیٹے کو تکلیف میں دیکھ کر برداشت نہیں کر سکتا" (۸۲)

سب لوگوں کے خون کا گروپ چیک کروایا جاتا ہے مگر کسی کا میچ نہیں ہوتا۔ تو اینتھونی کا بیٹا دل شاد اپنا خون دینے کے لیے آگے بڑھتا ہے۔ تو اس کا خون میچ ہو جاتا ہے اور سلمان کو خون لگ جاتا ہے۔ ڈرامے کے آخر میں کرسمس کے تہوار کو پیش کیا گیا ہے۔ تمام لوگوں کے گھروں کو سجایا جاتا ہے سب مل کر کیک کھاتے ہیں۔ منظور راہی مسیحی مذہب کے پیرو کار ہیں اس لیے انھوں نے اپنے مذہب کے پیرو کاروں کے لیے محبت، امن ، آشتی اور سکون، کا پیغام دیا ہے۔ ڈرامے میں موسیقی کا اپنا رل ہوتا ہے۔ اس لیے آخر میں چلنے والا مہدی حسن کا گیت ڈرامے کے نام ، مقام اور مقصد کو مزید نکھار دیتا ہے۔

"ہر آدمی الگ سہی مگر امنگ ایک ہے
لہو کا رنگ ایک ہے
جدا جدا ہیں صورتیں مگر امنگ ایک ہے
لہو کا رنگ ایک ہے" (۸۳)

"پتھر کا طوق" ہمارے معاشرے کی ذہنیت اور سوچ پر بنیاد پرستی کے خول کی عکاسی کرتا ہے۔ اس ڈرامے میں ایک پڑھے لکھے مسلم نوجوان اور ایک مسیحی لڑکی کے آپس میں رشتہ ازدواج میں منسلک ہو جانے ہر خاندان اور معاشرے کی طرف سے لگنے والی قدغن کو موضوع بنایا گیا ہے۔ مسیحی لڑکی شادی سے قبل اسلام قبول کر لیتی ہے پھر بھی لڑکے کے والدین اسے قبول نہیں کرتے۔ ڈرامے میں بتا یا یہ گیا ہے کہ معاشرہ اور اس کی روایات انسان کے گلے میں پتھر کا طوق ہیں۔ جو کسی صورت چین سے جینے نہیں دیتا۔

"متلاشی" زندگی کے پیچیدہ موڑوں کی ڈرامائی تشکیل ہے۔ زیب اور نتاشا آپس میں محبت کرتے ہیں۔ دونوں اچھے گھرانے کے نوجوان ہیں۔ زیب اغوا ہو جاتا ہے اور اسے اتنی اذیت دی جاتی ہے کہ وہ یاد داشت کھو جاتا ہے۔ بہت تلاش کے باوجود زیب نہیں ملتا تو نتاشا کی اجمل سے شادی ہو جاتی ہے۔ ان کے ہاں دو بچے پیدا ہو جاتے ہیں۔ ایک دن اجمل اپنے کسی دوست کی تلاش میں ملک سے باہر جاتا

ہے تو سارا کاروبار نتاشا کو سونپ جاتا ہے۔نتاشا کاروبار کو بلندی تک پہنچا دیتی ہے اور ایک ٹرسٹ ہسپتال بناتی ہے۔ اس کے بچے ایک دن تماشا دیکھنے کی ضد کرتے ہیں تو وہاں تماشائیوں میں موجود بد حال زیب کھڑا ہوتا ہے۔ نتاشا پہچان لیتی ہے اور اس کا علاج کرا کے اسے اس کے گھر چھوڑنے چلی جاتی ہے۔
ڈرامے میں تلاش کو موضوع بنایا گیا ہے۔ ہر شخص تلاش میں ہے ۔ کوئی اپنی ذات کی تلاش میں ہے کوئی رشتوں میں پیار سلوک اور محبت کی تلاش میں ہے۔ کوئی اپنے رب کی تلاش میں ہے۔ کوئی اپنا مستقبل سنوارنے کی تلاش میں ہے کوئی اپنے خوابوں کو پورا کرنے کی تلاش میں ہے۔ الغرض ساری دنیا متلاشی ہے۔

منظور راہی کے ڈرامے انسانیت سے بھرپور ہیں۔ وہ بلا تفریقِ مذہب و ملت انسانیت کے داعی ہیں۔ وہ اپنے کرداروں میں جان دار مکالموں کے ذریعے ایک نئی روح پھونک دیتے ہیں وہ زندگی کو اس کے حقیقی رنگ میں پیش کرنے کے قائل ہیں۔ وہ اپنے عہد کو ڈراموں کے ذریعے آئینہ بنا دیتے ہیں۔ فنِ تمثیل نگاری میں وہ طاق ہیں اور تخلیقی توانائی سے بھرپور ہیں۔ ان کے اندر اتنی صلاحیتیں ہیں کہ وہ ڈراما نگاری کے صفِ اول کے ادیبوں میں شامل کیے جاسکتے ہیں۔

****

سفر نامہ نگار

دیکھ لے اس چمنِ دہر کو جی بھر کے نظیرؔ ؎
پھر تیرا کاہے کو اس باغ میں آنا ہو گا

(۸۴)

سفر نامہ ایک ایسی تحریر ہے ۔جسے مسافر دورانِ سفر یا بعد از منزل تحریر کا جامعہ پہنا تا ہے اور اپنی کیفیات ،مشاہدات ،تجربات اور نظریات کو دوسروں کے سامنے لاتا ہے ۔مصنف سفر میں پیش آنے والے واقعات اور حالات کو اس طرح پیش کرتا ہے کہ قاری کو مقامات کی تمام تفصیلات اور معلومات کا علم ہو جاتا ہے۔سفر نامہ نگار جغرافیائی ،تاریخی اور سماجی حالات کی منظر کشی اس طرح کرتا ہے کہ حالات اور تاثرات ایک ریکارڈ کی شکل میں ہمیشہ کے لیے محفوظ ہو جاتے ہیں ۔سفر نامہ نگار راستے کی کٹھن اور دشوار تکالیف سے محفوظ رہنے اور دلکش مناظرِ فطرت سے محظوظ ہو نے کی تحریک دیتا ہے ۔جب کوئی مسافر عازمِ سفر ہوتا ہے تو ہزارِ شجر سایہ دار اور بہتیرے مسافر نواز راہ میں کھڑے ہوتے ہیں ۔لیکن بعض اوقات یہ باتیں ایک خوش کن خیال ثابت ہوتی ہیں اور صحرا نوردی کی خاک چھاننے کے بعد اندازہ ہوتا ہے کہ سفر ایسے ہی وسیلۂ ظفر نہیں ۔
البیرونی ،مار کو پولو ،شیخ سعدی،ابنِ ہیکل بغدادی ،ابنِ بطوطہ،کولمبس اور یوسف کمبل پوش ایک طویل فہرست ہے جو سفر نامہ نگاروں کی ہے ۔یونانی سیاح ”میگس تھینز ‘‘کو تین سو سال ق م چندر گپتا موریہ کے دربار میں حاضری کی

روداد کو شاید دنیا کا پہلا سفر نامہ شمار کیا جاتا ہے اور یہ بھی قیاس کیا جاتا ہے کہ سکندرِ اعظم کا ہندوستان پر حملہ اس سفر نامے سے ممکن ہوا تھا۔
اردو سفر ناموں کی رویت عربی اور فارسی سفر ناموں کی عطا ہے ۔ابنِ بطوطہ کا سفر نامہ"تحفہ ٔ انتظار "،یوسف کمبل پوش کا سفر نامہ "عجائباتِ فر ہنگ"جسے اردو کا اولین افسانہ قرار دیا جاتا ہے ۔مولانا جعفر خان کا سفر نامہ "کالا پانی"،"مصر و روم و شام "شبلی نعمانی،منشی محبوب عالم کا سفر نامہ "یورپ "،شیخ عبدالقادر کا "مقامِ خلاوت "خواجہ حسن نظامی کا "مصرو فلسطین'،قاضی عبدالغفار کا "نقشِ فر نگ "قاضی محمد کا سفر نامہ"اندلس"عبدالماجد دریا آبادی کا سفر نامہ"سفرِ ایاز "،پروفیسر احتشام کا" سفر یورپ" ابنِ انشا کا چلتے ہو تو چین کو چلیے "،"دنیا میرے آگے "،"ابنِ بطوطہ کے تعاقب میں"رام لال کا "زرد پتوں کی بہار "اور مستنصر حسین تارڑ کے سفر نامے اس حسین روایت کو آگے بڑھا رہے ہیں۔

ڈاکٹر صابر آفاقی

ڈاکٹر صابر آفاقی ایک بہترین سفر نامہ نگار ہیں۔ ان کا سفر نامہ" سفر محبتوں کا" جموں کشمیر کی حسین ترین وادی کا سفر نامہ ہے۔ یہ ایک تاریخی اور یاد گار قسم کا سفر نامہ ہے جس میں انھوں نے پونچھ ،راج وری، جموں اور مقبوضہ کشمیر کی سیر کی۔ وہاں کی ثقافت کو پرکھا، کشمیر کی بڑی زبانوں، کشمیری، گوجری، پہاڑی، ڈوگری، کے اہلِ قلم سے ملاقاتیں کی اور ان زبانوں کے شعر و ادب کی صورتِ حال کا جائزہ پیش کیا۔ اس سفرنامے میںانھوں نے کشمیر کے حسن و جمال ،سر سبز و شاداب اور دل کش نظاروں کے ساتھ ساتھ وہاں کی سڑکوں کی حالت لوگوں کے رویے اور مہمان نوازی کو بھی بیان کیا ہے۔ وہ ایک ماہر سفر نامہ نگار کی طرح جس جگہ قیام کرتے وہاں کا تاریخی پس منظر حدود اربعہ، اہم شخصیات اور اہم واقعات کا بھی ذکر کرتے ہیں۔ طرزِ تحریر شگفتہ اور سلیس ہے کہ وہ راولا کوٹ، پونچھ، چنڈک، لورن ، سورن کوٹ اور ڈنہ ،جس مقام سے بھی گزرتے ہیں ،قاری کو اپنے ہمراہ رکھتے ہیں۔ جموں پہنچ کر انھوں نے جموں کے حالات اور جموں کے اہلِ قلم کی تفصیل بیان کی ہے۔ اس سفر میں ان کے ہمراہ ان کے چھوٹے بھائی مخلص وجدانی بھی ہیں اس لیے جب ان کی ملاقات ڈاکٹر جاوید راہی سے ہوتی ہے تو وہ اپنا اور مخلص کا تعارف اس انداز میں کراتے ہیں:

"ڈاکٹر جاوید راہی نے ہمارا مختصر سا تعارف کروایا ،یعنی یہی کہ ہم دونوں سوار اس علاقے سے آئے ہیں ،جسے پاکستان کا مقبوضہ کشمیر کہا جاتا ہے۔ مخلص بہت بڑے شاعر ہیں اور وہ عمر میں آفاقی سے بڑے نہیں۔ اگر بعض جگہ ملنے والوں کو ان کی بڑائی اور آفاقی پر کم عمری کا دھوکا ہوا ہے تو وہ ان کا قصور ہے"(۸۵)

صابر آفاقی اپنے خاص ادبی اسلوب اور مزاح نگاری سے قاری کو نہایت دل چسپی سے اپنے ہمراہ رکھتے ہیں۔ وہ اپنی تحریر کے ساتھ ساتھ شاعری کا تڑکا بھی

لگاتے رہتے ہیں جس سے ادبی فضا قائم رہتی ہے اور سفر نامہ روایتی سفر ناموں سے منفرد اور دل چسپ لگنے لگتا ہے۔ ڈاکٹر آفاقی نے منظر نگاری تاریخ نگاری اور واقعہ نگاری سے زیادہ اپنے معمولات کا تذکرہ کیا ہے کہ وہ ناشتہ، دوپہر کا کھانا اور گھومنا پھرنا کن کن لوگوں کے ساتھ کرتے رہے ہیں۔ سری نگر میں جب وہ ہوٹل میں ٹھہرے ہوئے تھے تو صبح پانچ بجے ان کی آنکھ کھل گئی تو انہوں نے کشمیر کے فرزند علامہ اقبال کی سری نگر آمد پر نشاط باغ میں بیٹھ کر ۱۹۲۱ میں ساقی نامہ جیسی بڑی نظم تخلیق کی تو شاعری کی دیوی نے انہیں بھی گلہ کیا کہ تم کیسے شاعر ہو ۔ انہوں نے وہیں بیٹھے بیٹھے اقبال کی ہی زمین میں "آفاقی نامہ" لکھی جس کے چند اشعار ملاحظہ ہوں:

یہ لطفِ خداوند لیل و نہارے
رسیدم بہ کاشر چو فصلِ بہارے
ز جور خزاں شد چناں باغ کاشر
نہ قمری نہ کوکو نہ بانگِ ہزارے
چہ خواہم زمردانِ کشمیر صابر
نگاہے بلندے دلِ ہوشیارے (۸۶)

صابر آفاقی نے اس سفر نامے میں زیادہ تر ادبی لوگوں، تنظیموں اور جماعتوں کا ذکر کیا ہے۔ ان کے نزدیک یہ ادبی لوگ اگر آپس میں کدورتیں اور نفرتیں ختم کر دیں تو دونوں ممالک اور خاص طور پر خطہ جموں و کشمیر امن و سلامتی کا گہوارہ بن سکتا ہے۔ دونوں حصوں کے درمیان سفارتی تعلقات بہتر ہو سکتے ہیں اور بھائی چارے کو فروغ دیا جاسکتا ہے۔ اس بارے میں انہوں نے اپنے سفر نامے میں کچھ ہدایات دی ہیں جو قابلِ غور ہیں:

"ہمارا یہ سفر محبتوں کا سفر، امن کا سفر اور دو ملکوں کے درمیان اعتماد سازی کا موثر سفر ثابت ہوا۔ ہم نے ادبی تقریبات میں اس بات پر زور دیا کہ دونوں ممالک وقت کے تقاضوں کو سمجھیں اور بین الاقوامی حالات کو پیشِ نظر رکھتے ہوئے دوستانہ روایات قائم کریں اور آنے والی نسلوں کی بقا کی تدبیر سوچیں" (۸۷)

سفر نامے کا اسلوب نہایت دل چسپ ہے ۔ وہ کسی بھی مقام سے سرسری نہیں گزرے، یوں لگتا ہے جیسے ان کا یہ سفر دونوں خطوں کے لوگوں کے لیے امن کا پیغام اور محبتوں کا درس ہے۔ سفر نامے میں انہوں نے چھوٹے چھوٹے جملوں سے بڑی بڑی ادبی اور دل چسپ باتیں کی ہیں کہ قاری دیر تک حظ اٹھاتا رہتا ہے۔ یوں تو ان کا سارا سفر نامہ شاہکار ہے مگر چند سطور حوالے کے طور پر ان کے اسلوبِ نگارش کو پرکھنے کے لیے پیش کی جاتی ہیں:

"ہم جلال آباد جی پی او کے پاس ویگن کے اڈے پر آدھ گھنٹہ پہلے پہنچ گئے۔ منیر نیازی کو اپنے سے گلہ تھا کہ وہ ہر کام میں دیر کر دیتے تھے۔ میں منیر نیازی نہیں ہوں کہ ہر کام میں دیر کردوں" (۸۸)

راجوری کو روانگی کے وقت ان کا ایک جملہ معنویت کا لطف اس طرح سے دوبالا کر دیتا ہے۔

”مخلص وجدانی اور میں راجوری کے لیے بذریعہ کار روانہ ہوئے۔ ہمارا ڈرائیور خالد کولی تھے۔ اکھنور میں ہم نے سیب اور کیلے خریدے تا کہ سفر بے ثمر نہ رہے“(۸۹)

ان کا دوسرا سفر نامہ ”کثرتِ نظارہ“ ہے۔ یہ اپنی نوعیت کا ایک منفرد سفر نامہ ہے جس میں ازبکستان، تھائی لینڈ، نیپال بھارت، بنگلہ دیش، برما، مکائو، اور ملائشیا کے اسفار کی رودادشامل ہے۔ اس سفر نامے کا کمال یہ ہے کہ ان ممالک کے بارے میں جو معلومات صابر آفاقی نے دی ہیں وہ معلومات کسی اخبار کے فیچرز اور مضامین سے بھی حاصل نہیں ہوتیں۔ ڈاکٹر آفاقی نے اپنے تاثرات اور ایک سکالر کے خیالات کو شگفتہ پیرائے میں بیان کیا ہے۔ وہ باتوں باتوں میں مسلم اقوام کی مٹتی ہوئی تہذیب واقدار کی طرف طنزاًاشارہ بھی کرتے جاتے ہیں۔ انھوں نے تاشقند، ثمرقند، بخارا، اور دیگر ایسے علاقوں کا تذکرہ فاخرانہ انداز میں کیا کہ یہ علاقے مسلم اقوام کے علم و ادب کے مرکز رہے ہیں اور ایک عرصے تک ساری دنیا کو علوم کا فیض یہیں سے جای ہوتا تھا۔ صابر آفاقی نے مستنصر حسین تارڈ کی طرح کسی حسین دوشیزہ کی مسکان ،اس کے خدوخال، اور ملکہ غزل سے ملاقات کے قصے نہیں گائے بلکہ علمی ،ادبی اور غیر معروف سیاسی شخصیات کا تذکرہ کیا ہے۔ ان کے اس سفر نامے کے بارے میں ڈاکٹر محمد علی صدیقی لکھتے ہیں:

”ڈاکٹر صابر آفاقی کا کمال یہ ہے کہ وہ اپنے ہر ہوائی سفر کے دوران کھڑکی کے قریب سیٹ حاصل کرنے اور ایک باتونی پڑوسی سے بہم ہو جانے میں کامیاب ہو جاتے ہیں۔ وہ اپنے میزبانوں سے اپنی جان پہچان کا سراغ بھی نہیں دیتے۔ دیکھا گیا ہے کہ بعض سفر نامہ نگاروں سے ایسی غلطیاں سر زد ہوئی تھیں اور بعض ذہین پڑھنے والے کتابوں میں دیے ہوئے پتوں پر پہنچ گئے اور اپنے میز بان کے سابق ممدوح سفر نامہ نگار کے اکائونٹ میں ہفتے بلکہ مہینے گزار آئے اور ساتھ میں اوریجنل سفر نامہ نگار کے لیے تحفے تحائف بھی اپنے ہی گھر لے آئے“(۹۰)

صابر آفاقی نے اپنے اس سفر میں عام سی باتوں اور واقعات کو اس طرح شگفتہ ادبی پیرائے میں بیان کیا ہے کہ قاری دیر تک حظ اٹھاتا رہتا ہے۔ وہ جس ملک میں بھی گئے وہاں کے تعلیمی اداروں ،طلبہ اور اساتذہ سے متعارف کراتے گئے۔ ان کی تحریر اور اسلوب ایسا ہے کہ قاری سارا سفر نامہ ایک ہی نشست میں ختم کرنے کا خواہاں دکھائی دیتا ہے۔ اپنے سری لنکا کے سفر کی روداد میں وہ وہاں کے لوگوں کا اندازِ ادب و احترام دوسرے ممالک کے انداز سے مماثل کر کے یوں بیان کرتے ہیں:

”دنیا میں جتنی قومیں مختلف ہیں اتنے ان کے الفاظِآداب احترام بھی جدا جدا ہیں۔ مثلاً اگر آپ عرب میں جائیں، آپ اگر راجپوت بھی ہوں تو لوگ آپ کو السید کہہ کر

پکاریں گے۔ بھارت میں شری، لندن میں مسٹر، برما میں اُو، ایران میں آقا، کشمیر میں حضرت، بلتستان میں کسل، صوبہ سرحد میں مڑا، سندھ میں سائیں طرزِ تخاطب ہے" (۹۱)

ڈاکٹر صابر آفاقی کے سفر نامے دیگر سفر نامہ نگاروں سے مختلف ہیں کہ انھوں نے اپنے ان اسفار میں بھی تعلیمی اور علمی باتوں کو پیشِ نظر رکھا اور زیادہ تر ملاقاتیں بھی علمی اور خاص طور پر سیاسی لوگوں سے رکھیں۔ انھوں نے زیادہ بڑھا چڑھا کر یا مبالغہ آرائی سے کام لینے کے بجائے ایک انشائیہ نگار کی طرح شگفتہ پیرائے میں بیان کر دیا ہے تا کہ قاری اس کو پڑھتے ہوئے بوجھ بھی محسوس نہ کرے اور ادھورا نہ چھوڑنے پر بھی مجبور ہو جائے۔ان کے پاس ایک محقق اور ایک عالم کا قلم ہے اس لیے وہ کسی بھی مقام سے سرسری نہیں گزرتے بلکہ ہر محراب ، ہر گنبد، ہر ایوان کا نقشہ اتار دیتے ہیں۔ وہ مختلف تہذیبوں سے آشنا ہو کر قاری کو بھی شناسائی عطا کرتے ہیں ۔ وہ قدیمی اور تاریخی شہروں کو داستانوی انداز کی بجائے حقیقی رنگ میں اس طرح بیان کرتے ہیں کہ ان کا نقشہ آنکھوں کے رستے دل میں اتر جاتا ہے۔

یونس وریام

یونس وریام نے اپنی ابتدائی تعلیم سینٹ جوزف ہائی سکول کینٹ سے حاصل کی ۔انٹر کا امتحان نیو ایرا کالج اور بی۔اے کی ڈگر ی پنجاب یو نیورسٹی سے حاصل کی ۔اسلام آباد کے معروف ادارے انسٹی ٹیوٹ آف جرنلزم سے صحافت کا ڈپلومہ حاصل کیا ۔آپ بطورِ صحافی بہت سے قومی رسائل اور اخبارات کے علاوہ ریڈیو اور ٹی وی پر خدمات انجام دے چکے ہیں ۔آپ کی غزلیں اور گیت فریحہ پرویز ،کاشف جیکسن،فیصل پرویز اور سموئل کھوکھر جیسے نامور گلو کار گا چکے ہیں ۔آپ کے دو شعری مجموعے "چن ،سورج تے تارے "اور "سٹ وچھوڑے دی "شائع ہو چکے ہیں ۔ان کے کالموں کا مجموعی "پہلا پتھر "اور شاعری تیسرا مجموعہ "ٹھہرو چلے جانا "زیرِ طبع ہیں۔

یونس وریام کا سفر نامہ"گڈ بائے لنکاوی"کتابی صورت میں مسیحی نثر نگاروں اور ادیبوں میں پہلا سفر نامہ ہونے کا اعزاز رکھتا ہے ۔انھوں نے بطورِ صحافی ،ادیب اور شاعر اپنی لگ پہچان بنا لی ہے ۔ان کے مداح ساری دنیا میں ہیں اسی لیے ان کی شاعری کی کتاب "چن سورج تے تارے "کی تقریب رونمائی ملائیشیا میں منعقد ہوئی ۔اس تقریب میں شرکت کے لیے وہ اپن بیوی کے ہمراہ ملا ئیشیا تشریف لے گئے اور ملائیشیا کے سفر کی روداد کو "گڈ بائے لنکاوی"کے نام سے شائع کیا ۔

جب یونس وریام کی زند گی پر نظر ڈالتے ہیں تو پتہ چلتا ہے کہ آوارگی کا شوق وہ بچپن سے پالے ہوئے ہیں ۔وہ ابھی سکول میں زیرِ تعلیم تھے کہ لاہور کے تمام تاریخی مقامات دیکھ چکے تھے ۔ساحلِ سمندر کے نظارے کا شوق انہیں لڑکپن میں ہی کراچی لے گیا ۔اس کے علاوہ پاکستان کے شمالی علاقہ جات کی سیر سے

بھی جب جی نہ بھرا تو یورپ ،ایشیا ،شمالی ایشیا کے ممالک کی سیاحت کرتے رہے ۔معروف ڈراما نگار منظور راہی ان کے دوست ہیں۔راہی صاحب نے انھیں مختلف ممالک کی سیر کے احوال کو سفر نامہ کی صورت دینے کی تحریک دی ۔تو ملائیشیا کے سفر کو انہوں سفر نامے کی شکل میں تحریر کر کے قارئین کے سامنے پیش کر دیا ۔

"گڈبائے لنکاوی"ایک دلچسپ سفر نامہ ہے اس سفر نامے کی خاص بات یہ ہے کہ مصنف نے بے باک انداز میں حقائق سے پردہ اٹھایا ۔ان کا نداز تحریر سادہ اور سلیس ہے ۔لاہور روانی سے ملائیشیا تک اور یہاں سے واپسی تک کے تمام احوال کو سیدھے سچے اور کھرے انداز میں بیان کیا ہے ۔جب وہ ملائیشیا جانے کے لیے تیار ہورہے تھے تو پاکستان سے ملائیشیا کے اقربا ء کے لیے مٹھائیاں اور تحفے بطورِ پارسل دیے گئے جو ہمارے معاشرے کی اقدار بلکہ یوں کہنا چاہیے ہماری حسین روایات کا لازمی جز و ہے ۔لاہور ائیر پورٹ کے سٹاف کا رشوت طلب کرنا اور پھر جہاز میں دورانِ سفر تمام واقعات کا اظہار بہت دلچسپ ہے ۔ملائیشیا پہنچ کر انھیں جو سب سے پہلا مسئلہ درپیش آتا ہے وہ ائیر پورٹ سے EXIT کا ہوتا ہے ۔وہ سٹاف کی مدد سے باہر جاتے ہیں اور نئی سم خرید کر اپنے میزبان سے رابطہ کرتے ہیں اور ٹیکسی لے کر اپنی قیام گاہ کی طرف چلتے ہیں اور ملائیشیا کے راستوں کی منظر کشی بھی پاکستان کے شمالی علاقہ جات جیسی بتاتے ہیں ۔کوالمپور سے کلنک تک کا سفر جتنا خوبصورت رہا اتنا اس میں خوف بھی شامل ہو جاتا ہے جب وہ ایک حادثے سے بال بال بچتے ہیں ۔کلنک پہنچتے ہی ان کا شاندار استقبال ہوتا ہے اور انہیں ایک علیحدہ اپارٹمنٹ رہنے کو مل جاتا ہے ۔سب سے پہلے وہاں کے چرچ جاتے ہیں ۔شاپنگ مال میں گھومتے ہیں اور اپنے روزانہ کے معمول کے مطابق رات گئے تک دوستوں سے فون پر باتیں کرتے ہیں ۔اگلے دن وہ کلنک سے لنکاوی جانے کا ارادہ کرتے ہیں ۔اس سفر نامے کی سب سے اہم بات یہ ہے وہ جس مقام پر بھی جاتے ہیں وہاں کی تمام معلومات پہلے بتاتے ہیں اور وہاں کی سیر کا احوال بتاتے ہیں ۔جزیرہ لنکاوی کی تفصیل وہ اس طرح بیان کرتے ہیں ۔

"لنگ کاوی کے نام کی ابتدا کے متعلق بہت سی آراء ہیں ۔ایک تفسیر کے مطابق ملیشئین زبان کو لو کو ئیل میں لنگ کاوی کا مطلب سرخی مائل سنہرا عقاب ہے ۔ملائیشین زبان عقاب کے لیے لفظ ہیلاگ جس کا مختصر " لانگ "ہے اور کاوی ایک سرخ پتھر کا نام ہے جو اچھائیاں لکھنے کے لیے استعمال ہوتا تھا۔بعض لوگوں کا یہ بھی خیال ہے کہ "لنگ کاوی "کا مطلب بہت سے حسین جزیرے ہے۔"(۹۲)

مصنف سمندر اور جزیروں کی سیر کا حال اس طرح بیان کرتے ہیں کہ اس میں دلچسپی اور خوف کے عناصر مل جاتے ہیں ۔سمندر میں تیز کشتی رانی ،عقابوں اور چیلوں کا جھپٹنا اوربندروں کا حملہ کرنا یہ تمام مناظر جہاں دل میں خوف پیدا

کرتے ہیں وہاں لطف اندوز بھی کرتے ہیں ۔جزیرہ ”مینگرو“کیسیاحت کے دوران مصنف سمندر کی سطح پر تیرتے ہوئے عجب درختوں کے سلسلے کا حال بیان کرتے ہوئے حیرت میں ڈال دیتے ہیں ۔جزیروں کے بارے میں ان کا تجربہ بہت خوش کن رہا ۔منظر ملاحظہ ہو:

”بہت سے جزیرے ایسے بھی ہیں جو شام کے وقت ایک دوسرے سے مل جاتے ہیں اور یونہی سورج نکلتا ہے تو سمندر کا پانی ایک ہو جاتا ہے اور شام کے وقت جب سمندر کا پانی الگ ہو جاتا ہے تو خشکی نمایاں ہو جاتی ہے اور متوازن جزیروں کے رہنے والے عوام اس خشکی کے راستے ایک دوسرے کے ہاں ملنے اور کارو باری سلسلے آسانی سے آ جا سکتے ہیں ۔کچھ جزیروں کو پوش واٹر بھی کہا جاتا ہے جہاں سورج نکلتے ہی سمندر کا پانی سمندر سے باہر آ جاتا ہے ۔اور سورج کے غروب ہونے پر سمندر کا پانی سمندر میں چلا جاتا ہے ۔“(۹۳)

کیبل چئیر اور سکائی برج کی سیاحت بہت دلچسپ ہے ۔یہ سفری حالت پڑھتے ہوئے جب مصنف اپنے اور اپنی ہمسفر کے دلی خوف کا اظہار کرتے ہیں تو دل میں یہ خیال آتا ہے کہ انہیں یہ سفر دس سال پہلے کرنا چاہیے تھا ۔بلندی سے ڈر لگتا ہے اور اگر ساتھ بیوی بھی ہو تو یہ ڈر دگنا ہو جاتا ہے ۔اس لیے اسکائی برج سے وہ جلدی نیچے اتر آئے اور انڈر ورلڈ واٹر دیکھنے چلے گئے جہاں کی خوبصورت مچھلیاں اور فوسلز دیکھنے سے تعلق رکھتے ہیں۔

جیسے جیسے ہم آگے بڑھے ہمیں قدرت کی پیدا کردہ خوبصورت اور حسین ترین بلکہ ایسی ایسی عجیب و غریب مچھلیاں اور جانور دیکھنے کو ملے جو ہم نے اپنی پوری لائف میں نہ دیکھے تھے اور اگر ہم یہاں نہ آتے تو یہ ہماری زندگی میں ہمیں نصیب بھی نہ ہوتے یہ سب کچھ دیکھ کر انسان کی عقل نہ صرف دھنگ رہ جاتی ہے بلکہ سوچنے پر مجبور ہو جاتی ہے کہ خدا نے اتنے بڑے بڑے جانور ار مچھلیاں پانی کی تہہ میں کس طرح سنبھال رکھی ہیں ۔“(۹۴)

ٹوین ٹاور کی مکمل تاریخ بیان کرنے کے بعد مصنف نے اس دیدہ زیب فنِ تعمیر کے نمونے کی دلکشی کو سراہا ہے ۔اپنی کتاب کی تقریبِ رونمائی کے بعد وہ جب عازمِ سفر ہوتے ہیں تو لنکاوی سے ان کی محبت اور الفت بیان کے قابل ہے ۔وہ نرم دل ،نرم گفتار اور مذہبی آدمی ہیں ۔ہر کام دعا سے شروع کرتے ہیں اور اپنے دوستوں کو بھی فراغت کے لمحات میں یاد رکھتے ہیں۔اس لیے جب وہ واپسی کے لیے اڑان بھرتے ہیں تو آب دیدہ ہو جاتے ہیں اور لنکاوی کی خوبصورت یادوں کو دل میں بسا کر اس طرح الوداع ہوتے ہیں ۔

”ایرویشیا کے جہاز نے رن وے سے پرواز لیتے ہوئے آسمان کی بلندیوں کو چھونا شروع کر دیا میرے دل میں افسردگی کی حالت میں لنکاوی میں گزرے ہوئے لمحات اور یادوں کے ساتھ بوجھل دل سے یہ ایک آہ نکلی اور میں نے کہہ دیاگڈ بائے لنکاوی “(۹۵)

******

کالم نگار

کالم نگاری ایک ایسا فن ہے جو شاعری ،خطابت، صحافت ،تقریر اور مضمون نگاری کا مجموعہ ہے۔ صحافت اور کالم نگاری کا بندھن بہت مضبوط ہے۔ کالم نگار اپنے مشاہدات اور تجربات کو اپنی علمی اور معلوماتی استعداد کے مطابق تحریر میں لاتا ہے۔ کالم نگار کی اپنی رائے ہوتی ہے۔ قارئین اس سے اختلاف کا حق رکھتے ہیں۔ کالم نگاری کی بہت سی اقسام ہیں۔ فکاہی کالم، سنجیدہ کالم، ادبی کالم، سائنسی کالم، علامتی کالم، طبی ،قانونی، سیاسی کالم اور تفریحی کالم۔ چراغ حسن حسرت، شوکت تھانوی، عبدالمجید سالک، ابراہیم جلیس ماضی کے اچھے کالم نگار تھے۔ موجودہ عہد میں جاوید چودھری، حسن نثار، مجیب الرحمٰن شامی، زاہدہ حنا، مجید نظامی، شاہد مسعود، ظفر اقبال ، ڈاکٹر اختر شمار اور ڈاکٹر اشفاق ورک کے نام نمایاں ہیں۔

اقلیتی کالم نگاروں میں کنول فیروز ، فادر فرانسس ندیم، حمید ہنری، وکٹر ناصری، آسناتھ کنول، صابر آفاقی اور جاوید یاد عمدہ کالم نگار ہیں۔

آسناتھ کنول

آسناتھ کنول شاعرہ، اور نثر نگار کے طور پر ادبی حلقوں میں اپنی پہچان بنا چکی ہیں۔ مسیحی ادیبونمیں شعرا کے مقابلے میں نثر نگاروں کی تعداد نسبتاً کم ہے۔ آسناتھ ان گنے چنے ادیبوں میں شمار ہوتی ہیں جو شاعری اور نثر دونوں میدانوں میں اپنی کامیابیوں کا جھنڈا گاڑ چکے ہیں۔ وہ افسانہ نگار کالم نگار ، ناول نگار اور تنقید نگار ہیں۔ ان کے کالموں کا مجموعہ ''خواب اور انقلاب'' کے نام سے شائع ہوا۔انھوں نے عورتوں کے حقوق ، ان کے مسائل ،ظلم، بربریت ،ناانصافی ، ناہمواری اور غیر انسانی رویوں کے خلاف آواز بلند کی ہے۔ بقول ڈاکٹر مبارک علی:

'' عورتوں کے حقوق کے سلسلہ میں آسناتھ کنول کی کاوشیں قابلِ داد ہیں۔ وہ اپنی تحریروں سے معاشرے میں عورت کے حقوق کی بات کر رہی ہیں۔ وقت کا دھارا ان کے ساتھ ہے اور ان کی بات ایک نہ ایک دن ضرور سنی جائے گی''(۹۶)

آسناتھ کنول نے ہر طبقے کی خواتین کے حقوق کی بات کی ہے۔ بھٹہ مزدور خواتین کے مردوں کے شانہ بہ شانہ محنت کرنے کے ساتھ ان کی حق تلفی کی بات بھی کرتی ہیں۔ انھوں نے اپنے کالم''بھٹہ مزدور خواتین'' تحریر کرتے ہوئے ان خواتین سے ملاقات اور مکالمے کے بعد ان کی زندگی کے اندوہ ناک معاملات کو بد ترین استحصالی اور غلامی کا استعارہ قرار دیا ہے۔ وہ اس مزدوری کو ''بندشی مشقت''کے زمرے میں ڈالتے ہوئے حکومتی سطح پر ان خواتین کی حالت سدھارنے اور ان کے ساتھ ہونے والی مسلسل زیادتیوں کا مدعا پیش کرتی ہیں۔ خواتین کی جد و جہد آگہی اور ان کے احترام اور معاشی بد حالی کے ساتھ تنہائی کے عذاب کا لمیہ پیش کرتے ہوئے یہ باور کرانے کی کوشش کرتی ہیں کہ عورت

بحیثیت بیوی، ماں، اور بہن اس قدر خوبصورت مسند پر متمکن ہے کہ وہ ہر مقام ہر عزت و احترام کے قابل ہے۔

کالم "عقلِ کل" میں انہوں نے تمام شعور و آگہی کا منبع بننے والے مرد کو عقل کل سمجھنے کی بجائے اور عورت کے ناقص العقل ہونے کے خلاف بڑی علمی اور تحقیقی بحث کی ہے ۔ انھوں نے ثابت کیا ہے کہ ذہانت اور عقل کا دارو مدار جنس پر نہیں بلکہ انسان کے علم و شعور پر ہے ۔انھوں نے مرد اور عورت کو ایک دوسرے کے لیے لازمی قرار دیتے ہوئے عورت کے وجود کا دفاع کیا ہے۔ آسناتھ کنول جب یہ سوال کرتی ہیں کہ خواتین تذلیل کا نشانہ کیوں ہیں تو اس سوال کا جواب وہ خود ہی اس صورت میں دیتی ہیں کہ یہ ہمارے معاشرے کے شریر لوگوں کی ذہنی سطحیت اور عقل پسماندگی ہے کہ وہ اپنی مردانگی کا رعب اور وجاہت خواتین کی تذلیل میں پنہاں سمجھتے ہیں۔ وہ جہاں عورتوں کے حقوق اور مسائل کی بات کرتی ہیں وہاں عورتوں کے اعمال و افعال پر تنقید برائے اصلاح بھی کرتی ہیں۔ ان کا کالم "بے پردہ خوش لباسی" اسی تنقید کا ثبوت ہے۔وہ مشرقی خاتونِ خانہ ہونے کے ناطے مشرق کی اقدار اور روایات کی پاسداری کرنے کی تلقین کرتے ہوئے باپردہ زیب و زینت کو زیادہ جاذبِ نگاہ قرار دیتی ہیں اور فیشن کے نام پر فحاشی اور عریانی کا قلع قمع کرتی ہیں۔

خود کشی جیسے سنگین عمل پر وہ اس طرح نگاہ ڈالتی ہیں کہ اس حرام عمل کا ارتکاب کرنے والے لوگوں کو اس نہج پر پہنچانے والا کون ہے، ہمارا معاشرہ، ہمارا رویہ، یا ہم خود۔ آسناتھ کنول موت کو گلے لگانے کے اس قبیح عمل کے پیچھے غربت اور بے روز گاری کے ساتھ ساتھ ہمارے ارد گرد پھیلے اپنوں کے رویوں کو بھی قصور وار ٹھہراتی ہیں۔ آخر میں وہ خود کشی کو سراسر بزدلی اور بے حسی قرار دیتے ہوئے انسان کو ہمت، حوصلہ ، لگن اور شبانہ روز مشقت کی تلقین کرتے ہوئے صبر کا دامن تھامنے اور اللہ پر توکل کرنے کی تلقین کرتی ہیں۔ آسناتھ کنول اپنے کالموں میں عورتوں کی نمائندگی کرتی ہیں اور وہ اپنے طبقے کی بات کرتے ہوئے عورت کی ذات کی اہمیت کو اجاگر کرتی ہیں۔ وہ نرسنگ کو ایک مقدس پیشہ قرار دیتی ہیں اور اس پیشے سے وابستہ خواتین کے معاشرے میں مقام کی صحیح ترجمانی کرتی ہیں۔ وہ جہیز کو معاشرے کا ایک ناسور کہتی ہیں۔ چوں کہ معاشرہ اور عورت کے لازم و ملزوم ہونے کو رشتوں میں توازن قائم رکھنے کے لیے اور دیہاتی خواتین کی فلاح و بہبود کی ضرورت کو محسوس کرتی ہیں۔ این جی اوز اور خواتین کے حقوق کی بات کرتے ہوئے وہ این جی اوز کے کارناموں سے پردہ بھی اٹھاتی ہیں۔ خانگی زندگی میں بہتری کی مثال وہ اشفاق احمد اور بانو قدسیہ کی بے مثال جوڑی کے طور پر پیش کرتی ہیں۔ وہ خواتین کے لیے قانون سازی کرنے اور لڑکیوں کو فروخت کرنے کے مکروہ دھندے کو جرم قرار دیتے ہوئے اس کی حوصلہ شکنی کرتی ہیں۔ ہمارے اس نام نہاد مشرقی سماج میں آبرو ریزی اور عصمت دردی کے ہزاروں واقعات رونما ہو چکے ہیں جو

عورت کے غیر محفوظ ہونے پر لمحہ فکریہ ہیں جب کہ ایسے ظلم کی بھینٹ چڑھ جانے والی خواتین کی نہ تو زندگی رہتی ہے اور نہ معاشرہ انھیں قبول کرتا ہے۔ طعنے ان کا مقدر ٹھہرتے ہیں اور کوئی مرد ان سے شادی کے لیے بھی راضی نہیں ہوتا اور اگر ہو بھی جائے تو زندگی اذیت بنا کے رکھ دیتا ہے۔ اسی طرح ہمارے معاشرے میں بیوہ ہو جانا بھی ایک جرم ہے۔ ہزاروں خواتین بیوگی کے اس کٹھن اور دشوار گزار راستے پر چل رہی ہیں مگر کوئی بھی ان کا شریکِ سفر بننے کے لیے تیار نہیں ہے۔

آسناتھ کنول اپنے کالم" باہمت" میں ہمارے دور کی خواتین پر عائد ذمہ داریوں کو نبھانے والی با ہمت خواتین کو سراہتی ہیں۔ وہ ہمارے ہوس زدہ زمانے میں باہر نکلنے کام کرنے اور اپنے گھر والوں کا ہاتھ بٹانے کے حوصلے کو داد دیتی ہیں۔ کالم "ہوسٹل لائف" مینوہ ہوسٹل کے ماحول اور لڑکیوں کے نفسیاتی مسائل کے بارے میں ماہرین نفسیات کی آرا کو قلم بند کرتی ہیں۔

زن، زر ،زمین" میں انھوں نے معاشرے کے مختلف طبقوں کے لالچ اور مادہ" پرستی کو بیان کرتے ہوئے دنیا کو عارضی ٹھکانہ سمجھنے کا احساس اجاگر کیا ہے اور شیطان کے ڈالے گئے چنگل، حرص، ہوس اور لالچ سے معافی مانگنے کی تلقین کی ہے۔ توہم پرستی کو ہمارے معاشرے پڑنے والی پانچ ہزار سال پرانی تہذیب کا عکس قرار دیتے ہوئے انھوں نے یہ بتانے کی کوشش کی ہے کہ توہم پرستی کے اثرات کس طرح خانگی زندگی پر اثر انداز ہوتے ہیں۔ خانگی زندگی میں ایک اور مکروہ عادت شک ہے۔ انھوں نے مثالوں سے شک کی بنا پر کیے جانے والے بڑے بڑے غلط فیصلوں کے باعث ہونے والے نقصانات کو بیان کیا ہے۔مجیب الرحمٰن شامی کہتے ہیں:

آسناتھ بنیادی طور پر شاعرہ ہیں یا نثر نگار یہ فیصلہ کرنا مشکل ہے۔ وہ کھلی" آنکھوں سے اپنے ارد گرد دیکھتی اور اپنے قلم کو زبان بنا لیتی ہے۔ وہ سماجی مسائل پر قلم اٹھاتی ہیں۔ عورتوں کے حقوق کے لیے کچھ کر گزرنے کی تمنا لے کر وہ سماج کو بدل دینا چاہتی ہیں۔ظلم، ناانصافی، ناہمواری کو ختم کرنا ان کا (مقصدِ حیات ہے"(۹۷

جاوید یاد

جاوید یاد کثیر الجہتی شخصیت کے حامل ہیں۔ وہ باکمال شاعر اور لازوال نثر نگار ہیں۔ ان کی نثری تحریریں عام ادیبوں سے مختلف نوعت کی ہیں۔ ان کی نثر میں جو ایک خاص بات جھلکتی ہے وہ اصلاحِ معاشرہ ہے۔ ان کی تحریریں بامقصد ہیں جنھیں صرف دل کی بھڑاس نکالنے کے لیے نہیں بلکہ انسان کے ضمیر کو جھنجوڑنے کے لیے زیب قرطاس کرتے ہیں۔ ہمارے معاشرے میں حسد ،کینہ، بغض، نفرت، تعصب، لالچ ،خود غرضی، افراتفری، بے حسی، دہشت گردی، موقع پرستی اور انتہا پسندی کی بہتات ہے اور اخلاقیات کا فقدان ہے۔ عدم برداشت ہے۔ مذہبی جنونیت ہے اور تنگ نظری ہے۔ اس بیمار معاشرے کی اصلاح کے

لیے جاوید یاد کی تحریریں وہی کام کر رہی ہیں جو آج سے ڈیڑھ سو سال قبل سر سید احمد خان کے "تہذیب الاخلاق" میں شائع ہونے والے مقالات نے کیا تھا۔

جاوید یاد کی کتاب "کب سوچیں گے" ایسی نثری تصنیف ہے کہ اس میں درج کیے گئے تمام کالم کسی نہ کسی سوال پر اختتام پذیر ہوتے ہیں۔ یہ کالم کوئٹہ کے روز نامہ "کندن" میں سلسلہ وار شائع ہوتے رہے ہیں۔ اس کتاب کا نام ہی موجودہ عہد کے انسان سے لے کر آنے والے زمانے کے انسان کو جگانے اور جنجھوڑنے کا عندیہ ہے۔ جاوید یاد کے کالموں کی خاص بات یہ ہے کہ وہ کلامِ مقدس سے ایک آیت لے کر سماج پر منطبق کرتے ہیں اور پھر اس کے سیاق و سباق کو پھیلائو میں لا کر اس طرح سمیٹتے ہیں کہ وہاں سے ایک نیا سوال جنم لیتا ہے جو سوچنے اور عمل کرنے کی ترغیب دیتا ہے۔ جاوید یاد معاشرے کے نباض ہیں۔ وہ سماج کی نبض پر ہاتھ رکھ کر اس کی بیماریوں کی تشخیص کرتے ہیں اور اس کی ایسی دوا تجویز کرتے ہیں جو نہایت کار آمد ہوتی ہے۔

اللہ تعالیٰ نے انسان کو عقلِ سلیم سے نوازا ہے۔ انسان فطری طور پر سرکش ہے اسے راہِ راست پر لانے کے لیے جو چیز سب سے اہم ہے وہ پیغام ہے۔ جس کے لیے اللہ نے مختلف ادوار میں انبیا کو مبعوث فرمایا۔ اس پیغام کی نوعیت کو سمجھنے اور جانچنے کے لیے انسان اپنی عقل اور شعور سے کام لیتا اور جب وہ سوچنا شروع کرتا ہے تب خیر و شر میں امتیاز کررنے لگتا ہے۔ دوسرے لفظوں میں جب بھی کوئی انسان راہِ ہدایت پر آتا ہے تو اس کے پیچھے اس کی اپنی سوچ کار فرما ہوتی ہے جو اس کے ضمیر کو جگاتی ہے۔ بس ایک لمحہ ہی ہوتا ہے جو کسی کو بہتر انسان نانے کے لیے کافی ہوتا ہے۔ جاوید یاد اسی ایک لمحے پر غور کرنے کی ترغیب دیتے ہیں۔

کب سوچیں گے" کے کالموں پر اگر غور کیا جائے تو ان تمام کالموں کا ڈھانچہ" ایک سا دکھائی دیتا ہے۔ اور ان میں مندرجہ ذیل امور مشترک نظر آتے ہیں۔

* پیامِ کلامِ مقدس * سماجی معاملات

* مسائل کا آسان حل * سوچنے کی ترغیب

جاوید یاد دین مسیح کے سچے پیرو کار ہیں۔ وہ تعلیماتِ مسیح پر عمل پیرا ہیں اور انھی کے داعی ہیں۔ "کب سوچیں گے" پچاس مختصر کالموں ہر مشتمل ایسا گلدستہ ہے جس کا ہر پھول معطر ہے۔ یہ کالم کسی ایک لفظ کسی ایک فکر کسی ایک عمل اور کسی ایک پیغام سے شروع ہوتے ہیں اور جاوید یاد اپنی بات کو ایک یا ڈیڑھ صفحے پر اس طرح منتج کرتے ہیں کہ ساری بات دل چسپ پیرائے میں ڈھل جاتی ہے۔ ان کا اندازِ تحریر بہت سادہ اور سنجیدہ ہے۔ وہ اختصار کے ساتھ جامعیت کا دامن تھامے ہوئے ہیں۔ وہ صرف اور صرف اپنے مقصدِ تحریر پر توجہ مرکوز رکھتے ہیں اور نپے تلے الفاظ میں خیالات کا اظہار کرتے ہیں۔ وہ لمبے اور طویل بحث و مباحثے میں نہیں الجھتے اور نہ ہی تاویلیں پیش کرنے کی کوشش کرتے ہیں۔ وہ نہایت فاضلانہ اور عالمانہ مقالے بھی نہیں لکھتے ۔ اساطیر اور من گھڑت

کہانیاں نہیں سناتے ۔فلسفیانہ مکالموں اور صوفیانہ تصورات سے بھی گریز کرتے ہیں ۔ وہ ایک عام انسان ، عام قاری اور عام فرد کے سامنے اپنی بات بیان کرتے ہیں۔ وہ اپنی بات کو ایک سادہ سے نکتے سے واضح کرتے ہیں اور سامنے والے پر پنی فکر اور خیال کو لاگو کرنے اور زورِ قلم سے منوانے کے بجائے بس اس نکتے پر سوچنے کے لیے دعوتِ فکر دیتے ہیں۔ آسناتھ کنول ان کی کالم نویسی کے بارے میں لکھتی ہیں:

"جاوید یاد کے ذہن میں اس کا کام ہے، وہ فکر انگیز لمحے جو اس پر گزرتے ہیں ۔ دنیا اور انسانیت کی اچھائی سے متعلق اس کے وہ سارے خواب جن کی تعبیر وہ اب تک ڈھونڈتا ہے، خدا کرے ان سارے تڑپتے سلگتے خوابوں کی تعبیر مل جائے۔ یہ دنیا ویسی ہو جائے جیسی خدا نے بنائی۔ ویسی بن جائے جیسے جاوید یاد کا خواب ہے کہ انسانیت کے شجر پر اچھائیوں ، نیکیوں ،محبتوں کے پھول کھلنے لگیں۔ نفرت کو ختم کر کے مروت کو فروغ ملے، مگر۔۔۔ کب سوچیں گے"(۹۸)

جاوید یاد اپنے کالموں کے ذریعے معاشرے کے زخموں پر امن کا پھاہا رکھ رہے ہیں۔ وہ اپنے کالم میں معاشرے کے زخموں کا مداوا اس انداز میں کرتے ہیں:

"فصل تو بہت ہے مگر مزدور تھوڑے ہیں۔ آج ہمارے خاندان کی زیادہ توجہ دنیوی ترقی کی جانب ہے۔ ڈاکٹر، انجینئر، پروفیسر اور کسی بڑے عہدے پر پہنچنے کے منتظر رہتے ہیں۔ خدا کی خدمت اور تعلیم پھیلانے کے لیے تیار نہیں ہوتے۔ یہی وجہ ہے کہ ہمیں تیرگی اور تنزل نظر آتا ہے"(۹۹)

ان کا کالم "تحفہ" نیک بیوی کے بارے میں ہے۔ کس طرح ایک بیوی گھر کو جنت نظیر بنا سکتی ہے۔ وہ بچوں کی دیکھ بھال امورِ خانہ داری اور دیگر خانگی معاملات میں مرد کے شانہ بہ شانہ کھڑی ہوتی ہے ۔ اگر وہ مخلص اور نیک نہ ہو تو گھر تمام آسائشوں کے باوجود دوزخ محسوس ہوتا ہے۔ لکھتے ہیں:

"نیک بیوی خداوند کا عظیم تحفہ ہے۔ انسان کے پاس دنیا بھر کی نعمتیں ہوں اگر گھر میں سکون نہیں تو سب بے کار ہو جاتا ہے۔ گھر کا سکون چین ، زندگی میں مسکراہٹیں نیک بیوی ہی سے منسلک ہیں۔ جو گھر شوہر اور بچوں کے لیے سب کچھ قربان کر دیتی ہے"(۱۰۰)

جاوید یاد نے اپنے کالموں کے ذریعے سماجی، معاشی اور مذہبی پہلوئوں کو عملی صورت میں پیش کیا ہے۔ فکر و خیال سے معمور الفاظ ان کی تحریر کا خاصہ ہیں ۔ وہ اپنے قلم کے ذریعے جہاد کر رہے ہیں اور اپنی تحریر سے تبلیغ کر رہے ہیں۔ وہ اس پر آشوب عہد میں محبت، خوشی، اطمینان، نیکی، ایمان داری، اور پرہیز گاری کے پیغام کو دوسروں تک پہنچا رہے ہیں۔ وہ مذہب اور ثقافت کو یکجا کرتے ہیں اور رشنیاں تقسیم کرتے ہیں تا کہ یہ دنیا پھولوں سے اور خوشیوں اور خوشبوئوں سے بھر جائے۔

وسیم جبران

شاعر، افسانہ نگار اور استاد وسیم جبران معاشرے کے ظلم و زیادتیوں، ناانصافیوں، چالاکیوں، بے ہودگیوں اور لاچاریوں کو اپنے کالم ک موضوع بناتے ہیں۔ وہ ان قباحتوں کا خاتمہ کرنے کے لیے میدانِ صحافت میں اترے ہوئے ہیں۔ "اپنا ٹائم آئے گا" ایسے کالموں کا مجموعہ ہے جو گزشتہ سالوں میں ہونے والے ہمارے معاشرے کے قبیح واقعات اور سانحات کا احاطہ کرتا ہے۔ وسیم جبران کے اس مجموعے کو موضوعاتی اعتبار سے تین حصوں میں تقسیم کیا جاسکتا ہے، تانیثیت، سیاست اور سماج۔ ان کے ۲۵ کالم نسائیت کے موضوعات، ۱۵ سیاست اور ۱۰ سماجیات پر لکھے گئے ہیں۔ وہ دردِ دل رکھنے والا انسان ہے۔ وہ ایک ایسے معاشرے کا فرد ہے جہاں وہ اپنی برادری کے ساتھ خود ایک بے نام فصیلوں میں قید ہے۔ وہ ایسی کمیونٹی کا رکن ہے جہاں وہ سب سہہ تو سکتا ہے مگر اظہار نہیں کر سکتا۔ جہاں مذہبی شدت پسندی اور مولویانہ ذہن کے پروردہ احباب سانحہ یوحنا آباد اور سانحہ گوجرہ جیسے قبیح افعال کے مرتکب ہوتے ہوں وہاں زبانیں گنگ رہ جاتی ہیں۔ مگر وسیم جبران ان تمام معاملات کو پسِ پشت رکھ کر اپنا علمِ بغاوت بلند کیے ہوئے میدانِ صحافت میں اترا ہے اور بآوازِ بلند اپنا مدعا بیان کر رہا ہے۔

اپنا ٹائم آئے گا" ان کے کالموں کی پہلی کتاب ہے۔ کتاب کا پہلا کالم اپنا ٹائم آئے گا" کراچی میں چوری کے الزام میں قتل کر دیے جانے والے "ریحان" کا قصہ ہے کہ جس ی تصویر سوشل میڈیا پر وائرل ہوئی تو اس کی شرٹ پر لکھا تھا "اپنا ٹائم آئے گا"۔ اس چھوٹے سے جملے کے پیچھے ظلم، زیادتی ناانصافی، بر بریت اور محکومی میں بسنے والے افراد کے لیے اک روشنی نظر آرہی ہے جو انہیں حوصلہ، امید، اور جولانی عطا کر رہی ہے۔ اس جملے کے پیچھے یہ پیغام چھپا ہے کہ یہ سب واقعات دھوئیں کے بادل ہیں جو چھٹ جائیں گے اوت جب ان کا ٹائم آئے گا تو وہ بھی چین کی زندگی بسر کر سکیں گے۔ کالم کا موضوع تو ریحان کا قتل ہے اور بہت سے مظلوموں کے اس طرح کے قتل پر معاشرے کے ان ظالم افراد کو طنز کا نشانہ بنا کر پیش کیا گیا ہے۔ نہیں اس طرح کے اعمال پر فاتح اور نیک و کار قرار دے کر گہری تنقید اور چبھتی ہوئی طنز میں اس طرح بیان کرتے ہیں:

یہ ہمارے نیک و کار اتنا انتظار کیسے کرتے۔ یہ برداشت کی صفت سے تو یک" سر محروم ہیں۔ یہ اس بات پر یقین رکھتے ہیں کہ جہاں برائی دیکھو فوراً اس کا قلع قمع کردو۔ خواہ وہ سیالکوٹ کے دو بھائی ہوں، مردان کا مشال خان ہو یا کراچی کا ریحان۔ یہ جب کسی کو مجرم ٹھہراتے ہیں تو پھر اسے اذیت ناک موت سے کم کی سزا نہیں دیتے۔ جرم کا ارتکاب ہوا ہے یا نہیں۔ کیا صحیح ہے اور کیا غلط یہ ان کی صواب دید پر منحصر ہے"(۱۰۱)

صلاح الدین کا پولیس کے ہاتھوں مارا جانا، سانحہ ساہیوال کا ہونا اور ایسے کئی واقعات ہیں جن کے پیچھے ہمارے محافظ اور نگران پولیس کھڑی ہے۔ یہ انسان

کے بجائے جرم سے نفرت کا راگ الاپتے ہیں مگر یہ کم فہم دانشور، حساس، شعور رحم اور انسانیت سے نابلد ہوتے ہیں۔ یہ شدت پسند ، اپنی شدت پسندی پر فخر کرتے ہیں اور کسی کو موت کے گھاٹ اتار کر شرمندہ نہیں ہوتے بلکہ اپنی تقصیروں اور خطائوں کو اپنی وجاہت گردانتے ہیں اور اس پر اتراتے رہتے ہیں۔ سماجیات کے موضوع پر ان کا دوسرا کالم "کیا خواجہ سرا کے سینے میں دل نہیں ہوتا" کے عنوان کے تحت لکھا گیا ہے۔ اس کالم میں وسیم جبران ایک خواجہ سرا کے ساتھ رحم دلی کرتے ہوئے اسے ریستوران میں کھانا کھلانے لے جاتے ہیں۔ خواجہ سرا کی کہانی اسی کی زبانی اس کالم میں بیان کرتے ہیں۔ کالم پڑھتے ہوئے اس مخلوق پر ترس آتا ہے اور ان کے لیے تضحیک آمیز رویے کی بجائے ایک نرم گوشہ دل میں پیدا ہو جاتا ہے۔ کالم کے آخر میں خواجہ سرا کے الفاظ غمگین کر دیتے ہیں:

"میں اس زندگی سے کیسے لطف اٹھائوں۔ میری ماں نے مجھے کبھی گلے نہیں لگایا۔ میرے باپ نے مجھے ہمیشہ جوتے کی نوک پر رکھا۔ عورتیں مجھے دیکھ کر ہنستی ہیں۔ مرد دیکھ کر منہ پھیر لیتے ہیں۔ جنس زدہ نوجوان مجھے اپنی ہوس مٹانے کا ذریعہ سمجھتے ہیں۔ میں اگر مر جائوں تو شاید کوئی مولوی میرا جنازہ بھی نہیں پڑھائے گا۔ ہر روز میرے کلیجے پر ایک زخم لگتا ہے ، ہر دن میرے دل پر چھریاں چلتی ہیں۔ مجھے آپ سے ایک سوال پوچھنا ہے صاحب۔ مجھے جواب ضرور دینا۔ مجھے صرف اتنا بتا دیں کہ کیا خواجہ سرا کے سینے میں دل نہیں ہوتا"(۱۰۲)

وسیم جبران کے ان کالموں میں ۱۵ کالم خالصتاً سیاسی موضوعات پر لکھے گئے ہیں۔ ان کالموں میں مزاح کے چھینٹے بھی ہیں طنز کے نشتر بھی اور سنجیدگی کے تازیانے بھی۔ "۲۰۲۴ کا پاکستان کیسا ہو گا" ایک مذاحیہ اور طنزیہ کالم ہے۔ اس میں پاکستان کی ترقی کا ایک خواب دیکھا گیا ہے۔ایک اور کالم میں بھارتی چینلز پر پابندی لگانے کے لیے پاکستانی فلموں، ڈراموں اور چینلز میں بہتری لانے کا مشورہ دیتے ہیں۔ ایک کالم میں عمران خان کے جذبہ خیر سگالی اور امن کی تائید کرتے ہوئے بھارتی پائلٹ ابھی نندن کی رہائی کو عجلت اور قبل از وقت کیا جانے والا فیصلہ قرار دیتے ہیں۔ وہ وزیرِ اعظم کے اپنے فیصلوں سے پھر جانے یعنی "یو ٹرن" لینے کو دماغ کا دہی کرنا کہتے ہیں۔ اپنے کالم"کپتان کے انمول رتن" میں وہ فیاض الحسن چوہان ، فواد چودھری، جہاں گیر ترین، عثمان بزدار اور عارف علوی کو وزیرِ اعظم صاحب کے انمول رتن قرار دیتے:

"یہ انمول رتن کپتان کو وزیرِ اعظم سے اکبرِ اعظم ثانی بنانے کی بھرپور صلاحیت رکھتے ہیں۔ لہٰذا ہمیں یقین ہے کہ اس ٹیم کے ساتھ کپتان وطنِ عزیز کو اس بلند مقام پر لے جائیں گے کہ ہم خود کو اکبرِ اعظم کے زمانے میں پائیں گے باادب با ملاحظہ ہوشیار"(۱۰۳)

وسیم جبران کے کالموں میں زیادہ موضوعات عورتوں کے بارے میں ہیں۔ وہ عورت کے معاشرے میں مقام اور مرتبے کے ساتھ ساتھ ان کے ساتھ ناروا سلوک کو بھی بیان کرتے ہیں۔ وہ رابی پیر زادہ کی نازیبا ویڈیو جاری ہونے پر ہمارے مشرقی اور اسلامی معاشرے کے لوگوں کے بھڑکتے جذبات کو رابی پیر زادہ کی دانستہ غلطی کو معاف کرنے کی ترغیب دلاتے ہوئے صبر تحمل، بردباری پر نرم گوشہ رکھنے کی طرف توجہ دلاتے ہیں۔ یہی معاملہ وہ اقرا عزیز اور یاسر حسین کی ویڈیو پر بتاتے ہیں۔ مہوش حیات کے امریکہ میں فیشن ایبل کپڑے پہننے پر ہماری قوم کے بر انگیختہ ہونے کو اس طرح طنزاً پیش کرتے ہیں:

"مہوش حیات کو اگر امریکہ جانے کا موقع مل ہی گیا تھا تو اسے چاہیے تھا کہ اس موقع سے فائدہ اٹھاتے ہوئے کافروں کو نیکی اور پرہیز گاری کا درس دیتیں۔ شاید ان کی وجہ سے کوئی بھٹکا ہوا راہِ راست پر آجاتا۔ اور ایسا لباس زیبِ تن کرتیں جو انہیں مکمل طور پر ڈھانپ سکتا۔ افغانی برقعہ اولیں چوائس بن سکتا تھا۔مگر افسوس کہ اسے اس بات کا احساس نہیں کہ اس طرح کا لباس نیک و کار اور پرہیزگار جوانوں اور بوڑھوں کے جذبات بر انگیختہ کرنے کا سبب بنتا ہے۔ وہ (بوجوہ اپنے جذبات پر قابو پانے کی صلاحیت نہیں رکھتے" (۱۰۴

وسیم جبران دراصل ہمارے معاشرے کے بیمار ذہنوں کی سوچ کی سطحیت کو موضوع بناتے ہیں۔ وہ یہ بتاتے ہیں کہ یہ رویہ ہمارے معاشرے میں پروان چڑھ چکا ہے کہ تمام برائیوں کی جڑ عورت ہے اور عورت کی وجہ سے ہی معاشرے میں بگاڑ پیدا ہو رہا ہے۔ اگر کوئی عورت بھوک افلاس اور لاچاری کی وجہ سے کوئی پیشہ اختیار کر لے تو اس کے کردار پر انگلیاں اٹھائی جاتی ہیں۔ بس ہوسٹس ،استانی، نرس، استقبالیہ،ماڈل، اور بیوٹی پارلر چلانے والی خواتین معاشرے میں عزت کا مقام کھو چکی ہیں۔ طلاق یافتہ عورتیں دوسرے درجے کی شہری بن جاتی ہیں۔ انھیں پائوں کی جوتی سمجھا جاتا ہے اور ان کا وجود باعثِ تذلیل گردانا جاتا ہے۔ آئے روز درندگی اور ریپ کا الزام بھی عورت پر لگایا جاتا ہے جب کہ اس جرم کے مرتکب مرد کو یہ کہہ کر معاف کر دیا جاتا ہے کہ عورت کے لباس نے اس طرف راغب کیا اور اس کے جذبات کو بھڑکایا ہے۔ عورت گھر میں محفوظ نہیں اسے اگر تہہ خانے میں بھی بند کر دیا جائے تو معاشرے کی بری نگاہوں سے تو بچ جائے گی مگر جن لڑکیوں کی عزتیں گھر کے مردوں نے لوٹ لی ہیں ان کا حل کیا ہے۔ کیا عورت ہونا ہی سراسر غلط ہے؟ اس کا مطلب تو یہ ہوا کہ عورت کو ہونا ہی نہیں چاہیے۔ اگر معاشرے میں امن سلامتی اور سکون ہو تو پھر عورت نہ ہو۔ ایسی گھٹیا اور سطحی سوچ ہے اور اس گھٹیا سوچ کو فاش کرنے میں وسیم جبران پیش پیش ہے۔

"قندیل تمھیں مرنا ہی تھا" ایسا ہی ایک کالم ہے جس میں قندیل بلوچ کے قتل کے پیچھے معاشرے کی سوچ کار فرما دکھائی گئی ہے۔ عورت کی حیثیت نہ سمجھنا اور اسے انسان نہ جاننا ھی ہمارے معاشرے کا اک گھنائونا فعل ہے۔

وسیم جبران معاشرے کا نبض شناس ہے۔ ہ تصویر کے دونوں رخ دیکھ کر بات کرتا ہے۔ وہ عورتوں پر ظلم و ستم اور ناروا سلوک کو بیان کرتا ہے تو دوسری طرف عورتوں کے کارناموں کو نشانہ تنقید بناتا ہے۔ آنٹی کہنے پر غصہ کرنے والی، ٹک ٹاک پر فحاشی اور عریانی پھیلانے والی، معاشرے اور خاندان کی عزت کا جنازہ نکالنے والی، پرویس پر جنسی ہراسانی کا الزام لگا کر اس کی خودکشی کا سبب بننے والی اور گھر کی چار دیواری میں رہ کر مردوں کی آنکھوں کی دھول جھونکنے والی عورتیں بھی تو اپنی ہی قبیل کے لیے باعثِ ندامت ہیں۔ ویلنٹائن ڈے"اور "ایک دن محبت" ایسے کالم ہیں جن میں وسیم کی رگِ ظرافت" پھڑکتی نظر آتی ہے۔ وہ ہلکے پھلکے مزاح سے اس دن کی اہمیت کو بیان کرتے نظر آتے ہیں اور ایسے دنوں کو مثبت انداز میں منانے کی تجویز دیتے ہیں۔

وہ ایک باشعور کالم نگارہیں۔ وہ اپنے معاشرے کی برئیوں کو بغور دیکھتے اور ان کے حل کے لیے تجاویز پیش کرتے ہیں۔ ان کے کالموں میں زبان کی صفائی، سادگی، سلاست اور روانی ہے۔ وہ اپنے باطن کو ظاہر میں ڈھالتے ہیں اور جو کچھ کہنا ہوتا ہے کہہ دیتے ہیں۔ وہ عالمانہ ،فاضلانہ اور مولویانہ وعظ نہیں جھاڑتے اور نہ ہی غیر ملکیوں کی مثالیں ہمارے معاشرے پر تھونپتے ہیں۔ وہ اس مٹی کے فرد ہیں اور اس معاشرے کی سوچ او رفکر کے مطابق بہتری لانے کی پیش کش کرتے ہیں۔ وہ عدم برداشت مذہبی منافرت ، بر انگیختگی اور بنیاد پرستی کے بجائے ، امن، سلوک، آشتی اور سکون کی ترغیب دیتے ہیں۔ وہ پاکستانی معاشرے کو امن و سکون کا گہوارہ بنتے ہوئے دیکھنا چاہتے ہیں۔

******

بابِ چہارم

پاکستانی اقلیتی شعرا و نثر نگار
(عمومی مطالعہ)

باب چہارم
پاکستانی اقلیتی شعرا و نثر نگار
(عموی مطالعہ)
آزادمبارک

آزاد مبارک شعری افق پر ایک نوخیز ستارے کی مانند جلوہ گر ہوئے ہیں۔ ان کی شعائیں اطرافِ عالم میں پھیل چکی ہیں۔ وہ نظم غزل اور قطعہ میں طبع آزمائی کرتے ہیں۔ غزل کی نسبت نظم میں ان کے جوہر خوب نکھرے ہیں۔انھوں نے غم جاناں کے ساتھ غمِ دوراں کو بھی نہایت درد مندی کے ساتھ شعری پیکر میں ڈھالا ہے۔ وہ بہت حساس اور روشن ضمیر شاعر ہیں۔ وہ اپنے دکھ کی بات لفظوں میں سمونے کا ہنر جانتے ہیں۔ ان کے جذبات اور احساسات میں صداقت ان کے کلام کو اثر انگیز بناتی ہے۔سرور جاوید کے بقول:

"آزاد مبارک کے اشعار دکھ کی آنچ بھی رکھتے ہیں اور تجربے کی تلخی بھی۔ جو سوچنے سمجھنے والے حساس ذہن پر ہی وارد ہوتے ہیں۔"(۱)

آزاد مبارک نے محسن بھوپالی سے اصلاح لی ہے۔ جو ان کی شاعری میں پختگی کا سبب ہے۔ ان کے کلام میں آفاقی سچائیاں ہیں اور قلبی کیفیات کا برملا اظہار ہے۔ ان کی کتاب" تیرے ہجر کے سارے موسم" دلی جذبات اور قلبی واردات کی عکاسی کرتی ہے۔ وہ مظلوم طبقے کے حمایتی ہیں۔ غریب اور ملوک الحال کے نمائندے، بے روز گار اور مجبور و لاچار افراد کے داعی ہیں۔ ان کے ہاں مسائل ، مصائب اور آزار اپنی ذات کی حدود سے نکل کر اجتماعیت میں ڈھل گئے ہیں۔

انھوں نے اپنیشاعری میں اس اجتماعی کرب کو بیان کیا ہے۔" حیف"، "غمِ روزگار" ، "التجا"، "ایڈز"،"آہ عیسیٰ نگری" "ہائے میرے لوگ" اور " جاگو" ایسی نظمیں ہیں جن میں انھوں نے اپنی دلی کیفیات اور جذبات کو لفظوں میں سمویا ہے۔ غزل میں بھی آزاد کا مرکز معاشرے کے مسکین لوگ ہیں۔کبھی کبھی وہ جذبات میں اس قدر بہہ جاتے ہیں کہ مایوسی کی حد تک چلے جاتے ہیں۔ وہ مقدر کو دوش دیتے ہوئے قنوطیت میں گھر جاتے ہیں۔ سماج کی برہنگی انھیں اندر سے کھائے جاتی ہے۔ وہ حرص، ہوس، لالچ اور دھوکے بازی کے بازار میں کھو گئے ہیں جہاں سے نکلنے کا راستہ نہیں مل رہا۔ آزاد مبارک کی شاعری کو اگر ترقی پسندوں کی آواز کہا جائے تو بے جا نہ ہو گا۔نمونہ کلام ملاحظہ ہو:

صداقت مرا پیٹ بھرتی نہیں ہے
میں خالی شکم آج پھر سو گیا ہوں
(۲)

مقدر میں آزار، تاریکیاں ہیں
ہمارے لیے تو سحر تیرگی ہے
(۳)

تاریکی کے خوف سے گھر کو

آگ لگائے بیٹھا ہوں
(۴)
پھر زر دار کا بیٹا دیکھو اک مزدور کی بیٹی کی
عصمت لوٹ رہا ہے اس کو دے کر جھانسا شادی کا
(۵)
جو گزشتہ برس ہوئے مصلوب
سارے افراد میرے گھر کے تھے
(۶)

آفتاب جاوید

آفتاب جاوید کی کتاب "گیان" ۲۰۱۸ میں شائع ہوئی ۔ یہ کتاب نثری نظموں پر مشتمل ہے جو اپنی نوعیت کا منفرد شاہکار ہے۔ آفتاب جاوید گنتی کے چند لفظوں میں ایسی ایسی باتیں کہہ جاتے ہیں کہ قاری حیرت و مسرت کی کیفیت سے دو چار ہو جاتا ہے۔ آفتاب جاوید اقلیتی ادیبوں سے الگ رہتے ہوئے اپنے مذہبی اسلوب سے باہر نکل آئے ہیں۔ وہ مذہب سے آزاد رہ کر انسانیت کی بات کرتے ہیں۔" گیان"کا مطالعہ کرتے ہوئے قاری بھول جاتا ہے کہ وہ مسیحی ہیں۔ انھوں نے شانِ اہلِ بیتِ رسول ؐ میں ایسی عمدہ نثر ی نظمیں تخلیق کی ہیں جو امام بارگاہ کی دیواروں پر کندہ ہونی چاہیے۔ نمونہ ملاحظہ ہو:

یہ علی اصغر ہے
اسے میری آنکھوں میں دفن کرنا
کہ میں روتا رہوں
اور اس کی پیاس بجھتی رہے (۷)
فرشتے آنکھوں پر
پٹیاں باندھے پھرتے ہیں
کہ بیبیوں کے سروں پر چادریں نہیں (۸)

آئرین فرحت

آئرین فرحت جوزف اقبال کے ہاں ۱۸ ستمبر ۱۹۶۸ء کو پیدا ہوئیں۔فرحت کا تعلق مسیحی مذہب سے ہے ۔ان کی مادری زبان اردو نہیں ہے لیکن بچپن سے ہی جو گھریلو ماحول ملا اس سے ان کے ذوقِ شعری کو جلا ملی۔ان کے والد صاحب کہنہ مشق غزل گو شاعر ہیں۔ابتدائی تعلیم سانگھڑ سے حاصل کی بی۔اے اور ایم ۔ایڈ، یونیورسٹی آف سندھ سے کیا ۔آپ کا شمار عہدِ حاضر کی ممتاز شاعرات میں ہوتا ہے ۔آئرین فرحت کی شاعری میں محبت کا لفظ کلیدی حیثیت رکھتا ہے ۔ان کی غزل میں محبت مختلف اور متنوع گو شوں میں بٹی ہوئی دکھائی دیتی ہے ۔ان کی شاعری میں صنفِ نازک کے جذبات کی بھرپور تر جمانی اور عکاسی ہے۔آئرین اپنے احساسات اور مشاہدات کو اشعار کے قالب میں ڈھالنے کے لیے مشکل تراکیب اور تشبیہات کا سہارا لینے کی بجائے سادہ اور آسان الفاظ میں اپنے خیالات کو

غزل کے پیرائے میں اس طرح منتقل کرتی ہیں کہ پڑھنے والا ان کے اشعار کی گرفت میں آ جاتا ہے۔پروفیسر سحر انصاری کے بقول :

"اردو شاعری کے ایوانوں میں جو نئی آوازیں گونج رہی ہیں ۔ان آئرین فرحت کی آواز بھی شامل ہے اس دور کی شاعری کے اتنے رخ اور اتنے موسم ہیں کہ ان کا جائزہ ایک مکمل کتاب کا متقاضی ہے۔اس کا ایک پہلو یہ بھی ہے کہ اس میں حصہ لینے والونپر کوئی شرط عائد نہیں کی جاسکتی سوائے اس کے کہ شعر گوئی کے فطری اوصاف سے متعصف ہوں ۔آئرین فرحت نے گر د و پیش کے کلچر اور لسانی معاشرے سے تخلیقی سطح پر رشتہ استوار کیا ہے اس لیے ان کی شاعری میں اجنبیت کی بجائے اپنائیت نظر آتی ہے ۔"(۹)

"ہوا کا رخ بدلنا چاہتی ہوں"آئرین فرحت کا ایک دل نشین مرقع ہے ،جس میں نظمیں ،غزلیں اور گیت انفرادی حیثیت کے حامل ہیں ۔آئرین فرحت کو جو اختصاص حاصل ہے وہ انھیں بیشتر شاعرات کے مقابلے میں منفرد ہی نہیں قابلِ تو جہ بھی ہے ۔وہ اپنا ایک خاص نکتہ نظر رکھتی ہیں ۔وہ محبت کی سوغات انسانیت کے ناطے ہر ذی شعور تک پہنچانا چاہتی ہیں ۔یہی ان کا نصب العین ہے ۔ان کے کلام سے منفرد نسائی رنگ جھلکتا ہے جو محبت کے لطیف جذبات کا ترجمان ہے:

یادوں کی بارات لیے تم آ جاو
میں نے سیج سجائی ہے تنہائی کی
(۱۰)

دل پہ کب اختیار ہوتا ہے
جب تیرا انتظار ہو تا ہے
(۱۱)

ابر احسنی گنوری بہائی

ان کا نام احمد بخش تخلص ابر اور لقب سحاب سخن تھا۔وہ ایک قادر الکلام شاعر اور نقاد تھے۔ وہ شاعری کے داغ دہلوی کے عظیم شاگرد احسن مارہروی کے شاگرد تھے۔ یہی وجہ سے کہ زندگی بھی زبانِ دہلی اور داغ کے محاورہ بندی کے پیرو رہے۔ ان کے مجموعہ ہائے کلام میں "نگینے"، قرینے"،"سفینے"، شبینے" اور "خزینے" شامل ہیں۔ وہ نظم اور غزل کے شاعر ہیں ان کے کلام مینپختگی اور پاکیزگی ہے۔ عریاں مضامین اور سوقیانہ باتیں ان کے کلام کا حصہ نہیں ہیں۔ ان کی بلندی خیال اور نفاستِ زبان کا اندازہ درج ذیل نمونہ کلام سے ملاحظہ ہو:

سخت جانی کی داد دے اے دوست
جی رہا ہوں ترے زمانے میں
(۱۲)

منعم کو عشقِ دہر ہے ،زاہد کو فکرِ خلد
تم رہ گئے تمھاری تمنا کریں گے ہم
(۱۳)

مجھے کر ہی جائیں گے جیسے یہ اچھا
بڑے غور سے چارہ گر دیکھتے ہیں

(۱۴)

اثیمؔ ،ونسنٹ پیس

فیصل آباد کے مردم خیز خطہ میں جنم لینے والے فرزند ونسنٹ پیس اثیم نے فیصل آباد سے ابتدائی تعلیم حاصل کی اور یہیں پر معلمی کا پیشہ اختیار کیا۔ وہ۲۰۰۳ء میں فارمین کرسچین کالج لاہور میں بطور ایسوسی ایٹ پروفیسر مقرر ہوئے۔ وہ با کمال نثر نگار اور بہترین شاعر ہیں۔ان کی شاعری جدت اور کلاسیکیت کا امتزاج ہے۔ ان کے کلام میں وطن ، مذہب، ملت اور نوجوانانِ قوم سے بے پناہ محبت اور عقیدت کا اظہار ہے۔ ان کا ایک شعری مجموعہ "سرِ شہرِ سنگ بدست" فروری ۱۹۸۲ء میں شائع ہوا۔ اس مجموعے میں غزلیں، نظمیں اور مسیحی گیت شامل ہیں۔ ان کی غزل میں روایتی رنگ جھلکتا ہے۔ مگر ان کا مشاہدہ اور تجربہ بہت منفرد ہے۔ شاعری کے علاوہ ان کے دیگر ادبی کارناموں کی تفصیل کچھ یوں ہے:"سمندر سے سمندر تک"، "اپنی چھت"،"اپنا آنگن"،"گیلی ریت" ،"موت سے حیات تک" ۔ ان کی شاعری میں انوکھی تشبیہات اور استعاروں کی بھرمار نہیں ہے۔ ان کے کلام میں ہلکے سے رومان کی خوشبو رچی بسی ہے۔ ان کے موضوعات خالص مذہبی، انسانی اور معاشرتی ہیں۔ انہوں نے فلسفہ اور منطق کی پیچیدگیوں کا سہارا لیے بغیر سادہ انداز میں زندگی کے خوشگوار اور کٹھن پہلوئوں کا احاطہ کیا ہے۔

اے اثیم احتیاط غنچوں سے
صحنِ گلشن میں سنگ باری ہے

(۱۵)

محفل سے اٹھ کے آج وہ ایسے چلا گیا
جیسے کسی سے اس کا کوئی واسطہ نہیں

(۱۶)

اعظم معراج

اعظم معراج تحریک شناخت کے بانی ہیں۔ انہوں نے پاکستانی اقلیتوں خاص طور پر مسیحیوں کو ان کا بہتر مقام و مرتبہ متعین کرنے کے لیے تگ و دو کا آغاز کیا۔ اس سلسلے میں وہ کئی ورکشاپس اور سیمینارز منعقد کرا چکے ہیں۔ وہ تعلیمی اداروں میں نوجوانوں کو یہ باور کرا رہے ہیں کہ آپ اسی دھرتی کے بچے ہیں۔ آزادی ہند میں آپ کے ابائو اجداد کا خون شامل ہے لہذا پاکستان کو کامیاب بنانے کے لیے مسیحیوں کو بھی اپنے تن من دھن کو لٹا کر اسے ترقی کی منازل طے کرانی ہیں۔ اس موضوع پر اپنے مشاہدے، تجربے اور تجزیے کو انہوں نے آٹھ کتابوں میں سمویا ہے۔ ان کی پہلی کتاب"دھرتی جائے ، کیوں پرائے" میں مسیحی نوجوانوں کی معاشرے سے بیگانگی کی وجوہات کو تاریخ اور معاشرے کے پس

منظر میں پرکھا۔ یہ کتاب ان سماجی رویوں کی کہانی ہے جس کا سامنا پاکستان کا ہر مسیحی بیٹا کئی سالوں سے کرتا آ رہا ہے۔
شناخت نامہ" مسیحی معاشرے کے رویوں میں تبدیلی کی ایک مثبت کوشش ہے۔"
یہ ان کی دوسری کتاب ہے یہ کتاب پاکستانی مسیحیوں کی دھرتی کے ساتھ نسبت کے ساتھ ان کی شاندار شناخت کا تعین کرتی ہے۔ آنے والی نسلوں کو فکری تحریک دے کر ان کے لیے تعلیمی ، معاشرتی، تہذیبی اور سیاسی ترقی کی راہیں ہموار کرتی ہے۔ "سبز و سفید ہلالی پرچم کے محافظ و شہدا" تحریکِ شناخت کے سلسلہ میں ان کی تیسری کتاب ہے۔ ان کی چوتھی کتاب "شہدائے وطن" اور پانچویں کتاب"شانِ سبز و سفید" دفاعِ پاکستان میں مسیحیوں کی ستر سالہ تاریخ کا بیان ہے۔ ان کتب میں چھیاسی مسیحی شہدا کی مکمل فہرست کے ساتھ ان میں کئی ایک کی ایمان افروز داستانوں کو بھی رقم کیا گیا ہے۔ "چوبیس چراغ" اسی سلسلے کی ایک کڑی ہے جس میں پاکستان ائیر فورس، پاکستان آرمی اور پاکستان نیوی میں اپنی جانوں کا نذرانہ پیش کرنے والے چوبیس شہدا کا ذکر ہے۔
اعظم معراج کا اسلوب بہت سادہ ہے ۔ وہ اپنی تحریر میں جذبات کی رو میں بہنے کی بجائے محققانہ انداز میں بات کرتے ہیں۔ ان کے مضامین مختلف اخبارات اور رسائل کی زینت بنتے رہتے ہیں۔ وہ سنجیدہ اور پختہ قلم کار ہیں۔ ان کی تحریر میں ادبی چاشنی کی کمی ہے ۔ وہ اپنی بات کو بیان کرنے کے لیے خاص سلیقہ مندی کا مظاہرہ کرتے ہیں۔وہ ٹھوس دلائل و براہین سے اپنی بات قاری تک پہنچاتے ہیں۔

انوار شاہد ضیا

نظم، غزل اور قطع نگاری میں منفرد اسلوب اور ڈکشن کے حامل انوار شاہد ضیا کا شعری مجموعہ" آتشِ خاموش" دنیائے شعر و ادب میں قطبی ستارے کے طور پر نمودار ہوا۔ انوار نے جس بے ساختگی سے اپنے جذبات کا اظہار کیا ہے وہ قابلِ ستائش ہے۔وہ بازاری سطحی اور رومانی موضوعات سے آگے نکل آئے ہیں۔ ان کی نگاہیں سماج پر مرتکز ہیں۔ وہ عشقیہ کیفیات اور قلبی واردات کو بھی شعر میں اس طرح ڈھالتے ہیں کہ ایک وضع داری قائم رہتی ہے۔ کرنل سید مقبول حسین کے بقول:

انوار ضیا کی شاعری جذبات و احساسات کی وارداتِ قلب ہے۔ وہ اپنی توانا" شاعری لے کر ہمارے سامنے آئے ہیں۔ انھوں نے شعر کو ظاہر و باطن سے جوڑ کر اپنے محسوسات کو جدید آہنگ میں ڈھالا ہے۔"(۱۷)

انوار شاہد کی شاعری ان کے ذاتی تجربات اور مشاہدات کا نچوڑ ہے۔ فنی اور فکری لحاظ سے ان کی شاعری منفرد اور عمیق ہے۔ غمِ جاناں اور غمِ دوراں کی عکاسی کرتے ان کے اشعار رومان سے بھرپور ان کی نظمیں اور عہدِ حاضر کی ترجمانی کرتے قطعات، "آتشِ خاموش" میں سلگتے دکھائی دیتے ہیں:

تم کیسے خدا ہو کہ جہاں والے ستم گر
تم کو میری تقدیر بدلنے نہیں دیتے

(۱۸)

ہم بھی نادان تھے انوار کہ تاحینِ حیات
کسی دیوار سے کرتے رہے جذبات کی بات

(۱۹)

انیل سموئیل ڈاکٹر

انیل سموئیل مسیحی برادری سے تعلق رکھتے ہیں۔ آپ ۱۹۷۴ میں پیدا ہوئے ۔ اسلامیہ یونورسٹی بہاول پور سے اردو میں ایم اے، یونیورسٹی آف ایجوکیشن لاہور سے ایم ۔ فل اور گورنمنٹ کالج یونیورسٹی سے پی۔ ایچ۔ ڈی کی ڈگری حاصل کی۔ آپ محقق ،مترجم اور ماہرِ تعلیم ہیں۔ آپ بطور اسٹنٹ پروفیسر ایف سی کالج لاہور میں خدمات انجام دے رہے ہیں۔ شاعری میں آپ مختصر نظمیں لکھتے ہیں۔ آپ کی مختصر نظمیں معنویت سے بھرپور ہوتی ہیں جن میں جذبات کی سچائیاں جھلکتی دکھائی دیتی ہیں۔ آپ کی ایک نظم ساون، ماضی کی یادوں اور خوبصورت گزرنے والے لمحات کی ایک کسک کا نوحہ ہے:

جانے کیوں لگتا ہے جیسے
جذبوں کا ریلہ
اس ساون کی کوکھ میں پل کر
پچھلی ساری یادوں کی
ترتیب بدلنے والا ہے (۲۰)

ایک اور نظم میں وہ ہجرت کے تجربے کو بہت انوکھے انداز میں بیان کرتے ہیں۔انیل کے ہاں سادگی سچائی اور روانی ہے۔ وہ دل کی بات سادہ لفظوں میں قاری کے سامنے پیش کرتے ہیں۔ ان کے ہاں مشکل تراکیب، استعارات و تشبیہات کی بھرمار نہیں ہے۔ وہ سچے جذبوں کے شاعر ہیں اور یہی شعری صداقت انھیں منفرد و ممتاز بناتی ہے:

موسموں کی شدت نے
خوش لحن پرندوں کو
ہجرتوں کے رستے پر
ڈال کر ہی چھوڑا ہے (۲۱)

ایس ایم حقیر

سردار مسیح گل لوئس اپنے قلمی نام ایس ایم حقیر سے جانے جاتے ہیں۔ان کے کلام میں قدما کا رنگ غالب ہے۔ نظم اور قطعہ میں اپنا مافی لضمیر کھل کر بیان کرتے ہیں۔ ان کی شاعری کے موضوعات آفاقی ہیں۔ وہ آسان اور سادہ بحروں کا استعمال کرتے ہیں۔ ۱۹۹۷ سے بصارت سے محروم ہیں مگر بصیرت کھل کر سامنے آگئی ہے۔

تیری دنیا تجھے مبارک ہو
ہم نے دنیا نئی بسالی ہے

(۲۲)
کیوں حقیر انتظار کے لمحے
زندگی ے دراز ہوتے ہیں
(۲۳)
برگؔ، اے ڈی جوزف

برگ بطور استاد شاعر، ادیب ، ڈراما نگار، مقرر، مبلغ، ماہرِ زبان، محقق اور مترجم جیسی ہمہ گیر صلاحیتوں کے مالک تھے۔ برگ کا شعری مجموعہ ''حال و قال'' جولائی ۱۹۸۰ء میں شائع ہوا۔ ان کے کلام میں کلاسیکی آہنگ نمایاں ہے۔ اندازِ بیاں کی نزاکت اور شوخی، فارسی تراکیب، مضمون آفرینی، اور محاسنِ شعر پر خاص نظر ان کو ممتاز شعرا میں کھڑا کر دیتی ہے بقول عبرت صدیقی:

''ہر چند کہ برگ صاحب کے کلام میں رنگِ قدیم کا عنصر غالب ہے مگر اندازِ بیان کی نزاکت اور شوخی اس کو رنگِ جدید سے تعبیر کرنے پر مجبور کرتی ہے اور ایک صاحبِ نظر کو پکار پکار کر اپنی طرف متوجہ کرتی ہے''(۲۴)

عربی ،اردو، فارسی انگریزی، پنجابی اور سرائیکی پر ان کو مکمل عبور حاصل تھا۔ ادب اور لسانیات ہی ان کے اصل میدان تھے۔ ''تقدیر و تدبیر'' کے نام سے ان کا ایک ڈراما، کراچی ٹیلی وژن پر نشر ہوا جسے بہت شہرت ملی۔ ''حال و قال'' میں ردیف وار مرتبہ دس غزلیں اور تیرہ نظمیں شامل ہیں۔ ان کی نظمیں اپنی معنویت اور واقعہ نگاری کے حوالے سے بہت اہمیت کی حامل ہیں۔ جن میں نظم'' تہذیب نامہ'' ایک مختصر مگر جامع عالمی تاریخ کا بیانیہ ہے۔ نظم '' التجا'' روح کو وجدان سے ملانے کی ایک سعی ہے۔ ان کے کلام میں اندازِ بیان کی نزاکت اور شوخی ،انھیں رنگِ جدید سے تعبیر کرنے پر مجبور کرتی ہے اور ایک صاحبِ نظر کو پکار پکار کر اپنی طرف متوجہ کرنے پر مجبور کرتی ہے۔

جونہی شعورِ عدل سے روشن ہوا ضمیر
ہم شرمسار اپنی سزا ڈھونڈتے رہے
(۲۵)
مہتاب کے بہتے ساغر میں ہم ڈوب کے تجھ تک جا پہنچے
ابھرے تو سمٹ کر کیا دیکھا ، ہم بیٹھے ہیں اپنے آنگن میں
(۲۶)
دل بے قرار تڑپ تڑپ، تیری ہر تڑپ ہے بقا طلب
تیرا زیر و بم ہے سرورِ جاں تو ازل کے تار کا ساز ہے
(۲۷)
ب۔پ عدید

عدید زمانہ طالب علمی ہی سے شعر گوئی کی طرف راغب ہوئے اور مذہبی جلسوں ،تنظیمی اجتماعوں اور شعری محفلوں میں جانے لگ گئے جن سے انھیں اس قدر پذیرائی ملی کہ ان کے اشعار ہی ان کا تعارف بن گئے۔ ان کی شاعری

جذبات سے آراستہ ہے۔شعریت ،تاثر ،سادگی اور پُرکاری سے معمور ان کا کلام متنوع موضوعات کا گلدستہ ہے۔ ان کی غزل کلاسیکی آہنگ سے نمو پاتی ہے جب کہ ان کی نظم میں فنی پختگی، آرائشِ زبان و بیان، پاکیزہ جذبات اور معصومانہ خواہشات کا دل کش اظہار ہے۔ ان کی شاعری معاشرے کی عکاس اور اس کی بے حسی کا نوحہ ہے۔ محسن بھوپالی کے بقول:

ہر چند کہ عدید کو پاکستان کی شعری فضا کے وسیع تناظر میں شہرت یا مقبولیت" حاصل نہیں ہے لیکن مجھے یہ کہنے میں باک نہیں کہ ان کی تخلیقی صلاحیت اور شعری سطح پاکستان میں ہونے والی ہم عصر شاعری کی ہم پلہ ہے"(۲۸)

عدید کے دو مجموعے" امکانِ سحر" اور "راستہ اجالے کا"منظر عام پر آ چکے ہیں۔ یہ دونوں مجموعے ایسی شاعری پر مشتمل ہیں کہ جس مصنوعیت اور بناوٹ نہیں ہے بلکہ دلی کیفیات کا کھرا اور سچا اظہار ہے۔ ان کی شاعری چونکا ینے والی نہیں ہے اور نہ ہی نادر تشبیہات اور استعاروں کی عکاس ہے۔ اس کے باوجود ان کا ہر شعر نئے پن اور تازگی کے اثرات کا حامل ہے۔

کدورت اس کا شیوہ ہے محبت کا جو داعی ہے
میں اس دنیا کے دہرے پن کا افسانہ نہیں سمجھا
(۲۹)
تیرگی کی پوجا سے روکتے ہیں لوگوں کو
جب سے ہم نے پایا ہے ذائقہ اجالے کا
(۳۰)

بھگوان داس

سابق چیف جسٹس آف پاکستان رانا بھگوان داس ۲۰ دسمبر ۱۹۴۲ کو شداد کوٹ ضلع کمبر سندھ میں پیدا ہوئے۔ انھوں نے وکالت کی تعلیم حاصل کی اور ایک سال پریکٹس کے بعد عدلیہ کا حصہ بنے۔ سیشن جج اور سندھ ہائیکورٹ کے چیف جسٹس بننے کے بعد سپریم کورٹ آف پاکستان کے چیف جسٹس بن گئے۔ ۲۰۰۹ سے ۲۰۱۲ تک فیڈرل پبلک سروس کمیشن کے ممبر رہے۔ ۲۳ فروری ۲۰۱۵ کو ان کا انتقال ہوا۔

بھگوان داس ہندو گھرانے میں پیدا ہوئے مگر ان کے مزاج پر اسلامی معاشرے کی گہری چھاپ موجود تھی۔ انھوں نے قانون کے ساتھ ساتھ اسلامیات میں بھی ایم۔اے کیا ہوا تھا۔ وہ بہت اچھے شاعر بھی تھے۔ انھوں نے شاعری میں بہت محبت ،عقیدت اور احترام سے نعت رسول مقبولؐ کہنے کا شرف بھی حاصل کیا۔ ان کی نعتیں حضور ﷺ کی حیات مبارکہ، خوش جمالی عالی مرتبت ،خوش خصالی، اور سیرت کی عمدہ مثالیں ہیں۔ ان کا کلام کتابی صورت میں دستیاب نہیں ہے مگر مختلف رسائل میں ان کی کہی گئی نعتیں شائع ہوتی رہیں۔ نمونہ کلام ملاحظہ ہو:

جمالِ دو عالم تری ذاتِ عالی
دو عالم کی رونق تری خوش جمالی

نہ مایوس ہونا یہ کہتا ہے بھگوان
کہ جودِ محمد ہے سب سے نرالی

(۳۱)

عرش حق کی طرف جب چلے مجتبیٰ
جلوہ آرا تھا ہر سمت نورِ خدا
لا نبی بعدی ہے قولِ محبوبِ حق
ورد اس کا ہے بھگوان صبح و مسا

(۳۲)

پرویز سلطان

پرویز سلطان کا تعلق اعلیٰ تعلیم یافتہ، روشن خیال ترقی پسند طبقے سے ہے۔ وہ انقلابی شاعر اور شعلہ بیان خطیب، مقالہ نگار اور امن کے داعی پادری ہیں۔وہ محبت اور اخوت کے علم بردار ہیں۔ علاقائی ،لسانی ،مذہبی،سماجی اور معاشرتی تعصبسے عداوت رکھتے ہیں۔وہ اپنے فکر اور فلسفہ حیات میں مادیت اور روحانیت کو یکجا کرتے نظر آتے ہیں۔ انھوں نے اپنی شاعری میں ہمہ گیر موضوعات کو صفحہ قرطاس کی زینت بنایا ہے۔ ان کی غزل میں روایتی آہنگ کے ساتھ ساتھ جدت کا رنگ بھی جھلکتا ہے۔ ان کا اسلوب بہت سادہ ہے ۔کہیں کہیں طنز کے نشتر بھی چلاتے ہیں اور معاشرے کے اخلاقی انحطاط پر در پردہ تنقید بھی کرتے ہیں۔ ان کی یہ تنقید اصلاحی احوال کا مقصد لیے ہوتی ہے۔ پرویز سلطان کی غزلیں قدما کے زیرِ اثر لکھی ہیں جو بہترین کاوش اور شہکار ہیں۔ اقبال کی مشہور زمین میں اشعار ملاحظہ ہوں:

گلے میں خموشی کی زنار کیا تھی
تجھے بات کرنی بھی دشوار کیا تھی
نہ دنیا نہ دنیا کی چیزوں کی خواہش
پھر الفت کی راہوں کی دیوار کیا تھی
سبھی پارسا ہیں نگر میں تمھارے
تو کل رات کوٹھے پہ جھنکار کیا تھی

(۳۳)

پرویز سلطان کو مسیحیت کی تبلیغ کے لیے ساری دنیا کی سیر و سیاحت کیا موقع ملا ہے اور کثرتِ نظارہ سے نورِ بصیرت کا سامان وافر مقدار میں جمع کر لیا ہے یہ تہذیبوں اور معاشروں کا گٹھ جوڑ ان کے شعری مجموعے ”نئے موسم کے رنگ“ میں واضح نظر آتا ہے۔ ان کی دوسری کتاب ”باون یادیں“ نثری نظموں کی بہترین کتاب ہے۔بائبل مقدس کے بعض مقامات کا عکس ان نظموں میں دکھائی دیتا ہے۔پروفیسر سحر انصاری ان کی شاعری کے بارے میں یوں بات کرتے ہیں:

مولانا حالی کی یہ بات سو فی صد حد تک درست ہے کہ ”عاشقی کچھ کسی کی ذات نہیں“ اس طرح تصرف کے ساتھ میں یہ بھی مانتا ہوں ”شاعری کچھ کسی کی

ذات نہیں" شاعری وہ عطیہ فطرت ہے جو انسانی اظہار کو ہر قسم کی فروعی باتوں سے بلند کر دیتا ہے بشرطیکہ وہ شاعری ہو۔ پرویز سلطان کی شاعری میں ان جواہر کا انکشاف ہو چکا ہے اور ان کی لا تعداد خوبیوں کا میں قائل اور گھائل (ہوں"(۳۴

پرویز سلطان کی شاعری میں ذات سے کائنات تک کے وہ تمام موضوعات شامل ہیں جوشاعری کی تخلیقی دنیا کے لیے اہمیت کے حامل ہیں۔ انھوں نے پیرایہ بیان سادہ اور سہل رکھا جس سے ترسیل اور ابلاغ کاعمل آسان ہو جاتا ہے۔ ان کی شاعری ایک باشعور ،حوصلہ مند اور انسان دوستی کے مثبت رویے کی عکاسی کرتی ہے۔ ان میں مذہبی آگہی کے ساتھ ساتھ جو تاریخی اور انقلابی شعور ہے وہ ان کی شاعری کو نوائے وقت بنا دیتا ہے۔ یہی رُخ آج کے زمانہ کی ضرورت ہے۔ شاعری میں جب تک فکری سطح کی شمولیت نہ ہو تو سنجیدہ اذہان کے لیے بے کار اور بے فائدہ ہی رہتی ہے۔ پرویز سلطان نے اپنی شاعری میں قدیم اور جدید کے تال میل سے نئے سُر بھی پیدا کیے ہیں اور تازہ کاری کی جادو گری کے کمالات بھی دکھائے ہیں۔ چونکہ و ہ ایک مذہبی رہنما بھی ہیں ۔ اس لیے ان کی تخلیقات میں انسانی حقوق کے موضوعات اور دیگر معاشرتی سماجی ،نفسیاتی اور انسانی زندگی کے مسائل پر جرأتِ رندانہ اور عالمِ سرور و مستی کا ہونا بدرجہ اُتم پایا جاتا ہے:

زندگی موت کی امانت ہے
لوگ کیوں زندگی پہ مرتے ہیں
(۳۵)

چلے جارہے ہیں سرابوں کے پیچھے
کہے جارہے ہیں کہ دھوکا نہیں ہے
(۳۶)

پریا تابیتا ڈاکٹر

ڈاکٹر پریا تابیتا ۳۰ دسمبر ۱۹۸۱ میں ایک مسیحی گھرانے میں پیدا ہوئیں۔ آپ نے ایم ۔اے اور ایم ۔ فل اردو پنجاب یونیورسٹ لاہور جب کہ پی ایچ ڈی کی ڈگری گورنمنٹ کالج لاہور سے حاصل کی۔ آپ نے عملی زندگی کا آغاز لیکچرر اردو اعزازی، گورنمنٹ کالج لاہور وحدت کالونی لاہور سے کیا۔ اس کے بعد ایف سی کالج یونیورسٹی لاہور میں بطور اسسٹنٹ پروفیسر اردو خدمات انجام دیتی رہی۔ ان دنوں آپ بطور اسسٹنٹ پروفیسر ،گورنمنٹ کالج برائے خواتین لاہور میں خدمات انجام دے رہی ہیں۔ انھوں نے تنقید و تحقیق اور شاعری کے میدان میں نئے نظریات پیش کیے۔ ان کی تحریریں نسائی جذبات کی بھرپور عکاس ہیں۔ ان کو متعدد انعامات اور اعزازات سے بھی نوازا جا چکا ہے۔ اردو ناول کے منفی کردار اوریونس ادیب حیات و فن آپ کی تنقیدی کتب ہیں جب کہ عمانویل قاصر انجیلی کا

کلیات بھی آپ نے مرتب کیا ہے۔ آپ کا شعری مجموعہ "ہمیشہ روٹھ جاتے ہو" ادبی حلقوں میں داد وصول کر چکا ہے۔ آپ کی ایک نظم "من و تو" ملاحظہ ہو:

بہت سی عادتیں یوں تو ہماری
اگرچہ ایک جیسی ہیں
مگر کچھ ایسی باتیں ہیں
کہ جو متضاد ہیں اور اختلافی بھی
تمھیں عادت سوالوں کی
تجسس اور حوالوں کی
مجھے الجھن وضاحت سے
شکایت سے روایت سے
میں لاپروا ہوں اور ہے خود سری مجھ میں
مگر تم قدر کرتے ہو
ہمیشہ فکر کرتے ہو
بس اپنی ضد کے پکے ہو
مگر صد شکر سچے ہو
اور اس دن جب
بڑے ہی مان سے تم نے کہ مجھ سے
کہ جب ہم ایک ہو سکتے ہیں تو
کیا ہم ایک جیسے ہو نہیں سکتے
قسم اس ایک لمحے کی
فقط اس ایک جملے نے
من و تو کا
بڑا جھگڑا مٹا ڈالا
(مجھے تم سا بنا ڈالا (۳۷
تاک کاشمیری، ارنسٹ

تاک، بھارت کے ضلع امرتسر میں ۱۹۱۴ کو پیدا ہوئے۔ آپ کے باپ دادا تاجر تھے اور مال دار گھرانے سے تعلق رکھتے تھے۔ انھوں نے ابتدئی تعلیم نارووال اور ملتان کے سکولوں سے حاصل کی۔ منشی فاضل کا کورس بھی پاس کیا۔ شعر و ادب کی محافل میں بچپن سے دل چسپی رکھتے تھے۔ علامہ سیماب اکبر آبادی کے حلقہ سیمابیہ سے تعلق اختیار کیا اور بعد میں شمس العلما تاجور نجیب آبادی کی شاگردی اختیار کی۔ مولانا کی وفات کے بعد نشتر جالندھری سے استفادہ کیا اور ان کی شاگردی پر ہمیشہ فاخر رہے۔ ان کی تین کتب منظر عام پر آچکی ہیں جن میں "تاکستان"، "شاخِ شبِ وصال" اور خمستانِ طاق شامل ہیں۔ انھوں نے علم الحیات میں ماسٹر ڈگری حاصل کی تھی اور کلیسائے پاکستان میں بطور پاسٹر خدمات انجام دیں۔ وہ مترجم، محقق اور نقاد بھی تھے۔ ان کی ادبی خدمات کے اعتراف میں

۲۰ اگست ۱۹۸۵ کو حکومتِ پاکستان کی طرف سے ثقافتی ایوارڈ دیا گیا۔ ان کا بیشتر کلام عارفانہ ہے۔

ابھی فرصت کہاں ہے عاقبت کی دہر والوں کو
ابھی تو لذتِ کام و دہن کچھ اور کہتی ہے
تمھیں منزل مجھ بیٹھے ہو سنگِ راہ کو ورنہ
تمھیں تو ہمتِ خیبر شکن کچھ اور کہتی ہے
تقاضا وقت کا اے طاق اب کچھ اور ہے مجھ سے
مگر وہ جانِ من، شیریں دہن کچھ اور کہتی ہے

(۳۸)

ثبینہ رفعت

کراچی میں پیدا ہوئیں اور ابتدائی تعلیم کا زمانہ کراچی اور ملتان میں گزارا۔ والدین ڈاکٹر بنانا چاہتے تھے مگر ان کا جھکائو ادب کی طرف تھا۔ ۱۹۸۷ میں اٹلی چلی گئی اور وہاں سے دینی علوم کی اعلیٰ تعلیم حاصل کی۔ آج کل کانونٹ سکول لاہور میں پرنسپل کی خدمات انجام دے رہی ہیں۔ انھوں نے شاعری کو وسیلہ اظہار بنایا۔ ان کا بیشتر کلام نظمیہ ہے۔ وہ اپنی نظم میں اپنے دلی کیفیات، مشاہدات اور تجربات کو لفظوں کا روپ دے کر قرطاس پہ اتار لیتی ہیں۔ ان کے تین مجموعے "لوری دکھاتی ہے"، "خواب سونے نہیں دیتے"، "فاختہ کو آنا" شائع ہو چکے ہیں۔ ان کی شاعری میں حقیقت پسندانہ رنگ، ترقی پسندانہ نظریات کی آمیزش اور شکوہ سے معمور دانش اسے دو آتشہ بنا دیتی ہے۔ ان کی شاعری میں انوکھے استعارے اور تشبیہات نہیں اس کے باوجود ان کی شارعری اپنے معاصرین سے کسی صورت کم نہیں۔ وہ ہر زاویے اور پہلو سے جدید دور کے رنگوں کو استعمال میں لاتی ہیں۔

:پروفیسر ونسنٹ پیس اثیم لکھتے ہیں

ثبینہ رفعت کی نظمیں، دوہے اور قطعات چاند ستاروں کی طرح مرصع ہیں۔ ان " کا کلام یقیناً پڑھنے والوں کے دل اور روح کی گہرائیوں میں ارتعاش پیدا کرے گا (اور سچ کے اجالے نمو پاتے جائیں گے"(۳۹

ثبینہ کی شاعری بہت منفرد اور نرالی ہے۔ وہ چیزوں کو براہِ راست دیکھتی اور اپنے ذاتی تجزیے کے ساتھ لفظوں کا لبادہ پہنا کر زینتِ قرطاس کر دیتی ہیں۔ وہ شاعری ایسے کرتی ہیں جو قاری کے دل میں اتر جاتی ہے۔ وہ شاعری کسی باطنی دبائو کے تحت نہیں کرتی بلکہ وہ لکھتی ہیں جو انھیں اندر سے اکساتا اور :لکھنے پر مجبور کرتا ہے۔ قاری ان کے کلام میں دم بخود رہ جاتا ہے

ڈوبی ماں

دھواں دھواں سے
چہرے پہ
پھیکی صدیوں کی تھکن
دیکھتی ہے بیٹی کو

جس کی کم سن آنکھوں میں
دیکھتے وقتِ رخصت
جم گیا ہے
ایک سوال
یہ تو میرے گڑیوں سے
(کھیلنے کے دن تھے ماں (۴۰

جارج زہاب

ہر شاعر کی تخلیقی استعداد اس کے مطالعے اور ریاضت سے پروان چڑھتی ہے۔ ہر شاعر انفرادی وژن کا حامل اور اپنی الگ وجدانی کائنات کا باسی ہوتا ہے اس لیے ہر شاعر اپنی بساط کے مطابق اپنے خیال ،شعور اور ادراک کو شاعرانہ قالب میں ڈھالتا ہے۔ "زنداں میں خواب" زہاب کا پہلا شعری مجموعہ ہے۔ اس میں انھوں نے سادہ اور عام فہم زبان میں روانی اور برجستگی کے ساتھ اپنے جذبات کا اظہار :کیا ہے۔جنید آزر کے بقول

زہاب نے محبت کے کومل آفاقی رویوں سے لے کر معاشرتی چیرہ دستیوں اور" سماجی دشمنی تک کی مسلسل اضطرابی کیفیات کو اپنے شعری کینوس پر بکھیر (دیا ہے۔"(۴۱

جارج زہاب غزل گو شعرا کی فہرست میں ایک عمدہ اضافہ ہے۔ ان کا کلام ان کی ریاضت اور فنی پختگی کا منہ بولتا ثبوت ہے۔ جذباتی وارفتگی کے ساتھ ساتھ ان :کے اشعار میں خیال و معانی کا ایک جہان آباد دکھائی دیتا ہے

رنگ خوشبو تازگی سب کچھ بہا کر لے گئی
ہو گئی حیران دنیا وقت کی رفتار سے
(۴۲)

میں پنی نیند کو زنداں میں ڈال آیا ہوں
رہا نہ خواب کی دنیا پہ اعتبار مجھے
(۴۳)

جنید قیصر

جنید قیصر بنیادی طور پر ایک نثر نگار ہیں۔ وہ مشہور شاعر نذیر قیصر کے بیٹے ہیں۔ ان کی کتاب "پاکستانی اقلیتوں کا نوحہ" منظر عام پر آ چکی ہے۔ اس کتاب میں انھوں نے پاکستان کی تمام اقلیتوں یعنی ہندو ، سکھ، مسیحی اور دیگر کے حوالے سے بات کی ہے اور سیاسی و سماجی سطح پر ان کے ساتھ ہونے والی ناانصافیوں کا تذکرہ مکتلف مضامین کے حوالے سے کیا ہے۔ اس کتاب میںتیرہ مضامین شامل ہیں اور اس کتاب کا دیباچہ نذیر قیصر نے لکھا ہے اور پیش لفظ ڈاکٹر مبارک علی نے لکھا ہے۔

انھوں نے مذہبی تشخص کی بنیاد پر لوگوں پر ہونے والے ظلم و ستم اور زیادتیوں کو اپنا موضوع بنایا ہے۔ کتاب کا پہلا مضمون قائد اعظم محمد لی جناح کے

احکامات اور فرامین کے حوالے سے لکھ گیا ہے۔ اس میں انھوں نے قائد کے نظریات اور ان کے خیالات کے حوالے ے بحث کی ہے اور موجودہ دور کے حکمرانوں کے کارنامے بیان کرتے ہوئے موازنہ کیا ہے کہ یہ لوگ کس طرح سے اقلیتوں پر ظلم کے پہاڑ توڑ رہے ہیں۔

باقی مضامین میں بھی انھوں نے اقلیتوں کو درپیش مسائل کی نشاندہی کی ہے۔ بڑے بڑے جاگیر دار اور مذہبی نمائندے اقلیتوں کے حقوق کو غصب کرنے میں حکومت کا ساتھ دیتے ہیں اور بربریت کا بازار گرم کیے ہوئے ہیں۔

چندر کیسوانی

چندر کیسوانی انگریزی،سندھی اور اردو شاعری کے ایک جواں سال شاعر ہیں۔ ان کی شاعری ایک جواں فکر، نئی سوچ، نئی روشنی اور نئے منظر نامے کی شاعری ہے۔ ان کا تخیل، روانی اور منظر نگاری انھیں منفرد مقام عطا کرتی ہے۔ ان کی نظمیں محبت عشق اور پیار کے لطیف جذبات کی عکاسی کرتی ہیں۔ ان کی کتاب ”روپوش محبت“ خوبصورت نظموں کا مجموعہ ہے۔ ان کے ہاں مشرقی تصوف کا رنگ بھی غالب ہے۔ فہمیدہ ریاض کے بقول :

چندر کی شاعری میں گہری سوچ اور بعض اہم سوالوں کے جواب کی تلاش کی” ایک سنجیدہ اور چونکا دینے والی کوشش کے ساتھ ساتھ جس خصوصیت نے میرے ذہن پر سب سے خوش گوار اور امید بھرا تاثر چھوڑا وہ شاعر کی رجائیت (ہے جو اس کی روحانی مضبوطی اور جذباتی پختگی کی نشاندہی کرتی ہے“(۴۴

چندر کیسوانی اپنے خیالات اور جذبات ک نثری نظم کے سانچے میں ڈھال کر بیان کرتے ہیں ۔ ان کی نظم میں فن کار کا کرب ،فطری سچائی، جرأت اظہار کی فراوانی ہے۔ ان کی نظمیں قاری کو یوں اپنی گرفت میں لیے رکھتی ہیں کہ قاری ان سے سرسری نہیں گزر سکتا ۔ کیسوانی نے اپنے اظہار کی جرأت سے اپنا تخلیقی مقصد حاصل کر لیا ہے۔ نظم کی چند سطریں ملاحظہ ہوں:

ہم خبروں کے رش میں پھنسے آدمی
ہمارے گھر کے باہر
سیاست تو بس نقاب کا نام ہے
جس پہ چہروں کا نصیب لکھا ہے
ہمارے اندر اٹھنے والے
طوفانوں کا رخ
اور اپنے جینے کے معنی بھی
عجیب ہیں
ہم جو تہذیب کے تہ خانوں میں اپنے ماضی سمیت گم ہوئی
شاندار روایتوں کے سب سبق
بہت پہلے رکھ چکے
نظریوں کے عجائب گھر میں تو

خود کو ڈھونڈ کے تھک چکے ہیں
ہمارے نعرے اب ہمی پر ہنس رہے ہیں
اور ہم گلف کے شیخوں کے شوق میں
بکنے والے بچوں کی طرح
کسی بولی کے منتظر ہیں
(آہندہ سے بے خبر ہیں (۴۵

خالد عمانویل

خالدسیال کوٹ میں پیدا ہوئے۔ وہ ایک ادبی گھرانے کے چراغ و چشم ہیں۔زمان طالب علمی سے نثر کے بجائے نظم کی طرف طبیعت مائل رہی اور شعر کہنے لگے۔ مسرور جالندھری سے کسبِ فیض کرنے لگے۔ علمِ عروض میں مستند مانے جاتے ہیں۔ ان کے دو مجموعے " حمد کے ذبیحے " اور " خالص عطر " منظرِ عام پر آچکے ہیں۔ ان کا کلام دل نشین ہے۔ قاری ان کی شاعری میں جمالیاتی رنگ دیکھ کر دم بخود رہ جاتا ہے۔

پھیل گئی خوشبو کی طرح اک عالم میں
بات پہیلی میں رہتی تو اچھا تھا
دن کا دیو چرا لیتا ہے سپنوں کو
رات حویلی میں رہتی تو اچھا تھا
(۴۶)

دانش،رشید گل

غزل پر کامل دسترس رکھنے والے اور فنی مہارتوں سے آشنا شعرا کی تعداد بہت کم ہے۔ عروض کی باریکیوں سے شناسائی کم ہونے کی وجہ سے زیادہ تر مسیحی شعرا بے بحر ہو اجاتے ہیں۔رشید گل دانش ایک پختہ شاعر ہیں۔ وہ فن پر مکمل عبور رکھتے ہیں اور فکر کی گہرائیوں سے بھی آشنا ہیں۔ خوابوں کے گھروندے ان کا ایک ضخیم شعری مجموعہ ہے۔ جس میں ۱۰۱ غزلیں ۲ نظمیں اور ۲ گیت شامل ہیں۔ ان کے ہاں غزل کا رکھ رکھاؤ ،نزاکت ،وارفتگی، احساس و ادراک، جذبے کی لگن، اور حسن و عشق کے پیچیدہ مراسم نہایت گہرائی اور گیرائی سے نظر آتے ہیں۔ وہ اپنی فکر ، مطالعہ، مشاہدہ اور تجربے کی روشنی میں اپنے تخلیقی ہنر کو عشق کی آزاریوں حسن کی نیرنگیوں بے تابیوں بے چین رویوں ، ناکامیوں اور کامرانیوں کو اجاگر کرنے میں اپنا کردار ادا کرتے ہیں۔سید تقی عابدی کے بقول:

رشید گل ایک حساس رومانی شاعر ہے۔ رومانی شاعر صرف حسن و عشق" ،احساس و جذبات، ہجر و وصال، ادا و اطوار پر سراپا نگاری تک محدود نہیں بلکہ ہر قسم کی جمالیات، اخلاقیات، محبت ،وطنیت وغیرہ شامل رہتی ہے اس کا جزو (ہوی ہے۔ اسی لیے رومانی شاعر کی دولت درد اور غم ہوتا ہے"(۴۷

رشید دانش کے ہاں حسن و جمال ، محبوب، جدائی، عشق فراق کے ساتھ ساتھ وصال کی کیفیات بھی دکھائی دیتی ہیں۔ ان کا طرزِ بیان اور اسلوب ان کا پنا ہے۔ ان کے اشعار میں ان کی اپنی شخصیت اپنی سوچ رکھ رکھائو عیاں اور روشن ہے:

گھر پہ چھائی ہے ہو اک سمت نئی مایوسی
میں نے دیواروں کا اترا ہوا چہرہ دیکھا
(۴۸)
کسے خبر تھی کہ حاکم کا حکم ہے دانش
سفر سے پہلے ہمیں اپنے گھر جلانے تھے
(۴۹)
مانا کہ آج سب کو ہے دولت بڑی عزیز
میری نظر میں دوست یہ پائوں کی دھول ہے
(۵۰)

دوست جالندھری

دوست جالندھری کا شمار اردو ادب کے ان شعرا میں ہوتا ہے جنھوں نے نہ صرف شاعری کے کلاسیکی رنگ کو برقرار رکھا ہوا ہے بلکہ اس میں حسین اضافے بھی کیے ہیں۔ اس کی وجہ علامہ تاجور نجیب آبادی جیسے جید اساتذہ کی صحبتوں کا فیض ہے جس سے دوست جالندھری کسبِ فیض کرتے رہے۔ان کا زیادہ تر کلام حوادثِ زمانہ کی نذر ہو چکا ہے۔ کہیں تھوڑا بہت جو دستیاب ہے وہ ڈاکٹر کنول فیروز مرتب کر رہے ہیں

با وقارِ دلبرانہ، با رموزِ مہربانہ
وہ اتر گئے دلوں تک بہ ادائے کافرانہ
وہ چلے تو ساتھ ان کے چلے مہر و ماہ و انجم
وہ جہاں جہاں پہ ٹھہرے وہیں رک گیا زمانہ
نہ بدل سکا زمانہ نہ بدل سکے گا کوئی
مرا شوق جبہ سائی، تیری خوئے خسروانہ
(۵۱)

ڈیوڈ عرفان

ان کے دو شعری مجموعے ''خوشبو کے افق'' اور'' میرے دل پاگل نہ بن'' دو نثری مجموعے ''بول کہ لب آزاد ہیں تیرے، اور ''میں نہیں مانتا'' ان کے ادب سے وابستہ ہونے کی دلیل ہیں۔ ان کی شاعری میں معارتی حساسیت پائی جاتی ہے۔ وہ نرم دل اور نرم مزاج لفاظی کے قائل ہیں۔ ان کے ہاں غزلیں، قطعات اور نثری نظمیں دکھائی دیتی ہیں۔ وہ فن کی باریکیوں سے ناآشنا ہیں اور اس کا بر ملا اظہار بھی کرتے ہیں۔ اس لیے وہ لفظوں کو صرف اپنی ذات کے اظہار کا ذریعہ بناتے ہیں۔ ان کی ایک نظم''فرق'' کی چند سطریں ملاحظہ ہوں:

ہاں یہی فرق ہے

تم میں
اور
مجھ میں
تم خدا کو محبت کہتے ہو
مگر میں
(محبت کو خدا (۵۲

ریاض انجم

ریاض انجم بنیادہ طور پر ایک وکیل اور ماہرِ قانون ہیں۔ وہ بے بسی کا شکار مسیحی قوم کو بیدار کرنے اور انھیں سر افراز ی کی طرف قدم موڑنے کی طرف اکسا رہے ہیں۔ان کی ایک کتاب" پاکستانی مسیحی اور قیادت کا بحران" اسی سلسلے کی ایک کڑی ہے۔ انھوں نے اس کتاب میں مختلف مضامین کے ذریعے مسیحیت کی ڈوبتی ہوئی کشتی کو سہارا دینے کی کوشش کی ہے۔ ان کے مضامین کی تعداد پندرہ ہے جن میں کچھ مضامین مذہب اور کچھ سیاست کے حوالے سے لکھے گئے ہیں۔ ان میں نظریہ پاکستان اور اقلیتی خدمات کو بھی اجاگر کیا گیا ہے۔ کتاب کے آخر میں مسیحی قوم کے مسائل اور ان کے حال احسن انداز میں بتایا گیا ہے۔ وہ لکھتے ہیں:

پاکستان میں مسیحیوں کا سب سے بڑا المیہ ان میں قیادت کا بحران رہا ہے جس کا " ثبوت یہ ہے کہ مسیحی آج بھی اپنی منزل سے بے خبر ہیں۔ انھیں یہ بھی نہیں پتا کہ (ان کی منزل کون سی ہے اور انھوں نے اسے کیسے حاصل کرنا ہے"(۵۳

زکریا غوری فادر

آپ سیالکوٹ میں پیدا ہوئے اور ایک بڑے عرصے تک لاہور سے شائع ہونے والے پندرہ روزہ"کیتھولک نقیب" کے ایڈیٹر رہے۔آپ موجودہ دور کے منجھے ہوئے شاعر ہیں ۔آپ نے تیسری دنیا کے عوام کا دکھ اپنے اندر محسوس کیا ہے اور اپنے شعری مجموعہ "امن کے جزیرے "میں منتقل کیا ہے ۔جسے بین الاقوامی تناظر میں دیکھا گیا ہے ۔

"مجبور آوازیں"

مجبور آوازیں پاتال سے آئیں
یا زمین کی زرخیزی سے اٹھیں
مجبور ہیں
روتی آنکھیں
اور چیختے سائے
آوازوں کی دنیا میں مجبور ہیں
یہ صدائیں سننے والے معبدوں میں
قربانیاں گزارنے والے مگن ہیں
سجدوں میں مصروف ہیں

بھیڑیے
ریشمی کھالیں پہنے
گلیوں میں دندناتے پھرتے ہیں
دانتوں پہ ورق سجائے
بڑی نرمی سے کھا جاتے ہیں
(مجبور آوازیں (۵۴

ساحل منیر

ساحل منیر ایک سچا اور کھرا فنکار ہے ۔ وہ کہنہ روایات کے خلاف نہ صرف آواز بلند کرتا ہے بلکہ اپنی محنت اور ہنر مندی سے اس میں بہتری لانے کا خواہش مند بھی ہے۔ ساحل منیر کی کتاب" عہدِ اضطراب" معاشی، سماجی شکست ریخت اور معاشرے میں رونما ہونے والی تبدیلیوں کا کھلا مظہر ہے۔ اس کا مشاہدہ بہت وسیع ہے جس کو اس نے بڑی صداقت اور تخلیقی کرب کے ساتھ ہم تک پہچایا ہے۔ ساحل کی شاعری کی سب سے بڑی خوبی اس کا بے ساختہ پن، پر جوش اور سادہ اندازِ بیاں ہے۔ وہ مضافات کی شاعری کا نمائندہ شاعر بن کر ابھرا ہے۔ معروف و مصروف ادبی مراکز سے دور رہتے ہوئے بھی وہ تن تنہا پوری محویت اور ادبی وابستگی سے معمور بڑی ذمہ دار سے شعر کاری میں مصروف ہے۔ اس کے زبان و بیان، فکر و خیال، اسلوب و انداز اور خرد افروزی میں سادگی، پُر کاری اور تہہ داری پائی جاتی ہے۔ اس کی شاعری رومانی، تخیلاتی اور موضوعاتی اظہار کا خوبصورت امتزاج ہے۔

ابھی تو خواب بھی دیکھے نہیں تھے
عجب تعبیر سے پالا پڑا ہے
(۵۵)

لوحِ زماں پہ اے مرے آوارۂ خیال
وہ لفظ لکھ جو بولتے ، گاتے سنائی دیں
(۵۶)

سوبھو گیان چندانی

سوبھو گیان چندانی کا اصل نام سوبھو راج ہے۔وہ ۳ مئی ۱۹۲۰ کو گوٹھ بندی لاڑکانہ میں پیدا ہوئے۔ ابتدائی تعلیم گھر پر اپنے دادا پربھ داس سے حاصل کی۔ اے وی ہائی سکول میں مڈل اور گورنمنٹ ہائی سکول لاڑکانہ سے میٹرک پاس کیا۔

سوبھو گیان رابندر ناتھ ٹیگور کے دیوانے تھے اس لیے انھوں نے رابندر ناتھ ٹیگور کے نام خط لکھا کہ انھیں اپنے ادارے شانتی نکتین میں داخلہ دیا جائے اور ان پر کسی قسم کے تحریری امتحان کی شرط نہ رکھی جائے۔ رابندر ناتھ نے ان کا شوق اور لگن دیکھتے ہوئے انھیں داخلہ دے دیا۔ وہ شاید پہلے طالب علم تھے جن پر اس عظیم ادارے نے اپنی شرائط کا اطلاق نہ کیا۔ شانتی نکتین میں سوبھو کو معروف سیاسی ،سماجی اور ادبی شخصیات کو دیکھنے ، ان سے ملنے اور

پڑھنے کا موقع ملا جس سے ان کے مزاج اور شخصیت کو جلا ملی۔ شانتی نکتین سے فارغ ہونے کے بعد وہ واپس کراچی آگئے جہاں سے انھوں نے اپنی باقاعدہ عملی زندگی کا آغاز کیا اور ساتھ میں وکالت کی تعلیم بھی حاصل کی۔ انھوں نے سب سے پہلے طلبا کی سیاسی تحریک میں حصہ لینا شروع کیا اور حکومتِ وقت کے خلاف جلسے اور تقاریر کی پاداش میں انھیں کئی بار جیل جانا پڑا۔ سوبھو نے ٹریڈ یونین کی سر گرمیوں میں بھی حصہ لیا اور محنت کشوں کے مسائل اور ان کی سماجی صورتِ حال سے عوام کو آگاہ کیا۔

سوبھو گیان چندانی کا شمار سندھی ادب کے معماروں میں ہوتا ہے جنھوں نے اپنے متنوع فکری، تہذیبی اور ادبی رویوں سے ادب کی داغ بیل ڈالی۔ سوبھو گیان صاحبِ بصیرت اور جدید ادب کے قاری تھے۔ وہ مذہب، اخلاقیات، تاریخ، فلسفہ، سیاسیات اور معلوماتِ عامہ پر دسترس رکھتے تھے۔ شانتی نکتین میں ٹیگور کی شاعری اور فکشن کے اثرات ان پر ایسے پڑے کہ وہ بطورِ ادیب ٹیگور کے اندازِ تحریر سے متاثر دکھائی دیتے ہیں۔ انھوں نے شانتی نکتین کے ادبی مجلے میں اپنی پہلی کہانی انگریزی زبان میں تحریر کی۔ اس کے بعد انھوں نے بہت سے افسانے لکھے جو سندھی معاشرت کی عکاسی کرتے ہیں۔ سوبھو نے وادی صحافت میں جب قدم رکھا تو معروف اخبار ''نئین سندھ'' کی ادارت سنبھالی۔ روشنی کی راہ میں ''ان کی خود نوشت سوانح عمری ہے جس میں ان کی ذات،'' صفات ،خاندانی، پس منظر، تعلیم اور اساسی احوال کی جھلکیاں دکھائی دیتی ہیں۔ یہ ایک ایسی سوانحی دستاویز ہے جس میں صوبہ سندھ کے اس عہد کی سیاسی ،سماجی، معاشی اور تہذیبی صورتِ حال کی عکاسی دکھائی دیتی ہے۔ انھوں نے ٹیگور ،اپنی والدہ ، مائی دھیانی، عبدالخالق آزا، پیکر نقوی اور بہت سے اہم شخصیات کے خاکے بھی تحریر کیے ہیں۔ انھیں ٹیگوریت کا سرخیل اور ترقی پسندی کا امین قرار دیا جاسکتا ہے۔ سوبھو گیان کی تصانیف کے تراجم اردو کے علاوہ دیگر زبانوں میں بھی ہو چکے ہیں۔ سید مظہر جمیل نے سوبھو گیان چندانی شخصیت اور فن کے نام سے پاکستانی ادب کے معمار کی سیریز میں اکادمی ادبیات پاکستا ن کے زیرِ سایہ ایسی شاہکار تصنیف لکھی ہے جو سوبھو گیان کی شخصیت اور فن سے متعارف کراتی ہے۔

سہیل ساجد سٹونز آبادی

سہیل ساجد قادر الکلام شاعر ہیں۔ ان کے پانچ شعری مجموعے ان کی اس قادر الکلامی کا منہ بولتا ثبوت ہیں۔ ''خالی کشکول''، ''یادیں''، ترے جانے کے بعد''، ''غزل کیوں لکھوں'' اور ''نغماتِ ساجد'' شامل ہیں۔ اگر غور کیا جائے تو ان ناموں میں ایک خاص ترتیب اور تسلسل ہے جو شاعر کے حالاتِ زندگی کا پتا دیتی ہے۔ اپنے بیٹے ربانی کی موت کے بعد ان کا مجموعہ ''ترے جانے کے بعد'' شائع ہوا جو بیٹے کی جدائی اور اس کی یادوں کا نوحہ ہے۔ سہیل ساجد کی شاعری میں

عشق و رومان، وطن پرستی، معاشرتی معاملات، سیاسیات ، آشوب و الم اخلاقیات،
:اور مسیحی تعلیمات کے موضوعات ملتے ہیں۔پروفیسر عاصی کرنالی کے بقول
سہیل ساجد شعر گوئی میں سلیقہ مندی، شائستگی، اور احتیاط کی روش اختیار"
کرتے ہیں۔ کسی غیر ضروری جذبے یا فضول سوچ اور فکر کو نہ وہ اپنے ذہن
(میں آنے دیتے ہیں اور نہ ہی اپنے قلم پر"(۵۷
سہیل ساجد امن ، آشتی، پیار اور محبت کے دیپ جلانے والا شاعر ہے۔ اس کے نزدیک اس دنیا کی بنیاد محبت ہے ۔ وہ دوست دشمن معاشرے وطن، نظریے اور عقیدے سے محبت کرنا سکھاتا ہے اور یوں انھیں دنیا کا ہر شخص اچھا لگنے لگتا ہے۔

اچھی ذات تو ایک خدا کی ہے لیکن
ہم نے ہر اک شخص کو کہنا اچھا ہے
(۵۸)

کب سے صلیبِ زیست پر لٹکا ہوا ہوں میں
سچ بولنے کی دل میں تمنا لیے ہوئے
دانے کو زندگی ملے، ملنے سے خاک میں
شاید اسی لیے ہوں ابھی تک جیے ہوئے
(۵۹)

طاہر جاوید

پروفیسر طاہر جاوید طبیعات کے پروفیسر ہیں۔ ان کی تعلیم سائنس ہے مگر فکر روحانی ہے۔ ان کی کتاب"خدا کے لوگ" دو حصوں میں منقسم ہے۔ پہلے حصہ میں انھوں نے عہدِ عتیق کے پچاس مثبت کرداروں اور دوسرے حصہ میں عہدِ جدید کے پچاس مثبت کرداروں کا خاکہ پیش کیا ہے۔ طاہر جاوید نے یہ تمام کردار بائبل مقدس سے اخذ کیے ہیں۔ انھوں نے روایتی خاکہ نگاری سے ہٹ کر ان کرداروں کو ایک نئے پیرائے میں بیان کیا ہے۔ طاہر جاوید نے ان تمام کردار وں کا خاکہ نہایت سادہ انداز میں پیش کیا ہے۔ کرداروں کے نام ،سن پیدایش، سن وفات ، کل عمر بائبل میں ان کا ذکر ، بائبلی صفت، نسب نامہ اور خاندان کے نقشہ جات پیش کیے ہیں۔ اگرچہ کردار مذہبی ہیں مگر انھوں نے ان کو ادبی رنگ میں اس طرح پیش کیا ہے کہ پوری تاریخ نظروں میں گھوم جاتی ہے اور ان برگزیدہ مرد و خواتین کے حالات و واقعات سے قاری آشنا ہو جاتا ہے۔یوحنا کے بارے میں ان کا
:خاکہ ملاحظہ ہو
یوحنا کو عارف ،عالم دین یا علم الٰہیات کا ماہر کہا جاتا ہے ۔ یوحنا کا اندازِ بیاں"
سب سے اچھوتا اور اچنبھا ہے۔ اس کی انجیل کا تمہیدی حصہ ایک گہرا فلسفیانہ
مقالہ ہے جس میں مسیحی بحیثت کلمہ پر بحث کی گئی ہے۔ اسی پر یوحنا کو
(مسیحی افلاطون کا خطاب ملا"(۶۰

عرفان نشاط چودھری

عرفان نشاط چودھری ایک مذہبی اور تعلیم یافتہ گھرانے کے چشم و چراغ ہیں۔زمانہ طالب علمی سے شاعری کی طرف مائل ہوئے۔ نذیر قیصر کی شاعری سے بہت متاثر ہیں۔ان کی دو کتب منظرِ عام پر آچکی ہیں۔ آج کل بطور پادری اپنی خدمات انجام دے رہے ہیں۔ ان کی شاعری میں مسیحی تعلیمات رچی بسی ہیں۔ وہ دردِ دل رکھنے والے مظلوم کی آواز بننے والے اور دنیا میں محبت و پیار کے جذبے کو فراواں کرنے والے شاعر ہیں۔ ان کے دو مجموعے "زندانِ عشق" اور "چراغِ شہر" منظرِ عام پر آچکے ہیں۔ جو ان کی شاعری کی ایک منفرد ڈگر کے طور پر انہیں مسیحی شعرا میں ممتاز مام عطا کرتے ہیں۔ ان کی شاعری میں گیت، غزل اور قطعات کے ساتھ ساتھ معروف مسیحی شخصیات کے لیے تعریفی اور توصیفی پہلوئوں سے منظوم اظہار بھی دکھائی دیتا ہے۔ ان کی شاعری میں مسیحی برادری کے تڑپ دکھائی دیتی ہے۔انھوں نے سانحہ یوحنا آباد اور سانحہ گوجرہ کے درد ناک واقعات کو اشکوں سے سینچ کر اشعار میں پرو دیا ہے۔ ان کی شاعری میں سادہ ،سچے اور سلیس الفاظ کا استعمال ہے۔ وہ مشکل تشبیہات اور استعاروں میں گھرنے کی بجائے روانی اور سلاست کے ساتھ اپنے جذبات کا اظہار کرتے ہیں:

چاند کے گرد ایک ہالہ ہے
چاندنی ہچکچاتی رہتی ہے
(۶۱)
زنگ آلود قفل سارے ہیں
کس طرح در کھلا کرے کوئی
(۶۲)

عزیز عاصر

خطائوں کی جسارت" کے نام سے عزیز عاصر کا شعری مجموعہ غزلیات،" قطعات اور منظومات کا گل دستہ ہے۔ انھوں نے اپنی شعری کائنات کو نثری نظم کے سانچے میں ڈھال کر بیان کیا ہے۔ وہ زیادہ تر توجہ اپنے خیال پر مرکوز رکھتے ہیں اور اپنے بات قاری کے سامنے بلا جھجک بیان کر دیتے ہیں۔ ان کی نظموں میں زیادہ تر سماجی رویوں اور معاشرتی اقدار کا بیان ہے۔ عاصر کی شاعری زندگی کی خوب صورتی، ترقی، روشنی اور رنگینی کی شاعری ہے۔ وہ ہمت حوصلہ، لگن اور جہدِ مسلسل کے داعی ہیں۔ غزل کا رنگِ جدید ان کے کلام کو مزید نکھار عطا کرتا ہے۔ وہ آسان بحر اور سہلِ ممتنع میں شعر کہتے ہیں اور سادگی سے اپنی بات قاری کے پیشِ نظر کر دیتے ہیں۔ نمونہ کلام :

ہم مسافر ہیں ایسے رستوں کے
جو کسی سے بھی سر نہیں ہوتے
(۶۳)
عمر گزری ہے سخاوت کرتے

اچھا ہوتا جو عدالت کرتے

(۶۴)

غوری،جیم فے

برگزیدہ حسین لوگ'' جیم فے غوری کا پانچواں شعری مجموعہ ہے۔ اس سے'' پہلے ۱۹۸۶ میں ان کا پہلا شعری مجموعہ''نئی رت نئے گیت'' کے عنوان سے منصہ شہود پر آیا۔ ۲۰۰۸ میں ''ہاتھ پر دیا رکھنا'' غزلوں اور نظموں کا مجموعہ اور ۲۰۱۱ میں''خواب کی کشتی پر'' ۲۰۱۶ میں ''ندی میں اترتا ستارہ'' اور ۲۰۱۶ میں ''ستارہ ندی اور میں'' شائع ہو چکے ہیں۔ شاعری کے علاوہ وہ افسانہ اور ناول میں بھی اپنا نام پیدا کر چکے ہیں۔ ''برگزیدہ حسین لوگ'' غزلوں، نظموں، گیت، قطعات اور رباعیات کا حسین گلدستہ ہے۔ وہ فنی اور فکری لحاظ سے مسیحی شعرا میں منفرد مقام پر فائز ہیں ۔ ان دنوں اٹلی میں مقیم ہیں اور پردیس میں بھی رہ کر دل جمعی سے علم و ادب کی خدمت میں مصروف ہیں۔ عورت کے عنوان کے تحت ان کا ایک گیت ان کی فکر کی نمائندگی کرتا ہے۔

میں تو آزاد عورت ہوں محبت جس کو کہتے ہیں
مجھے بازاروں میں لا کر مجھے الزام دیتے ہیں
مجھے مکار کہتے ہیں بدن میرے میں رہتے ہیں
میں یوں تکمیل کرتی ہوں میں ایسی ایک صورت ہوں
میں تو کمرے میں چلتی پھرتی دھرتی ماں کی مورت ہوں
میں لوگوں کی نظر میں ہوں کہ موسمِ گل کی عورت ہوں

(۶۵)

ان کا ایک ماہیا دیکھیں

یادوں میں صدا دینا
بھنور میں کشتی ہے اب پار لگا دینا

(۶۶)

فرانسس سائل

فرانسس سائل شہرِ اقبال کے نمائندہ شاعر ہیں۔ ان کی شاعری میں روایت اور جدت کا حسین امتزاج ہے۔ وہ اردو اور پنجابی میں بھرپور غزل کہتے ہیں۔ ان کی شاعری میں حقیقی رنگ نمایاں ہیں۔ وہ جو کچھ محسوس کرتے اور معاشرے میں دیکھتے ہیں اسے صفحہ قرطاس پر اشعار کی صورت میں اتار دیتے ہیں۔ وہ لطیف اور کومل احساس کے حامل شاعر ہیں اور یہی احساس ان کی غزل میں بھی نمایاں ہے۔ ان کی شاعری محبت اور فطرت کی ترجمان ہے۔ فرانسس کا ایک پنجابی مجموعہ ''دیواں درد ادھارے کنہوں'' شائع ہو چکا ہے۔ وہ پنجابی شاعری میں اسیر عابد کے شاگرد ہیں۔ ان کی اردو شاعری کا مجموعہ '' رت بدلتی ہے تمھیں سوچیں تو'' کے نام سے منظر عام پر آیا۔ نمونہ اشعار ملاحظہ ہو:

تم کون سی دنیا کے ہو آئے ہو کہاں سے

اس شہر سے انداز تمھارے نہیں ملتے
(۶۷)
چہار سمت جب روشنی کے وار ہوئے
لپٹ گیا مرا سایہ مرے بدن کے ساتھ
(۶۸)
مچھلی کی نظر بھوک نے ماری تھی کہ اس نے
چارے میں چھپایا ہوا کانٹا نہیں دیکھا
(۶۹)

کرن سنگھ

پروفیسر ڈاکٹر کرن سنگھ ماہرِ تعلیم، مورخ ،کالم نگار ،شاعر اور افسانہ نگار ہیں۔ انھوں نے کراچی یونیورسٹی سے پی ایچ ڈی کی ڈگری حاصل کی۔ وہ بطور لیکچرر اسسٹنٹ پروفیسر اور ڈائریکٹر کالجز سندھ کے مختلف شہروں میں اپنی خدمات انجام دے چکے ہیں۔ وہ آرٹس کونسل کراچی اور میر پور خاص کے مستقل رکن ہیں۔ سہ ماہی" پہچان " ان کی ادارت میں نکلتا ہے۔ ان کی تحریریں ملک کے موقر جرائد اور رسائل کی زینت بنتی رہتی ہیں۔ جن میں "نئی قدریں"، "ادبیات"، "قومی زبان" اور "ماہِ نو"شامل ہیں۔ انھیں متعدد ادبی ایوارڈ بھی مل چکے ہیں۔ انھوں نے "شیخ ایاز کے خطوط"بھی مرتب کیے ہیں۔ان کے افسانوں میں "سورٹھ" "شری اڈیرو لعل امر" ،"پاپ" اور سادھو بیلا" نمایاں ہیں۔ یہ افسانے اساطیری عناصر کے حامل ہیں۔ ان پر ہندو تہذیب اور مذہبی کہانیوں کا رنگ غالب ہے۔ "لیلا چنیر" کے نام سے ان کا ایک ناولٹ بھی قسط وار شائع ہو چکا ہے۔ یہ ناولٹ عشق و محبت کی ایک لافانی داستان ہے۔ بطور شاعر ان کی نثری نظمیں بھی مختلف رسائل کی زینت بنتی رہتی ہیں۔ ان کی شاعری میں اخلاقی سبق نمایاں ہیں اور پر خلوص جذبات کی فراوانی ہے۔ کرن سنگھ اقلیتی شاعروں اور ادیبوں میں ایک منفرد مقام رکھتے ہیں۔

کشور مراد کشور

ڈاکٹر کشور مراد کشور مراد میں پیدا ہوئے۔ آپ کا تعلق ہندو گھرانے سے ہے۔ پیشے کے لحاظ سے آپ ہومیو پیتھک ڈاکٹر ہیں۔ سماجی تنظیموں اور جماعتوں سے ساری زندگی وابسگی رہی۔ یوں معاشرے کے غریب اور مفلوک الحال لوگوں کی آواز بنے۔ آپ نے تمام شعری اصناف میں طبع آزمائی کی ہے ،جن میں غزل، نظم، دوہا گیت اور بھجن قابلِ ذکر ہیں۔آپ کا کلام مختلف اخبارات اور رسائل میں چھپتا رہتا ہے۔ آپ کا غیر مطبوعہ کلام تین چار مجموعوں کے برابر ہے ۔ابھی تک آپ کی کوئی کتاب منظر عام پر نہیں آئی۔

رات گئے تک چاند سے باتیں ٹھیک نہیں
تارہ کوئی ٹوٹ نہ جائے آنکھوں میں
(۷۰)

میری مجبوریوں پر ذرا غور ہو
آپ کشور سے یونہی خفا ہو گئے

(۷۱)

کونپل حنیف

مسیح ادیبوں میں نسائی آوازوں کی گونج بڑھتی جاتی ہے۔گذشتہ دہائی میںادب کے میدان میں اقلیتی قلم کار خواتین کی تعداد میں نمایاں اضافہ باعثِ مسرت ہے۔ کونپل حنیف آسمانِ ادب پر ایک نئے ستارے کے روپ میں جلوہ نما ہوئی ہیں۔ ان کی نثری نظموں پر مشتمل کتاب" چپ لب اور سلگتی آنکھیں" ادبی حلقوں میں ان کی پہچان بنا چکی ہے۔ شاعری کے ساتھ ساتھ وہ نثر بھی خوب لکھتی ہیں۔ ان کی تحریر مشکل اور سقیل ادبی اصطلاحات کی بجائے آسان،سادہ اور عام فہم ہے۔ ان کا ناول" چاہتوں کے پربت" ان کا پہلا ناول ہے۔ وہ کہانی کی بنت کاری میں ماہر ہیں۔ناول کا پلاٹ بہت عمدہ ہے جسے نکھارنے کی انھوں نے بڑی حد تک کوشش کی ہے۔ پہلا ناول ہونے کی وجہ سے ان کی کوشش قابلِ قبول ہے۔

ناول میں ایک غریب گھرانے کی کہانی بیان کی گئی ہے جس میں گاوں کے چودھری کا بیٹا اپنے ملازم کی ۲۰ سالہ بیٹی سلطانہ کو پیار کے جال میں پھنسا کر حاملہ کر دیتا ہے اور ہمیشہ کے لیے چھوڑ دیتا ہے۔بدنامی کے ڈر سے سلطانہ کو لاہور ایک رشتے دار کے ہاں بھیجا جاتا ہے جہاں وہ ایک خوبصورت بیٹے کو جنم دیتی ہے۔ پیدائش کے چوتھے دن ہی بچے کو یتیم خانے میں دینے کی بات ہوتی ہے تو ماں کی مامتا تڑپ اٹھتی ہے۔

آج آخری رات بچہ اس کے ساتھ ہے ۔ سلطانہ کی آنکھوں میں آنسو آگئے۔ اس کے" بعد وہ اسے زندگی بھر نہیں دیکھ سکے گی۔ کتنا بد نصیب ہے تو اور کتنی بد نصیب ہوں میں۔ اس نے اس کے پیارے ہاتھوں کو غور سے دیکھا ۔ دائیں ہاتھ پر سرخ تل ہے۔ ہاتھ کتنے خوبصورت ہیں۔ تمھارا تو کوئی قصور نہیں۔ سلطانی نے نشانی دل میں رکھ لی۔ پائوں دیکھے پیار کیا۔ ماں کے لیے اپنا لختِ جگر جدا کرنا کتنا مشکل ہوتا ہے۔ چہرہ کتنا پیارا ہے۔ میرا بچہ بے قصور ہے۔ اپنا بیٹا پہلوٹھا بیٹا اپنے ہاتھوں سے دینا میرے لیے مشکل ہے۔ بیس سالہ ماں کس تکلیف میں ہے ۔جدائی کی دیوار ہے۔ میں گناہگار ماں ہوں تیری گناہ گار ماںاور تو میرا بے گناہ (بیٹا" (۷۲

ایک ریٹائرڈ کیپٹن کے ہاں اولاد نہیں ہوتی تو وہ یتیم خانے سے سلطانہ کے بیٹے کو اپنا بیٹا بنا کر لے جاتے ہیں۔سلطانہ جب واپس آتی ہے تو گھر والے اس سے چھٹکارا حاصل کرنے کے لیے اس کی شادی دور دراز کے ایک گائوں میں کر دیتے ہیں۔ وہاں اس کے ہاں ایک بیٹی پیدا ہوتی ہے اس کی بیٹی جب نویں جماعت میں ہوتی ہے تو شدید بیمار ہو جاتی ہے اسے لاہور کے ہسپتال لے کر جایا جاتا ہے جہاں ڈاکٹر نہال اس کا علاج کرتا ہے ۔ سلطانہ ہاتھ کے تل اور شکل سے نہال کو پہچان لیتی ہے مگر اظہار نہیں کرتی۔ کیپٹن اور اس کی بیوی یک کار حادثے میں

چل بستے ہیں۔ نہال تنہا رہ جاتا ہے تو وہ سلطانہ کے دو میٹھے بول سننے کے لیے اس کے گائوں جاتا ہے مگر سلطانہ بھی وفات پا چکی ہوتی ہے۔ نہال کو کیپٹن کا ایک دوست جو مشہور وکیل ہوتا ہے ساری کہانی سنا دیتا ہے۔ نہال یتیم خانے سے اپنا رکارڈ دیکھتے ہوئے اپنے آبائی گائوں جاتا ہے اور دیکھتا ہے کہ اپنے ددھیال اور ننھیال ہونے کے باوجود اس کا کوئی اپنا نہیں ہے:

یہاں ڈیرے پر بیٹھے لوگ کون ہیں۔ نہال نے وکیل صاحب سے پوچھا ۔ ڈیرے پر" بیٹھے لوگ حاجی اکبر کی اولاد ہیں۔ ان کے بیٹے اور پوتے ہیں۔ نہال کے دل میں خیال آیا کہ یہ تو میرے ہی چچا ،تایا ہیں۔ ان میں سے کوئی میرا بھائی بھی ہو گا اور میرا باپ بھی یہیں بیٹھا ہو گا۔ بعد میں اپنی گاڑی سٹارٹ کرتے ہوئے وکیل صاحب سے پوچھا کہ یہ گھر کس کا ہے تو وکیل نے بتایا کہ بیٹے یہ سلطانہ کا میکا ہے۔ نہال نے سوچ کہ یہ میرے نانا کا گھر ہے۔ میرے ماموں رہتے ہیں مگر میں تو کسی (ایک کا بھی نہیں ہوں"(۷۳

ناول ہمارے سماج کے وڈیروں اور امیروں کی سوچ کی عکاسی کرتا ہے جو کسی غریب کی عزت کو ہوس کا نشانہ بنا کر ہمیشہ کے لیے ذلت و رسوائی کے اندھے گڑھوں میں پھینک دیتے ہیں۔ناول کی سب سے بڑی خوبی اس کی روانی ہے جو قاری کو مکمل کیے بغیر رکنے نہیں دیتی۔ کونپل حنیف نے اپنی ساری توجہ کہانی پر مرکوز کی ہے ۔ کہیں کہیں جزئیات نگاری اس قدر بڑھ جاتی ہے کہ ناول بور لگنے لگتا ہے۔ ناول کا پلاٹ ڈھیلا ہے مگر کہانی کی اہمیت نے اس فنکاری کو چھپا دیا ہے۔

گلزار وفا چودھری

گلزار وفا چودھری ضلع خانیوال کے گائوں شانتی نگر میں پیدا ہوئے۔ پنجاب یونیورسٹی لاہور سے اردو ادبیات میں ایم۔ اے کیا۔ انھوں نے انڈیانا یونیورسٹی امریکہ سے فلسفہ زبان کی تعلیم بھی حاصل کی۔ ۱۹۶۶ میں ان کا تقرر بطور لیکچرر گورنمنٹ مرے کالج سیالکوٹ میں ہوا۔ اس کے بعد وہ پنجاب کے مختلف کالجوں میں تدریسی فرائض انجام دیتے رہے اور گورنمنٹ شالیمار کالج لاہور سے بطور ایسوسی ایٹ پروفیسر سبکدوش ہوئے۔

وہ بچپن سے صحافت میں دل چسپی رکھتے تھے۔ ۱۹۵۸ میں انھوں نے اپنے ہم جماعتوں کی تحریروں پر مبنی رسالہ گل و گلزار نکالا ۔ وہ ایف سی کالج لاہور کے میگزین فولیو کے سٹوڈنٹ ایڈیٹر رہے۔ روز نامہ نوائے وقت لاہور میں ان کے شخصی خاکے "سو ہے یہ بھی آدمی" کے عنوان سے شائع ہوتے رہے۔ وہ روز نامہ پاکستان لاہور میں "لوک بیتی" کے عنوان سے فکاہیہ کالم بھی لکھتے رہے۔

گلزار وفا چودھری غزل اور نظم کے منفرد شاعر تھے۔ شاعری کا آغاز آٹھویں جماعت سے کیا ۔ ان کا کلام مختلف رسائل اور اخبارات کی زینت بنتا رہا۔ ان کے اردو کلام کا مجموعہ "خاکِ زہر آلود" اور پنجابی کلام کا مجموعہ "الکھ پکار" کے نام سے زیرِ ترتیب ہیں۔

کون سی منزل ہے جو بے خوب آنکھونمیں نہیں
ایک صورت ڈھونڈتا ہوں جو کہ سپنوں میں نہیں
یوں تو ہر جانب کھڑے ہیں یہ قطار اندر قطار
ایک ٹھنڈک ہے کہ ان پیڑوں کے سایوں میں نہیں
چاند تاروں کی ضیائیں، کہکشاؤں کے ہجوم
کون سا وہ آسماں ہے جو زمینوں میں نہیں

(۷۴)

مبینہ گل مبین

ان کی شاعری نسائی جذبات کی ترجمانی کرتی ہے۔ ان کی شاعری سادہ اور نفیس جذبات کی حامل ہے۔ ان کی کتاب "دل کے دروازے پہ دستک" خوشگوار عہد کی یادوں کا بیان ہے۔ ان کی شاعری دلی، ذہنی اور رومانی جذبات کی عکاس ہے۔ہجر کے لمحات کی کرب ناکیوں کا اظہار ان کے ہاں نمایاں دکھائی دیتا ہے۔ فنی حوالے سے ان کی شاعر ریاضت کی متقاضی ہے۔

جس سے میں آشنا ہوئی ہوں اب
ایسا سچ اس کو بھی بتانا ہے

(۷۵)

محفوظ الحق علمی بہائی

سید علمی ۱۸۹۴ میں پیدا ہوئے۔ والد نے آپ کا نام محفوظ الحق رکھا۔ آپ نے سوات سے تعلیم حاصل کی اور تقریر و خطابت میں کمالِ فن حاصل کیا۔ شاعری کے آغاز میں آپ نعتِ رسول لکھا کرتے تھے جو قرآن یا حدیث کی تفہیم لیے ہوتی تھیں۔ بعد میں آپ قادیانی مذہب کے پیرو کار ہو گئے اور قادیان سے تعلیم حاصل کی ۔اسی دوران بہائی مذہب کا پیغام پا کر قادیانیت سے بہایت میں داخل ہو گئے۔ "صورِ اسرافیل"، "کتابِ قیامت" ان کے مجموعہ ہائے کلام ہیں۔ علمی کا کلام نہایت پختہ ہے۔ ان کے کلام میں قدما کا رنگ غالب ہے۔ وہ فارسی تراکیب اور نادر تشبیہات اور استعارات کا استعمال کرتے ہیں۔ ان کے کلام میں بیسیوں ایسے اشعار نکل آتے ہیں جو ان کے مقام و مرتبے کا تعین کرتے ہیں:

دشمنی کی آگ برسی ہے بموں کی شکل میں
جل رہا ہے پورب اور پچھم ہمارے سامنے

(۷۶)

جسے دیکھا تری محفل کی جانب دوڑتے دیکھا
رقیبوں کو بھی ہم اپنا شریک کارواں سمجھے

(۷۷)

مخلص وجدانی

اردو زبان کے بہائی شعرا میں مخلص وجدانی کا نام ایک معتبر اور جانا پہچانا نام ہے۔ مخلص نہ صرف اردو زبان میں شعر کہنے پر قدرت رکھتے ہیں بلکہ گوجری

اور پنجابی زبان میں بھی طبع آزمائی کرتے ہیں۔ مخلص بنیادی طور پر نظم کے شاعر ہیں۔ ان کی نظموں میں مذہبی رنگ عقیدت نمایاں ہیں۔ وہ معاشرے کے نباض اور رمز شناس کے طور پر سامنے آتے ہیں۔ وہ فنِ نظم نگاری کو استعمال کرتے ہوئے بہائی مذہب کی تبلیغ کا حق ادا کرنے کی کوشش کرتے ہیں۔ ان کی اردو شاعری کا مجموعہ ''صلیبوں کا شہر'' کے نام سے منظر عام پر آیا ۔اس میں انھوں نے اپنے مذہب کی تبلیغ کے لیے نظمیں شامل کی ہیں۔ اس کے بعد ان کے دو مجموعے گوجری زبان کی شاعری پر مشتمل ہیں۔ جن میں ''ریرا'' اور ''سانجھو کھلاڑو''ہیں۔ مخلص وجدانی بچوں کے لیے بھی نظمیں لکھتے ہیں۔ ان کی بچوں کے لیے لکھی گئی اردو اور گوجری زبان کی نظمیں زیادہ مقبول ہوئی ہیں۔ بچوں کے ادب پر مشتمل ان کی نظموں کا مجموعہ سہ ماہی ''مساعد'' میں خصوصی شمارے کے طور پر شائع ہو چکا ہے۔ ان کا وہ تمام کلام جو بہائی مذہب کی تبلیغ کے لیے ہے رسالہ ''نفحات'' اور ''مساعد ''میں شائع ہوتا رہا وہ یکجا کر کے ایک مجموعے ''نئی بہار کے پھول ''کے نام سے شائع ہوا۔ مخلص بہائی شاعری کو ہی اپنی شاعری کی اساس اور کلید گردانتے ہیں۔ان کے نزدیک وہی غزلیں اور نظمیں اچھی ہیں جو بہائی مذہب کی تعلیمات کی تبلیغ و اشاعت کے لیے لکھی گئی ہیں۔ ان کی اس بات کی صداقت اس شعر میں پیش کی جاتی ہے:

جو ثنائے حضرتِ محبوب میں لکھی گئی
مخلص اپنی شاعری میں ہے وہی اچھی غزل

(۷۸)

کتاب کے آغاز میں ایک حمدیہ نظم دی گئی ہے ۔ نظم کا عنوان تو حمد ہے مگر اس کا انداز دعائیہ ہے ۔ جیسے ایک آدمی اللہ کے حضور گڑ گڑا کر دعا مانگتا ہے اور اپنے حالات و واقعات کا رونا روتا ہے ۔ خدا واحد و یکتا ہے اور اسی کے سامنے مناجات پیش کی جاتی ہے جس کی ہر ایک آدمی کو ضرورت ہوتی ہے۔ وہ حمدیہ نظم لکھتے ہوئے بھی اپنے مذہب کو نہیں بھولتے۔ وہ خدا کو مخاطب کرتے ہوئے بھی اپنے بہائی منظر نامے کو سامنے رکھتے ہیں۔

منظور ہے دنیا میں سو بار جفا یارب
حاصل ہو مجھے لیکن اک تیری رضا یارب
ظلمت کدہ عالم پر نور ہوا جس سے
وہ جلوہ نورانی بندوں کو ملا یارب
ہستی کے سمندر میں کشتی ہے رواں اپنی
ہے وردِ زباں ہر دم یا باب و بہا یارب

(۷۹)

یہ نظم بنیادی طور پر تو حمدیہ نظم ہے مگر ان کے استاد امر اللہ کی تعریف و توصیف میں لکھی گئی ہے۔ یہ بات مقطع میں جا کر واضح ہو جاتی ہے کہ وہ اپنے استاد امر اللہ کے لیے نہایت خلوص دل سے دعا کرتے ہیں:

مقصد نہ ہو دنیا میں جز خدمتِ امر اللہ
منظور یہ ہوجائے مخلص کی دعا یارب

(۸۰)

عبدالبہا ،بہائی مذہب کے بانیان میں شمار ہوتے ہیں۔ انھوں نے بہائی مذہب کی باقاعدہ داغ بیل ڈالی اور اس مذہب کو دنیا میں عام کرنے کے لیے کاوشیں کیں۔ انھوں نے لوگوں کو اپنی باتوں اور اخلاق سے متوجہ کیا۔ بہا اللہ کی شان میں مخلص وجدانی نے ایک نظم جس میں انھوں نے عبدالبہا کو آسمان کے ستارے اور سب کے ہادی و سرور ہونے کا شرف دیا ہے۔ علم و دانش کا سمندر گردانا ہے ۔ ان کے نزدیک عبدالبہا ساری دنیا کے لیے رحمت اور فیضان نور ہیں اور خدائے وحدہ' کے سایہ کی طرح زمین پر موجود ہیں۔

آسمانِ دین کے اختر حضرت عبدالبہا
سب کے ہادی سب کے سرور حضرت عبدالبہا
ہے زمانہ آج روشن ان کے نورِ فیض سے
رحمت حق ہیں سراسر حضرت عبدالبہا
آ گیا ہے در پہ مخلص ساری دنیا چھوڑ کر
ہو نگاہِ لطف اس پر حضرت عبدالبہا

(۸۱)

مخلص وجدانی کے مذہبی رنگ میں رنگی ہوئی ایک مثنوی "بوئے پیرہن" ہے۔ اس مثنوی کی ایک خوبی ہے کہ اسے "سحر البیان" کی طرز پر لکھا گیا ہے ۔ وہی انداز وہی کردار نگاری اور وہی منظر نگاری۔ مزے کی بات یہ ہے کہ یہ بھی اسی بحر میں لکھی گئی ہے۔انھوں نے اس مثنوی میں بہائی مذہب کی تاریخ کو بیان کرنے کی کوشش کی ہے۔ ڈاکٹر صابر آفاقی کے بقول:

"مثنوی "بوئے پیرہن" ایک ذہین و طباع اور سچے شاعر کی سچی تخلیق ہے۔ جسے اردو کی مثنویوں میں بلند درجہ دیا جائے گا۔ مثنوی میں "سحر البیان" اور "شاہنامہ فردوسی" کی بحر استعمال کی گئی ہے۔ اس مثنوی کی زبان فصیح و بلیغ ہے۔ حتی الوسع اہلِ زبان کے روز مرہ اور محاورہ کی پابندی کی گئی ہے"(۸۲)

مثنوی کے مطالعہ سے یہ بات واضح ہوتی ہے کہ شاعر کو نہ صرف فنی طور پر مثنوی کے فن پر دسترس حاصل ہے بلکہ وہ کرداروں کو ایسے خوب صورت انداز میں پیش کرتے ہیں کہ قاری سوچنے پر مجبور ہو جاتا ہے۔ مثنوی کے تمام کردار جیتے جاگتے اور سانس لیتے ہوئے محسوس ہوتے ہیں۔ ان کی سب سے بڑی خوبی یہ ہے کہ انھوں نے اصل کہانی کو منظوم کیا ہے۔ خیالی کہانی کو منظوم کرنا اتنا مشکل نہیں ہوتا ۔ کیوں کہ شاعر جہاں مرضی کسی بھی کردار یا منظر میں تبدیلی لا سکتا ہے۔ مگر تاریخ کو سامنے رکھتے ہوئے کرداروں کی تصویر کشی کرنا کارِ مشکل ہے۔ مگر یہ کارِ مشکل جس طرح سے انجام دیا گیا ہے ،یہ مخلص وجدانی کا ہی طرہ امتیاز ہے۔ عنوان کے حوالے سے بات کی جائے

تو انھوں نے موقع و محل کے مطابق درست اور فصیح الفاظ استعمال کیے ہیں۔ چند اشعار ملاحظہ ہوں:

(ملا علی بسطامی کا ملا حسین بشروئی سے استفسار)

گئے اٹھ کے ملا علی ان کے پاس
ادب سے وہ کرنے لگے التماس
کئی دن سے محسوس کرتے ہیں ہم
بتاتے ہیں زلفوں کے یہ پیچ و خم
کہ ہے بات اس میں کوئی باالیقیں
وہ پہلی سی کیفیت اب جو نہیں
نہ وہ انتظار اب نہ وہ جستجو
نہ لہجہ ہے وہ اور نہ وہ گفتگو

(۸۳)

الغرض مخلص وجدانی ایک قادر الکلام شاعر ہیں۔ میدان غزل کا ہو یا نظم کا، قطعے کا ہو یا مثنوی کا ان کا قلم ہر صنفِ شعر میں روانی سے چلتا ہے۔ وہ فکر و فن کی پختگی کے حامل ہیں۔شعر کہنے پر انھیں کاملانہ قدرت حاصل ہے۔ اگر وہ مذہبی دائرہ کار سے نکل کر غزل یا نظم کہتے تو پاکستان کے بڑے شعرا میں ان کا شمار ہوتا۔ ان کی مذہبی شاعری نے انھیں مخصوص و محدود کر دیا ہے۔

میتھیو محسن

دنیا غموں اور پریشانیوں کا گھر ہے اور یہ غم اور پریشانیاں اکثر اوقات کسی اپنے کی وجہ سے ملتے ہیں۔ انسان جس پر بہت زیادہ بھروسہ کر لیتا ہے وہی اسے دھوکا دیتا ہے۔ دنیا میں رہتے ہوئے بھی انسان خود کو محفوظ محسوس نہیں کرتا۔ یہ دنیا اس کا مستقل ٹھکانا نہیں ہے۔ لوگ ایک دوسرے کے ساتھ چلتے ہوئے بھی ایک دوسرے کو فریب دینے سے باز نہیں آتے۔ کچھ لوگ بہت جلد باز ہوتے ہیں اور تعلقات اور رشتے بنانے میں بہت جلدی کر لیتے ہیں۔ مگر بعد میں احساس ہوتا ہے کہ ایسا تو کرنا ہی نہیں تھا۔ ایک شاعر کے بقول:

اک عمر گزار آئے تو احساس ہوا ہے
اس طرح تو جینے کا ارادہ ہی نہیں تھا

(۸۴)

میتھیو محسن بھی ایک حساس آدمی کی طرح سوچتے ہیں اور فریب سے بچنے کی کوشش کرتے ہیں۔ دوسرے بندے کو خبردار کرتے ہیں کہ میرے ساتھ چلنے سے پہلے اس بات پر غور کر لے کہ کہیں مجھے راسے میں چھوڑ کر نہ چلے جانا۔ یہ سفر تو زندگی بھر کا سفر ہے۔ ہم سفر لا لفظ تو ہمیشہ کی زندگی کے لیے ہوتا ہے۔ دنیا کی بے ثباتی اور اس کا عارضی پن بھی ان کی نظر میں وہے اور وہ اسے ایک انوکھے انداز میں بیان کرنے کی کوشش کرتے ہیں۔ ان کے نزدیک تمام دنیا راستوں سے بھری پڑی ہے کوئی بھی کہیں بھی مستقل نہیں رہتا بلکہ ہر کوئی ہمہ

وقت حالتِ سفر میںہے اور سب راستے کے مسافر ہیں مگر خود کو فریب دیتے ہوئے راستوں کو گھر بولتے جارہے ہیں:

ساتھ چل کر پرکھ پہلے کچھ دور تک
پھر مجھے ہم سفر، ہم سفر بولنا
میری خانہ بدوشی سے پوچھے کوئی
کتنا مشکل ہے رستے کو گھر بولنا

(۸۵)

محبتوں کا بیان ہی دراصل شاعری اور غزل ہے۔ محسن کے ہاں بھی محبت مزاج کے اشعار ملتے ہیں۔ مگر ان کا محبت کے معاملات کو بیان کرنے کا انداز مختلف ہے۔ ان کے نزدیک نیا بھر کی رونق اور دنیا کے سب کام کاج محبوب کی بدولت ہیں۔ اس کے بغیر نہ تو دنیا کے کارخانے چلتے ہیں اور نہ ہی زندگی کو سکون ملتا ہے۔ محبوب کے ہونے سے زندگی ہے اور اس کے نہ ہونے سے موت ہے۔ جہان آباد، ویران ہو جاتا ہے۔ اگر محبوب نظر نہ آئے تو یوں لگتا ہے کہ سارا جہان اجڑا ہوا ہے ۔کوئی بھی اس کا خیال کرنے والا نہیں ہے ۔دوست بھی ایسی حالت میں دشمن دکھائی یتے ہیں۔ اور دیوانگی کی حالت میں دنیا انسان پر ترس کھاتی ہے مگر عل مند کی کوئی بات تک نہیں سنتا۔

تو نہیں تو راحتوں کا سلسلہ کوئی نہیں
ایسا لگتا ہے نگر میں اب رہا کوئی نہیں
چاک دامن تھے تو محسن شہر کی رونق تھے ہم
اب گریباں سی چکے تو پوچھتا کوئی نہیں

(۸۶)

غم انسان کی زندگی کا مستقل حصہ ہیں۔ انسان ہر وقت کسی نہ کسی غم میں مبتلا رہتا ہے۔ خوشی تو ہمیشہ وقتی ہوتی ہے جب کہ غم ہر وقت انسان کا ساتھ نبھاتا ہے۔ غموں سے انسان کی وابستگی فطری ہے۔ انسان اس دنیا میں روتے ہوئے آتا ہے اور جب وہ یہاں سے رخصت ہو کے جاتا ہے تو سب اس کے جانے پر آنسو بہا رہے ہوتے ہیں۔ دنیا میں رہتے ہوئے بھی انسان کو بہت سے غموں سے پالا پڑتا رہتا ہے۔ کبھی غمِ جاناں ہے تو کبھی غمِ دوراں ہے۔ اس غم سے تو کبھی بھی چھٹکارہ ممکن نہیں ہے۔ اور جب ان غموں کی فراوانی ہو جاتی ہے تو انسان کی زندگی بے معنی سی لگنے لگ جاتی ہے۔ وہ سوچتا ہے کہ اتنے غموں میں رہ کر بھی زندگی کیا زندگی ہے کہ ہر وقت غموں سے ہی نباہتے رہنا ہے تو پھر زندگی کیسی۔ محسن بھی اس بات کو تکرار کے ساتھ اپنے ایک شعر میں یوں بیان کرتے ہیں:

غمِ دنیا، غمِ عقبیٰ، غمِ ہستی، غمِ جاناں
بھلا اتنے غموں میں زندگی کیا زندگی ہو گی

(۸۷)

غموں کے ساتھ ساتھ پیاس بھی انسان کی زندگی کا ایک ایسا عنصر ہے جس سے انسان ہمیشہ تنگ رہتا ہے۔ یہ پیاس صرف پانی کی نہیں ہوتی، کبھی رشتوں کی ہووتی ہے ، کبھی محبت کی ہوتی ہے ، کبھی اپنوں کی ہوتی ہے۔ کبھی دولت کی ہوتی ہے تو کبھی منصب کی ہوتی ہے۔ جب انسان کی زندگی میں پیاس ہی ڈیرے ڈال لے تو پھر زندگی بہت دشوار ہو جاتی ہے:

جو بس اک قطرۂ شبنم کو بھی دریا سمجھتے ہیں
یقیناً ان کے لب پر عمر بھر کی تشنگی ہو گی

(۸۸)

دنیا کے کئی رنگ ہیں اور انسانوں کے کئی ایک روپ ہیں۔ ہر انسان اپنے چہرے پر کئی قسم کے خول چڑھائے پھرتا ہے۔ جو لوگوں کو نظر آتا ہے حقیقت میں وہ ایسا نہیں ہوتا۔ دوستی کی آڑ میں دشمنی کرتا رہتا ہے۔ جسے ہم اپنا سب سے بڑا دوست سمجھتے ہیں وہی ہمارا وقت آنے پر سب سے بڑا دشمن ثابت ہوتا ہے۔ اور جو لوگ خود پر پارسائی کا لبادہ اوڑھے ہوئے دکھائی دیتے ہیں ان میں بہت سے ایسے ہوتے ہیں جو سجدوں میں بھی دوسروں کا برا سوچتے ہیں اور نمازوں کے ساتھ ساتھ برائیاں بھی برابر ہی کیے جاتے ہیں۔ یوں میتھیو محسن اس بات پر چپ نہیں رہتے بلکہ قلم اٹھاتے ہیں تو یوں گویا ہوتے ہیں:

دوستی کتنی نمایاں ہو گئی
آپ بھی جب دشمنی تک آگئے
اوڑھ کر بھی پارسائی کی ردا
راہزن ہی رہبری تک آگئے

(۸۹)

ندیم اجمل عدیم

ندیم اجمل عدیم، سلیقہ شعار نفیس اور باشعور انسان ہیں۔ ان کی شاعری مشرقی اقدار کی عکاس ہے۔ مسیحی شعرا میں ان کا منفرد اسلوب انہیں ممتاز بناتا ہے۔ وہ اردو اور پنجابی میں شعر کہتے ہیں مگر اردو میں ان کے کلام میں روانی زیادہ ہے۔ ان کے سات مجموعے منظر عام پر آچکے ہیں جو ان کی قادر لکلامی کا ثبوت ہیں۔ نظم و غزل کے ساتھ ساتھ وہ نثر بھی بہت عمدہ تحریر کرتے ہیں۔ ان کی ایک کتاب ''دیا کیسے جلے گا'' افسانچوں کا مجموعہ ہے۔ ان کی ادبی خدمات کے پیشِ نظر انہیں حکومتِ پاکستان کی طرف سے ''نیشنل کلچر ایوارڈ فار لٹریچر'' بھی مل چکا ہے۔

ندیم اجمل عدیم غزل اور نظم کے بہترین شعرا میں شمار ہوتے ہیں۔ آزاد نظم اور نثری نظم کے پیرائے میں ان کے جواہر خوب کھل کر سامنے آئے ہیں۔ عدیم کی نظمیں سماج کے مسائل کا المیہ بھی ہیں اور ایک درد مند انسان کے اندرونی کرب کا نوحہ بھی۔ معصوم لاچار اور بے کس لوگوں کا پرسہ بھی ہیں اور اپنے وطن کی

اقدار ، مٹی کا ترانہ اور نوحہ بھی۔ وہ نظم کو اپنے جذبات اور احساسات کا پیرہن عطا کرتے ہیں تو اس کی جولانی بڑھ جاتی ہے۔ ظہور چوہان کے بقول:
"ندیم اجمل عدیم کی شاعری عصری مسائل اور انسانی اقدار کی گراوٹ کا نوحہ ہے۔ وہ ایک جینوئن تخلیق کار ہیں جنھوں نے ہجر و وصال اور جبر و ظلم کی کیفیات کو خالصتاً اپنے انداز اور دانست کے مطابق تخلیقی سطح پر اجاگر کرنے کی سعی کی ہے۔ اس لیے انھیں اپنی واردات بیان کرنے کا ہنر آتا ہے" (۹۰)
عدیم ایک ایسے سماج کا نمائندہ ہے جہاں عقل و شعور ،سمجھ بوجھ، اور علم و تعلیم انسان ا کچھ نہیں بگاڑ سکے۔ جہاں نام و نسب، ذات پات، فرقہ مذہب اور گروہ بندی کے بت ہیں۔ جہاں انسان کی توقیر کا معیار دولت ہو ،جہاں انسان کی وجاہت اس کا عہدہ ہو، جہاں انسان کی قیمت اس کا سرمایہ ہو، وہاں آسمانوں تلے غریبوں کی بیٹیوں کی قدر و قیمت نہیں ہوتی۔ وہاں کوئی بھوک سے مرے یا پیاس سے کوئی فرق نہیں پڑتا۔ وہاں بیٹے بیٹیاں سڑک کے درمیان پیدا کیے جائیں تو بھی انسانیت کو شرم نہیں آتی، وہاں کسی کے گھر کو آگ لگ جائے تو کوئی بجھانے نہیں آتا۔ ایسے سماج میں جہاں پرندوں کے گھونسلے تو ہوتے ہیں مگر در بدر بھٹکتے انسان جھونپڑی کو ترستے ہیں۔ عدیم انھی حالات کا شکوہ خدا سے کرتا ہے:

چیل کو نصیب ہے
وہاں
سکون کے لیے---
دور ایک گھونسلا
شہرِ اقتدار میں میڈیا کے سامنے کچھ امیر زادیاں
دندناتی عورتیں
جو بھی چاہے بول دیں
جو بھی چاہیں کھول دیں
مگر غریب بیبیاں
آسمان کے تلے
بھوک سے لڑیں مریں
سڑک کے عین درمیاں
بیٹے بیٹیاں جنیں
زمین تو خدا کی ہے
مگر خدا زمین پر
دیکھتا بھی تو نہیں
کہوں خدا
کہیں نہیں----؟ (۹۱)

واعظ اور ناصح پر چوٹ کرنا اردو کی قدیم شعری روایت ہے ۔شعرا واعظ اور ناصح کے منافقانہ کردار کی وجہ سے اس پر طنز کرتے ہیں کیوں کہ وہ جانتے ہیں کہ یہ مذہب کے ٹھیکیدار جتنے سفید جبے میں ہوں اتنے اندر سے سیاہ ہوتے ہیں۔ جتنی اونچی دستار ہو اتنے بونے ہوتے ہیں اور جتنے صاحبِ کردار بنتے پھریں اتنے ہی ریا کار ہوتے ہیں۔ یہ لوگ جس مرضی بھیس میں ہوں یہ انسان اور خدا کی راہ میں آڑ ہوتے ہیں۔ یہ اپنی تجوریاں بھرنے کے لیے معصوم انسانوں کو لوٹتے ہیں۔ یہ پیر ، فقیر، مولوی، خطیب، ذاکر ،گرو، بشپ، فادر، پنڈت اور سوامی نذرانے اور چندے تو وصول کرتے ہیں مگر کسی بھولے کو دو نوالے تک نہیں کھلا سکتے۔ یہ منبر پر انسانیت اور اخلاقیات کا درس دینے والے پرلے درجے کے رذیل ہوتے ہیں۔ عدیم نے اپنی اک نظم ''جنم دن''میں انھی کرداروں پر چوٹ کی ہے اور خدا سے التجا کی ہے کہ ان کو ہدایت دے کہ یہ اپنے جبے سے کترن کاٹ کر کسی مسکین کا تن ڈھانپ سکیں:

روشنی پھیلی ہے اور پھیلی ہے دیواروں پر
اشک افشاں ہیں خیالات کے رخساروں پر
ایسا لگتا ہے کہ تہواروں پہ بھی پہرے ہیں
ان کے پہرے کہ جنھیں لوگ عقیدت سے کہیں
رہنما، ہادی بشپ --- اور کہیں جاں اماں
یہ تو آسیب زدہ لوگ ہیں تم کیا جانو
میں یہی جانتا ہوں اور یہی کہتا ہوں
اے مرے یسوع بہت دیر ہوئی جاتی ہے
آج تو اپنے جنم دن ہی کے صدقے میں
مرے اس شہر کے راہب کو ہدایت کر دے
کہ کسی روتے ہوئے بچے کے پہناوے کو
اپنے جبے سے ذرا کاٹ کے کترن دے دے
اور بے وقت ضیافت سے کسی بھوکے کو
ایک گرتا ہوا ٹکڑا ہی اٹھا لینے دے
ایسا کرنے سے ترا نام تو رہ جائے گا
اور بے کل ہے جو انسان سکوں پائے گا (۹۲)

عدیم دھیمے مزاج کے شاعر ہیں۔ وہ جلالت ،خطابت اور مولویت کی بجائے شستہ انداز میں اپنے خیالا ت کو شعری پیکر میں ڈھالتے ہیں۔ وہ دنیا کی حالت کو سنوارنے کے سپنے آنکھوں میں سجا کر اس دنیا کو مثال بنا دیا چاہتے ہیں۔ وہ مسکینوں کی آواز بننا چاہتے ہیں۔ اور زمانے کو تاریکی سے اجالے میں لے جانا چاہتے ہیں۔ ڈاکٹر انور سدید کے بقول:

''عدیم نے اپنی آنکھوں میں کچھ خواب سجا رکھے ہیں۔ وہ زمانے کی طرف ترسی ہوئی آنکھوں سے دیکھ رہا ہے۔ روشن زمانہ کب آئے گا۔ تاریکی کب دور ہو گی؟

احساس کی درد انگیز لہر عدیم کی شاعری میں طغیان برپا کر رہی ہے۔شاعری کی (یہ آواز شاید کہرام بپا کر سکے"(۹۳

عدیم انسان کو عقل، شعور، فہم، علم ،ادراک اور تدبر کو بروئے کار لانے کا مشورہ دیتے ہوئے نوٹنکیوں سے ہوشیار رہنا سکھاتے ہیں۔ وہ مذاہب کے ٹھیکیداروں کے ایک طرف کر کے ان سے نجات حاصل کرنے کا پیغام دیتے ہیں۔ وہ ان احباب کی اندھا دھند تقلید کے بجائے عقل کو استعمال میں لانے کا کہتے ہیں۔ پیر کے کامل ہونے کے لیے مرید کا جاہل ہونا ضروری ہے۔ عدیم بھی اسی بات کی طرف اشارہ کر رہے ہیں کہ اندھی جاہلانہ عقیدت میں جھکنے سے بہتر ہے کہ عقل اور سمجھ سے سر اٹھا کر جیا جائے۔ ان کی نظم جرأت انھی جذبات کی عکاس ہے۔ ملاحظہ ہو:

اس جہانِ فانی میں
زیست کی کہانی میں
علم اور تدبر کی
روشنی ہو تھوڑی سی
اور ساتھ تھوڑی سی
عقل کام کرتی ہو
پھر بگاڑ سے پہلے
اک بگاڑ لے آئے
پادری کی کیا اوقات
(مولوی کی جرأت کیا (۹۴

عدیم کے ہاں زندگی کا اپنا ایک فلسفہ ہے ۔ زندگی کے بارے میں ان کے خیالات اور نظریات ایسے کڑوے سچ ہیں جن کو سننے کی ہمت کسی میں ہیں۔ وہ زندگی کو پانچ ادوار میں تقسیم کرتے ہیں۔ پہلے دور میں وہ چار کتابوں کی بات کرتے ہیں۔ چار کتابیں دو مفہوم رکھتی ہیں۔ ایک تو چار کتابوں سے مراد مذہبی کتابیں ہیں اور دوسرا دنیاوی علم کی علامت ہیں۔ زندگی کا دوسرا دور روٹی کی طلب ہے۔ بے شک پڑھا لکھا ہو یا ان پڑھ ہو، امیر ہو یا غریب ہو، کسی بھی مذہب کا ہو، روٹی انسان کی سب سے بڑی ضرورت ہے۔ اس کے بعد دولت کی ہوس ہے جو لڑاتی ہے ۔ جو چادر کو داغ دار کرتی ہے۔ پھر جیت اور موت کا جشن ہوتا ہے۔ روٹی کا سوال وہیں قائم رہتا ہے:

چار کتابیں
پہلے سال
پھر روٹی کا ایک سوال
پھر پیسے کی خاطر جنگ
پھر چادر پر خون کا رنگ
پھر دھرتی پر ایک دھمال

(اور روٹی کا ایک سوال(۹۵

ندیم اجمل عدیم کی شاعری خموشی سے زندگی کا مشاہدہ کرتے ہوئے اس کے ردِ عمل اور اظہار کا نام ہے۔ ان کے ہاں زبان و بیان کی پختگی نظر آتی ہے۔ ان کی سوچ کا دائرہ بہت وسیع ہے۔ ان کا ہر شعر دل میں اترتا ہے۔ ان کا ہر تخلیقی شعور کی گہرائی کا عکاس ہے۔ عرش صدیقی ان کی شاعری کو اس انداز میں سراہتے ہیں:

عدیم نے قدرت کی کشادہ دلی دے حاصل ہونے والی نعمتوں سے پوری طرح کام لیا ہے۔ اس کے ہاں کوئی زعم کوئی دعویٰ کوئی احساسِ عظمت نہیں۔ اس کی شاعری کے وسیلے سے اس سے ملاقات ایک بالغ نظر شاعر سے ملاقات ہے جس (کی نظریں افقی اور عمودی دونوں اطراف میں دیکھ سکتی ہیں"(۹۶

عدیم کی شاعری کا مطالعہ کی جائے تو وہ زندگی کے تمام پہلوئوں کا احاطہ کرتے ہوئے نظر آتے ہیں۔ ان کے کلام میں غمِ دوراں کی کشاکش بھی ہے اور غمِ جاناں کے اثرات بھی۔ طنز آمیز غصہ بھی ہے اور پیار کا احساس بھی، ہمدردی بھی ہے اور احساسِ ندامت بھی۔ وہ زندگی کا شاعر ہے اور زندگی کی رونقیں اس کے ہاں پنہاں ہیں۔ وہ ہمت حوصلہ ، محنت لگن اور جستجو کی تلقین کرتے ہیں۔ کشیدہ حالات کو خندہ پیشانی سے سہنے کی ترغیب دیتے ہیں:

عین ممکن ہے بصارت چھین لے
روشنی سے پھر بھی گھبرانا نہیں

(۹۷)

عدیم کے سینے میں ایک درد مند دل ہے جو اپنے وطن کے لیے دھڑکتا ہے۔ وطن کی محبت اور عقیدت اس کے خون میں شامل ہے۔ جب کوئی گندا، غلیظ ناپاک دہشت گرد وطنِ عزیز کے وجود اطہر کو داغ دار کرتا ہے تو عدیم کے اندر کا شاعر چیخ اٹھتا ہے۔ وہ پاک وطن میں لا قانونیت اور ظلم و ستم دیکھتا ہے۔ مسجدوں ،مندروں، اور کلیسائوں میں لوگوں کا خون بہتے ہوئے دیکھتا ہے ، بریدہ سر، پھٹے آنچل ، بکھرے اعضا، ہولناک چیخیں اسے یہ کہنے پر مجبور کرتی ہیں:

شاید تری زمین پہ پانی نہیں رہا
بے عیب لوگ خون میں نہلا دیے گئے

(۹۸)

تمہارے عہد کا انسان ہوں لیکن زمیں والو
کبھی پیتا ہوں خون اپنا کبھی بارود کھاتا ہوں

(۹۹)

عدیم ملائیت سے سخت متنفر ہیں۔ ملائیت کے حوالے سے کم و بیش ہر ذی فکر یہی رویہ رکھتا ہے۔ وہ اس رجحان کی مخالفت کی بجائے اصلاحِ احوال کا مشورہ دیتا ہے کیوں کہ انسان کی اصل عبادت مخلوقِ خدا کو راضی کرنا ہے۔ لوگوں کو فائدہ پہنچانا کسی کے کام آنا، کسی کے لیے آسانیاں پیدا کرنا، سب سے بڑی نیکی

ہے۔ دنیا کے تمام مذاہب اخلاقیات اور انسانیت کو سب سے بڑی عبادت قرار دیتے ہیں اور انسان کا مقصدِ تخلیق بھی یہی ہے کہ وہ دوسروں کے کام آئے:

وہ جو لوگوں کو سکھاتا ہے عبادت کرنا
میری خواہش ہے اسے پیار سکھائے کوئی

(۱۰۰)

نعمت نردوش

عملی زندگی میں پادری کے منصب پر فائز نعمت نردوش شاعری کے منصب میں اپنے معاصر شعرا سے منفرد ہیں۔ ان کا پہلا شعری مجموعہ"شہرِ آفتاب" ہے جو ادبی حلقوں میں ان کی پہچان بنا۔ "ویرانے بولتے ہیں" ان کا دوسرا شعری مجموعہ ہے جس میں ان کی بھرپور فکری اور فنی صلاحیتیں نکھر کر سامنے آئی ہیں۔ انھیں اظہار پر مکمل دسترس ہے۔ وہ بلند تخیل ،توانا فکر ، دل آویز لہجے ، گہرے مطالعے اور منفرد پیرایہ اظہار کی بدولت قارئین کو متاثر کرتے ہیں۔ نعمت نردوش کا کمالِ فن یہ ہے کہ وہ جذبات اور محسوسات کی عکاسی حقیقت پسندانہ انداز میں کرتے ہیں۔ ان کا یہی عمل انھیں عہدِ نو کے ممتاز شعرا کی صف میں شامل کرتا ہے۔ وہ نظم، غزل،قطعہ اور گیت پر استادانہ دسترس رکھتے ہیں۔ نمونہ کلام ملاحظہ ہو:

اپنے الزام کی خود آپ صفائی دے گا
تختہ دار پہ وہ سب کو دکھائی دے گا

(۱۰۱)

توڑ ڈالی ہیں کتنی دیواریں
اک انا کا حصار رہتا ہے

(۱۰۲)

نقیبؔ، عارف پرویز

ان کی غزل میں سچ سے محبت اور سچ کی حمایت دکھائی دیتی ہے وہ سچ کی حمایت میں جان کو بھی اہمیت نہیں دیتے۔ ان کے نزدیک سچ بولنے میں اگر جان بھی چلی جائے تو کوئی بات نہیں ہے۔ اصل میں انسان کی جان سے زیادہ اس کا کردار اور اس کی زبان اہمیے رکھتی ہے۔ نقیب بھی اس بات کو ضروری سمجھتے ہیں کہ ان کی بات اور ان کی زبان قائم رہے اور سچ ہمیشہ سچ رہتا ہے۔ سچ کی خاطر اگر جان بھی چلی جائے تو اس کی پروا نہیں کرنی چاہیے۔ جیسے فیض احمد فیض نے اپنے ایک شعر میں کہا تھا:

جس دھج سے کوئی مقتل میں گیا وہ شان سلامت رہتی ہے
یہ جان تو آنی جانی ہے اس جاں کی تو کوئی بات نہیں

(۱۰۳)

اسی بات کو عارف پرویز نقیب نے بھی اپنے ایک شعر میں یوں بیان کرنے کی کوشش کی ہے:

میں جھوٹ بول کے جاں کی مان کیوں پائوں
چلو زیادہ ہوا تو یہ سر ہی جانا ہے

(۱۰۴)

سچ اور انصاف دراصل انسانی زندگی کے دو بڑے پہلو ہیں۔ سچ اور انصاف کی حمایت میں جان بھی چلی جاتی ہے اور بعض اوقات عزت بھی۔ مگر سچ کی حمایت آخرِ کار انسان کو اس زندگی کے میدان میں فاتح قرار دیتی ہے۔ جو لوگ سچ کا ساتھ نہیں دیتے وہ آخرِ کار ذلیل اور رسوا ہو جاتے ہیں اور جو سچ کا ساتھ دیتے ہیں زمانہ ان کے قدموں میں آنکھیں ،ہاتھ اور دل تک بچھا دیتا ہے۔ کچھ لوگ ایسے بھی دکھائی دیتے ہیں جو بظاہر سچ کی حمایت میں گھوم رہے ہوتے ہیں مگر حقیقت میں سچ کی مخالفت میں اپنی زندگی صرف کر رہے ہوتے ہیں۔ ایسے لوگ دنیا کے سامنے سچ کا علم بلند کیے نعرہ بازی کر رہے ہوتے ہیں اور چھپ کر سچ کے خلاف کارفرمائی میں مصروف دکھائی دیتے ہیں۔ سچے لوگوں کو ہمیشہ دنیا میں تنگی کا سامنا کرنا پڑتا ہے۔ عارف پرویز نقیب کے نزدیک بھی سچا آدمی اگر میدان میں اتر بھی آئے تو اس کے ہاتھ پائوں باندھ کے بھیجا جاتا ہے تا کہ وہ اپنی مرضی سے کچھ بھی نہ کر سکے۔ میدان میں اترنے کے لیے آزادی ضروری ہے مگر بعض اوقات کچھ مصلحت پیش لوگ ایسا کرنے کی اجازت نہیں دیتے:

ہائے وہ لوگ جو انصاف سے بے بہرہ ہیں
گھومتے پھرتے ہیں سینے پہ ترازو باندھے
ہم کو لے آئے ہیں میدان میں جنگ کرنے کو
پائوں میں بیڑیاں اور پشت پہ بازو باندھے

(۱۰۵)

جب زندگی تنگ ہو جائے تو انسان بغاوت پہ اتر آتا ہے۔ یہ بغاوت اسی وقت سامنے آتی ہے جب انسان مجبور ہو جاتا ہے۔ جب اپنا حق نہ ملے، جب سانس لینے کے لیے تازہ ہوا بھی چھین لی جائے، جب دو وقت کی روٹی بھی انسان کے لیے امتحان بن جائے، جب عزت بچانا بھی اس کے ایک جان جانے کے مترادف ہو، جب حق نہ ملے اور حق حاصل کرنے کے لیے بھی بھکاریوں کی طرح سرمایہ داروں اور امیروں کے ڈیروں کے چکر لگانے پڑیں اور ماتھے رگڑنے پڑیں تو انسان اس تذلیل کو برداشت نہیں کر پاتا اور بغاوت پہ اتر آتا ہے۔ پھر اس کی نظر میں کوئی انسان ، انسان نہیں رہتا ، وہ ہر ایک کو اپنا دشمن تصور کرتا ہے اور ہر ایک کو مٹانے پر تل جاتا ہے۔ اگر ہوا مخالف ہو جائے تو پھر مقابلے کے لیے بادبان کھولنا اس کی مجبوری بن جاتی ہے۔ اور وہ محلات میں محصور لوگوں تک نہیں پہنچ سکتا تو اسے ہر آدمی دشمن محسوس ہونے لگتا ہے ۔ یوں وہ ہر ایک کے خلاف علمِ بغاورت بلند کر کے نکل پڑتا ہے:

بدل لو اپنے بھی تیور ہوا مقابل ہے
یہی ہے وقتِ بغاوت کہ بادباں کھولو

(۱۰۶)

محلات پہ مامور ہیں اب لاکھوں محافظ
خود کش کے لیے اور مقامات بہت ہیں

(۱۰۷)

یہ شہر عجیب شہر ہے اس میں خبریں
دیواروں پہ آجاتی ہیں اخبار سے پہلے

(۱۰۸)

مفلسی سب سے بڑی آزمائش اور مصیبت ہے۔ انسان اس مفلسی میں بہت زیادہ پریشان اور تنگ دست ہو جاتا ہے۔ وہ اپنی زندگی کی سانسیں تک اپنے بچوں کی خاطر بیچ دیتا ہے۔

بھوکے پیٹ نہ سوئیں بچے
اپنی نیندیں بیچ آیا ہوں

(۱۰۹)

زندگی بہت سے مرحلوں سے گزرتی ہے اور انسان اس کے رنگ و آہنگ کو دیکھ کر بعض اوقات دنگ رہ جاتا ہے۔ کبھی کبھی ایسی کیفیات اس پر طاری ہوجاتی ہیں کہ وہ سوچتا کچھ اور ہے اور کرتا کچھ اور ہے۔ لیکن کبھی تو ایسا بھی وقت آجاتا ہے کہ انسان کو کسی بھی چیز کا اعتبار نہیں رہتا۔ حیرانی انسان کی زندگی کا سب سے بڑا عنصر ہے۔ جب تک یہ عنصر اس کی زندگی میں شامل ہے وہ کامیاب ہے ۔ کیوں کہ انسان اسی وقت کچھ کیا کرنے کی کوشش کرتا ہے جب اسے کسی چیز کو دیکھ کر حیرانی ہوتی ہے۔ بعض اوقات تو یہ حیرانی اس حد تک بڑھ جاتی ہے کہ اسے اپنے ارد گرد کی بھی خبر نہیں ہوتی اور وہ اپنے آپ کو اس زمین پر تنہا محسوس کرنے لگتا ہے۔ اس کے نزدیک مکان و لامکاں ایک جیسے ہو جاتے ہیں اور زمین و آسماں بھی اسے لا یعنی لگتے ہیں۔ ہجرو فراق و وصال کی اس کے نزدیک کوئی اہمیت نہیں رہ جاتی ۔ خوش گمانیاں بھی بد گمانیوں میں بدل جاتی ہیں۔ہر طرف مشکلات کے انبار نظر آتے ہیں اور ایسی حالت میں پرشانی مزید بڑھ جاتی ہے۔ ان مشکلات میں کوئی ساتھ بھی نہیں دیتا ۔ عارف پرویز نقیب بھی اس بات کو بہت خوبصورتی سے اپنے اشعار میں بیان کرتے ہیں:

مکاں تو ایک طرف، حرفِ لامکاں بھی نہیں
زمین پائوں تلے ، سر پہ آسماں بھی نہیں
عجیب طرزِ جدائی، عجیب دردِ فراق
بچھڑ رہا ہے وہ مجھ سے کہ بد گماں بھی نہیں
سمندروں کی تمنا نے دے دیا صحرا
کہ سر پہ کھولتا سورج ہے سائباں بھی نہیں

(۱۱۰)

انا پرستی اکثر شعرا کے ہاں نظر آتی ہے۔ وہ اپنی انا کو برقرار رکھنے کے لیے اپنی زندگی کو بھی داؤ پہ لگا دیتے ہیں۔ در اصل یہ انا ایک طرح سے عزتِ نفس ہے جو بچانے کے لیے وہ ہر دم کوشاں رہتے ہیں۔ ایک عزتِ نفس ہی تو ہے جو انسان کی زندگی کی اہمیت کو اجاگر کرتی ہے۔ بلاوجہ کسی کے آگے سر جھکانا بھی تو اپنی عزت نفس کو مجروح کرنا ہے۔ عارف پرویز کے نزدیک جان کی اہمیت اپنی جگہ ہے پر جہاں انا اور عزت کا معاملہ آجائے وہاں جان اور سر کی کوئی اہمیت نہیں ہوتی۔ اور جہاں عزت کا خطرہ ہو وہاں انسان اپنے خوبوں اور امیدوں کو بھی قربان کر دیتا ہے:

اپنے خوابوں، گیتوں اور امیدوں کو
میں تیری دہلیز پہ دھر کر لوٹا ہوں

(۱۱۱)

یہ کس وقار سے آخر کو کٹ گیا سر بھی
کسی کے در پہ جھکانے کا فن نہیں آیا

(۱۱۲)

بہت سے مسائل اور پریشانیاں انسانی زندگی کا حصہ ہیں۔ یہ پریشانیاں کبھی قومی ہوتی ہیں کبھی ملکی اور کبھی گھریلو، انسان ہر وقت انہی پریشانیوں میں گم سوچتا رہتا ہے کہ زندگی کتنی مشکل ہو گئی ہے۔ ہر وقت وہ گو مگوں کی کیفیت میں مبتلا رہتا ہے۔ در سمیٹنے کی بات ہو یا کسی مشکل وقت کے گزرنے کی امید ہو، اپنے منصفوں اور رکھوالوں سے لٹ جانے کا اندیشہ ہو، اپنا ہی بھائی اپنی جان کا دشمن ہو، بچے دو دنوں سے بھوکے ہوں اور کھانے کے لیے پاس کچھ نہ ہو، یہ تما م وہ باتیں ہیں جو عارف پرویز نقیب نے اپنے اشعار میں انتہائی درد ناک لہجے میں بیان کی ہیں:

اپنے اندر درد سمیٹے سوچ رہا ہوں
کٹ جائیں گے کیا یہ رستے سوچ رہا ہوں
میرے شہر کے منصف اور رکھوالے بھی
بِک جاتے ہیں کتنے سستے سوچ رہا ہوں
میرا دشمن میرا ہی ماں جایا ہے
کیسے ماروں، پتھر تھامے سوچ رہا ہوں
میں دو وقت کی روٹی بھی نہ دے پایا ہوں
کیا سوچیں گے میرے بچے سوچ رہا ہوں

(۱۱۳)

عارف پرویز نقیب غزل کے ساتھ ساتھ نظم میں بھی طبع آزمائی کرتے ہوئے دکھائی دیتے ہیں۔ ان کی نظم میں معاشرتی اور نفسیاتی مسائل کی نشان دہی نظر آتی ہے۔ اس کے علاوہ دردو الم، ہجر و فراق، محبت والفت کے جذبات و احساسات کی ترجمانی نظر آتی ہے۔ ان کی نظم میں ہئیت اسلوب اور موضوعات نئی زندگی

کے تقاضوں سے ہم آہنگ ہیں۔ ان کی نظمیں رومانویت کے ساتھ ساتھ قومیت سے بھی معمور ہیں۔ وہ بہت سادگی سے انسانی مسائل پیش کرتے ہیں۔ ان کی زندگی اور شاعری میں ہم آہنگی دکھائی دیتی ہے۔ اس لیے یوں لگتا ہے کہ انھوں نے اپنے جذبات کو ہی شعری قالب میں ڈھالا ہے۔ ''حرفِ لا مکاں '' میں غزلوں قطعات اور نظموں کے موتی بکھرے دکھائی دیتے ہیں۔ ان کی نظم'' قیدی''محبت اور الفت کے معصوم جذبوں کی عکاس ہے۔ وہ خو کو محبوب کی محبت میں مقید اور اس کی یادوں اور اداؤں کا قیدی سمجھتے ہیں۔ اس قید میں وہ پُر امی بھی نظر آتے ہینکہ انھیں ایک دن اس ہجر سے آزادی ملے گی اور وصال نصی ہو گا۔ وہ خود کو اپنے خیالات کی آہنی زنجیروں میں جکڑا پاتے ہیں تو رسوائی اور تنہائی کا ڈر ان کا اوڑھنا بچھونا بن جاتا ہے۔ نیند ان کے خوابوں پر پہرہ لگائے دور کھڑی رہتی ہے۔ وہ عجیب کرب و اذیت کا شکار ہیں۔ نظم کی آخری سطور سے یہ کرب اور اذیت کا منظر ملاحظہ ہو:

تنہا بیٹھ کے----جلتے رہنا
اندر اندر کڑھتے رہنا
مرنے کی خواہش میں رہ کر
جیتے رہنا
اٹھتے رہنا، گرتے رہنا
بیتا وقت لگا کر سینے سے روتے رہنا
ٹھنڈی آہیں----- بھرتے رہنا
نہ ملنے کے خوف اور ڈر سے
سہمے رہنا
مل جائیں تو پھر بچھڑیں گے
ڈرتے رہنا
کون زنجیریں کاٹے آکر
تکتے رہنا
جن کی کچھ تعبیر نہیں ہے
ایسے سپنے--- بنتے رہنا
آخر کو میں تنہائی کا
رسوائی کا
(قیدی جو ہوں (۱۱۴

اردو نظم میں قدیمی روایت ہے جس میں عاشق محبوب کے ہاتھوں ہمیشہ اذیت مصیبت ملامت اور بلائیں سہتا رہتا ہے۔ ہر لمحہ جلتا ، سلگتا، تڑپتا، سسکتا اور آہیں بھرتا رہتا ہے۔ عاشقی کے اس صبر طلب مرحلے میں بہت کڑی مسافتیں طے کرنا پڑتی ہیں۔ کبھی تو منزل کے آگے زمانے کی دیوار حائل ہو جاتی ہے اور کبھی خاندان اور قبائل کی خاندان کی باڑ کبھی ذات پات تو کبھی مال و دولت، اور

یہ بھی کڑوو سچ ہے کہ دولت کی کشش محبت کے دعووں سے زیادہ ہوتی ہے۔
جون ایلیا نے کہا تھا:
جب مقابل ہوں عشق اور دولت
حسن دولت کا ساتھ دیتا ہے
(۱۱۵)
عارف نقیب بھی خود کو جب غربت کی چکی میں پستا ہوا دیکھتے ہیں تو وہ محبت کو لاحاصل سمجھتے ہیں۔ وہ دیکھتے ہیں کہ ان کی محبت کو آج مال و دولت کے ترازو میں رکھ کر تولا جارہا ہے تو وہ بہت ہلکی ، بے وقعت اور بے مایہ ہے۔ اس لیے وہ محبوب کو اپنی بے بسی، لاچاری، اور عاجزی سے التماس کرتے ہیں کہ ان تمام لمحات کو بھول جانا جو ہمارے ساتھ گزرے۔ وہ خود کو ہارا ہوا تسلیم کرتے ہیں اور محبوب کو پتھر کا مجسمہ قرار دیتے ہیں کہ جو نہ دیکھ سکتا ہے نہ سوچ سکتا ہے نہ بول سکتا ہے اور نہ ہی اس پر کسی کی صدائیں اثر کرتی ہیں:
وہ سارے لمحے، وہ سارا منظر
جو بھول جائو تو بھول جانا
نہ یاد رکھنا
کسی شجر کی گھنیری چھائوں میں ہم مل تھے
کہ میری غربت نے ، وحشتوں کو ہوائیں دی ہیں
کہ میں نے تم کو نجانے کتنی ---- صدائیں دی ہیں
جو نرم سینے میں سنگ دھڑکیں گے، سوچا کب تھا
کہ تو نے اپنا وجود پتھر سا کر لیا ہے
نہ سن رہے ہو----
نہ دیکھتے ہو-----
نہ سوچتے ہو------
نہ بولتے ہو-----
کہ میں نے تم کو نہ جانے کتنی صدائیں دی ہیں
کبھی جو گزرو تو یاد رکھنا
گھنیری چھائوں میں ہم ملے تھے
وہاں ہوائوں سے اڑ رہے ہیں جو زرد پتے
بطورِ تحسیں----
تم ایسا کرنا-----
خراج دینا محبتوں کا
(کہ اپنے پیروں سے روند جانا(۱۱۶
یہ دنیا اور اس میں جو کچھ بھی ہے ،عارضی ہے۔ اک دن سب فنا ہو جانا ہے ۔ یہ حسین صورتیں خاک ہو جانی ہیں اور سب نے زمین کا نوالہ بن جانا ہے۔ نقیب اس دنیا کی بے ثباتی اور عارضی پن کا نوحہ اپنی ذات کو سنا رہے ہیں۔ یہ نظم خود

کلامی کا ایک نمونہ ہے جس میں اپنے وجود کو زندگی کے دھوکے میں مبتلا ہو جانے پر کوسا جارہا ہے۔ نظم جیسے جیسے آگے بڑھتی ہے تو یہ خود کلامی محبوب سے مکالمے کی صورت اختیار کر لیتی ہے۔ اور وہ ایک ساتھ نہ جینے اور مرنے کی آس پر سوال اٹھاتے ہیں اور اپنے محبوب کو اس کی بے وفائی کا یقین دلاتے ہیں کہ ایک نہ ایک دن ہم نے خاک ہو جانا ہے تو تمھیں کیوں اس بے ثباتی کا ادراک نہیں ہوتا:

کاش تم یہ سوچتے کہ ایک دن
فاصلوں کی رات بھی تو آئے گی
قافلے سانسوں کے رک ہی جائیں گے
اور یہ مٹی ہمیں کھا جائے گی
کاش تم یہ سوچتے تو اس طرح
فرقتوں میں ہم بھلا مرتے ہی کیوں
موت سے تو ہارنا تھا ایک دن
زندگی سے جنگ بھلا لڑتے ہی کیوں(۱۱۷)

شاعر کا دل بہت حساس ہوتا ہے۔ وہ جب کہیں ظلم و ستم، جبر و بربریت اور لاقانونیت دیکھتا ہے تو تڑپ اٹھتا ہے۔ عارف پرویز نقیب اپنی نظم" بے نظیر " شہید جمہوریت محترمہ بے نظیر بھٹو کے قتل پر آہ و فغاں کرتے ہوئے اس بے گناہ قتل کو وطنِ عزیز میں پھیلی دو دہائیوں سے جاری دہشت گردی سے منسلک کرتے ہیں جو ہمارے وطنِ عزیز کے جسم اطہر کو داغ دار کر رہے ہیں۔ یہ خوف و ہراس پھیلانے والے درندہ صفت لوگ کہاں سے آئے ہیں اور کیوں ہمارے اوپر مسلط ہو گئے ہیں۔ آخر میں وہ ارضِ وطن کی خاک سے استفسار کرتے ہیں کہ اتنے معصوموں کا خون تیری پیاس نہیں بجھا پایا تو یہ پیاس کب بجھے گی؟۔ نظم سادہ سلیس پیرائے میں زینہ زینہ زترتی نظر آتی ہے:

اے چشم بینا یہ دیکھا تو نے
بصارتیں قتل ہو رہی ہیں
وہ جن کو ادراکِ چاہ ملا تھا
سماعتیں قتل ہو رہی ہیں
ہر ایک کوچے-----
ہر اک گلی میں
یہ دندناتے ہوئے درندے
کہاں سے آئے؟
یہ کون لایا؟
چراغ لمحوں کے بجھ رہے ہیں
کہ ساعتیں قتل ہو رہی ہیں
کیوں ڈھیر لاشوں کے لگ رہے ہیں

محبتیں قتل ہو رہی ہیں
اے خاکِ ارضِ وطن بتا دے
یہ پیاسِ خون تیری کب بجھے گی
کہ جھوٹ پرور ابھر رہے ہیں
حقیقتیں قتل ہو رہی ہیں
کہ سارے اثبات گم ہوئے ہیں
شہادتیں قتل ہو رہی ہیں
اے خاکِ ارضِ وطن بتا دے
(یہ پیاسِ خوں تیری کب بجھے گی(۱۱۸

رت جگے" آزاد نظم کی ہئیت میں لکھی گئی اک دل نشین نظم ہے جس میں اپنی" زندگی کو بے راہروی سے گزارنے اور بے منزل مسافتوں میں بھٹکنے کا اعتراف ہے۔ نظم بے وطن ترکیب بند کی ہئیت میں ہے جس میں ملک کے حالات اور بے کسی کا رونا رویا گیا ہے اور ایک انجانے کرب کا احساس دلایا گیا ہے کہ ہم اپنے وطن میں ہوتے ہوئے بھی بے وطن ہیں۔ نظم " خوابِ بے تعبیر" بھی وطن سے محبت اور عقیدت کا منفرد انداز ہے۔جس میں وطن کے باسیوں کو جھنجوڑ کر پکارا گیا ہے کہ کوئی ایسا کہاں جو زندگی کو امنگوں سے بھر دے۔ اور بارود اور دہشت کا خوف دلوں سے مٹا ڈالے۔ "آخرش" ایک ایسی نظم ہے جس کے ہر بند کے آخر میں "تو بھی چپ ہو گیا ، میں بھی چپ ہو گیا" ٹیپ کا مصرع ہے۔ نظم کے ہر بند میں موسیقیت اور نغمگی کے ساتھ معنویت کا رنگ ابھرتا ہوا دکھائی دیتا ہے۔ یہ نظم محبت کے لطیف جذبات کی عکاس ہے۔ "جرمِ آگہی" مخمس ہئیت میں لکھی گئی ہے جس کا ہر بند ایک الگ نظم محسوس ہوتا ہے جس کے ہر ایک بند میں محبت، حسن، خواب اور عشق کے ساتھ ساتھ مفلسی اور محرومیوں کی ترجمانی کی گئی ہے۔

عارف پرویز نقیب نظم کے ساتھ ساتھ بہترین قطعہ نگار بھی ہیں۔ ان کے قطعات میں محبوب کو چھو نہ سکنے کی بے بسی کسی کے وجود کی تلاش ، محبت کی صبح لیے رقابتوں کی تیرہ شبی کی الجھنوں میں گرفتاری اور زمین اوڑھ کر ہمیشہ کے لیے سو جانے کا سندیسہ معاشرے کی فرسودہ روایات کے اندھیرے کا کرب، خود آگہی کا عذاب، تنہائی اور گویائی نہ چھیننے کی التجا گزشتہ برس کی طرح نئے سال بھی یادوں اور غموں کا مژدہ، موسمِ سرما کی تعطیلات سے پہلے لوٹ آنے کی یاد دہانی، امید کی تتلیوں کے پیچھے صبح کے بھولے کا شام تک لوٹ نہ آنے کی خبر ، پیار کے کھلیان جل جانے پر آبِ تشفی میں تاخیر ، قربتوں کی خواہشوں میں مزید فاصلوں کا بڑھنا دنیا کو امید پر قائم رکھ کر محبت کا مذہب ساری دنیا میں پھیلنے کی امید، جسم کا سکون، روح کے اضطراب سے نکلنے پر منحصر ہے اور جس کو جینا سکھایا جائے اسی کے ہاتھوں مرنے پر پشیمانی کا :نوحہ ہے۔ ان کا ایک قطعہ "انتظار" ملاحظہ ہو۔

اندھیرے شہر میں سب نے دیے خرید لیے
مگر یہ سوچ رہے ہیں جلانے کون آئے
وفا کا لفظ تو سب کی زباں پہ ہے لیکن
سوال یہ ہے کہ اس کو نبھانے کون آئے

(۱۱۹)

نورین کھوکھر

پروفیسر ڈاکٹر نورین کھوکھر ایف سی کالج یونیورسٹی کے شعبہ اردو سے وابستہ ہیں۔ انھوں نے گورنمنٹ کالج یونیورسٹی لاہور سے ''اشفاق احمد کے افسانوں میں اخلاقی پہلو'' کے عنوان سے مقالہ لکھ کر پی۔ ایچ۔ ڈی کی ڈگری حاصل کی۔ان کے تنقیدی مضامین مختلف جرائد و رسائل میں شائع ہوتے رہتے ہیں۔ ان کے تحریر کردہ ڈرامے ایف سی کالج کے سنکلیر ہال میں پیش کیے جاچکے ہیں۔ ادب میں ان کا خاص میدان افسانہ ہے۔ ایک جملے کو کہانی کا روپ دینا ان کا کمالِ فن ہے۔ ان کے افسانوں میں زبان کی صفائی اور سادگی الفاظ کا چناؤ مختصر مگر جامع، پلاٹ منظ، کردار توانا ، مکالمے شاندار ، بھرپور کلائمکس اور زبر دست اختتام ہوتا ہے۔ ان کے افسانوں کا مطالعہ کرتے ہوئے یہ احساس ہوتا ہے کہ وہ جس انداز میں کہانی کا منظر نامہ بیان کرتی ہیں یہ ان کا ذاتی مشاہدہ یا تجربہ محسوس ہوتی ہے۔ افسانہ نگاری میں ان کی ساری توجہ کہانی پر مرکوز ہوتی ہے ۔وہ بے جا جزئیات اور مناظر میں قاری کو الجھائے بغیر کہانی کو آگے بڑھاتی ہیں اور منطقی انجام تک پہچاتی ہیں۔افسانہ ''رس'' کا ایک ایک جملہ ادبی چاشنی میں ڈوبا ہوا ہے۔یہ ایک شادی شدہ جوڑے کی کہانی ہے ،جس میں لڑکی اپنے خاوند کے ساتھ سال گرہ کا سامان لینے مارکیٹ جاتی ہے جہاں دو فیشن ایبل لڑکیاں اس کے خاوند کو اپنی طرف متوجہ کرتی ہیں۔ خاوند کا لڑکی سے نظریں ملانا بیوی کو ناگوار گزرتا ہے اور وہ ناراض ہو جاتی ہے۔ اگلی صبح خاوند قسم کھا کر اپنی صفائی دیتا ہے ۔ بیوی مان جاتی ہے کیوں کہ میاں بیوی کے رشتے کا رس اتنا میٹھا اور شیریں ہوتا ہے کہ جو ذائقہ نہیں بدلتا۔

لیکن یہ مجھے اس وقت پتا نہیں تھا کہ ڈیسنٹ اور نفیس مرد بھی انھی عورتوں کا'' شکار ہوتے ہیں ۔ علمی و ادبی گفتگو میں ان کے کیل کانٹوں پر معترض مرد جب خود اس میلی کچیلی ،گندی مندی عورت سے دوچار ہوتا ہے تو بے چارہ خو پر قابو نہیں رکھ پاتا ۔ پھر یہ پسینے کی بو، کالا رنگ، میلے پائوں ، بھدا میک اپ جانے کیوں پر کشش ہو جاتا ہے اور اس مرد کی نفیس ترین عورت ایک لمحے کے لیے یہ سوچنے پر مجبور ہے کہ کاش وہ بھی اتنی ہی میلی اور بدکار بن جائے کہ (اس کا مرد تو خوش ہو جائے گا''(۱۲۰

نورین کھوکھر کے افسانوں میں زندگی سانس لیتی دکھائی دیتی ہے۔ ان کے ہاں جتنے بھی کردار ہیں ،وہ اپنی اصلی حالت میں نظر آتے ہیں۔ ان کے افسانوں کا اسلوب انتہائی دل کش ہے۔ قاری ان کے اسلوب کی وجہ سے افسانے کے منظر اور

کرداروں کے ساتھ ساتھ سفر کرنے لگتا ہے۔ زبان اتنی سادہ اور حقیقی ہے کہ کہانی پڑھتے ہوئے اس کے فرضی ہونے کا گمان نہیں ہوتا بلکہ یوں لگتا ہے کہ جیسے وہ معاشرے کے کسی اصلی کردار کی کہانی ہے۔

وسیم جبران

وسیم جبران دورِ حاضر کے نمائندہ شاعر ہیں۔ ان کی شاعری میں جہاں ذات کے تجربات ملتے ہیں ، وہیں محسوسات اور مشاہدات کا جہاں آباد ہے۔ وہ اپنی آنکھیں کھلی رکھ کر معاشرے کو دیکھتے ہیں اور ان مسائل کو شعری قالب میں ڈھالتے ہیں۔ ان کی زبان اور اسلوب وہی ہے جو انہیں اپنے کلاسیکی و لسانی ادبی ورثے میں ملا۔ ان کے خیالات اپنے اظہار کے لیے لفظی چناؤ میں تنگی محسوس نہیں کرتے ۔ انھوں نے خود کو لسانی الجھنوں اور شعری تجربوں سے دور رکھا ہے اس لیے وہ بہت پر گو اور سادہ ہیں اور یہی سادہ روی ان کا خاصہ ہے۔ انھوں نے شاعری کو محض فیشن کے طور پر نہیں اپنایا بلکہ شعر کاری ان کے لیے زندگی کا سرمایہ ہے اور لوازماتِ زندگی میں سے ہے۔ انھیں اپنے فن اور موضوعات سے محبت ہے۔ سادگی سلاست، روانی برجستگی، بے ساختہ پن اور پر کاری :انھیں دیگر شعرا سے ممتاز کرتی ہے

یہ تری یاد ہے یا تو مرے دروازے پر
دستکیں دیتی ہے خوشبو مرے دروازے پر

(۱۲۱)

وہ چرا کر لے گیا ہے مجھ سے میرے ماہ و سال
اب کوئی افسوس کیا ہوگا کسی نقصان پر

(۱۲۲)

کبھی لفظوں سے ٹکرائے ،کبھی اشکوں سے کٹ جائے
وہ پتھر ہے کہ شیشہ ہے مجھ میں کچھ نہیں آتا

(۱۲۳)

وکٹوریہ پیٹرک امرت

پروفیسر وکٹوریہ پیٹرک امرت، کنیرڈ کالج لاہور کے شعبہ اردو میں تدریس سے وابستہ رہیں۔ شعر و ادب سے گہری وابستگی ہونے کی وجہ سے اپنے دل کی بات کو منظوم انداز میں "کوئی کہکشاں تو ہو" میں بیان کیا ہے۔ وہ فنی اور فکری پابندیوں سے بے پروا ہو کر اپنی خود کلامی تخیل ،جذبات اور محسوسات کو لفظوں کی زبان دے چکی ہیں۔

روشنی کا ظہور ہونے لگا
پھر جہاں رشکِ طور ہونے لگا
جب سے اپنا بنا لیا اس نے
مجھ کو خود پہ غرور ہونے لگا

(۱۲۴)

یوسف پرواز

پچھلی دو دہائیوں سے امریکہ میں مقیم ہونے کے باوجود اردو زبان و ادب سے شعری رشتہ قائم رکھے ہوئے یوسف پرواز لائقِ صد تحسین ہیں۔ "سوچ کا ساحل" ان کا پہلا شعری مجموعہ ہے جو بیس سال پہلے شائع ہوا۔ ان کا دوسرا شعری مجموعہ"برشگال" گزشتہ مشقِ سخن کا نچوڑ ہے۔ یوسف پرواز نظم ، غزل، قطعہ اور گیت نگاری میں نمایاں مقام رکھتے ہیں۔ ان کی شاعری ایک پختہ فن کار کی خبر دیتی ہے۔ وہ جو کہنا چاہتے ہیں ایک پر سکون دریا کے بہائو کی مانند کہتے چلے جاتے ہیں۔ ان کے کلام میں محبت کے جذبات اس قدر پختہ ہیں کہ وہ ذہن و دل سے زیادہ روح کی گہرائی میں مقید نظر آتے ہیں۔ ان کے ہاں موضوعات کا ایک لامتناہی سلسلہ ہے۔ دھیما پن اور ٹھہرائو ان کی ذات کا حصہ ہے ۔ یہی دھیما پن ان کی شاعری میں جھلکتا ہے۔ ساجد پال ساجدکے بقول:

"برشگال کی شاعری محشرستان ظلمت میں جگمگاتی وہ خوشخبری ہے جو قاری کا ہاتھ تھام کر اسے پر نور منزلوں تک لے جاتی ہے۔ ان اشعار میں مخفی معانی نفرت کی گہری دھند کو اپنے اجالوں سے فنا کرتے نظر آتے ہیں۔ شاعری کی لطافت قاری کی روح کو لطافت سے بھر دیتی ہے۔ ایک احساسِ شیریں جو انسان کے تمدن کو شادماں بناتا ہے اور اسی شادمانی پر تہذیب کے دائرے محبت کے ہم سفر بن کر محوِ رقص ہوتے ہیں"(۱۲۵)

یوسف پرواز ایک درویش منش انسان ہیں ۔ انہیں سب رموز آتے ہیں لیکن کسی سے بگاڑنا، نفرت کرنا اور دھوکا دینا نہیں آتا۔ ان کی شاعری محبت کے آتشیں جذبات اور بھرپور ولولے کے ساتھ موجزن دکھائی دیتی ہے۔ وہ اپنے فکر و فن کے محاسن سے عالمِ انسانیت کے دکھ سکھ کا مکمل احاطہ محسوس کرتے ہیں۔ تنہائی کاجاں سوز جذبہ بھی ان کی شاعری کا انوکھا پن ہے اور دل کا درد ان کی آنکھوں سے قطرہ قطرہ ٹپک کر صفحہ قرطاس پر شعر کی صورت منتقل ہو جاتا ہے:

تمھارے بعد تنہا رہ گیا ہوں
اکیلا تھا اکیلا رہ گیا ہوں
نئی شاہراہوں کی موجودگی میں
میں اک متروک رستہ رہ گیا ہوں
(۱۲۶)

یوسف سلیم قادری

یوسف سلیم قادری ، جدید افسانہ نگاروں میں ایک منفرد نام ہے۔ ان کی تحریریں مختلف جرائد و رسائل میں چھپتی رہتی ہیں۔ وہ دردِ دل رکھنے والے ادیب ہیں۔ معاشرے کی حقیقتوں سے آشنا ان کی تحریریں ادبی حلقوں میں پذیرائی حاصل کر چکی ہیں۔ ان کے افسانے ہمارے ارد گرد کے ماحول کے عام واقعات ہوتے ہیں جنھیں وہ اپنی کاری گری سے کہانی کا روپ عطا کر دیتے ہیں۔ ان کے افسانے

"بے نام ہم سفر"، "کانٹوں کی سیج"، "انجانا سفر" اور "خاموش محبت"بہترین افسانے ہیں۔ انھیں کہانی کی بنت کاری پر مکمل دسترس ہے۔ افسانے میں تحیر کی فضا قائم رکھتے ہیں جس سے قاری آخر تک کہانی کے ساتھ بندھا رہتا ہے۔ ان کے ایک افسانے کی چند سطور ملاحظہ ہوں:

وہ کون تھی؟ اس ہم سفر کا نام کیا تھا؟ کوئی تو بھلا سا پیارا سا، نازک سا نام تھا" اس کا۔ سلیم نے ان گزرے ہوئے لمحات کو یاد کر کے مسکراتے ہوئے کہا" اس بے نام ہم سفر کو یاد کرتے کرتے اسے بھی نیند نے آگھیرا اور وہ بھی دوسرے مسافروں کی طرح اونگھنے لگا"(۱۲۷)

یونس جیمز ممسوح

دائمی محبت"کے نام سے منظر عام پر آنے والے شعری مجموعے کے خالق " یونس جیمز ممسوح کا نام اردو شاعری میں اپنا ایک خاص مقام رکھتا ہے۔وہ محبت کے شاعر ہیں اور ان کے کلام میں محبت ہی محبت دکھائی دیتی ہے۔ وہ نئی سوچ، نئے رنگ اور نئے جہانِ معنی لے کر وارد ہوئے ہیں۔ ان کی شاعری محض گل و بلبل اور لب و رخسار کے قصے نہیں بلکہ انھوں نے حیات اور کائنات کو اپنی فکر کا موضوع بنایا ہے۔ ممسوح نے عام اور سادہ زبان میں شاعری کی ہے۔ ان کے تصوف، عشق حقیقی اور روحانیت کا رنگ جھلکتا ہے۔ سچی اور کھری دائمی محبت سے بھرپور غزلیں ان کے فکری بے ساختہ پن کی عکاس ہیں۔

یہ دنیا امن کا ہو گھر دلوں میں گر محبت ہو
محبت ہی محبت کا یہی اک درس دیتی ہے
(۱۲۸)

اگرچہ تو نظروں سے اوجھل ہے میری
مگر دل کی نظروں کے تو روبرو ہے
(۱۲۹)

****

ماحصل و نتائج

ما حصل و نتائج

ادب کو دو بڑے حصوں نظم اور نثر میں تقسیم کیا جاتا ہے - پہلے غزل کو بھی حصہ نظم میں شمار کیا جاتا تھا لیکن اب " غزل " ، "نظم " سے الگ ایک صنف کے طور پر پہچانی جاتی ہے یعنی جب آپ " نظم " کا لفظ استعمال کرتے ہیں تو اس سے آپ کی مراد غزل نہیں ہوتی۔"نظم " کی ہیئت کی کوئی تخصیص نہیں ہے - نظم کی بلحاظ موضوع بھی مختلف اصناف ہیں اور بلحاظ ہیئت بھی اس کو مختلف نام دئے جاتے ہیں - بلحاظ موضوع ماضی میں نظم گو قصیدہ ، مرثیہ ، شہر آشوب ، واسوخت ، ریختی اور مثنوی وغیرہ کی صورت میں لکھی جاتی رہی ہے۔مغربی اصناف سے متاثر نظم کو جدید نظم کہا جاتا ہے۔ بعض نقاد اس کی ابتداء ۱۸۴۷ء میں انجمن پنجاب کے تحت منعقد کیے جانے والے مشاعروں سے تسلیم کرتے ہیں - جبکہ بعض نقاد جدید اردو نظم کو بیسویں صدی کی پیداوار قرار دیتے ہیں۔ جس میں معریٰ نظم ، آزاد نظم اور نثری نظم شامل ہیں -

پاکستان میں اردو ادب کو فروغ دینے میں جہاں مسلم شعرا اور نثر نگاروں نے محنت کی ہے وہیں پاکستان کے اقلیتی احباب بھی پیچھے نہیں رہے۔ پاکستان میں مسیحی، ہندو ،سکھ، پارسی اور بہائی اقلیتیں پائی جاتی ہیں۔ گو سب سے زیادہ تعداد ہندوئوں کی ہے مگر ہندوئوں میں کوئی خاطر خواہ ادیب اور شاعر نہیں پائے جاتے۔ مسیحی برادری کی تعداد ہندوئوں کی نسبت کافی کم ہے یعنی مسیحی پاکستان کی دوسری بڑی اقلیت شمار ہوتے ہیں۔ مسیحیوں میں بہت زیادہ شعرا اور نثر نگار پائے جاتے ہیں۔ ان میں سے بہت سے ایسے بھی موجود ہیں جنھوں نے قیامِ پاکستان کے وقت تحریک میں بڑھ چڑھ کر حصہ لیا۔

مسیحی شعرا اور نثر نگاروں کی کثیر تعداد مل جاتی ہے۔ اس کی ایک بڑی وجہ یہ بھی ہے کہ ان کے رابطے امریکہ، یورپ، برطانیہ میں بسنے والے مسیحیوں سے ہیں اور اس کے ساتھ ساتھ وہاں پر کام کرنے والی تنظیموں کے ساتھ بھی ہیں۔ ان تنظیموں نے کسی حد تک پاکستان میں رہنے والے مسیحی افراد کی بھی معاونت کی ہے۔ ان کے تعاون سے اور یہاں کے مسیحی لوگوں کی اپنی کاوشوں سے پاکستان میں بھی مختلف تنظیمیں اور ادارے بنائے گئے جن کے تحت مسیحیت کو کافی فروغ دیا جارہا ہے۔

ان تنظیموں اور اداروں نے نہ صرف مسیحی برادری کے فلاحی کاموں کو فائدہ دیا بلکہ اس کے ساتھ ساتھ اردو زبان و ادب کی خدمت میں بھی اہم کردار ادا کیا ہے۔

ان اداروں اور تنظیموں کی تعداد کثیر ہے۔ ان اداروں اور تنظیموں کے تحت مختلف شعرا اور نثر نگار حضرات کی کتابیں شائع ہوئیں جو اردو زبان و ادب میں اضافے کا باعث بنیں۔

میرے اس تحقیقی کام کا بنیادی مقصد پاکستان میں پائے جانے والے اقلیتی شعرا اور نثر نگاروں کا جائزہ لینا ہے تا کہ ان کا فن بھی کھل کر سامنے آسکے اور اردو زبان و ادب میں ان کی خدمت کا معیار بھی طے ہو سکے۔ کسی بھی ملک میں

رہنے اور بسنے والے اقلیتی افراد عام طور پر اس معاشرے کی اکثریت کی نسبت دبے ہوئے اور مسائل کا شکار ہوتے ہیں۔ انھیں عام لوگوں کی طرح کھل کر آزادی کے ساتھ زندگی گزارنے کا حق تو ہونا چاہیے مگر وہ دیا نہیں جاتا اور اکثریت اس طرح حاوی ہو جاتی ہے اور اقلیت دب کر رہ جاتی ہے۔

پاکستان اس حوالے سے خوش قسمت ہے کہ یہاں کے اقلیتی شعرا و نثر نگاروں کو بھی اسی قدر اہمیت دی جاتی ہے جس طرح یہاں کے اکثریتوں کو ملتی ہے۔ شاعر ادیب در اصل ایک ہی معاشرے کے افراد ہوتے ہیں ان کا تعلق کسی مذہب یا کسی گروہ سے نہیں ہوتا۔ ان کے نزدیک صرف ادب اور ادب کی خدمت اہم ہوتی ہے۔ اس لیے تمام شعرا اور ادیب خواہ وہ کسی مذہب سے تعلق رکھتے ہوں۔

میرا یہ مقالہ بنیادی طور پر چار ابواب میں تقسیم کیا گیا ہے۔ پہلا باب" اقلیت اور پاکستانی اقلیتیں " ہے ۔ اس باب میں اقلیت کے حوالے سے لغوی و اصطلاحی بحث کی گئی ہے اور مختلف حوالوں سے اقلیت کی اہمیت کو اجاگرکیا گیا ہے۔ پاکستان کے آئین میں اقلیت کی اہمیت اور اس کے حقوق کی تفصیل بیان کی گئی ہے۔ پاکستانی اقلیتوں کی تعداد اور ان کے بنیادی عقائد و تصورات کی تفصیل بیان کی گئی ہے کہ وہ پاکستان میں کتنی تعداد میں پائے جاتے ہیں اور ان کے عقائد اور تصورات کیا ہیں۔ ان کی مذہبی روایات کیا ہیں اور وہ اپنے تہوار وغیرہ کس طرح مناتے ہیں۔اس کے بعد ان اقلیتوں کے تحت چلنے والے اداروں ، تنظیموں کی خدمات کے حوالے سے بحث کی گئی ہے۔ آخر میں ان ادبی رسائل کا جائزہ بھی پیش کیا گیا ہے جو اقلیتی ارکان یا اداروں کے تحت شائع ہوتے ہیں۔ اس باب کے لیے بہت سا مواد مختلف کتابوں سے مل گیا جو لائبریریوں سے اور دیگر اقلیتی افراد سے حاصل کی گئیں۔ اس کے علاوہ انٹر نیٹ کا سہارا بھی لیا گیا۔ ادبی رسائل تک پہنچنا کافی مشکل کام تھا تا ہم کچھ اقلیتی احباب نے یہ کام کسی حد تک آسان کر دیا۔

دوسرا باب " منتخب پاکستانی اقلیتی شعرا" ایک ایسا باب ہے جس میں ملک گیر شہرت رکھنے والے اقلیتی شعرا کو شمار کیا گیا ہے۔ ان کی شاعری کا جائزہ لیا گیا ہے اور اس کے ساتھ ساتھ ان کی کتب کا تعارفی و تنقیدی جائزہ بھی لیا گیا ہے۔ اس باب کو مکمل کرنے کے لیے کافی مشکلات کا سامنا رہا۔ کچھ احباب ایسے تھے جو اس جہانِ فانی سے کوچ کر چکے ہیں ان کے گھر والوں سے رابطے کیے گئے اور ان کے احباب سے ان کا مواد اکٹھا کیا گیا۔ جو لوگ زندہ ہیں انھوں نے کافی تعاون کیا اور کمال شفقت کرتے ہوئے اپنی تحریریں فراہم کیں۔ گو یہ کافی مشکل مرحلہ تھا کہ دور دراز کا سفر کرنا پڑا مگر یہ تحقیق کا حصہ ہے۔

تیسرا باب " منتخب پاکستانی اقلیتی نثر نگار" کے طور پر شاملِ مقالہ کیا گیا ہے۔ اس باب میں ملک گیر شہرت رکھنے والے افسانہ نگار، ڈراما نگار، ناول نگار اور سفر نامہ نگار شامل کیے گئے ہیں۔ اقلیت کی سطح پر تحقیق کی گئی تو ناول نگار

اور ڈراما نگار نہ ہونے کے برابر ملے ہیں۔ البتہ افسانے کے حوالے سے کافی نام مل گئے جن کو شاملِ تحقیق کر لیا گیا ہے۔

چوتھا باب" پاکستانی اقلیتی شعرا و نثر نگار (عمومی مطالعہ)" ہے ۔ اس باب میں وہ تمام اقلیتی شعرا اور نثر نگار شامل کر دیے گئے ہیں جن تک رسائی ممکن ہوسکی ہے۔ ان میں بہت سے ایسے ہیں جن کے مجموعے شائع ہوچکے ہیں اور کچھ ایسے ہیں جن کی شاعری یا نثر مختلف رسائل کی زینت بن چکی ہے۔ اس باب کے حوالے سے بہت سے دیگر شعرا اور نثر نگاروں سے بھی ملاقاتیں ہوئیں اور واسطہ پڑا جن کی کوئی تحریر شائع نہیں ہوئی اس لیے میں نے انھیں مقالے کے اس باب میں شامل کرنے کی بجائے ان کے نام آخر میں درج کر دیے ہیں کہ یہ لوگ بھی ادب کی خدمت میں کوشاں ہیں۔

مقالے کے آخر میں کتابیات کے بعد ضمیمہ جات میں اِن تمام شعراء کی تصاویر اوران کی کتب کے سر ورق اور پس ورق کی نقول دے دی گئی ہیں۔

تحقیق ایک مشکل کام ہے لیکن تحقیق ہی سے محقق بے شمار راستوں سے آشنا ہوتا اور منزل کے تعین کے لئے سفر کرتا ہے۔تحقیقی موضوع سے محقق کی دلچسپی جتنی زیادہ ہو گی اتنا ہی وہ لگن اور دلجمعی سے کام کرے گا۔ میرا کام چونکہاقلیتی شاعروں اور ادیبوں کی ادبی خدمات پر ہے اور میں ایک اقلیتی ادارے میں تعلیم بھی حاصل کر رہا ہوں۔اس لئے مجھے یہ بات کہنے میں بالکل تامل نہیں ہے کہ میں نے موضوع کے ساتھ مکمل انصاف کیا ہے۔

چونکہ تحقیق ایک کارِ مشکل ہے اس لیے اس میں غلطی بھی ممکن ہے اور نامکمل ہونا بھی۔ اپنی طرف سے مکمل کوشش کی گئی ہے کہ دیانت داری سے جائزہ لیا جائے مگر پھر بھی کوتاہی ہو جانا اور خامی رہ جانا انسانی جبلت میں شامل ہے اس وجہ سے اس مقالے میں غلطیاں بھی ہوں گی اور خامیاں بھی ،پھر بھی میںامید کرتا ہوں یہ کام میرے لیے باعثِ افتخار ہو گا۔

****

Don't miss out!

Visit the website below and you can sign up to receive emails whenever Dr Ali Imran publishes a new book. There's no charge and no obligation.

https://books2read.com/r/B-A-HNJIF-FOBCG

Did you love پاکستانی اقلیتوں کا اردو ادب میں حصہ? Then you should read *After the Rain*[1] by Khawaja Aleem Zakria!

[2]

BOOK DESCRIPTION

After the Rain

A Novel by Khawaja Aleem Zakria

Some hearts return, not in the same form—but with the same soul.

Six years ago, Ayana's world shattered when Rafay walked out of her life without explanation, leaving only a note that said, "Don't wait for me." She waited anyway—not desperately, but quietly, in the spaces between building a new life as a painter in Sialkot, Pakistan.

When a weathered envelope arrives bearing Rafay's familiar handwriting, Ayana faces an impossible choice: meet him at the old clock tower where they first fell in love, or finally close that chapter for good. His letter promises explanations for the inexplicable, answers to questions that have haunted her through countless monsoon seasons.

---

1. https://books2read.com/u/47ajXL

2. https://books2read.com/u/47ajXL

But as Ayana prepares to confront her past, she discovers that healing isn't about getting closure from those who hurt you—it's about finding sanctuary within yourself. Through her art, her friendships, and an unexpected connection with Hamza, a photographer who sees her not as broken but as beautifully whole, Ayana begins to understand that some storms reshape us into something stronger.

After the Rain is a luminous exploration of love, loss, and the quiet courage it takes to trust again. Set against the vibrant backdrop of Sialkot and Lahore, Khawaja Aleem Zakria's debut novel captures the bittersweet truth that we carry our past loves like scars—not as wounds that define us, but as proof that we survived.

This is a story for anyone who has ever rebuilt themselves after heartbreak. For those who understand that moving forward doesn't mean forgetting, and that the most important love story is often the one you have with yourself. It's about learning that endings can be beginnings, that pain can transform into art, and that after every monsoon, the sun inevitably returns.

Perfect for readers who loved:

The Love Hypothesis by Ali Hazelwood*People We Meet on Vacation* by Emily Henry*The Henna Artist* by Alka Joshi*A Thousand Splendid Suns* by Khaled Hosseini

Content note: This novel deals with themes of abandonment, grief, emotional healing, and features a protagonist navigating complex family dynamics and mental health challenges. It is ultimately a hopeful story about resilience and self-discovery.

What Readers Are Saying:

"A stunning debut that captures the messy, beautiful reality of healing. Ayana's journey will stay with you long after you turn the final page."

"Zakria writes with such emotional precision—every sentence feels true. This is the book I needed to read."

"Set in Pakistan with vivid cultural detail, yet universally relatable. A love letter to everyone who's ever had to choose themselves."

Genre: Contemporary Romance | Literary Fiction | Women's Fiction**Setting:** Sialkot and Lahore, Pakistan**Themes:** Second chances, healing from heartbreak, artistic expression, found family, self-discovery**Publication Year:** 2025

Also by Dr Ali Imran

پاکستانی اقلیتوں کا اردو ادب میں حصہ

www.ingramcontent.com/pod-product-compliance
Lightning Source LLC
LaVergne TN
LVHW010920051026
849532LV00003B/781